論創ミステリ叢書
47

# 水谷準探偵小説選

論創社

# 水谷準探偵小説選　目次

## 凡例

一、「仮名づかい」は、「現代仮名遣い」（昭和六一年七月一日内閣告示第一号）にあらためた。

一、漢字の表記については、原則として「常用漢字表」に従って底本の表記をあらため、表外漢字は、底本の表記を尊重した。ただし人名漢字については適宜慣例に従った。

一、難読漢字については、現代仮名遣いでルビを付した。

一、極端な当て字と思われるもの及び指示語、副詞、接続詞等は適宜仮名に改めた。

一、あきらかな誤植は訂正した。

一、今日の人権意識に照らして不当・不適切と思われる語句や表現がみられる箇所もあるが、時代的背景と作品の価値に鑑み、修正・削除はおこなわなかった。

一、作品標題は、底本の仮名づかいを尊重した。漢字については、常用漢字表にある漢字は同表に従って字体をあらためたが、それ以外の漢字は底本の字体のままとした。

# 水谷準探偵小説選

# 稲荷騒動

# 狐小僧

あいや、お立合い……と開き直って呼びかけるほどのことはないが、御存知人形佐七、正史山人綴る名人捕物手柄噺が、これから先何百篇世に出ようとも、こいつだけは本伝から洩れッ放しという、云わば佐七捕物帳拾遺の逸品。それを抜けがけの横流し、黒市《ブラック・マーケット》ならではお目にもかかれまいが、瑾物半端物の御懸念は無用、お玉ケ池本伝逸脱のありようは、本篇終幕までお附合い下さらば、おのずから釈然たるものがあろう。――さて。

めっきり秋めいてきて、近所のお屋敷の庭木の梢で、しきりに百舌の鳴声がやがましいある朝のこと。一風呂浴びてとり分けいい男前になった佐七が、陽当りのいい縁側で、パチンパチン足指の爪を切っているところへ、とびこんで来たのは、新聞の朝刊……みたいな男、これまたお馴染の手先の辰五郎。

「お早うござい。親分、おいでになりやすかい?」

「辰か、早いな。だが、声の調子じゃ寝不足のようだぜ、どうした?」

と顔もあげずに佐七の挨拶。

「へえ」

「昨夜吉原でもてすぎて……なんてエロ上は朝っぱらから御免だぜ」

「とんでもねえ、親分、もっとも少々飲みすぎには違いござんせん」

「飲むのはいいが、近頃眼鴆酒《メチール》が出廻っているそうだから、気をつけろ。おめえが酒にのまれたとすると、何かドジを踏んでのヤケ酒じゃねえのか?」

「図星、親分にかかっちゃ千里見透しだ。ついでにあッしがどんなドジを踏んだか、それも仰有っておくんなさい」

「バカ云え。そこまで喋りだしたら、お狐様だ」

「おおッ、御名答。全くのところ、そのお狐様なンで」

「何がお狐様だ。化かされて一杯やったか。昨夜はいい満月だったが、満月との取合せは狸のはずだぜ」

「一杯食わした相手というのは、狐小僧の野郎でさア」

「狐小僧？」

佐七は鋏を置いて、辰五郎を見上げた。

「へえ、あのこましゃくれた泥坊なンで」

「ふむ、こないだ堺屋に押入って、香炉を盗み損った野郎だナ」

「そうなンで。せっかくこの手で押えておきながら、田原町の番屋へ連れこんで、下吟味をしようとしている隙に、まんまとずらかられ、おまけにきりきり舞いまで舞わされ、全く面目次第もござんせん」

「ふうむ、そいつはさぞかし無念だったろう。辰五郎の男をあげるにはまたとないめぐり合せだったろうに」

「それを云われると、今でも胸のうちが煮えくり返るようでさア。あッしの手抜かりは幸い番屋の衆には固く口止めして来たんで、親分の顔に泥を塗る仕儀にはなるめえと思っていやすが……」

「一体どういういきさつなんだ、話してみろ」

「実はこうなんです」

と、辰五郎が身振りもまじえてべらべらと話したのは、大体次のようなことだった。

# 番屋破り

昨日の申刻時分《ななつ》であったが、本所の方に用事があって、その帰り、辰五郎はぶらりと浅草を通りかかった。何という目的《めあて》はなくてもこういう盛り場を一通り見廻っておくというのが、斯道の嗜《たしな》みであり、色気でもある。

賑かな仲見世から、もう陽ざしが大分傾いて紅い夕陽の中に、一層紅く仁王門が映えているのを眺めていると、

「辰五郎さん、辰五郎さん」

と呼ぶ声がする。振返って見ると、顔見知りの質屋の旦那堺屋の清兵衛が、少々うろたえ気味に眼を釣りあげて立っている。

「おお、こりゃ堺屋さん、ひょンなところでお目にかかりましたね」

「ええ、ちょいと観音様へお詣りに来たところですが……」と清兵衛は答えて、走り寄って来ると、声をひそめ、「お前さんに出会ったのも観音様の引合せかも知れない。実はね今そこの矢場を何気なしに覗いて見たんですよ」

「おやおや、堺屋さんも隅に置けねえ、お詣りの御利益がフイになりやしませんかえ?」

「御冗談。ほんの通りすがりなので。ところがね辰五郎さん、その矢場で大変な奴を見かけました。狐小僧なんです」

「ええッ、狐小僧。五日前の昼日中、お前さんの奥座敷へあがりこんで、香炉を持ちだそうとした図々しい奴」

「全く図々しい奴ですよ。骨董屋の河内屋から参りました、という触込みなので、見慣れない番頭だとは思いながら、ともかく座敷へあがってもらうと、わたしがちょっと座をはずしている間に、忽ち本性を現わして床の間の香炉に手をかけて、すたこら。あの時は度胆を抜かれました。わたし

の声に、家中のものが騒ぎだしたので、庭から裏へ追いつめられ、あわやという時、身軽な奴でひょいと塀へとびあがり、香炉を投げ返すと、「狐小僧の面《つら》を拝んどけよ」と、赤べろをだして消え失せましたぜ。右の頬ぺたに普通では殆んど目につかない三角の痣があって、それが力んで赤い顔になると、はっきり浮きだし、狐の横顔に見えようというあぶり出しみたいな仕掛です」

「お前さんは、はっきりその痣を見なすッたんだね」

「見ましたとも。今そこの矢場にいるのが、痣は薄いがこの眼で見た通り、確かに狐小僧に間違いありません。ハッと思ったが、滅多に手出しもならず、ここまで来かかって、お前さんをお見掛けしたので、天の助けとお呼びとめしました」

「それが正銘の狐なら、お前さんの大手柄だ。狐小僧は近頃駈けだしの泥坊のくせに、やることがみんな図々しく人を食ってやがる。日本橋の糸問屋の隠居所に押入った時は隠居の禿頭へ落首をして行った。ほれ、例の「恋しくばたずね来て見よ……うらみ葛の葉」てえ歌でさア。下谷の寮に忍びこんで、盗みの揚句、女中にちょいと悪戯をして、茶代を二分置いて行きやがった。柄にもなくいい声で、〽うらを返して葛の葉の……と、狐を気取った小唄を教えていったというが、小癪なことをするじゃありませんかい。ともかく、野放しにしておくと、今にどんな罪深いことをやりだすか分らねえ。見つけ次第取押えろと内々のお布令が出ているんで……。さア、御案内願いやしょう」

思わぬ獲物に意気ごんで、辰五郎は鰹節の匂いを嗅いだ猫のような眼つきをした。清兵衛も勇み立ち、問題の矢場にとって返す。

「ほら、あの暖簾の下で、女と話しているのがそうですよ」

と、物蔭に立ちどまって清兵衛は辰五郎の耳にささやいた。老けているのか若いのか、年の頃のちょっと見当つかない、平凡な人相の男で、これが大胆不敵な物盗りをやってのけた揚句に、人を食った証拠をわざわざ残して行く狐小僧とはどうにも見えず、辰五郎も眼をパチクリさせて、

「堺屋さん、大丈夫ですかい。人違えだったら、それこそ飛んだことになる」

「そりゃもう、あたしの眼に狂いはありませんよ。長年質物の鑑定《めきき》でも、一度だってしくじったことはないんですからね」

「品物と人間と一緒にしちゃいけませんや」

「御らんなさい。今何か女に嬉しいことを云われて、柄にもなく顔を赤くしたでしょう。あの通り、右頬の痣がはっきりと……」

「なるほど、ちげえねえ」

辰五郎は大きく頷いて、ずかずか矢場の中へ入って行くと、矢庭にべらべらやりだした。

「こりゃア稲荷屋の旦那、お久しゅう。豆腐屋の辰で、へえ。毎度油揚を贔屓にして頂いて居りやして、ありがとうござんす。お楽しみのところ、飛んだお邪魔でもございましょうが実はそこで堺屋の旦那とお目にかかり、御一緒にちょっとそこまで御足労が頂きたいと、たっての御執心なもンですから……」

妙な仁義の切りようがあったものだが、じゃの道は蛇、狐小僧には一切合切腑に落ちる挨拶だったに違いない。

その証拠に、小僧もさるもの、慌てず騒がず空とぼけて、

「おう、豆腐屋の辰か、妙なところで落合ったナ。今日は豆挽きも休みか？」

と油断ない眼を前後左右に働かすが、さすがに相手の辰五郎の構えにも隙はない。そこで狐小僧はニヤリとした。

「堺屋にも貸しが残ってるが、今日は大方その借金の申訳に鰻でも奢ろうッてんだろう。ああいいとも、附合うよ」

立上ると、相手になっていたポッチャリした女の顎をつまんで、

「あとでまた来るぜ」

と、なかなかどうして天晴れな往生際だ。辰五郎も内心いささか気押された態。外へ出ると、狐はきょろりと振返って、

「行先はどこですね？」

と急に猫撫で声。今度は豆腐屋がそり返って、

「田原町の番屋だ。途中で妙なことをすると承知しねえぜ」

「へえ、身に覚えがねえので、何のお尋ねか一向とんと察しもつきませんが……」

「おッと、そうは云わせねえ。ちゃんと生証人を連れているんだ」

辰五郎は物蔭から怖々の足取りで、二人のあとについて来る堺屋の清兵衛を顔でしゃくって見せた。狐小僧はきらきらと光る不敵な眼つきで清兵衛を見返ると、

「はてね、どこのお人でしたッけねえ」

と空とぼける。

「白ばっくれちゃいけねえ。お前がわざわざ右頬の痣を拝ませてやったという堺屋の旦那だ。神妙に逃げりゃいいものを、柄にもねえ大見得を切ったが百年目だ」

「へえ、堺屋さん、こんなしがねえ野郎を覚えていて下さって、お礼を申上げますぜ」

狐は悪叮嚀な口上を述べたが、薄笑いを含んだようなその眼つきに、清兵衛は背中へなめくじでも落されたようにぞくりとし、思わず足をすくませた。

「余計なお礼は抜きにしろ」

辰五郎がぐいと寄り沿うと、狐小僧の両手を後ろに廻したが、その手首には早くも縄が打たれていた。狐は平気なつらつきで、

「へッへ、あッしゃ受けた御恩は必らず返すという義理固い生れつきでしてね」

口も軽いが足取りもいたって軽い男。秋の陽ざしは落ちるのが早く、もう彼誰刻《かはたれどき》、町は紫紺色に染まりかかっていた。

田原町の番屋には親方と店番の男が四人ほど詰めていたが、お尋ね者の狐小僧がつかまって来たというので、ざわめき立った。土間に突転がされた小僧は、急に餓鬼のようにわめきだした。

「人違いだ、俺が狐小僧だなンて、とんでもねえ大間違いだ。縄を解いてくれ。帰してくれ」

まるでそれまでの人間と変ったように、身をよじらして騒ぎだす。こんなことには慣れっこになっているので、番屋の者達は相手になろうともしない。

「静かにしろ。今にお調べがありゃ、お前が狐小僧かどうかすぐに分るんだ」

辰五郎はきめつけて、親方に田原町の目明かし兼吉《かねきち》親分に出張ってもらうように頼んだ。

兼吉の調べで、いよいよ自分の運命がきまるとなると、急に心細くなったものか、狐小僧は今度はめそめそと泣き面になって、神妙に土間にぺたりと坐り直すと、辰五郎に向ってぺこぺこお辞儀をはじめた。

「辰五郎の哥兄、お願いです。あッしゃ悪いことなんて、何もしてやしないんです。堺屋に行った時も、香炉は返して、何も盗りません」

「バカも休み休み云え、狐。お前が何をしたか云って聞かそうか。日本橋の糸問屋の隠居の禿頭に落首をしたり……」

「そ、そりゃあッしじゃねえ。狐小僧を騙《かた》った他の奴の仕事だ」

「下谷の寮で女に悪戯したのも他の奴だというのか?」

「も、もちろんで。ですから、御慈悲、お上の手へ渡さずに、何とか……。御恩に着ます。お礼もたんまり……」

「うるせえや。この辰五郎を見損うな。泥坊を働いたり、女を手籠めにしたりしたものには、それ相応のお咎めがあるのは当り前だ。物を盗んで、大道を大手振って歩けりゃ、おてんとう様が東に沈まア」

「へえ、おてんと様を東に沈めてみたいもんでございますね」

「何だと?」

耳を疑うように辰五郎が開き直ろうとした時、まことに奇妙なことが起った。

後ろ手に縛られていた狐小僧が、身を沈めたかと思うと、まるでバネではじかれたように、坐ったままパッとはねあがり、あッと云う間に半ば開いていた油障子の方へすっ飛んで行き、まんまとそこから消え失せようとしたのだ。いつの間にか縄を切っていたものらしい。

「うぬッ、待て」

辰五郎が、これもバネ仕掛けのように後を追った。店番のものもばらばらと立上った。

狐小僧は夕闇の中を飛鳥のように横丁の路次に駈け抜けて行く。足音と呶号とが遠ざかり、急に番屋がしーんとなって、まるで一瞬前そこに狐小僧や辰五郎がいたことなぞ嘘のようだ。

と、暫らくして、番屋の裏路次にバタバタと足音がして、勝手口へ顔をのぞかせたものがある。走って来たと見えて、ハアハア息を切らしながら、

「提灯をお貸しなすッて、大急ぎ」

と声をかけた。居残っていた店番の二人が飛んで出て見ると、暗がりに尻端折りの男が立っている。

「どうした?」

「通りがかりに番屋の衆と一緒に、泥坊を酒屋の物置に追いつめたはいいが、暗くて分らねえンでさア。親方が提灯持って来いと云うんで……」

「おおそうか、そいつはお手柄だ。待ちねえ」

鴨居にずらりと並んでいる弓張の一つを、すぐに取降すと、蠟燭に火を点けた。

「さア、持ってきねえ。頼んだぜ」

「へえ、合点」

提灯を受取ると、その男は韋駄天走り、忽ち路次から消えてしまったが、それを見送っていた

店番。

「はてな、提灯借りるなら、酒屋のを持出した方が早かったろうになア」

と呟いたが、続いてぎょッとしたように、

「待てよ、今の男、どこかで見たようだと思ったら、つかまえて来た狐小僧とやらによく似ていたようだが……」

と、そこへどやどやと狐小僧を追って出た辰五郎はじめ番屋の衆が、浮かない顔つきで戻って来た。

「何てえすばしッこい野郎だろう。とうとうずらかりやがった」

口惜しがる辰五郎の述懐に、提灯を渡した留守番の男は不審げに、

「おや、狐小僧は酒屋の物置に追込んだのじゃありませんかえ?」

「何の、そこの角で煙のように消えやがった。酒屋の物置というのは何ですえ?」

そこで、提灯の一件を伝えると、辰五郎の顔は矢庭にひん曲った。

「あッ、そいつが狐小僧だ。俺達を撒いて、わざわざ番屋の提灯を掻払い、おてんと様を東に沈めて見せようと、俺に大恥かかせる魂胆なンだ。うーむ、重ね重ねのたぶらかし、どうしてくりょう、コン畜生!」

地団駄踏んで、今更洒落れてはみたが、あとの祭。

×　×　×

「どうりで昨日の暮れ刻、小さな地震があったようだが、あれはてっきりお前の地団駄のせいだろう」

佐七は辰五郎の話を聞終って、ニヤニヤ笑った。

「親分、冷かしッこなしですぜ。あッしゃとうとう昨夜ヤケ酒を引かぶりましたが、この敵《かたき》、ど

うでも親分に討ってもらいてえので」

「そりゃ頼まれなくたってやらにゃならねえ。お玉ケ池の顔にもかかわらアな。それにしても、狐の奴、どうして縄を切ったただろうな」

「あッしもそれが不審でならなかったが、たった今、自分の穿いてる雪駄を見て気がつきましたよ。狐は番屋へ連込まれてから、急にぺこぺこあッしを拝み倒そうとしましたが、そうしながら出ッ張っている雪駄の裏金で、縄を擦り切っちまやがったンで」

「なるほど、うまい趣向だ」

「感心してちゃいけませんや。どうせ狐は浅草の矢場あたりをうろついてるに違いない。親分、腰をあげておくんなさい」

「そうよなア、久しぶりに観音様にお詣りするか」

佐七が膝を立て直した時、表にあわただしい足音がして、誰か客来の様子。やがて佐七の女房お粂が案内して来たのは、質屋の堺屋の番頭善八、先代から堺屋に勤めている実直一途の中老だが、何か出来《しゅったい》したのか、眼を釣上げて佐七主従が縁側にいるのも眼に入らぬ様子。

「おお善八さん、お早よう。今も辰と二人でお宅の噂をしていたところですよ。狐小僧のことでね」

と佐七が声をかけると、狐小僧と聞いて、善八はハッと電撃を受けたように、

「親分、それなんでございます。その狐小僧のことで飛んで参りました。実は、うちの旦那が倒れておしまいで……」

と、その場にへたりと坐りこむ。

「え、清兵衛さんが……まさか狐小僧にやられたと仰有るのじゃありますまいね」

「いいえ、それはこれからなので」

「どうも話がこんぐらかって分りませんね。お粂や、茶を淹れて来い」

お茶で咽喉を湿して、やっと人心地ついたらしい番頭善八はそこで、手短かに訪問の趣旨を告げたが、それはこうである。

今朝の辰刻時《いつつどき》、朝のあまり早くない稼業の堺屋で表戸を引開けると、板戸にべったりと覚えのない張紙がしてある。読んでみると、驚いたことに、狐小僧からの檄文《ふれぶみ》なのである。泥坊には惜しいような勘亭流の筆法で、まるで芝居小屋の名題でも見るようだ。

浅草のかんにんならぬ告口を
うらみ葛の葉折り添えて
今夜亥の刻稲荷の金無垢
ちょろり頂戴あらあらかしこ

観音様と勘忍とを利かせたあたり、なかなかの文才だが、それはともかく、これは明らかな脅迫状だ。堺屋は商売柄もあって、稲荷大明神を裏庭の一隅に祀ってあるが、社《やしろ》の中には金無垢と称する小さな狐の像を御神体にしてある。堺屋としては第一の家宝ともいうべきものだが、これを狐小僧は今夜奪いに来ようと宣言したのである。

堺屋の清兵衛はこの檄文を読むなり、真蒼になると卒倒してしまった。もともと心臓が悪くて、時々医者の厄介になっていたのだが早速かかりつけの町医者瓢庵先生が呼ばれると同時に、急使善八が佐七のところへ飛んで来たという次第なのである。

「ふうむ」

善八が持参した張紙の檄文を眺めながら、佐七も腕を拱いた。

「親分、何て憎い奴でしょう」

辰五郎は昨日の怨みもあって、歯をぎりぎり噛みしめる。

「そうよ、俺もこんな人を喰った奴は初めてだ。だが、慌てることはない。亥刻《よっつ》(夜十時)までには大分間がある。ともかく堺屋さんをちょっと見舞いに行こうか。善八さん、御一緒に参りましよう」

佐七は悠々立上った。

## 御堂の抜穴

その夜の亥刻には、あともう四半刻《はんとき》、狐小僧乗込み宣言の時間が刻々と迫る頃、堺屋では表の大戸をぴんと卸し、勝手口や塀の要所々々には番頭手代から丁稚まで総動員で張番をし、大本営の奥座敷には人形佐七をはじめ手先の辰五郎、豆六、それから夕刻主人の清兵衛を往診に来た町医者の瓢庵先生が、万が一の用心に居残り、主人の清兵衛も御家の大事とあっては寝てもいられず、大番頭の善八を従えて、手拭いで頭をしばり、褞袍《どてら》姿に着ぶくれて、心持蒼い顔をしてそわついている。

狐小僧を迎え討つ段取りは、朝のうちにちゃんと取決められた。たかが人間一匹、そう大仰な準備もいるはずはなかったが、稲荷の御堂の中に安置されている金無垢のお狐様は、なまじ他所《よそ》へ移したりするよりも、そのままにしておいて、御堂の周囲を守ってさえ居れば、仮りに狐小僧が塀を乗越えて忍んで来ようと、手出しをする隙はない。

「親分、こりゃどうも、狐小僧の負けですぜ。時刻《とき》を切って盗みを働くなんて、あんまり馬鹿げていますア。どうやら奴の狙いは、四つ過ぎから朝までの、あッし等が安心して油断するのを待ってるんじゃねえでしょうか」

辰五郎は狐小僧のぺてんには苦い味をなめているので、尤もな意見を吐いた。

「そうよなア、まずそんなところかも知れねえ。約束の刻限に野郎が乗込まない時は、お狐の御本体は、もっと安全なところへお移ししておく方がいいようだ。……どれ、そろそろ四つになろう。一応庭先を見廻って、御堂を固めることにしよう。……堺屋さん、お前さんはお加減が悪いのに、無理をしちゃいけません。瓢庵先生と御一緒に、寝所《しんじょ》で休んでいておくんなさい」

佐七はてきぱき指図をする。一座はいよいよ近づく四つの刻限に、それぞれ引緊った面持だが、ただ一人、医者の瓢庵先生だけは、柱にもたれて、うつらうつら。名は体を現わして大の呑んべえ老、学もあり診断《みたて》もいいんだが、生得のずぼらと無慾が祟って門前雀羅などはまだお世辞の部類だ。今夜も振舞酒の一杯に、狐小僧の大捕物などは拙老の出る幕ではないとばかりに軽い鼾さえかいている。

「先生、瓢庵先生、居眠りは困りますね。堺屋さんを宜しくお願いしますよ」

佐七は瓢庵を揺り起して、耳元で呶鳴るように云った。

「う、うーん、清兵衛さんがまたどうかなされたか」

寝惚け眼を開けて見廻した瓢庵、眼の前に清兵衛がいるのを見ると、

「どりゃ、今一度脈を見て進ぜよう」

「先生、大丈夫ですよ。さア、向うへ参りましょう」

清兵衛も苦笑して立上った。それを機《しお》に、警戒の連中は裏庭に降り立つ。正に時刻は四つ刻数分前という頃比、今夜もまん丸い月が中天に輝いていて、庭先は昼のように明るい。

一廻り警備の模様を見て歩いた佐七は、稲荷の御堂の前に頑張り、両翼は辰五郎、豆六に見張らせる。この御堂、町家にまつる稲荷堂にしては異例と云ってもいいほど大きく、堂の中へは人一人楽に入りこめる位だ。佐七は念のために、扉を開いて内部を覗きこんだ。前以て確かめてあった通りで、一番奥には箱に納められた金色燦然たる狐の像が夜目にもしるく輝いている。

扉をしめると、佐七は耳をすました。四つと云えば、今と違ってもう深夜の気配だ。遠くで犬の鳴声がするばかり。無論電車の音なんて聞えようはずはない。

「親分、やっぱりあッしの思った通りですぜ。来ませんや。すっぽかしといて、見張りのゆるんだところを狙おうてんでさ」

辰五郎がしたり顔で囁いた。

「静かにしろ。猟師はだんまりで獲物を待つもんだ」

佐七がたしなめると、母屋の方から慌ただしい足音。さては御入来か、と一同きッとなってその方を見ると、縁先から現われたのは瓢庵先生を従えた主人清兵衛の姿であった。

「堺屋さん、どうかしましたか?」

「はい、わたしは大変なことを失念して居りました」

「な、なんです」

「稲荷堂の中に抜穴があるんです」

「抜穴?」

「はい、御堂の床に底蓋があって、そこからほら、あそこに見える築山へ穴が抜けているのです。つまり築山の洞穴に棲んでいる狐が御供物を取りに来られるように仕組んだものなのですよ」

「ほう、狐がいるんですかい?」

「いや、今はいませんが、先代の時飼ったこともあったようです。人間が無理をして通れば通れないこともない穴ですから、ひょッとして狐小僧の奴がそこを抜けて来はしないかと、急に心配になりましてね」

「そいつはいけねえ。何故早くその事を知らしてくんなさらなかった。穴を抜けられたら外で見張っているなンて愚劣《こけ》になる」

「すみません。うっかりしてましたよ。わたしが御案内しますから、築山の洞穴をちょっと調べてもらいましょう。古くなっているので、万に一つも狐小僧が通れるはずはないとは思いますが……」

「ようがす。さ、参りやしょう」

「頬被りをしないと、蜘蛛の巣で大変でしょうよ」

「おい、辰と豆」と佐七は部下をかえり見て、「狐が穴に忍んでいたら、御堂の方へ追出されてくるかも知れねえ。逃すなよ」

「合点」

辰五郎と豆六を後に残して、清兵衛と佐七は御堂の裏手二三間の場所にあるこんもりとした築山の蔭へ消えた。

ものの二三分、何かどたどたと足を踏み外したような音がしたが、それもすぐ鎮まった。

それからちょっと経って、頬被り姿の佐七だけが一人で、しきりに手の泥をはたきながら戻って来た。

「親分、どうでした、狐の穴は?」

と、辰五郎が声をかけると、佐七はひどく不機嫌な調子で、

「どうもこうも、大変な穴だ。あんなところを人間がくぐれるもんじゃねえ。本物の狐だって御免蒙るというだろうぜ。清兵衛さんの思い過しで、とんだ泥を引被った」

「清兵衛さんは、どうなさいましたね?」

「俺がテンから問題にしねえもんだから、そんなはずはないと、棒で穴をつついていなさるよ」

「するてえと、やっぱり狐の野郎は、どこからも来られやしませんね。ざまア見ろ、四つの刻限が聞いてあきれらア」

「そうだとも。そうなりゃ、お前の云った通り、これから朝までの間が却って剣呑だ。金無垢の御神体は、一時俺が預って見張っていた方がいいようだ」

「それに越したことはありませんや、親分」

「どりゃ、勿体ねえが、そうしよう」

佐七は稲荷堂の扉を開けると、手を伸ばして狐の像の入っている箱を取りだそうとした。

丁度その時、築山の方で何か叫ぶ声がした。

佐七はぎょッと振返って、

「清兵衛さんだ。辰と豆、行ってみろ」

と鋭く命じた。二人は矢庭に走りだす。それを見送って、再び箱に手をのばした時、その手を横合いから、ぽんぽんと軽く叩くものがあった。

「何だ？」

ハッとして振向くと、それはつい今しがた清兵衛と一緒に出て来て、どこへ行ったかと思われた医者の瓢庵先生である。にこにこ笑いながら、

「佐七さん、おやめなされ。御神体はやはり御堂に祀っておくがよい」

「おおこりゃ、瓢庵先生、言葉を返しちゃ悪いが、この場は佐七に委せておくんなさい」

「いいや、ならん。お前が佐七さんなら、それもよかろうが、狐小僧とあってはな」

「ええッ、何だと？」

「あははは、こうなりゃお前も三十六計が一番じゃよ。今に真物《ほんもの》の佐七さんが、辰五郎と豆六の二人と戻って来る」

「うぬッ、俺をどうして見破った？」

「ふとした事でな。まずお前は、夕方この家に忍び込んで、清兵衛さんを押入れに手籠にし、まんまとこの家の主人になりすました。頰の痣は砥粉《とのこ》で胡魔化してな。わしはつい先刻、居眠りから醒めて、お前の脈を見ようと云った時、お前の手首に擦り傷が見えたのでオヤと思うた。夕方の清兵衛さんにはそんなものはなかった。狐小僧が昨夜縄抜けをした話を聞いて居った故、忽ちその擦り傷の持主が狐小僧と分った訳じゃ。そのお前が、今度は佐七さんを誘きだし、築山の洞穴へ手籠めにして、まんまと佐七になりすまし、御神体を持ちだそうと……」

「ええい、やかましいやい、この老耄《おいぼれ》め」

ぽかりと派手な音が瓢庵の額のあたりに聞えて、先生はうしろへ引繰返り、佐七扮装のままの狐

小僧は忽ち闇の中へ消え失せて行った。丁度この時、やっと二人の部下に介抱されながら、天下の美男人形佐七が見るも気の毒な姿で戻って来た。

それを見ると瓢庵先生のこのこと起き上り、

「どりゃ、傷はないか診《み》てあげようかの、佐七さん。御神体は無事じゃ、安心なされ。狐小僧は化け損って、わしに正体見破られると尻尾を巻いて逃げて行きましたぞ」

「あッ、先生、そりゃどうも」

さすがの佐七も、この時ばかりは、一度入った穴へもう一度もぐり込みたくなったそうである。だから、この捕物だけは、佐七の手柄話には永久に出て来ないだろうと思うのである。

# 銀杏《ぎんなん》屋敷

## 三度の使い

「こんにちは。……」

返事がない。

「……ちわーア」

お玉ケ池の親分人形佐七も、いささか業を煮《にや》して、酒屋の御用聞きみたいな声をだした。奥には確かに人声がする。それも何か云い争いの癇高い調子と、ドタンバタンとただならぬ物音まで聞える。つねづね空家同様のひっそりした瓢庵邸にしては、まことに珍しい。

ははア、香六《きょうろく》か桂七を相手の将棋に揉めごとが生じて、とうとう腕ずくに立到ったかと、佐七はにやりとしたが、玄関に並んでいる履物を見て、はてと首をひねった。客来の様子はない。履物のない客がもしありとすれば、それはまず泥坊……佐七は職掌柄ぎょッとして、もう案内を乞うのをやめて、のしのしと家の中へ踏みこんだ。

「先生、瓢庵先生」

声をかけながら奥の間へ通ろうとすると、襖がたて切ってある。その向うで何か騒ぎが持上っているのだ。

「やあ、佐七さんか」

やっと瓢庵の声がした。

「どうしました。お取込みのようですが……」

「うむ、捕物じゃ」

「ええッ、この日中に、泥坊でも……?」

「さよう、大泥坊。ちょうどいいところへ来て下さった。親分、十手をお持ちか？」

「へえ、持っておりますとも」

「では、十手の威光を見せてもらいましょうかい。何しろ手ごわい相手じゃ。佐七さん、襖をそろりそろりと開けて、入って下され」

「襖を、そろりそろり？」

「入ったら、あとをすぐ閉めて下されよ」

「へえへえ」

佐七は云われる通り、襖を少しずつ引きながら、右手を懐へ入れて十手を握りしめ、さて油断なく奥の間をうかがったが、奇妙なことに床の間を背にした片隅には、はたきを手にした瓢庵が及び腰となり、もう一方の片隅にはちびた箒を頭上にかざして、豆太郎少年が金時みたいに眼玉をむいている。何とも珍妙な活人画である。しかも怪しいものはどこにいるのか分らない。

「やッ、行ったッ！　親分、頼みますよッ」

豆太郎の叫びに佐七がハッとすると、何か知らぬが佐七の構えた両脚の間を猛烈な勢いでくぐり抜けたものがある。

「わア、駄目だい、親分。逃がしちゃったよ。せっかく追いつめたのに、間抜けだなア」

豆太郎の遠慮のない嘆声に、佐七は眼をぱちくり。捕物の名人にこれくらい手痛い挨拶はない。

「な、なんだって？　豆ちゃん、その泥坊はどこにいるんだ」

「もう親分の脚をくぐって逃げちゃったい。眼の下一尺もある泥坊鼠さ」

「鼠？」

「あッははは」瓢庵が矢庭に笑いだして、

「佐七さん、お前の十手も嫁が君にはどうやら効能はないようじゃ。どうもこの家は鼠が多くてな。主人《あるじ》の能無しを心得て、昼間から家中を横行闊歩じゃ。今日はその首領と覚しい奴を、薩摩薯で釣出し、見事にこの部屋に追いつめたまではよかったが、親分の御入来がいっそ奴の倖せとなったらしいて」

「いや、どうも」

さすがの佐七も捕物の対手《あいて》が鼠とあっては、手にした十手のやり場もなかった。瓢庵はそんなことにお構いなく、

「これが本当の泰山鳴動。親分の十手も験《げん》がないとあらば、猫を飼うより手はあるまい。どこぞにいい三毛はおらんかな、佐七さん」

「へえ、お望みなら探して参りやしょう」

佐七も苦笑いしながら、やっとどうやら坐るだけの恰好がついた。

「先生、今日は誘いだしにあがったんですよ。お暇がごさんすか?」

「年がら年中、暇だらけ。どうも近頃、みんなとんと病気にならぬで弱っとるよ、はッはは。この分では、坊主も御同様だろうて」

「その坊主のところへ用事が出来ましたンで……。御存知の池上の本門寺」

「本門寺、大分遠いナ。……ドンツク、ドンツク、法華の太鼓。なるほど、今日は神無月十三日、こりゃア確かに、日蓮上人御入寂《にゅうじゃく》の日であったわい」

「さすがは先生。実は今日、本門寺で上人が小松原の法難を受けた際に着て居られたという血染の衣の納献式が行われるンだそうで……」

「法難の衣、ほほう、そんなものが出て来おったか」

「それが今まで、安房《あわ》のあるちっぽけな破れ寺に保管されてあったのを、さる信者が見つけだして、本門寺に納めました。本門寺では何しろ国宝とも申すべき品、今日の式を限りに宝物庫の奥深く蔵いこむ手筈です。ところが、飛んだ横紙破りが出て来ました」

「ふむふむ」

「上人法難の衣などというのは真赤な偽り、もしそんな品を宝物として扱うようなら、神罰……じゃない仏罰立ちどころに降って、日蓮宗も滅びてしまおう。そこで、観音小僧をつかわして、衣を奪い取ろうという御託宣なンで」

「誰じゃ、そんなことを云いだしたのは？」

「なアに、これにはいろいろからくりがありましょう。法難の衣を持ちだされた安房の末寺《まつじ》の連中が、その宝物さえ取戻せば、善男善女が市をなすようになると分って、大泥坊の観音小僧に盗みださせようとしたに相違ありませんや」

「観音小僧というのは、親分に一度もつかまったあの泥坊じゃな」

「へえ、奴とは妙な因縁で二度もつかまえていまさア。これと狙ったものなら金輪際はずしッこない凄腕の野郎で、日頃千手観音に願かけをして泥坊を働く妙な奴ですが、わッしだけは苦手と見えます。ところが二度とも牢を破って逃げだしているンで、今度こそはつかまえて梟《さら》し首にでもしてやりましょう」

「そのお手伝いに、わしがまかり出るのはどうやら場違いのようだな」

「いいえ、そうじゃないんで。わッしもわざわざ縄張り以外のところへ頼まれたことですし、大事を取って辰五郎や豆八はもう現場の本門寺へ張りこませてありますが、一番あぶない時刻が、納献式の終る七つ頃だと思います。恐らく観音小僧の野郎、何か大騒ぎを持上らせ、そのごたごたの隙を狙って法難の衣を掠めるだろうと睨んでいます。思わぬ怪我人なども出ましょう。そういう時に、先生が御一緒だと、わッしも気が強うございます。どうぞ先生、御迷惑でも……」

「なんの、光栄の至りじゃ。喜んでお供しましょうわい」

瓢庵先生、例によって誘惑無抵抗主義である。

この時、表玄関にあたって、誰やら訪《おとな》う声がした。豆太郎が取次ぎに出て、すぐ立戻って来る。

「また、銀杏屋敷からの使いだよ、じいあん。今度は是非来て下さいッて。まるで気が違ったみたいだ。断ろうか？」

豆太郎、いっぱし取次ぎ役は堂に入ったものだ。

「ふむ、銀杏屋敷」瓢庵はちょっと考えて、

「病人をかかえている家のものは、時々気が変になるようなことがあるもの。まあ大した手間はとらせまい。少々廻り道だが、寄ってやることにしよう。豆、断らずに、では早速参じましょうと答えておおき」

「はい」

「先生、何です、銀杏屋敷の使いというのは？」

佐七が訊いた。

「銀杏屋敷を御存知ないかな？　もっとも大して名のあるところでもない。大銀杏が一本あるきりでな。これから東へ六七丁、佐竹殿の屋敷と寺町に挟まった陰気な場所じゃ。そこに岡田という家がある。中風の隠居と息子夫婦が住んでいて、わしは時折隠居を見舞うことになっておる。もう医者の力ではどうにもならぬ病人じゃ。その家から、今日はこれで三度目の使いなのじゃ。最初はすぐ来てくれ、続いて四半刻もして、もういいから来んでよい、それから今、またすぐ来てくれ、と豆太郎ならずとも何が何やらさっぱり分らない」

「勿論その中風の隠居がどうかしたんでしょうね」

「わしもそのように思います。佐七さん、今度はわしが誘う番じゃが、大して時間もかかりますまい。一緒にその銀杏屋敷へ立寄って下さらんか。どうせ枯木のように死んでしまった老人と対面するのが落ちじゃろうが……」

「お医者も楽じゃありませんね」

佐七はひとごとのような同情の口吻《こうふん》であったが、まさかその銀杏屋敷に医師瓢庵をそっちのけにして、それこそ佐七にはお誂え向きと云わんばかりの奇々怪々な出来事が待っていようとは、神な

らぬ身の知る由もなかった。

## 奇怪な死体

「今年は冬の来るのが早そうじゃな。それがどうして分るか、佐七さん。御存知か？」

「知りませんよ、先生。せいぜい紅葉が早目に色づく位のところで……」

「江戸に居っては、紅葉の風流もなかなかのこと。夏の間から紅いやつがある。――酒じゃよ、親分。酒の味が妙に舌へ沁みるようになると、それが冬の来る証《しる》しというものだ。今年は酒の沁みるのが早いて」

「ははア、なある――」

そんな行き当りばったりの会話をかわしながら、落葉がかさこそと風に吹かれている寺町を抜け、瓢庵と佐七とは目指す銀杏屋敷へと来た。

古めかしくはあるが、堂々たる門構え。塀の上から、庭の奥に聳えている大銀杏が、見事に黄ばんだ葉を、陽ざしのやや薄れた青空いっぱいに拡げているのが見える。

「こりゃア立派なお屋敷じゃありませんか」

佐七はいささか驚いた面持。

「さよう、何様の下屋敷なのか、しかし中は相当のぼろぼろじゃ。岡田というのは留守番代りに住んでいるらしく、この屋敷の持主というわけではない」

両名が通用門のくぐりを、がらがら音させてくぐると、玄関がすぐ開いて、一人の女が走り寄って来た。小柄で、ぽっちゃりとした顔立ちの、初々しい女房姿だが、顔の色は異様に蒼ざめて、唇の色さえ白ちゃけている。よほど物に感動したらしい様子だ。こういう人間を扱いつけている佐七は、瓢庵のうしろに立って、じっと観察した。女の眼を見て、はてどこかで一度会ったことがあるようだが、と感じ、しかしすぐには思いだせなかった。女は佐七も眼に入らぬらしく、瓢庵の傍へ駈け寄ると、

「先生、大変でございます。もう、とても……」

と云って絶句した。

「どうなすった、お君さん。御隠居がどうかなすったかな？」

「はい、それが……むごたらしい殺されようで……」

「なに、殺されなすった？」

「はい」

お君は怖ろしそうに眼を伏せると、首をうなだれた。首筋に散った後れ毛が、かすかに震えているのが佐七にも分った。

「あの身動きも出来ない老人が殺されようとは、えらいことだ。いつ、そして誰に？」

「つい半刻も前でございます。うっかり眼を放して居りましたら、いつの間にやら……もちろん下手人など、分りようもございません」

「ふーむ、それはよかった。というと変だが、このお連れは天下に名だたるお玉ケ池の人形佐七親分。わしが来るより、親分が来るのが本当だった」

「まア、お玉ケ池の親分さん」

改めて小腰をかがめて佐七に向って会釈をしたお君は、十手を持つ岡っ引に面と向うのが、さすがに空恐しいのか、佐七を正視するさえやっとのことのようである。

「親分とわしとは、これから用事があってちょっと遠出をすることになっておるので、それで一緒に立寄りましたのじゃ。やれやれ、何の手引きか知らないが、まんがいいような悪いような。お君さん、ともかく親分を御隠居の殺されなすった現場へお連れ申しなさい」

「はい、ではどうぞそのまま、庭先の方へお廻り下さいまし」

お君は先に立って、家の横手へ廻ろうとした。瓢庵は思わず小首をかしげ、

「はて、庭先とは……?」

「御不審でもございましょうが、父は庭の銀杏の枝に吊し下げられて居ります」

瓢庵と佐七とは、期せずして眼を見交した。それは、事件が容易ならぬものらしいことを暗黙に認め合ったからである。

竹の垣根に沿うた小径《こみち》を行くと、じきに庭へ出た。相当の広さがあって、一面に植木の類が生え茂っていて、家の方は軒が傾くとまでは行かぬまでも相当手入れの行届かぬぼろ家と思われるのに、庭の方がいっそ手入れが行届いているように見えるのは、夕暮近い秋の陽ざしが乾いた空気を透して明々《あかあか》と庭先に輝き渡っていたせいであっただろうか。

垣根に沿うた一隅に、さっき道からも見られた大銀杏が、これも真正面《まとも》に、傾いた陽ざしを浴びて、まるで黄金の泡が空中にふくれあがったように突立っていた。

「ても美しい」

瓢庵は立ちどまって、想わず呟いたが、佐七の方はその黄金《きん》と燃える大銀杏の下枝に、ぶらりとぶらさがっている哀れな死体を早くも見つけ、職掌柄緊張の面持であった。だが、すぐに佐七も呟いた。

「こりゃ妙だ。あの衣裳は……」

なるほど、佐七が眼をぱちくりさせたのも道理、近寄って見きわめるまでもなく、御隠居はあられもなく、大きな菊の花を散らした小浜縮緬か何ぞの長襦袢をぞろりと着た女装なのであった。しかも驚くべきことに、枝から細引きで吊し首にされていながら、胸へは何と槍が一本突きささって、その切尖が背中へ突き出ていようというむごたらしい最期の姿である。奇妙になまめかしい長襦袢と、この残忍な刺し放しの槍との対照は、物に動ぜぬ佐七をさえ、一瞬たじたじとさせたほどだ

った。

「死骸は取おろそうとしなかったのですかえ?」

佐七が漸く気を取直して、そう訊ねると、お君はうなずいて、

「はい、あんまり気味の悪い殺され方なので、手の出しようもございませんでした」

「この長襦袢は……」

「それは、あたしの品で……。箪笥の中のものが、どうして出されたものやら」

「ふーむ、するとこの槍も」

「はい、それは玄関の長押《なげし》にかかっておりました」

「ますます面妖だ。身動きできぬ病人を、家の中から引きずりだすのさえ容易ではないのに、箪笥の衣裳を着せて、玄関の槍を持ちだす。その大騒ぎを誰も知らなかったとは、こりゃア狐狸の仕業でなけりゃ出来ッこねえ。そうじゃありませんかい、瓢庵先生」

今や佐七も、いつもの優さ男ではなくなっていた。十手の誉れに徹した岡っ引の本性に、眉間《みけん》のあたりがぴくぴく震えてさえいる。

そこへ、人声を聞きつけたのか、年の頃三十二三の男が立現われた。神経質そうな眼をおどおどさせて、顔色もひどく冴えないのは、もともと病身なのかも知れない。

「これは瓢庵先生、いらッしゃいまし」

「おお、清吉さん。あんた、おいでだったのか。わしはお神さんだけかと思うておった。今日はお店をお休みか?」

「へえ、少し頭痛がしましたし、それに親父の容態がどうも変なものですから、用心してお店は休まして頂きましたが、その甲斐もなく、こんなとんでもないことになりまして……」

清吉はお君の亭主で、近くの薬種問屋の通い番頭をしている。瓢庵は佐七に紹介の労をとると、佐七はずいと乗りだすようにして、

「清吉さんとやら、挨拶抜きでお尋ねしますぜ。御隠居がこういう姿になられたのを見つけたのは、つい半刻も前のことだというが、その頃までお前さん方はどこで何をしておいでだった?」

「へえ、お君は裏の井戸端でずっと洗濯をやって居りました。私は親父を看病していまして、どうも様子が変なので、瓢庵先生に来て頂くよう、使いを走らせましたが、それも思いすごしであったのか、やがて元気になったようなので、先生のおいでをお断りし、少し疲れたので別室でうとうといたしました。その隙に、まんまとこの有様なんでございます。それでまたとるものもとりあえず、瓢庵先生に使いを走らせたようなわけで……」

「その使いというのは?」

「この屋敷うちに居る源造という男なので。……源造は、こう申すのは何ですが、上屋敷《かみ》の下男奉公が半馬鹿同様で勤まらず、その癖植木作りが得手《えて》なので、幸いこの下屋敷に広い庭がありますから、庭先の物置小屋のようなところに住みこんで、御らんの通り植木を丹精して居ります。用があれば、私共の手伝いもしてくれますンで……」

「なるほど、その源造をひとつ、ここへ呼んでは下さるまいか」

「お安い御用で……おーい、源造どんや」

清吉が大声で呼ばわると、遠くの茂みの蔭で、「おう」と、まるで牡牛が吠えるような返事があって、やがてがさがさ植木を分けて出て来た男があった。

六尺豊かな大男、つんつるてんの着物を着て、出来損いの西郷さんみたようだが、生来の白痴性《こけ》は争えず、その魁異な顔を妙にゆるんだものにしている。年の頃は、しかしもう中年をすぎているよう。

「源造どん」佐七は気軽な調子で、「お前さん植木がうまいんだそうだナ。今日もずっと植木いじりだったろうが、庭先を見慣れぬ者がうろつくのに気がつきはしなかったかえ?」

「うんにゃ、おら何にも知んねえ」

子供の「いやいや」みたいに、やけに首を振って見せたが、源造の眼は銀杏の枝からぶらさがっている奇妙な死体に触れると、柄になくきょときょとと動いて、まるで電気にでも触れたようであった。そして、もう一度自分自身に云い聞かせるもののように、だみ声で唸った。

「おらア何にも知んねえちッたら」

「そうかそうか。もういいんだ、源造どん。御苦労だったな」

佐七は大きくうなずいて、元の方へ戻って行く源造を見送りながら、再び眼を哀れな死人の方へ向けた。瓢庵はこの間に死人の様子を検《あらた》めていたらしいが、

「親分、この仏はどうやら極楽往生のようじゃ」

と思いがけないことを言いだした。

「先生、そりゃまた何故?」

「首の綱の擦れ傷、胸の傷の血の流れ具合、こりゃあみんな死んでからのものじゃよ。つまり誰かが死んだ御隠居を引きずりだして枝にぶらさげ、槍をお見舞い申したのだ。ひとから怨みを買うこともない老人に、無体なことをしたものさ」

「ふーむ、そういう極道《ごくどう》な野郎は一体……」

佐七の鋭い視線が銀杏の下の地上に注がれたが、そこにはさらさらした小砂が土に浮いているばかりであった。

「足跡はただの一つも残っていない」

「それは大方鵺《ぬえ》がくわえて運んだからに違いあるまいて。どうもこの『死人殺し』には、ぴんからきりまで鵺の匂いがするようじゃ。ひょッとすると、佐七さん、一旦死んだものに魔物が乗移り、息を吹き返して、女の衣裳をつけ、踊りだしたのかも知れん。その悪魔を払おうと、首吊りの槍突き、いやはや思案の外じゃ」

瓢庵は輝きを失って赤々と燠《おき》のようになった陽ざしを眩しそうにしながら、首を振った。

「いや、先生、わッしにはそんなたわいもない事件のようには思われませんぜ。こりゃとっくりと調べあげなくッちゃ、お玉ケ池の顔にもかかわりまさア。もっとも、ちッたア当りのつかねえ節もありませんがね」

佐七の視線は庭の奥の、源造が消えたあたりを睨んでいた。

「そんなら、これから隠居の寝間でも覗いて見ようじゃないか、親分」

「それがようがしょう」

事件の怪異さに、まるで獲物の臭いを嗅いだ猟犬のように、佐七の眼は据ってきていた。

庭を廻って、縁側から母屋へあがることにしたが、雨戸の戸袋のところに、一本の竹箒が立てかけてあった。それを見ると、瓢庵はぎょッとしたように立止り、

「おう、これは……わしは、鵺の尻尾かと思ったよ。いや、ははは、これは確かに鵺の尻尾に間違いない」

と、真面目とも冗談とも知れぬ言葉を吐きながら、どッこいしょと掛声かけて縁にあがった。

## 千手《せんじゅ》観音

隠居の寝間にはまだ布団が敷き放しになっていて、曲者のために荒されたような形跡は別に見当らない。枕許の薬罐や煎じ薬は型の通り、隙間風を避ける小屏風もひっそりと立ったままである。

壁にかけてある天照皇大神の軸は、常々神信心の隠居が、動けぬまま寝床から拝んでいたものであろう。

佐七はしかしこの奇もない病室を注意深く調べはじめた。手持無沙汰の瓢庵は、お神さんのお君をかえりみて、

「わしは、槍のあった玄関の方を見せてもらいましょうかい」

と、のこのこ自分で先に立った。しかし、瓢庵がいくら蚤取眼を皿にしたところで、玄関からは長押にあった槍が無くなっているのを確かめたに過ぎなかった。玄関から入ったすぐの部屋が、清吉夫婦の居間になっているらしく、その隣りが道具部屋と化粧部屋とを兼ね、箪笥や鏡台が置いてあるが、例の長襦袢を持ちだした箪笥は、その抽斗が慌てたものか半分だけ押しこんだままになっている。

その奥にもう一つ部屋がある。清吉だけが使っているのか、壁には衣紋竹《えもんだけ》を通した男物の渋い柄の着物がぶらさがり、部屋の隅に貧乏徳利が所在なさそうに転がっている。瓢庵は自分と縁の深い代物であるだけに、好奇心に眼を輝かし、お君を振返り、

「清吉さんはお酒をやりはじめたのかな?」

と不審そうにたずねた。お君は虚をつかれたのか、どぎまぎして、

「いいえ、長年胃が悪いので、一向不調法《ぶちょうほう》で……あれは、お客があったものですから」

「ナニ、胃病なぞは気のものじゃ。大いに笑うて、唄でも唸るとケロリと直る」

まことに非医学的なことを云いながら、隠居の寝間に戻って来ると、そこには佐七が一服吸いつけながら待構えていた。様子を見ると、どうやら自信満々の色が見える。

お君がお茶でも入れに行った隙を見て、佐七は瓢庵に向い、

「先生、犯人《ほし》の見当はつきましたよ。これです」

と袂から出したのは、一挺の鋏であった。

「これが布団の下から出て来ました。落ちたはずみにもぐりこんだのでしょうが、この鋏は植木鋏でさア。……それからそこの縁側をよく御らんなさい。大きな裸足の足跡が一つ、たっぷり十二文はあろうという寸法で。……つまり……」

「分った。つまり、あの源造めが死んだ隠居を引きずりだして、あんな目に逢わせた、と。だが、

何故じゃ？」

「それを、これから取押えて、実を吐かせようと思いますよ。何しろ、あの半白痴《こけ》じゃァ、なかなか埒も明きますめえが」

「おおそれだ。佐七さん、埒が明かぬと大変じゃ。ナニ、白痴とあれば、放っといても逃げだす気遣いはあるまい。今日はこの位にして、引取ろうではないか。お前さんにはまだ大事な仕事が待っている」

瓢庵は急にそわそわしはじめた。

「けど、先生、もう一息なんですぜ。あの白痴が、どんな理由と企みで、奇妙奇天烈な死人殺しをやったのか、わッしはどうしても責めてみてえ」

「いや、わしは真平じゃよ。そんなお附合いは御免蒙る。わしは出掛ける」

「まあまあ、先生。いつもは悠長な先生が急にどうしたというんで。そうまで仰有るなら先生一人をやるわけには行きませんから、ここの調べは明日にして、御供はしますが……」

「そうなされ。それが身のためというもの」

瓢庵と佐七が立上ったところへ、お君が茶を運んで来た。そのあとから亭主の清吉も顔をのぞかせ、二人が帰ろうとする様子に驚いて、

「おや、もうお立ちで……。先生、それに親分、まだお調べもすみますまいに。少々早目と存じましたが、今お口よごしを用意させようとして居ります」

「とんでもないこと、清吉さん。そんな事より、とっくり仏様の後始末でもするがよいぞ！」

瓢庵にしては珍しく大喝一声であった。清吉は横ッ面をはられたようにぽかんとする。

そのまま二人が履物をつっかけて、庭から玄関へ廻ろうとすると、どこに隠れていたのか、今度は源造がぬっくり行手に立塞がって、矢庭に躍りかかって来た。さては佐七が彼に疑いをかけたのを、物蔭ででも聴いていたのであったか。――だが、力委せの襲撃も手練の佐七には通ぜず、六尺

の大男が忽ち地響き立てて地に這った。

銀杏屋敷の門を出ると、瓢庵は佐七に向って笑いかけ、

「やれやれ、とんだ道草を食った。駕籠を見つけ次第、すぐに池上へとばしましょうぞ」

「先生は馬鹿に本門寺行きを急ぐじゃございませんか。わッしには、この銀杏屋敷の希有《けう》な死人殺しを解く方が、よっぽど身が入りますがね」

と佐七は少からず連出されたのが不満の態。

「さアそこだて。佐七親分がそう意気ごんで来るのを、対手は待構えていたのじゃわい」

「対手とは、あの半白痴の源造のことですかえ?」

「みんなじゃ。死体になった隠居も仲間かも知れん。みんなぐるになって、あのような奇妙奇天烈な見世物を作りあげたのじゃ。見物人は、親分とわしのたった二人きりじゃが……」

「すると、隠居の死骸を庭に持ちだして、あんな汚し方をしたのに、清吉夫婦も肩を入れているというので」

「その通り。わしのところへ、源造の使いを三度寄越したのを、清吉は隠居が一度悪くなり、また持直して、次に事件が起きたから、と弁じたが、あれは嘘じゃ。二度目の使いで断って来たのは、容体が持直したからではなくて、反対に死んでしまったからじゃ。つまり、わしなどは不用、坊主が必要だったわけさ」

「そんなら、次の使いは……」

「そこじゃ、親分。一旦不用になったわしを、呼びだしたのは、わしが急にまた必要になったからだて」

「分りませんや、先生。そりゃ何のこッてす?」

「ははは、医者の瓢庵が、御用聞きの片棒担ぐことが分ったからさ。つまり、お目的《めあ》ては、いっそ佐七さん、あんただったんじゃ」

「銀杏屋敷で、わッしを待ち受けていたというんですかい？」

「そうとも。何故というのに、あの家は観音小僧の隠れ家なんじゃよ」

「げッ！」

佐七はのけぞらんばかりの駭きよう。瓢庵はこんな時によくやるように、ちょっと当惑した恰好で額に手をやり、年にも似合わずはにかんだ低声《こごえ》で、

「実はな、親分。わしはあの死体殺しが、誰かのお芝居ではないかと、すぐに疑ったのじゃ。女の襦袢も槍も家の品、かけがえのない父親が枝にぶらさがっていたら、何はともあれ取り降して介抱するのが人情というもの。銀杏の下の足跡は竹箒で掃き消してある。こりゃア家の中に怪しい奴が居る。そう思うて、部屋を調べてみると、見かけは清吉の部屋らしいが、どうもあの夫婦と隠居以外の人間が使っていたものに違いない。清吉は酒をのまぬと聞いていたのに、貧乏徳利が転がっている。ははア、隠居の愚痴に、清吉には一人兄貴がいるが、身持ちが悪くて、旅に出ているということだった。その兄貴が帰って来ているナ、と思ったら、何と壁に千手観音の掛軸があって、蠟燭まで供えてある。観音小僧、パッと頭に来たのじゃ。隠居の方は神信心で、観音様には関係ないのでな」

「清吉の兄貴が観音小僧。すると、小僧が父親の死骸を銀杏の樹に吊し、下手人を半白痴の源造に見せかけようと企んで……」

「そのからくりに佐七親分が、まんまとはまりかけようとしたわけさ。何とこれも底が割れては泰山鳴動。……それというのが、今日お前さんとわしとが、池上本門寺へ出張ると知って、佐七親分に見張られては百年目、何とか暇を潰させて、その間に法難の衣を奪い取る魂胆」

「ええい、そうと聞いては、先生、駈足だ」

佐七は辻駕籠を見つけようと、一散に走りだしていた。

×　×　×

蛇足になるが、佐七と瓢庵先生の駕籠は、池上本門寺へ意外に早く着き、それまで法難の衣は無事であった。納献式がいよいよ終りに近づこうとする頃、坊主の一人に化けていた観音小僧が、見事に衣を掠って逃げだそうとしたが、これも坊主に化けてまぎれこんだ佐七のために、まんまと取押えられてしまった。

お玉ケ池何番手柄になるのか知らないが、こいつも本伝からは洩れそうな懼れがあるので、前座なみの張り扇、まずは御退屈さま。

# 女雛剣雛

お蔦の出現

「ちょいと、瓢さんえ、おまんまができましたよ」

「うむうむ」

「うたたねしてちゃア風邪を引くじゃありませんかねえ、こちの人」

「うむ、むにゃむにゃ。……」

このやりとりを耳にしたら、百人が九十九人まで、ははア瓢庵先生、酔払った揚句、一膳めしやへでもころげこんで、めしを云いつけたはいいが、十八番の居眠りをはじめた風景……と推量するだろうが、いやはや全くさにあらず、場所は歴《れっき》と下谷の長者町、瓢庵御自身の例の筍屋敷《たけのこやしき》、うらうらと晩秋のおだやかに陽ざしが縁先から流れこんでいようという真日中、奥の間で所在なげな手枕が、ついうとうととしたところを、色は浅黒いが、どこかに小粋なところが残っている三十前後の中年増の、いそいそとした女房振りの女に、肩先をへらへら叩かれているというのだから、こいつはただ事ではないだろう。

捕物帖の中では男前を売出しの、お玉ケ池佐七か若さま侍なら似合いの景色《けいしょく》で、よう、ようと掛声もかかろうが、何しろ女房に死別れてからこの十年あまりというもの、全くの女気なし、拾い児の豆太郎を相手に二人きりで暮してきた瓢庵。年からいうと還暦には間があって、死灰枯木と云っては可哀そうだが、どう見ても女に縁がある面《つら》でも人柄でもない。実はこの物語の作者自身でさえ、この瓢庵先生四番手柄をほじくりだすまでは、筍屋敷に赤い襷《たすき》の女房姿がおでましになろうとは神ならぬ身の知る由もなく、ただただ口を開けて驚き入るばかり。

もっとも驚いているだけでは、作者の役目が果されないから、どうしてこんな大江戸の真中に原子爆弾が降って落ちたようなこととなったのか、その次第をお伝えせねばなるまい。

ところが、その次第たるや、実は簡単すぎて拍子抜けがする位だ。考えてみれば、原子爆弾の時も飛行機がマッチ箱を取り落したはずみに広島が消えて無くなったわけで、すべて驚天動地はその次第が簡単に出来ているものらしい。

ある朝のこと——。

前の晩に蔵前でお祝いごとがあり、瓢庵、例によって振舞酒にずぶずぶとなり、どんな風にして家へ戻ったかとんと思いだせず、年はとっても宿酔《ふつかよい》の悔いはいつもに変らず、飛んだ恥をさらしはしなかったかと、寝床でふいと眼を醒まし、えへんえへんと空咳《からせき》などしながら、一服つけてぼんやりしているところであった。台所では豆太郎がひょッとこ面で、しきりに火吹竹を吹いている。

そこへ、表戸ががらがらと威勢よく開いて、

「こんちわア」

と思いも設けぬ艶かしい女声。鎌首をもたげた瓢庵も一向に聞覚えのない声なので、返事もできなかった。ところが玄関では、もう一度案内を乞うと思いきや、

「あらあら、まだ寝ているんだねえ、のんきなお方」

と遠慮のない調子で、駒下駄の音を台石に高々と鳴らし、どしどし踏みこんで来る様子。がらり、がらりと襖を次々に開けて、そこに瓢庵がへたばった痩せ蛙みたいな恰好で一服やっているのを見ると、オホホホホと高笑い一番、

「やっぱり思った通りでござんしたね」

と、ぺたり枕許に坐ったものである。

さすがの瓢庵も度胆を抜かれて、消えた煙管をくわえたまま、眼を皿にする。水もしたたるとは申しがたいが、なかなかの女振り。歌麿えがく浮世絵が、台所の煙で少々煤けたぐらいのことはある。

「おお、お前さんはどこの姐さんだ」

「あら、厭ですよ、瓢さんたら」

「瓢さん？　うむ」

これにはまず参った。先生は全く蛙みたいに、てれ切って、つるりと顔を撫でた。

「お蔦が来たんですもの、よく来たとか、待ってましたとか、おッしゃいな」

「ははーん、お蔦さんか。そういえばどこぞでお目にかかったようだの」

とは云ったが、一向に思いだせない。

「まあ驚いた。夫婦《めおと》約束をした相手に、そんな御挨拶ッてありませんよ」

「ナニ？」

夫婦約束と聞いては、寝ても居られず、瓢庵も起きあがってピタリと正坐した。ひょッとすると、気の狂《ふ》れた女とも考えたからである。

「瓢さんえ、そんな怖い顔して、オホホホホ。昨夜あんなに固く約束したじゃありませんか。主《ぬし》さんが今晩からでもというのを、それじゃ酔った揚句の連れこみのようだからと、あたしゃお断りして、今朝にお願いしたんですのよ」

「うむ、さよう」

瓢庵の額にはトタンに油汗がにじんだ。今も今とて、昨夜何やらしくじりをやりはしなかったかと、えへんえへん空咳でほじくっていたところだ。して見ると、酔ったまぎれに夫婦約束をかわしたものと見える。とんと色気というものが消え失せたと、信じきっていた瓢庵も、このときばかりは我とわが身に、愕然として、油汗と共にガタガタ震えてしまった。

「うむ」

と、もう一度唸ったが、それを万事諒解と受取ったお蔦、婉然として、

「さアさ、寝惚《ねぼ》けていらッしゃらずと、顔でも洗っておいでなさいな。おやおや、そこでおまん

まの支度をしているのが豆太郎さん。昨夜は豆ちゃんに炊事仕事をさせるのが可哀そうだから、是非来てくれとも仰有って……」

「ほほう、そんなことまで云ったか、そいつは参った」

「参ることがありますものか。いいえね、もう豆ちゃんにも苦労はさせませんよ。さア、豆ちゃんや、今日からわたしが母親代りで可愛がってあげようよ。こっちへお出でなね」

瓢庵以上にぽかんとしている豆太郎の頭を撫でて、お蔦はかいがいしく襷をかけると、もう台所に立って働きはじめた。あッという間の出来事であった。

## 観音小僧の片袖

まさに驚天動地である。もっとも押掛け女房という奴は世間にままあることで、今更仰天するほどのこともあるまいが、ただその相手が瓢庵とあっては、鰻に梅干ほどの食合せ、誰しもこれが無事におさまるはずはないと思うのが当り前だ。

ところが、予想はがらりとはずれた。縁は異なものという通り、一向に無事なのである。梅干がこの雌鰻をどう扱うかと思ったら、酔余の夫婦約束という条件《ハンディキャップ》に観念したのか、ウンともスンとも云わない。顋《あご》を撫でて色男振るほど血迷いもしなかった代り、白粉臭いの鬢附油《びんつけ》臭いのと、野暮なことを云いだしもせず、お蔦が家じゅう動き廻るのを眺めはじめた。

お蔦の方でも、酒の気が切れた瓢庵の退屈極まる御相手に、たちまち愛想づかしをするかと思いきや、まめまめしい世話女房振り。料理屋の仲居でもつとめたことがあるのか、そつのない切廻し振りは全く美事なもの、破れ障子に煤だらけの筍屋敷は、あッという間に見違えるばかり綺麗になった。

「こりゃアまるで他人《ひと》の家に行ったようだの」

と瓢庵は思わず述懐したが、満更悪くない気分と見える。

ここに一人、哀れをとどめたのは豆太郎であった。炊事や雑用の手間が省けるし、お蔦も豆ちゃん豆ちゃんと声をかけてくれるのだから豆太郎だって居心地の悪いはずはないんだが、万事は気のもので、天から降って湧いた女が、これまで父とも祖父とも思っていた瓢庵を独り占めにし、我物顔に筍屋敷をきり廻すのを見ると、何という理由もなく胸がおさまらぬのである。だからお蔦出現以来、豆太郎は急にだんまり小僧になってしまい、裏庭の隅なぞへ行って意味もなく地面なぞをほじくり返している。

「豆、どうした。そこで何をしてるんだ」

瓢庵がやって来て声をかけると、豆太郎は三白眼で睨《ね》めあげるように見返して、

「何もしてやしないよ」

「お前、変だぜ、元気がないナ」

「じいあんこそ変だい」

「どうしてだ?」

「だって、あんな女がとびこんで来て、家中勝手にひっかき廻してるの、平気で見ているんだものの」

「お蔭で家ン中がさっぱりしたじゃないか」

「おいら、厭だい」

「お蔦が嫌いか」

「大嫌《でえきれ》えだ。じいあん、早くあんなの追いだしとくれよ」

「よしよし、まア待て」

呑みこんだような事を云いながら、瓢庵はお蔦にそんな気振りさえ見せない。豆太郎はすっかり

むくれ返った。

それと同じようなことが、瓢庵のところへ毎日のように現われては将棋の相手をしていた香六と桂七の二人にも見られるようになった。お蔦はこの二人にはあんまりいい顔をしない。それも道理、碁将棋の客は女房の鼻つまみと昔から相場がきまっている。かてて加えて、この両名、独り身の瓢庵の慰め役を以て任じていたのだから、今更お蔦に女房づらをされてみると、とんと興醒めの態で、自然に足が遠のいてしまった。

「けッ、糞面白くもねえ。見損ったぜ、瓢庵の親爺。妬くわけじゃねえが、いい年で押掛け女房の尻《けつ》に敷かれて、やに下っていやアがる」

ぽんぽん香六がいうと、

「先生も、もう長くはねえナ。寿命がつきる頃になると、人間ひょいッと途方もねえことをやらかすもんだそうだ。多分その口にちげえねえ。どうなるか、哀れな末路を見届けてやろうじゃねえか」

と合槌を打つ桂七もなかなか辛辣だ。

「それもいいが、先生とは長い交際《つきあい》だ。可怪《おか》しくならねえうちに、正気に戻す法《て》はねえか」

まるで瓢庵を狂人《きちがい》扱いにしている。

「そうよなア、こいつは一番、お玉ケ池の佐七親分に相談して、何とか智慧を貸してもらおうじゃねえか」

桂七の方は、犯罪者扱いのつもりらしい。

「うめえところへ気がついた。それがいい、それがいい」

退屈のやり場がなくなった香六と桂七、いい加減な口実をつけて、鼻面揃え神田に出向いた。

お玉ケ池では折よく人形佐七が家にいたが、これもまた評判の世話女房お粂さんと差し向い。

「こんちわ、いいお天気さまで」

両名が挨拶すると、佐七は長火鉢の前で、

「おお、二人揃って、よくおいでなすッた」

調子は軽いが、何やら浮かない顔つき。ちらりとお神さんのお粂の方を見ると、どうしたのか眼に涙をためていて、それをこっそり指先でこそげている様子。

「おや、おかみさん、どうなさいました」

眼の早い香六が思わず声をかける。お粂、早く茶でもいれねえ」

「ははは、何でもねえのさ。お粂、早く茶でもいれねえ」

佐七は苦笑いして、
香六は例の通りそそっかしく早解《はやわか》りして、

「えへへへ、おかみさん、親分も御用の筋では時に止むを得ない艶ごともござんしょうが、あんまり気になさッちゃいけませんや」

と、やった。

お粂の焼餅はすでに木戸御免のことで、香六の早合点も当然だったが、佐七はぷッと失笑して、

「おいおい、何を勘違いしてるんだな。痴話喧嘩じゃねえや。俺の方が珍しくお粂をとっちめていたところよ」

「へええ、というと?」

「お前達だから話すんだが、御用聞きの女房がまんまと家の中の物を盗まれたんだ。こいつは俺もむくれずにはいられまい」

「そりゃ大変だ。親分、一体何を盗まれました?」

「それが観音小僧の着物の片袖なんだ」

「観音というと、ついこないだ、親分と瓢庵先生とで取押えた泥坊で……」

「そうだ。その片袖というのも、瓢庵先生から届けて来て、ここに預かっていたんだが……いきさつというのは、こうだ」

話を聞いてみると、つい先程のこと、佐七の留守中に行商の反物屋がやって来た。顔馴染みではないが、格安の品を揃えているというので、お粂もお正月の下着類のことをあれこれ考えている折も折だったし、座敷に品物を拡げさせ、半分は眼の保養、特に気に入った品もなかったせいもあり、そのまま引取ってもらったが、反物屋が帰ってから、ふと箪笥の上に置いてあった預り物の観音小僧の片袖が失《う》せているのに気がついた。それほど大切な品ではないとは分っていたが、何かのはずみで反物と一緒に包みこまれたものと思い、跡を追ってみたがもう遅かった。佐七が戻って来て、その事を話すと、はずみで包みこまれたのではなく、明らかにその片袖めあてに入りこんで来た泥坊の仕業に相違ない。御用聞きの女房ともあろうものが、何たる油断、とムキになっての怒りよう。

「だって、お前さんは、あんな泥坊の片袖なんぞ、仕様がない、捨てちまおうかとさえ云いなすッたくせに」

と、お粂も負けてはいなかった。

「そりゃそうだ。片袖なんぞはどうだっていい。お前の油断が勘弁ならねえ。観音小僧の一味が、俺に恥をかかそうとやった仕事にちげえねえ」

佐七の強弁に、お粂はとうとう口惜し涙を流したところへ、香六、桂七の両人がのこのこやって来たというわけである。

ところで、その問題の観音小僧の片袖なる品だが、観音小僧については、本誌前号を御読みの諸賢には思いだして頂けよう。

池上の本門寺の御会式に、日蓮上人小松原法難の際の血染の衣が、寺宝として納献されることになったのを、観音小僧が坊主に化けてまぎれ入り、その衣を奪おうとした。これを事前に知って、人形佐七は瓢庵先生と同道、観音小僧が衣を盗み取ったところを危く取押えた。前号はそのいきさつを申述べたが、実は観音小僧を捕えた際、瓢庵先生も手伝って、その片腕を取押えようとしたのはいいが、手に残ったのは衣の下に着込んでいた小僧の着物の片袖だった。

瓢庵はその片袖を佐七に渡そうとしたが、大変な雑沓で、とうとう佐七にはぐれてしまい、片袖を懐にしたまま自宅に立戻り、あくる日佐七に届けたのである。

佐七はその片袖を受取ったものの、犯罪の証拠品というわけでもなく、といって牢にぶちこまれている観音小僧に返してやるわけにも行かず、そのまま預って置いていたのだった。

「そりゃ親分」と、いきさつを聞いていた桂七が口をはさんだ。「おかみさんの仰有るとおり、反物屋が拡げた品を包む時に、ついうっかり片袖も一緒に蔵いこんだように思われますね。親分に恥かかせようと、わざわざ乗込んで来るなんて……」

「いや、あの観音小僧ならやりかねない男だ。俺には何度か痛い目に逢って、怨み骨髄に徹しているだろうから、手下に云いつけてせめての腹癒せを企んだに違いない」

佐七はその日虫の居所でも悪いのか、結局お粂の落度にしてしまった。桂七は香六と顔を見合せ、何とかこの場の空気をやわらげようと、

「それはそうと、親分、その碌でもない片袖を、わざわざ後生大事に持って来たという瓢庵先生ですが——御存知ですかい?」

「先生がどうかなすったか?」

「いやどうも、何を戸惑ったか、近頃若い押掛女房に踏みこまれて、あッし等が行ったたって、相手にならねえンでさア」

「うむ、そのことなら薄々聞いている。だが、結構じゃねえか。男女和合、これ位目出度いことはねえやな。先生、御満悦でいらッしゃるんだろう?」

「そりゃ、もう……。それがあッし等には口惜しいんで。あれじゃァ、もう親分の相談相手も何も勤まりませんぜ」

「放《ほ》っときな」

「ヘッ?」

「放っときなッてことさ。瓢庵先生も人の子だろうぜ。惜しい仁だが、魔がさしたんだろう」

佐七も内心は瓢庵が一介の女性に長年の節を屈したことを、少からず忌々《いまいま》しく思っていると見える。それだけに、余計な手出しをしないで、じッと成行を見戍《みまも》る心底と見えた。

「女子《おなご》は何より怖《こえ》えものさ」

ぼそり呟くと、佐七はニヤリと意味ありげに笑った。香六、桂七とはからずも三人顔を見合わせ、そこで期せずして、あは、あは、と笑い声が起った。

## 盗み聞き

それから小半刻《とき》もして、お玉ケ池から、ぶらりぶらり、香六と桂七の両名は家路についていた。

「佐七親分も女子の件となると、手出しをしようともしねえや。お粂さんの焼餅にはよっぽど懲《こ》りてると見える」

「そりゃそうだとも。飛んだ口出しをして、瓢庵先生にうるさがられるばかりか、お蔦にでも怨まれてみろ、何をされるか分らねえぜ」

「全く、あの女、ちょっと性《しょう》の知れねえところがある。『野晒《のざらし》』じゃねえが、瓢庵先生に最期を看《み》とられた女が、御恩報じと化けて出たんじゃねえのか」

「だが、そんな奇特そうな女の世話を焼いたことは、とんと聞いたことがねえや。ひょッとすると、近頃狐小僧や狸屋敷の一件にひっかかりがあったから、ありゃア狐か狸かも知れねえぜ」

ひどい奴があるもの、はじめは瓢庵を狂人から犯罪者扱いにし、今度はお蔦をお化けや狐狸《こり》の類いにしてしまう。もっとも、それほどこの二人は瓢庵の豹変については気をもんでいるわけである。

「どうだい、他人様の女のことで大の男が二人、気をもんでるなぞは、あんまりいい図じゃねえようだ。糞面白くもねえから、縁起直しに、今日は足を伸ばして、吉原へでも繰込んで、こちとらはまともな遊びをやっつけようじゃねえか」

云いだしたのは、勿論血気の香六であった。

「うふッ、それもよかろう。それにしても、大分歩き廻ったんで、少々腹が北山だ。その辺で蕎麦でもすすって行こうぜ」

二人はすでに広小路の近くへ来かかっていたのである。そこで、最寄りの信濃庵という蕎麦屋の暖簾をくぐり、小部屋に陣取って暖いものを云いつけた。出陣前の腹ごしらえというわけで、さすがに桂七の方が分別に長けている。

通し物が来るまで、軽く一本つけさせて、盃を甜《な》めはじめたが、隣の小部屋に客が来たとみえ、話し声が聞えてきた。男と女の差し向いらしい。

耳敏《みみさと》い香六が早くもその声をききつけたが、ぼんやりしている桂七ににじり寄って、その膝を叩いて囁いた。

「おい、あの女の声に聞覚えはねえか?」

と、眼で隣の部屋の方をさして見せる。

「はアて、誰だっけなア」

「しっかりしろい、ありゃア確かに瓢庵先生のお蔦だ。あの癇高い調子は、一度聞いたら忘れねえ。……待て、見届けてやる」

香六は盃も忘れて、へっぴり腰になると、襖の間から、隣りの小部屋を隙見にかかった。幸いにたてつけの悪い唐紙のこととて、隙見をするくらいの隙間ができている。間もなく香六は大きくうなずきながら、尻に当てた手を尻尾のように動かして、桂七にも覗いて見ろという。桂七も好奇心で、妙な恰好になったが、なるほど香六の鑑定どおり、そこにはお蔦が小柄な男とちゃぶ台を挟んで、しきりに話しこんでいるのである。

男は前垂をかけ、いかにも実直そうな商人《あきんど》風の身のこなし、部屋の隅には紺の木綿風呂敷に包んだ背負荷が置いてある。

通し物が運ばれてきたので、香六と桂七とは元の座へ戻ったが、耳は隣の方へ吸い寄せられて、せっかくの蕎麦も景気よくずるずるやるわけには行かなくなった。

隣りの会話はこんな風に聞きとれる。

「〆公《しめこう》や、お手柄だったよ。やっぱり、あの片袖はお玉ケ池にあったんだねえ。あたしゃ観音が片袖を瓢庵にもぎ取られたと聞いたから、瓢庵がきっと蔵いこんでしまったと、乗りこんで行って、天井裏から床下まで探して見たんだけれど、とんと行方知れず。こいつはひょッとして、お玉ケ池に届けてあるかも知れないと、念のためお前に行ってもらったんだが……」

「へッへ、女の眼を昏《くら》ますには、小間物屋か反物屋に化けるに限るッて、さすがは姐さんが仰有った通り、簞笥の上の片袖をかッ掠って来るぐらいのことは、全く訳のねえことで、お賞めを頂くまでもありませんや。まア、改めておくんなさい」

「どれどれ」

と、お蔦はその片袖なるものを改めている風であったが、やがてがっかりしたように、

「こりゃまた、どうしたんだろう。やはり、連判状は入っていないよ」

「えッ、ありませんかい。そいつは草疲《くたび》れ儲けだ。そいじゃ、人形佐七が片袖を受取って、袖を改め、連判状を見つけだし、隠してでもいるんで……」

「いや、そんなはずはないんだよ。いろいろ探りを入れてるんだけれど、佐七は連判状のことは、ほんのこれんばかりも知っちゃいないのさ。観音は法難の衣だけを取り損ったということで、吟味を受けていないんだからねえ。衣を奪った時に、衣に縫いこんであった連判状をすばやく掠めて、それを袖の中へ蔵いこんだことは、誰の眼にもつきはしなかった。だから、片袖の中に連判状があって、それが日蓮宗の宗派争いの大事な証拠品、金銭にも代えがたい秘密のものだと分れば、それが

どうして観音の袖の中から出て来たか、その方の吟味がやかましいはずなのさ」

「すると、この片袖が佐七のところへ届けられた時には、もうその連判状は入っていなかったわけですね」

「そう思うより考えようがありゃしない。ええい、だからあたしゃ、はじめから瓢庵に当りをつけ、押しかけ女房の放れ業《わざ》までしてのけ、さんざ探しまくったのだよ。して見ると、やっぱり瓢庵が連判状を隠しているんだ」

「何の足しにする気でしょうね」

「おの親爺、薄ッとぼけているけれど、ちょいと学問もあるので、片袖から連判状が出たのを見ると、その由来《いわれ》を突きとめる気でいるんだよ。そこが佐七とは違って、かえって扱いにくい親爺なのさ」

「どうします、姐御」

「こうなりゃ、とことん瓢庵の尻の穴まで探りを入れて、連判状を取戻し、観音小僧の顔を立ててやらなくちゃア」

お蔦と反物屋に化けた〆公とのやりとりで、聴手の香六と桂七は、はじめてお蔦の何者なるかを知り、その使命も分った。二人は蕎麦の伸びるのも気がつかず、顔を見合せながら、

「どうする？　一番、瓢庵先生に御注進と行くか？」

「まア待て。話の模様だと、先生は何から何まで承知で、その連判状とやらの詮議でも続けているのかも知れねえ。下手な注進をして、お蔦に感づかれ、ぶちこわしになっちゃ大変だ。明日でも様子を見に行くことにして、今日は予定どおり吉原見物と洒落ようぜ」

尤もらしく桂七が押しとめたが、実は意馬心猿に乗ぜられた形。一足先に瓢庵に盗み聞きの様子を伝えていたら、次の一幕は起らずにすんだであろう。

## 連判状の在所《ありか》

その夕方である。

信濃庵で手下の〆公と密会を終えて、筍屋敷に立戻ったお蔦は、何食わぬ顔をして、夕餉《ゆうげ》の支度をはじめた。

瓢庵先生、例によってうたた寝をきめこんでいるが、今日はお蔦もあんまりお愛想をふりまかぬ。

「豆ちゃんや、すまないけど、一ッ走りお豆腐を買って来ておくれ」

滅多に用を云いつけたことのない豆太郎を使いにだし、豆太郎はしぶしぶ出て行った。そのあと、台所では一しきり、ざアざア水の流れる音がしたが、それは水甕の中味を空ける音だった。それからお蔦はすぐ隣りの普請場に行って、胸に一かかえ鉋屑を持って来て台所の隅へ置いた。鉋屑には油を降りかけ、頃合いを見計らって、燧石をカチカチ。——

と、これは明らかに放火である。しかし、さすがのお蔦も気がせいていると見えて、なかなかうまく火がつかない。

「ええい、仕様がないねえ」

独りでじれじれしていると、不意に頭の上で声がした。

「お蔦、家の中で焚火をするのはやめてもらおうかの」

居眠りをしているとばかり思っていた瓢庵が、いつの間にか起きてきて立っている。その眼は常になく鋭く、語気にも激しい響きがあった。

「お前の様子がいつもと変っていた。それは水甕を空にしたり、鉋屑を集めたり、ちと解《げ》せぬので、わしも眼が醒めたよ」

「何だッて？」

身を沈めていたお蔦が、片手をのばすと、流し下に置いてあった出刃をつかんで立上った。

「こら、お蔦、何をする。気でも狂うたか?」

瓢庵も出刃を逆手にとられては、のんびりしてはいられない。早速三十六計と、座敷の方へ逃げ戻ろうとしたがそのあとからお蔦は女とは見えぬ身軽さで追いすがった。瓢庵、年には勝てず、足が前に進まず、たちまちつんのめって、まさに痩せ蛙のようにへたばってしまった。その背中へ馬乗りになって、お蔦は瓢庵の首根っ子を押えつける。恰度その時、勝手口へ豆腐を買って豆太郎が立戻ったが、この驚くべき場面を見ると、じいあんの危急存亡を救わんものと、座敷へ躍りこもうとしたものの、お蔦の出刃庖丁に立ちすくんで動けなくなった。

「豆や、大声でも出してごらん。じじいは一息で、ぷッすりだよ。黙っていれば、殺生しやしないんだ」

お蔦の啖呵《たんか》に、瓢庵は畳に顔を押しつけられながら、

「お蔦、殺す気がないのなら、少し首をゆるめてくれ。わしをどうしようというのだ」

「白ばっくれるのはやめておくれ。あたしが何のために乗りこんで来たか、御存知かい?」

「知らん。こないだから考えているが、いまだに解せんのじゃ」

「それまでいうなら、聞かしてやろうよ。お前さんが観音小僧からもぎ取った片袖、あの中の連判状をどこへ隠したというのさ?」

「連判状……とんと、知らぬよ。あの片袖は佐七さんに届けたはず」

「それが中の連判状を抜取ってある。お前さんのことだから、妙な物好きからあの連判状のいわれを詮議しようと、どこぞへ隠しているんだろう。あたしゃ、家中隈《くま》なく探したんだのに、どうしても分らない。こうなりゃこの家に火を放《つ》けて、火事だ火事だと我鳴ったら、お前さんが真先に大事なものをとりだすだろう、さしずめ連判状の在所も分るだろうと思ったわけさ」

「うまい。大した思いつきだ」

「ヘッ、お誉《ほ》めにあずかって御礼をいうよ。して、その連判状は、どこなんだい？　飽くまで白を切るなら、この出刃が……」

「わしは知らんよ。連判状とやら、何の事か、珍糞漢糞」

「えい、まだぬかすか」

お蔦が業を煮して、出刃庖丁を振りあげた時、豆太郎が声をかけた。

「待ちな、袖から出て来た手紙のことなら、おいら知ってるぜ」

「何だと、豆」

「じいあんが酔払って帰った時、懐から千切れた袖が出て来て、中に手紙があったから、そいつはそこの状差しの中へ放りこんでおいたよ」

「えッ！」

聞くよりお蔦は、瓢庵の背中から横っ飛びに、指さされた柱の釘の状差にとびついた。そこには五六通の状袋が、無雑作に突込んであったが、めざす連判状は封筒のまま、一番前にへらへらしていたではないか。

「これだ、これだ。どうして、ここに気がつかなかったんだろう」

お蔦は連判状を手にし、何とも云えない表情をすると、

「あばよ」

と一声、一目散に夕闇の中へ消えて行った。その疾《はや》いこと、まことに物の怪《け》のようであった。

瓢庵、起上りもならず、畳にへたばったまま、

「やれやれ、わしもとうとうお蔦の正体は見抜きそこなったが、豆、お前が気を利かしすぎたための事件であったとは、更に気がつかなかったわい」

「でも、あの手紙、あんなに探して、どうして見つけだせなかったんだろう」

「それだて。わしが隠していると思うあまり、眼の前の状差しなどを見る気もせなんだと見える。

豆や、お前のおやつに、甘柿をせしめられたくないと思うたら、わしは庭の渋柿の木へ吊しておくだろうて、あははははは」

やっとどうやら瓢庵、これで豆太郎のよきじいあんに立還ったようであった。

# 暗魔天狗《くらまてんぐ》

風の如く

綺堂先生の物語によれば、文化文政の頃に「槍突き」という物騒な一種の辻斬りが横行して、江戸の下町を騒がせたそうである。

暗闇から不意に槍を持った奴がとびだして来て、胸板を突き刺し、忽ちかき消えてしまう。物盗《と》りが目的でなく、突殺しただけでいいというのだから、こいつは堪らない。

綺堂先生はこの槍突き犯人を、甲州の山奥から江戸へ獣肉を売込みに来た猟師の所業にしている。山猿が江戸ッ児のきらびやかな生活振りに反感を覚えて、無性《むしょう》に竹槍を振ったのだというささか単純すぎる解釈だが、近頃のように、戦地からぼろぼろになって帰還して来た血気の若者が、国内の人達のいい気な馬鹿騒ぎを見てむらむらとヤケを起し、物盗り、人殺しをやらかして鬱憤を晴らしている事実と睨み合せると、いかにもそうした事もないとは云い切れぬものがある。

ところで、ここに御紹介に及ぶ「暗魔天狗」の事件も、恰度同じ頃に大分世間を騒がせたのであったが、一見「槍突き」のようには血みどろなむごたらしさや、ドキドキした凄さがないために、八丁堀同心までが躍起になるというところまで行かなかった。

それでもこの「暗魔天狗」にやられたのは天下の大道で五人、家の中で一人、〆めて六人という多勢にのぼっていて、「槍突き」に劣らぬ恐怖の的であったのである。

「暗魔天狗」は無手勝流で、通行人の首を締めて殺し、懐中の金子を奪って消えるのが慣わしであったから、明らかに追剝ぎの類いであるが、その出没が未だ曾つて誰一人の眼にも触れたことがなかったという点に特色がある。

これが普通の追剝ぎだと、五度に一度ぐらいは失敗《しく》じることもあろうし、しくじらないまでも

「槍突き」と違って暗闇からプスリだけでは皃《けり》がつかず、兇器なしで咽喉を締めにかかるとなれば、その間多少の抵抗を受けることは当然、従って争う声、立廻りの物音も起り、誰かの注意を惹く機会がなくてはならぬはずである。それがただの一度もそうしたことがなく、全く通り魔に襲われたもののように、被害者は道路の真中にぶッ倒れて息絶えて居り、申し合したように声をあげる隙もなければ、殆んど格闘した形跡もないのである。

こりゃどうも、敵手《あいて》は人間ではなさそうだ上野の杜《もり》に棲んでいる鳥だか獣だか分らぬモモンガーの仕業だろう、いや、足跡もないところを見ると、幽霊にちげエねえ、だって幽霊に銭の用はあるめえ、だからよ、おアシが欲しいやな、と落し噺まで飛びだす始末で、とど誰いうとなく「暗魔天狗」と洒落た異名まで頂戴することとなった。

天狗に締め殺されたのは、神田の魚屋の主人、本郷のさる棟梁、お茶の水に十数軒の店子《たなこ》を持つ大家《おおや》、日本橋の物持ちの若旦那、本所の鳶職の親方……と、こう並べて見ると、それぞれ腕に覚えのある連中で、おめおめあっさり首を明渡す手合いではないのだが、まるで兎のようにやられている。場所は両国筋から下谷、日本橋にかけて、夜とは云え必らず一人や二人の往き来がある大通りなのだ。

天狗と云えば七尺豊かの大入道を思いだし、首を締めたその跡に物凄い爪跡でも残っていようと推量されるが、あに計らんや、僅かに薄く指の痕が咽喉の左右に残っている程度である。同じ天狗でも烏天狗の方だと見える。

実は瓢庵先生も、この五人の被害者のうち二人の死体検べをさせられた。瓢庵がいくら名医の誇れ名だたるものがあろうと、今の法医学者のような訳には行かない。

「いかさま、こりゃア天狗じゃ」

これ以上の言葉は瓢庵の口からは洩れなかった。それというのも、前云った通り、現場には格闘の跡がないばかりか、曲者の足跡らしいものさえ見つからない。強いてそれらしいものというと、犬の足跡めいた――それも大分大振りな奴が散らばっている位。天狗ともあれば犬の一種だろうと妙なこじつけで、一応納得せざるを得なかったのである。

そんな風にして、一向埒があかぬまま、月に一度ぐらいの割合で五人のものがばたばたとやられ、とうとう六人目、それが今度は珍しく家の中だった。

## 六人目

「先生々々、た、た、たいへん！　ちょいと、おいでなすッて」

「どうなすッた、お神さん。誰ぞすッぽんに指でも噛まれたかの？」

香六を相手に、柳橋の馴染みの小料理屋、「おかる」で、瓢庵はちびりちびりやっている真最中であった。勝手口にガタガタと足駄を鳴らして、そこのお神さんがとびこんで来て、注文のすッぽん汁も忘れ、胴間声で呼びだしをかけるようにする。

「先生、それどころじゃありませんよ。人殺しです」

「ナニ、人殺し？」

「それもついそこの、お艶さんの家。旦那の助五郎さんが、たった今殺されたんです」

「下手人は誰じゃナ。そのお艶という女子《おなご》か？」

「とんでもない。押し込みのようですよ。婆やさんが飛びだして来て、路次で腰を抜かしてしまったんです」

「この時刻に、押し込み強盗とは妙だの。まだ五つを廻ったばかり」

「厭ですよ、先生、落着いていらッしゃらないで、見て上げて下さいな。でないと、すッぽんも差上げませんよ」

「それは手酷《てひど》い。どりゃ、香六、飛んだ水入りだが、これが医者の辛いところだて。行ってみよう」

瓢庵は香六を従え、「おかる」のお神さんを先に立て、四五軒先のお艶の家へ辿りついた。大した造作《ぞうさく》ではないが、小粋な構えのしもた家、一見してお妾暮しと分る。

腰を抜かしたという婆やは、おかるの神さんの介抱で直ったと見え、奥から飛んで出て来た。少々耳が遠いらしく、いかにもじれッたい。

茶の間の次の奥座敷に、艶《なま》めかしい夜具が敷かれてあり、そこに夜着の上へ羽織を着こんだ女が、うつけたように坐りこんでいた。寝乱れた髪のほつれが項《うなじ》にかかって、肉づきのいい胸や腰のあたりもいささかしどけなく、血の気の失せた顔の色さえなくば、何とも色っぽい姿。いうまでもなくこれがお艶だ。

そのお艶の眼の前に、これはいかにも不態《ぶざま》な様子で、中年の男がつんのめったような恰好で這いつくばっている。畳に押しつけた顔がねじれて横を向き、苦しげに口を歪め、両手はバリバリ畳をかきむしったと見える。

「これが助五郎さんか」

こんな事には慣れきっている瓢庵は、お艶の方は見向きもせず、すぐ駈け寄って、死人を検べた。

「うむ、こりゃ、いかん。手おくれじゃ。したが……や、絞め首！」

そこで、ぎょッとしたように瓢庵は助五郎の首筋を見つめていた。そこには、うッすらと指の痕。

「ふーむ」

と瓢庵が唸り声をあげた。それがいかにも大仰であったので、香六は思わず進み出て、

「先生、どうしました？」

「いや」と瓢庵はお艶の方を向き、「お艶さんとやら、お気の毒なことをしましたな。助五郎さんはこの通り、絞め殺されてしまいなすッたが、むろんあンたはこの場に居合せたはず。下手人は押

し込み強盗との話だが、それはどんな風態のものじゃッたな？」

問われてお艶ははじめて人心地がついたようにハッとして、

「はい、それが、あまり急のことで、何が何やら思いだせません」

と、思いがけない返事。七つや十の娘ッ子ではあるまいし、分別のある女盛り、聞き捨てになろう訳もなく、香六などは早速げらげら笑いだし、

「姐さん、冗談云いッこなしだぜ。いくらこの部屋が暗いからって、旦那を絞めた相手が見えなかったはずはねえ。そんなことというと、お前さんが妙に疑ぐられることになるぜ」

と、ぽんぽん云い放ち、うしろにおどおど控えている婆やを振返り、大声で、

「婆さんや、おめえは腰を抜かしたてえが、確かに旦那を殺した奴を見たんだろう」

「はい、いいえ、それが一向わたしにも！」

「何だと？」

「わたしにも何のことやら分りませんで、はい。ただ……人殺しという声を聞いて……」

くどくどいう婆やの口から事情を聞いてみると、およそこんな経緯《いきさつ》である。

お艶は今日朝から胸加減が悪く、午後になってとうとう床を敷かせて寝ることにしたが、夕方婆やを芝神明にある百草園へ胃病の妙薬を買いに出した。婆やは、ついさっき、五つ近くに戻って来たが、勝手口から入ってみると、奥の間で話し声がする。耳は遠いが旦那の助五郎らしく、おやお珍しい、今日は晦日で、来ない日ときまっているのにどうした訳だろうと、買って来た薬の包を解こうとしていると、突然ドタドタと物音がして、お艶の「人殺し」と叫ぶ声に、慌てて奥の間に飛んで行ったが、そこには旦那の助五郎がぶっ倒れ、お艶が寝床に呆然としているばかり。そこで表へとびだし、とたんに路次で腰を抜かし、「おかる」のお神さんに助け起されたという次第。

「そうれ、見ねえな。お艶さん、おめえ『人殺し』と叫んでいる。婆さんが勝手口から駈けつけ、逃げだす人影を見た様子が無いとあれば、その窓からでも姿を昏《くら》ましたんだろうが……お前さん、

誰かをかばっているンじゃねえのか？」

香六のぽんぽんいう口調が、この時お艶の癇にでも触ったのか、きッと眉をひそめて、急に伝法な調子で、

「どこの若い衆さんか知らないが、何の権利であたしを詮議立てなさるんですね？　聞いていると、わたしが、まるでこの人を殺させたようだね」

と、見事な反撃だった。香六、さすがに一言もなく、眼を白黒させるのを、すかさず瓢庵が横合いから、

「いや、お艶さん。悪く思わんでナ。これはわしの身内のものだ。御存知もあるまいが、わしらは神田お玉ケ池の人形佐七親分とは昵懇《じっこん》の間柄。泥坊、人殺しのことでは時々お手伝いをしているのじゃ。そこでつい医者の行き過ぎ、坊主の一歩手前、余計なおせッかいをしでかすのでナ。今も、助五郎さんの首の締め痕を調べて見ると、これはてッきり暗魔天狗の仕業」

「ええッ、暗魔天狗！」

「そうなのじゃ。あの、眼にも見えず、音も立てず、足もないという天狗の指痕が、首筋に残っておる。この指痕の特徴というは、いつも背後《うしろ》から締めていることだて。咽喉仏の両側の指痕は四本ずつ、ぼんのくぼの辺に拇指が二つ、今日のは今までよりはッきり残っておる」

「…………」

説明を聞いているお艶の顔色が真蒼になった。物も云い得ず、わなわなと震えだした。

「どうじゃな。物の怪《け》の天狗でも、人をくびり殺すには、やはり両手が入用だったらしいて。その手だけでも、お艶さん、見はしなかったかな？」

「見ました」

微かに答える。瓢庵は畳みかけて、

「うむ、どんな手じゃ？」

「猿の手でござんした」

「ほほう、猿か！　どんな猿？」

「そこがはっきりしないのでございます。助五郎は、思いがけなくひょッコリやって来て、あたしが少し加減が悪くて臥《ふせ》っているのを見て、妙に気を廻し、間男でもしているように、強《きつ》い詮議立てでした。すると、暗がりから不意に、影法師のように助五郎のうしろからのしかかり、その首をじわじわ締める毛むくじゃらな手。あたしは、胆をつぶして、ぎょッとしているうちに、助五郎が倒れ、やっと『人殺し』と叫ぶと、その影法師みたいなものが、窓の方へ飛んで行って、あッという間に見えなくなってしまったんです」

「ははーん」

分ったような、分らぬような瓢庵の顔つき。これは毎度、何か考えが深いところへ落着いた時のとぼけた表情。香六は立って、窓を開け、その怪物が逃げたという道筋を改める。そこは、堀割に面していて、窓からとびだしたら、てきめんにざんぶり堀の中へ落ちこみそうなたたずまいであった。

「こりゃアいかにも、猿公でなくちゃ無事に逃げだせねえ」

「天狗じゃ、天狗じゃ」瓢庵はしたり顔で、

「したが、天狗が何でこの家に忍びこんでいたろうの。お艶さん、何ぞ失せ物はないか」

「改めても見ませぬが、別にこれと云っては……」

「そうだろう。その枕許にも大分お金が散らばっているようだが、それも掠《さら》わずに行ったくらいだから」

瓢庵は枕許のちゃぶ台の上へ、無雑作に並んでいる金子を眺めながら、うなずいた。お艶はあわてそれを片寄せ、

「今日は晦日なもんですから、こんな始末で……。すると、その天狗とやらは、金がめあてで、

ここへ忍び込み……」と、ぞッとした風情で、「わたしは、ついうとうととして、それも知らずに居りました。気がつくと、助五郎が来ていて……」

「助五郎さんは隠れた暗魔天狗の気配に、それを隠し男と見誤り、お前さんに難癖つけようとした。こういう訳じゃろ。何としても飛んだ災難。早速手続きをとりなさい」

瓢庵は医者としての手配だけはして、一応家の中を全部検《あらた》め、「おかる」へとって返した。手配の際に漸く知れたことであるが、助五郎は茅場町のさる大きな紙問屋の番頭で、郷里の土佐に妻子を置いてある身分、物堅いが、それだけに吝《けち》ん坊で、茶屋女から囲われの身になったものの、お艶は助五郎に満足していない様子。これは婆やの蔭口だ。

「やれやれ、せっかくの酒が醒めてしもうた。燗直し、燗直し」

つい今しがたの奇怪至極な人殺し騒ぎも忘れたような瓢庵の軽い調子に、「おかる」の元の座に戻った連れの香六の方が何やら落着かないようである。

「先生、助五郎殺しが暗魔天狗の所業と分っていながら、放っとく気でござんすかい。こいつはすぐお玉ケ池へでも注進して……」

「まアいいわな、香六。縄張り違いじゃ」

「だって、天狗はこれまでにも佐七親分の縄張り内で人を殺しているんですぜ。毛むくじゃらな猿みたいな手を持った奴だと、これまで分らなかったまたとない手掛りがついたんじゃありませんか」

「ふッふッふ」と、瓢庵は擽《くすぐ》ったそうに笑って、「香六、お前はお艶のいうことをそのまま真《ま》に受けていなさるのか？　それもよかろうが、わしは女子の――特に年頃の女子のいうことはあまり信用せんことにしとるよ。……お艶はわし等に本当のことを云って居らんようじゃ。こっちの口裏に調子を合せておる。だから、天狗と切出せば、毛むくじゃらな手と来た」

「それじゃア、天狗ではねえので……？」

「手口は天狗に間違いなし。その天狗もどうやらお艶の隠し男と決った」

「えッ、人間さまで?」

「八犬伝じゃあるまいし、そう畜生道が流行《はや》ってたまるかい。お艶もてんから嘘もつけず、間男を助五郎に詰《なじ》られたと云うたが、天狗は婆やの留守と、月の晦日は来るはずのない助五郎の隙を狙って忍びこんだ。物盗りどころか、枕許のお宝は天狗のお土産に相違ない。あれを隠した時のお艶の手つき、顔つき。いずれにしろ、尋常の金ではないはずじゃ。手土産持参の天狗も助五郎の不意のお成りに、慌てて身を隠したものの、恐らく金のことから露見しかけて、一気に助五郎を後ろから締め殺した」

「それじゃア、これまで五人を殺したのは、天狗がお艶に入れあげる手土産稼ぎで?」

「殊勝な天狗もいたものさ」

「でも、先生、おかしいや。天狗だから裸足《はだし》かも知れねえが、窓から逃げたはずの間男が、履物を残していねえ。……そう云えば、これまで、天狗はいつも足跡が無え。これをどう解きますえ?」

「香六、うまいぞ。実はわしも先刻から、そのことばかり案じているのじゃ。考えれば考えるほど、人間離れのした間男だて。……ま熱いのを行こう。智恵は飲んで待てじゃ」

瓢庵は盃を取上げ、その底に見入った。

## 爪の暗示

ぽかぽかと、冬にしては暖い陽ざしで、風も大してなく、縁側へにじり出た瓢庵は、筍屋敷の殺風景な庭を眺めている。親の代まではこれでも整った庭園だったろうが、瓢庵が住んでからは雑草はびこるに委せ、今はそれが枯れ果てて、そこから兎でも跳びだして来そうだ。

瓢庵は何やら浮かぬ顔だ。いくらかじれじれしているようにも見える。小説家が原稿の書けない時、よくこんな顔つきをするが、瓢庵は小説など読んだことさえないから、多分将棋相手の香六か桂七の来ようが遅いせいだろう。——柳橋の助五郎殺しがあって、数日後のことである。

するとこの時、庭先にあたって、バサリと微かな音がした。眼をあげて見ると、細い尻尾をだらりと下げた絵凧が、松の枝に引掛って、くるくるとひっからまってしまった。こんな風の弱い日に凧をあげようとするのが無理なのだ。その凧の弁慶の顔には見覚えがあるので、瓢庵はにやにやしながら見ていると、案の定裏木戸を開けて豆太郎がとびこんで来た。

「今日は駄目だい。弁慶、腹が減ってるらしいや」

元気のいい声を張りあげて、豆太郎は垣根の傍の物干竿を手にし、それで松の枝の凧を外しにかかった。

だが、くるくると引掛った凧の糸は、ちょっとやそっとでは簡単に外れそうもない。

「これこれ、豆、無理をすると凧を破ってしまうぞ」

縁側から瓢庵はやおら立上って、庭下駄をつっかけた。

「わしが取ってあげよう」

豆太郎は割り込んで来た瓢庵の背丈と、松の枝の高さとを計っているようだったが、

「駄目々々、じいあんでも届きやしないや」

「そうかな。ふむ、いかんようじゃ」松の枝を見上げ、豆太郎を見下して、「それでは、豆、お前わしにおんぶしろ。肩車でもよし、それで足りなければ、肩の上へ立つがよい」

「じいあん、大丈夫？　そんなひょろひょろしていて……」

「こら、見くびるでないぞ。痩せたりと云えど、筋金入り。それ」

と中腰で背を向けると、豆太郎も笑いながら、わざとじゃれるように勢いよく瓢庵の背中へとびついたので、筋金入りは手もなくつんのめり、背中の豆太郎も逆立ちをする始末。そのままの恰好

で、二人ともワハ、ワハと笑いだす。

「先生、その腰つきじゃア無理ですぜ。あッしが代りましょう」

いつの間に来たのか、香六が庭に廻って、二人のうしろに立っていた。

「やれやれ、頼む」

瓢庵にとって代って豆太郎を肩車にした香六は、さすがは元気一杯、よろけもせずに、無事爪は松の枝から離れた。爪をかかえて、忽ち裏木戸から消える豆太郎の後ろ姿を見送って、香六が縁側へ戻って来ると、どうしたのか瓢庵が隠し切れない笑みに頬をほころばせている。

「どうしました、先生、にやにやして気味が悪うがすぜ」

「香六、分ったよ。暗魔天狗じゃ」

「ええッ、天狗ですッて？」

「そうとも。天狗の音無しの構え、足跡なしの謂《いわ》れ、一遍で読めた。よウく聞かっしゃれ。助五郎の場合は、部屋の中だからともかくとして、あとの五人が道路で天狗に襲われた時、天狗は足跡をつけようにもつけられぬ恰好をしていたのじゃ。云わば殺される人間だけが、その場に立往生して居った」

「ははア、天狗には背中に羽根が生えていまさア。あッしもよく知ってますぜ」

香六も瓢庵と附合うようになってから、人が悪くなった。腑に落ちないことでも素直につっかからず、とぼけて見せる術を心得た。

「羽根が生えていたのではなく、羽根のように生えていたのだて、背中にな」

「誰の背中ですい？」

「殺される人間のじゃ」

「すると、おんぶ？」

「正にその通り。背負われながら、ほどよいところで、後ろから両手でギュッとやる。こいつは、キャアもドタバタもない。つんのめってお陀仏じゃ。馬乗りのまま財布を奪い、裸足のまま逃げだす。いや、足跡は残さぬためには、いざッて逃げたかも知れん」

「なるほどねえ、しかし先生、それで理窟はつくかも知れませんが、大の男をおんぶするてえのは可怪しいじゃありませんか。立木の下を通りかかる奴を、枝の上で待っていて、それこそモモンガーみたいに背中へ飛び乗るてえなら分るが、生憎そんな大木もなかったようだし、それにそれじゃ少しでもドタバタ騒ぎが起るはずだ。――大人のおんぶなんぞは死に損いの大病人でも担ぐ時か、ヘッへ、先生が酔払ってズブズブの時ぐらいのもんで」

「大人でなくって、子供ならどうじゃ？」

「先生、しっかりなすっておくんなさい。天狗はお艶の間男なんですぜ。それとも、間男は取消しで、隠し子とでも改めますか。子供に首を締め殺すだけの力がありますかねえ」

「まず無かろうな。大人でも相当大力か、腕の利く奴じゃ」

「はてね、どうもこんぐらかってしまった。それじゃ堂々めぐりじゃござんせんか。……それはそうとして、お艶の時もおんぶだというんで？」

「あるいはな。少くとも背後から締めておる」

「天狗の野郎はいつも裸足とすりゃ、泥足の跡ぐらいは、あの時部屋に残っていそうなものでしたね」

「うむ、それは見当らなかった。わしの推量では、天狗はいつもお艶のところへ、堀割の危い裏手から忍んで来たように思う。履物は窓へとびつく時に脱いだかも知れん」

「へッ、あの極どい窓下から忍んで来るなんて、とても人間業じゃござんせんぜ」

「大人でもなし、子供でもなし、それが疑問じゃて」

ハムレットみたいな言葉を瓢庵は洩したが、しかし表情は明るかった。少くとも、暗魔天狗の手口だけはどうやら発見できたからである。それも豆太郎の絵凧のおかげであった。瓢庵は転んでもただでは起きなかったのである。

## 綱渡り

両国の川筋に並んでいる夥しい見世物小屋。

「いらはいいらはい、利根川上流で生捕った河童じゃわーい」

「こちらは木曾山中の熊娘。年は二八か二九からぬ、花羞しい乙女のあられもなく、身体中が毛むくじゃら、人が生んだか熊が生んだか……お熊ちゃんやア、あいよウ、あれあのように返事をする。お代は見てのお戻りじゃ」

てんやわんやの呼び声と、押しつ押されつの人波の中を、右から香六、桂七、それから瓢庵、将棋の駒なら銀と云った順序で、のんきそうに歩いている。

「先生、猿芝居が面白そうですぜ」

香六は、どうせ瓢庵がただの見世物見物をするはずがないと睨んでいるから、天狗に縁のありそうな猿芝居で鎌をかけてみた。だが、瓢庵は見向きもせず、やがて立停ったのは曲芸の見世物小屋の木戸口である。

呼び込みの木戸番は勢いづいて、一層声を張りあげ、

「さあ、いらッしゃーい。今が恰度娘手踊り『花見酒』じゃ。都の花に魁けて、花も羞らう生娘《きむすめ》が、花見の酒に酔うて行き、踊るはずみにうっかりと、ついぞ見せないものまで見せようという、ええ、じれッたい、入ったり入ったり」

香六と桂七は思わず瓢庵の顔を盗み見た。色気抜きの先生も、この前お蔦に踏みこまれた一件以来、少々趣味が変ったのかと怪しまれた。しかし瓢庵はきょろりとした面持で、観客《けんぶつ》の中にまぎれ

こんだ。正面にしつらえられた舞台では、呼び込みが触れたとおり、娘の手踊りが演じられていたが、聞くと見るとは大違い、花見酒をくらって、段々酔払って行くのはいいが、とうとうゲロを吐くところで引込みだ。

「な、なアる。ついぞ見せないものとは、うまく考えやがった」

香六はまんまと裏をかかれて苦笑する。入替りに、下座三味線の音も賑かに、現われ出たのは手妻使い。紙切り、糸切り、大した難しい芸もやらずに引退る。

続くは、仁輪加。これもどうも安手なもので、祭礼あたりでやる素人芸の方がよっぽどましな位のもの。

気の短い香六は早くもじれじれして来て、大きな欠伸《あくび》をわざとやりながら、横眼で瓢庵の様子をうかがっていたが、とうとう我慢ならず、

「先生、いい加減に切上げましょうや。今日は面白い物を見せてやるというんで、先生のことだからよほどの珍趣向と勇み立って来やしたが、これじゃアどうにも頂けませんや。あッしの阿法陀羅経の方が売物になりますぜ」

「やア、待て、香六。もう少しの辛抱だ。ほれほれ、出て来た、ごらん、あれを」

瓢庵に云われて、舞台に眼をやると、仁輪加に代って現われたのは、白いぱっちに赤襦袢、向う鉢巻という扮装《いでたち》の子供。挨拶もなく舞台に出た途端にトンボ返りを五六遍やってのけて、ころがり出た円い玉に打乗り、足で調子をとって動かしながら、隠し持った五色の撥《ばち》の綾取り。

「何でえ、子供騙しな。……」と香六は呟きながらも見ていたが、「おや、奴は子供じゃねえ。一寸法師だ」

その香六の感想に応えるかのように、正面切って一寸法師がにったりと観客に笑いかけた。身体はほんの七つ八つの作りだが、顔だけは優に二十を越えていよう。一寸法師のよくある頭でッかちがさほどに眼立たず、ただ始終跳んだり撥ねたりするせいで、四肢の発達が異様に見事だった。

一寸法師は綾取りを終えると、玉からとんぼ返って逆立ちをやりながら、その玉を足の先で操りはじめた。「十郎ッ！」と大向うから声がかかったところを見ると、それが名前で、この小屋の人気者らしい。

瓢庵がスッと腰をあげた。

「帰るんですかい？」

香六と桂七の問いに、

「一緒においで」

と瓢庵は先に立ったが、行手は出口ではなく舞台裏の楽屋であった。

狭い楽屋にごろごろと十人ほどの人間がとぐろを巻いて居り、とても踏み入る場所もないまま、窮屈な通路に三人が立っていると、軽業を終えた一寸法師の十郎が、汗もかかずに舞台を降りて来た。眼のぎょろりとした利かぬ気性がみなぎっている。

「これこれ、十郎さんや」

瓢庵は気軽く声をかけた。小びとは振返って、見知らぬ三人が突立っているのを見ると怪訝そうだったが、さすがは人気稼業のこととて、

「お呼びになったのは、あッしの事ですかい？」

と近寄って来た。瓢庵はじっと見おろして、

「お疲れのところへ何じゃが、わしは見らるる通り、医者じゃ。ちょっとお前に伝言したいことがある。落着いて聞いてもらおうよ。――お艶が毒を飲んだ」

その一言を聞くと、一寸法師は狭い通路の中で、パッと三尺ほど飛びしさって、油断のない身構えをした。頬から血の気が去り、大きな眼がひん剥かれた。しかし、瓢庵が一向トホンとした様子をしているので、そろりそろりまた近づいて来て、

「お艶が、毒を飲んだ？　ど、どうして？」

「助五郎殺しの疑いが、お艶にかかって、詮議を受けたのじゃ。それを苦にして……」

「死んだ?」

「まず、あぶなかろうな。柳橋の家で、お上のものが附添っているが、行ってみるかな? 行けば、お前の身柄は無事ではおさまるまいが……」

「お艶は有体《ありてい》を申立てたんで?」

十郎の小さな五体はがたがたと震えた。

「いや、わしにだけ打明けたよ。じゃが、落着いて身の振り方を考えるがよいぞ。わしは暗魔天狗の正体も手口も、すっかり知っておる」

「えッ」

一寸法師はまじまじと瓢庵を見詰めた。老人の眼はしばしばたたきながら、十郎の腹を覗きこむように深かった。

「おしらせ、ありがとうございます。出るところへ、出るとしましょう。その前に、ちょっとお待ちなすッて。今、最後のトリに綱渡りを一番やって昼興行の打止めなんで。それを勤めて参りますから」

「ああ、そうかい、行っといで。わしらも見物しようか」

「ありがとうござんす。では、暫らく御免蒙ります」

十郎はうつむきながら、楽屋へ戻って行った。

この僅かな時間の会見に立合って、それがあまりにも意外な内容であるために、息を呑んだまま、棒立ちになっていた香六、桂七の両名は、やっと夢から醒めたもののように、

「先生、ほんとですかい、今のは?」

「先生、大丈夫ですかい、おッ放して?」

と、両方から訊いた。

「まア、見ていて御らん。お艶の股毒は嘘八百じゃが、ああでも云わなきゃ実を吐くまいからな。あれで、十郎も恐らく気が落着いただろう。悪あがきはすまいて」

再び見物席に戻って見ると、舞台には一本の綱が高く張られ、賑かな囃子に乗って、一寸法師十郎が、舞台の横手の天井から猿のように身軽に、その綱の上へ飛び移った。湧き立つ声援を受けて、十郎は舞台中央まで綱を渡ったが、そこで両手を拡げようとする。カチンと柝《き》が入る。トリの挨拶がはじまろうとする時、どうしたはずみか、十郎は舞台へ逆落しに墜落した。それは高さ僅かに二間に満たぬものだったから、あまり人を驚かせなかったが、舞台に落ちた十郎は動かなかった。それも道理、彼の胸からは鮮血が蛇のようにのたうち始めたのである。胸には短刀が柄《つか》までめりこんでいた。

「幕じゃ」

瓢庵も意外な結果に悲痛な面持で、匇々に座を立ち、一寸法師から逃れるように表へ飛びだした。

「先生、々々」香六等は追っかけて来て、

「十郎の奴、とうとう自殺しましたね」

「うむ、あれほど殊勝な男とは思わなんだ」

「しかし、どう考えても分らねえ。一寸法師に眼をつけたのはともかくとして、お前が暗魔天狗に相違なしと、あれほどはっきり極めつけなすッたのは、ただの勘ではごさんすまい」

「そりゃそうだ。当てずッぽをやったわけではない。お前には云わなかったが、つい昨日のこと、人形町の寄合いで、わしはさる仁から妙なことを訊ねられた。その人は、半月ほど前の宵、村松町の橋の袂で、めそめそ泣いている子供に呼びとめられたそうな。どうした坊や、と声をかけると、足首を挫いて歩けないから、どこか骨接《ほねつぎ》医者のところへ連れて行ってくれという。七面倒とは思ったが、可哀そうなあまり背負ってやり、暫く歩いているうちに、うしろへ廻していた手で揺りあげる拍子に、うっかり子供の股倉の妙なところへ触った。それが何と、達磨もそこのけの態で、どっしりと構えておる。化け物——そう思った途端、背中の子供を投げだして、ほうほうに逃げだした。「先生、子供でもあんなのが居りましょうか？」という問いじゃッたが、わしはそれで暗魔天狗の本当の手口をやっと知ったのじゃ。その仁、全く命拾いをしたわけだが、そのことは黙って知らせなんだがの」

「なるほど、情に絡んで、おんぶする。こいつはだんまりで行ける。おまけに、あまり人の眼にもふれねえ。十郎、頭がいいじゃありませんか」

「ただ、助五郎殺しの時は、恐らく助五郎に踏みこまれて、軽い身を簞笥か欄間の上にとび上らせ、上から助五郎の背中へ跳び移ったものじゃろう。……お艶があの曲芸の見世物小屋にちょいちょいと顔を見せそれを見染めて横恋慕、片輪の相手の火遊びがお艶の好みかどうか、いずれにしろ、たんまり金をくれなきゃ嫌《いや》というので、手土産の黄白稼ぎ。いやはや、香六、あんまりいい女をこしらえなさるなよ」

瓢庵は大川筋のからッ風に首をちぢめて、先を急ぐのであった。——徳利が彼を待っている。

# 巻物談義

# 女久米仙

亀戸天神のお祭へ詣《まい》っての戻りがけ、ぽかぽかと申分のない陽気でもあり、歩きくたびれた揚句に舟へ乗り、揺られながら気附の一杯をひっかけたせいもあり、大川端へ出て、瓢庵もお供の香六《きょうろく》もひどく浮いた調子で、その時は談《だん》たまたま久米の仙人に及んでいた。

どうして久米の仙人がとびだしたのか、変幻自在の両名の会話であるから、推し量る由もないが、多分天神様のことから方々の神社仏閣の話となり、行者仙人のたぐいに移ってとうとう女子《おなご》の白い脛《はぎ》へ落ちてしまったというところだったろう。――いずれにしろ、その時、勘のいい香六がこう叫んだのだ。

「ヤッ、人が降って来た。久米仙かナ、いや女だ」

と、下手《しもて》の橋の方を見て、素頓狂な顔をした。瓢庵は香六の駄洒落だと思って、

「ははは、女仙人であろうかの。お前の毛脛《ずね》も相当なものじゃ」

「厭ですぜ、先生。……おいッ、船頭さん、一漕ぎやって見てくれ。いくらこの陽気でも水練には早すぎらア」

香六がいうまでもなく、船頭は早くも櫓を急がせていた。瓢庵も真顔にかえって、眼をその方へ向けると、なるほど、一たん水に沈んだのが、また浮きあがってもがき、それからぶくぶく吸いこまれそうになっている。

橋の上で四五人の通行人が欄干から首をつんだし、わいわいやっている。

「身投げだよウ、拾いあげてやれ」

舟はそういう呼び声をかいくぐって、すぐに現場へたどりつき、船頭がぐるりと鼻を曲げると、

舳の香六が、むんずと猿臂をのばした。身投げの女はまだ正気を失っていず、夢中で香六の腕にすがりつく。死ぬつもりの入水だったろうが、生存の本能という奴。瓢庵も手をかして、ずるずると引きずりあげると、はずみで女の胸もはだけ、着衣もめくれて、橋の上からはワッと時ならぬ弥次めいた歓声があがった。

舟の中ではそれどころではない。水を吐かせるやら、背をさするやら、その辺は瓢庵先生がいるのでソツもなく、どうやら大したこともなくすみそうだった。

「般頭さん、このまま船宿まで大急ぎで行ってもらおう。すぐに陸《おか》へ追ッ放すわけにも行くまい」

瓢庵は、舟を予定どおりに進めさせておいて、救いあげた身投げ女を見検《みあらた》めた。まだほんの生娘《きむすめ》で、せいぜい十六七、眼鼻だちも整ってまず十人並みだが、着衣などはいたって粗末なもの。

「おや、妙なものを懐中に入れているぜ。短刀かナ」

介抱していた香六が、そう云ってとりだしたのは、短刀と思ったのも無理からぬ一尺あまりの丸い棒である。棒ではあるが、白い象牙の細工で、へらへらと布きれが一二寸巻きついている。

「何でしょう、先生」

「そうさな、巻物からちぎれた軸と思われるが、女の持物にしては、まことに奇妙なもの、ま、今に分るじゃろう」

娘はその時漸く人心地を取戻したと見え、眼を見開いて、周《あた》りを見廻すと、矢庭にワッと泣き伏した。年頃には違いないが、全くの色気抜きである。香六も瓢庵と顔を見合せ、渋い表情で、

「おいおい、ねえちゃん、ここで泣かれちゃア、始末が悪い。お前さん、死ぬ気で橋の上から身を投げなすッたんだろう?」

娘は泣きじゃくりながら頷いて、

「は、はい。死ぬつもりでございました。申訳ございません」

「こちとら、謝まられる筋合じゃねえ。いっそ死ぬ邪魔立てをして怨まれるところだろうが、み

すみす溺れようというのを捨てておくわけにも行かねえや」

「ありがとうございます。死ぬのがこんなに苦しいものとは存じませんでした」

「うッぷ、なるほど、そいつはやってみなくちゃ分らねえ。すると、死ぬのはもう止《や》めか、震えているが、寒いだろう」

「は、はい」

「それが生きてるありがたい証拠だぜ」

香六柄にもなく乙なことを云って瓢庵に向い、「先生、この久米仙ねえちゃんのあしらいはどうしたもんでしょうかね?」

「さアて、天神さまの参詣帰り、これも何かの縁というもの。船宿で着物でも乾かし、われわれも腹をこしらえるといたそうか」

瓢庵は娘の方に向き直り、

「わしは見らるるとおりの医者じゃ。お前さんがどうあっても死ぬと云い張ったとて、見殺しに出来ぬ因果な商売。諦めて生きる気になりなさい。……時に、この品は大分大切なものらしいが……」

と、象牙の軸を示すと、娘はあわてて拾いあげ、

「はい、これは祖父様《じいさま》の形見でございます」

「ほう、形見の品。……はて、巻物の軸のように見えるが、その巻物の方はもともと一緒についておりませんのか?」

「いいえ、ついせんだってのこと、巻物は奪い取られて、手許には、これだけが残りました」

娘がそう答えた時、聴耳立てていた香六が膝を叩いて唸り声をあげた。

「どうした、香六?」

云われて香六はずいと身を乗りだし、娘をしげしげのぞきこみ、

「ほほう、するとお前さんは、もしや駒形の賽《さい》の河原御殿のお香代さんとやら云いやしないかえ？」

「はい」娘も驚いて、「その香代でございますが、でも、どうしてそれを……」

「いいや、その巻物泥坊のあった話は、あッしも聞いていたからさ。ふーん、あんたがお香代さんか。こいつは先生、ちょいと面白くなって来ましたぜ」

香六はニヤニヤして瓢庵に眼まぜをする。早耳で一人合点は例によって例の如くだが、どうやら身投げ娘の懐中にしていた棒は、ただの棒ではなささそうである。

## 下手な巻物

船宿に落着いて、お香代の着物を乾かす間酒をちびちびやりながら、瓢庵と香六は身投げの顚末を聞くことになった。

一風呂浴びさせてもらって、洗い髪のお香代が、有合せの丹前姿で二人の前に控えた図はおよそ珍な取合せだが、その語るところもまたなかなか奇妙な話であった。

お香代は母のお仙と二人きりで、駒形の賽の河原御殿に住んでいた。駒形あたりにそんな御殿のあろうはずもないから、無論それは近所の連中が名づけた異名にすぎない。異名も異名、御殿を抜きにして、賽の河原とだけ呼んだ方が現状を説明するのに都合がよい。

それでも一昔前は、相当豪壮な構えの屋敷であったことを思わせ、数寄を凝した庭園の跡が、築山、立木、石の配置、池、玉砂利などそのままに残って荒れるに委せてあるために、石や岩ばかりが目立って、さてこそ賽の河原なのである。

御殿の方は、母家が売物に出て、その大半の木材が運び去られ、離家《はなれ》になっていた隠居所だけがぽつんと残り、そこにお香代母娘《おやこ》が暮していたわけだった。

御殿の名に背《そむ》かぬ邸宅を築いたのはお香代の祖父である。丸に斜めの矢の紋所を彫った船を何艘か駆使して、遠僻の地から海産物の運送に成功し、一代にして産をなした丸矢惣右衛門がその人だ。小型ながらも紀文もどきの風雲児、だが本人も紀文を気取って豪遊淫酒に耽ったから、晩年身体が利かなくなり、せっかくの巨富も元の木阿弥になりかかったままぽっくり死んだ。この頽勢を引継いだ息子の惣兵衛、つまりお香代の父が挽回を計ればまだしもだったろうが、生憎のぼんくらで、おまけに四十足らずの早死にを遂げたものだから、あとに残されたお仙、お香代は飛んだ斜陽生活、おまけにこの屋敷だけは離れるなという惣兵衛の遺言で、祖父一代の栄華の跡を眺めながら生き抜かねばならなかった。幸い母親お仙は指先が器用で、高級な刺繍などが得意であったから、その方の賃仕事で細々ながらもお香代をどうやら年頃の娘に仕立てて来た。

お香代も母親の手助けをしながら、乏しくはあったが気楽な日々に大した不満はなかった。もともと物心がついた頃はもう貧乏生活がはじまっていて、世間が彼等を賽の河原の御殿番などと噂しても、格別気にもとめなかった。

ただ年にたった一日、お香代にとって何とも有難くない日があった。それは四月の八日である。この日お釈迦様の誕生日だが、偶然祖父の惣右衛門もこの日の生れ、俺はお釈迦様の生れ代りと洒落のめし、親類縁者皆集って大いに祝えとばかり、元気だった時には大饗宴を張った。左り前になって、死ぬ時の遺言も変っている。

「わしの法要などはすること相成らん。死んだ日を悼《いた》んだとて一家は栄えぬ。よろしくわしの生れた四月八日に、親類総出でわしを誉め讃えろ。その効験果報は必らずある」

と云い残して、惣右衛門は一本の巻物を惣兵衛に与え、その巻物を当日必ず拝覧することを誓わせた。

この巻物というのが、まことに珍なものである。僅か一尺に二尺という小さなものだが右肩から左下方にかけて、花菖蒲が乱れ咲いた八つ橋の絵が描かれ、左方には次のような漢詩めいた文句が誌されている。

池江之美波
狂四季山野
能走未勿零
名梨碑磊遊
佳句停十年

一見何の他奇もないもので、こんなものを拝んで何の御利益《ごりやく》があるのかまことに腑に落ちない。絵もうまいとは云えないが、漢詩ときたら字はともかく、はっきりと意味さえ取りにくいのである。

丸矢惣右衛門は、学のある人ではなかったが、狂歌に凝ったりしたこともあるから、半可通で自筆の一幅を作製し、それを子々孫々に拝ませようというのであろう。あざとい趣味だが、ともかく、惣右衛門の死後、四月八日にはこの屋敷へ親類達が、ぞろぞろ集るのが慣いとなった。母家があった頃はなかなか盛会を極めたが、家運衰退でそれもばらばらにして売払われ、続いて当主の惣兵衛が死んだとなると、寄りつくものは急に少なくなり、それでも律義なお仙が舅《しゅうと》の云いつけを固く守って、心ばかりの手料理で客を迎える。

そういう用意が娘のお香代に有難くないというのではない。集まって来る客が何とも鼻持ちならぬ連中ばかりだからだ。

貧乏暮しの賽の河原御殿は、とっくの昔、羽振りのいい親類から見離されていて、駕籠で迎えても来るはずはないのだから、近頃この日に集るのはどれもこれも親戚中での食いつめ者ばかり、それも、深川で蜆売りをやってるおたき婆さん、これが惣右衛門の従妹に当る。甥と称するめッかちの源太、四谷で桶屋をやってる従兄桶八、品川の安宿を営んでいる尾張屋の婆あ、植木屋をやっていたが梯子から落ちて跛になった松五郎爺い、この五人だけはとうとう常連になってしまった。揃いも揃って、口だけは達者で慾の皮のつッ張った連中。この日に集って巻物を拝んだものには、果報があると、惣右衛門が云ったからには、何かあるんだろうと一つ覚えでやって来るのだ。それに、ほんの口よごしだが、お仙がちらし寿司に、お酒の二三合も都合するところから、それだけを目当ての奴もいないとは云えない。

彼等は集って来て、床に飾られた家宝の巻物にうやうやしく一礼をして、一せいに惣右衛門の逸話をあれやこれやと喋り合う。何度も何度も繰返された逸話であるから、今では伝説的に尾鰭がついて、それこそ紀の国屋文左衛門とごッちゃ混ぜだ。そんなことは構うことはない。お経のように惣右衛門を讃美しているうちには、家宝の巻物の奇蹟があらたかになって、何か果報がころげ出すことを期待しているのである。その癖、眼に一丁字のない連中だから、巻物に何が書いてあるのか分ろうはずもない。

そんなこんなで、いつの間にか、夕方が来て、軽い食事でお開きの時間が来ると、今まで惣右衛門の逸話をやりとりしていたのが、急に騒々しい悪口に変って行く。しまいにはやれ惣右衛門は大騙りだの、大山師だのと拾収のつかぬままに、一人帰り二人帰りして、この四月八日の大饗宴も終りをつげる。

まことにたわいのない話だが、今年もついこないだの四月八日に、それがあった。

例によって例の如く、集って来た五人の顔触れに変りはなく、惣右衛門生誕祭は型通りに進んだが、今年だけは、無事にすまなかった。

集会さなかに庭先へ見かけぬ妙な奴が、ぶらりと立現われた。手拭で頰被りをして、懐手をした男である。

「やあ、集ってるね」

と軽く一同に声をかけ、ずかずかとあがって来た。見慣れぬ男だが、気安い掛声に安心して、当家の知合いだろうかと、客のじじばばは格別の警戒も示さずにいると、男は床の間の前に立って、

急に威丈高に、

「やい、みんな、じたばたと騒ぐなよ。おりゃアこの巻物を貰いに来たんだ」

と、懐から気味悪いドスをのぞかせ、ひどく凄んで見せた。

「うわア、泥坊だ」

という叫びに、それまでは台所の方にいたお仙が驚いて飛んで来た。見ると、男は巻物を片手でくるくる巻くようにして持去ろうという気配。

「お待ち、そればッかりは……」

と声をかけ、気丈なお仙が男の前に立ち塞がり、巻物を渡すまいともみ合った。

巻物は再び解けたが、お仙の手に残ったのは軸ばかりで、びりびりと裂けた巻物を手にして、その不敵な泥坊は矢庭にお仙を蹴倒すと、一目散にどこへともなく姿をくらましてしまった。

お仙は打ちどころが悪かったらしく、気を失ったが、そのまま寝ついて、とうとう三日前に死んでしまった。

せっかくの惣右衛門生誕祭がお仙の命取りになってしまい、これでは奇蹟の果報どころか、家宝の巻物はとんだ悪い辻占であった。

お仙の葬いに世話を焼いてくれる親戚もなく、近所の人達の好意でやっと野辺の送りもすまし、独りぼっちになったお香代は、急に世の中がはかなく思われて、母の手に残った巻物の軸をただ一つの祖父の、また母の、形見とも思って、それを懐ろに抱いたまま、とうとう大川へ身を投げる仕儀とはなったわけである。

お香代の身の上噺は、以上のようなものだが、晩稲《おくて》育ちのせいか子供の話みたいに、いささか取りとめがない。聴手の瓢庵も香六も顔を見合せて首を振った。

「この世智辛い今時に、巻物を飾って果報のころげこむのを待つお祭をするなぞは、洒落た行事だが、お香代さん、その巻物には一体何が書いてあるのだね？」

「絵と字が書いてございます」

「ほほう、絵がね。どんな絵だな？」

「八つ橋とやらの景色で……。祖父様はもと三河の出でございますから、屋敷に庭の池を作り、八つ橋めいた橋を渡したりして、きっとそれを写生したものと思いますが……」

「字の方は何と書いてある？」

「それは私には読めませんけれど、五文字ずつ漢字が綺麗に五行並んでおりました」

「五行？　はて、それは、奇妙な五言絶句じゃ。四つの思い違えではないかな？」

「いいえ、確かに五行でございました」

「ふうむ、丸矢家第一の家宝とすると、よほど名のある人の筆になるものと思われるが……」

「ところが、見る人が見ると、絵の方はほんの子供騙し、字もどんな意味やら、はっきりとは汲みとれず、ひょっとしたら祖父様の頭が狂っていて、そんな出委せを書きなぐったのではないかと悪口が云われて居りました」

「値打ちのあるものは得てしてそんなことがある。眼明き千人、盲千人というてな」

「祖父様も、私にそう申したことがございます。もう亡くなる間近かでしたが、六つほどの私をつかまえて、その巻物を見せ、お前が賢ければこの巻物の本当の意味が分る。文字は表面《うわべ》だけ読んだのでは分らず、あまり考えすぎてもいけず、智恵と心意気で読むのだと教えてくれましたが、私は何のことやら分らぬまま、ただ字だけ見憶えていますので……。念のため、ここへ書いて、ごらんに入れましょう」

お香代は懐紙に筆を借りて、拙《つたな》いながらも巻物の漢詩をどうやらなぞらえた。

「何度も見て覚えさせられたので、字だけは間違っておりません」

「ふーむ」

手にとって眺めた瓢庵はすっかり考えこんでしまった。瓢庵も漢詩などに趣味のある方ではない

が、この型破りの五言絶句には文字通り二の句がつげなかったのである。だが例の痩せ我慢で、

「面白い」

と唸った。文字には興味のない香六、覗いて見ようともしない。瓢庵は思いついた風で、

「何はともあれ、一度その賽の河原御殿を拝観する必要があるようじゃ。どりゃ、香六、早飯にして、お香代さんを送りがてら、行って見るとしようかの」

春風駘蕩、お香代もこういうのんきな閑人《ひまじん》達に身投げを救われたことは、まことに不幸中の幸いであったろう。

## 女の幽霊

お香代の身の振り方は、娘一人で不用心でもあり、気持が落ちつくまで、瓢庵が一時預かることになり、賽の河原御殿には身軽な独身者《ひとりもの》の香六が、留守番代りに住むことになった。

瓢庵の筍屋敷では、お蔦という女賊が押掛女房めかして現われ、一騒動起して以来、女人禁制の形であったが、お香代はまだ子供なみ、豆太郎のいい相手ができたわけである。話がこの辺で落着いてしまえば、一向に変哲もない挿話にすぎなかったのだが、意外にも新しい急展開を示すこととなった。

というのは、ある朝のこと、香六がやって来て、こう云うのである。

「先生、賽の河原御殿には、どうやら幽霊が出るようですぜ」

「何をバカな！」

と瓢庵は一笑に附したし、そばで一緒に聞いていたお香代も、由緒ある自分の家に幽霊が出ると聞いては、のっぴきならぬ面持である。

「嘘じゃありませんぜ。それがまた、女の幽霊なんでさア。ひょッとすると、お香代さんのお袋が、御殿に思いを残してお出ましになるんじゃねえかと……」

「あれ、おッかさんが！」

「これこれ、香六、罪もないお香代にやたらなことをいうものではない。一体どうしたというのだ」

瓢庵にきめつけられて、香六の語るところを聞くと、満更出鱈目ではない。

実は二日前の晩、河原御殿の離家で香六が寝ていると、どこからともなく隙間風が入るように思い、眼がさめると、枕許に月の明りでボーッとしているが、確かに女の立姿が見える。寝ぼけ眼をこすりながら、「誰だ、お前は？」と誰何《すいか》したとたん、女の影がすーッと消えてしまった。それから、妙に眼が冴えて眠れず、床の中でしきりに寝返りを打っていると、離家の外を誰かがぐるぐる歩き廻っているような気配が気になるので、便所に立ったついでに、雨戸を開けて庭を見たが、人の気配は更にない。

この晩は気のせいだと思って、さて昨夜のこと、またも夜中に眼が醒めたので、こっそり起きあがり、月のいい庭を便所の窓から覗くと、いたいた、前の晩に見たと同じ女が、白無垢の着物で庭の隅に立ち、香六の方をじーッと見詰めている。香六は胴震いをしながらも、その正体を見きわめようと、とっさに庭へとびだしたが、女の姿は再びアッという間にかき消えていた。

「幽霊に違いありませんや。年増のちょいとした美人ですぜ。お香代さんのお袋さんも、見たことはねえが、そんな年頃でしょうぜ。幽霊でもなけりゃ、女だてらに真夜中、あんな淋しいところへ現われる訳が無《ね》え」

香六はしきりに力《りき》みかえるが、瓢庵は擽ったそうに聞いていて、とうとうワハワハ笑いだした。

「香六、幽霊呼ばわりはちと可哀そうだナ。そりゃア正真正銘、生きた女じゃ。白無垢の着物は、月の光に映えたための見誤り」

「えッ、じゃア、女があッしのところへ……」

「忍びに来て、独り者のお前を慰めようというのなら乙だが、そうは問屋がおろさない。その女、巻物を奪った泥坊の一味と、わしは睨んだ。お香代さんの話を聞いて、いずれこんな事になるだろうと思っていたのだ」

「へええ、巻物を掻払った揚句に、またどうしようてんで？」

「巻物に書かれた謎を解きに、夜な夜な来ているのだ。この分だと、今晩も来るだろう。こいつはちょいとした捕物が見物できるナ。香六、一ッ走り、お玉ケ池の佐七さんのところへ行き、訳を話して、今晩われわれ一同と河原御殿に張込み、お香代さんの母親を蹴殺した泥坊の取押え方を頼んで来てくれ」

幽霊から駒が出たような話で、香六も一向に腑に落ちない風であったが、瓢庵の天来の妙案にはしばしば辛《から》き証を見せつけられているから、有無も云えず、お玉ケ池に向ってとびだして行った。

## されこうべ

その夜、大分晩くなって九つ間近く、賽の河原御殿へ、影のようにこっそりと、瓢庵と人形佐七とが忍んで来た。

昨夜につづきいい月夜で、季節は晩春、いくら気早な蚊でもまだ出ず、物蔭に隠れて張りこむにはお誂え向きである。

離家の中では、瓢庵の作戦指導で、香六が貧乏徳利を一本あけ、大の字になって寝込みその大きな鼾の音が戸の外にまで洩れ出るくらい。

「うまいもんだ。狸寝入りの鼾にしては、二上り三下り、使い分けていて芸が細かい」

人形佐七は妙なことに感心をしている。

「いや、あれは狸じゃない。本物だよ。少々薬を利かしすぎたようじゃ。佐七さん、今夜の捕物は、誰だと思いなさる。わしはどうも観音小僧ではないかと睨むが……」

瓢庵の囁きに、佐七もびっくりして、

「観音ですッて？　奴はついこの間牢から出たばかりですがね」

「その相棒の女というのが、香六の説明を聞くと、どうやらあのお蔦ではないかと思われるのじゃ。とすれば、今度は小僧も、間接とは云いながら、人を殺《あや》めているから、年貢のおさめ時というものさ」

観音小僧は、相棒のお蔦と組み、過去二回にわたってこの捕物帖を賑わした泥坊。今夜出て来るなら、仏の顔も三度という諺どおり佐七も思わず張り切るのである。

「おいでなすッたようだ」

息をつめて、耳をすますと、河原御殿の裏手からかすかな足音が聞えて、月影を浴びた二つの影が浮び出て来た。頬被りに尻端折りの男の顔は分らないが、連れの女の方はむきだしの素顔。

「お蔦だ」

この女には馬乗りにされて、出刃庖丁を突きつけられたことのある瓢庵、何条忘れ得べき！

お蔦は男を停めておいて、一人で離家の方へ忍び寄ったが、確かめるまでもない大胆、にんまり笑って引返して行き、それから肩を並べて庭の奥の方へ姿を消す。

「思っていた通りじゃ。佐七さん、あの二人は、これから多分、池の裏側にあたる辺を掘りはじめるにちがいない。頃合いを見て、取押えて下され」

「丸矢家の宝物は、先生が仰有るように、石碑の下に隠されてありますかい？」

「さあ、その証拠が今すぐ分りましょうわい。ほれ、掘りだした」

庭の隅の方では、しきりに鍬を使う音が聞える。香六が熟睡していると見て、あたり構わぬ勢いである。

佐七と瓢庵が、闇を縫うようにして、じりじりと近寄って行った。

満月を浴びて、池のうしろの小高いところにある石碑を倒し、その跡をもう一尺ほども掘進んでいたが、やがて鍬がガチリと何かを掘り当てたようだ。

「しめた」

男は呟いて、手を穴にさしこみ、やがて一つの七寸角位の箱をとりあげた。

「何だろうね、早く開けてごらんよ」

お蔦が嬉しそうな声を震わせて、蓋の開けられるのを覗きこもうとしたが、そのトタンにワッと呻いた。

蓋は開いたが、出たのはたった一つの髑髏《されこうべ》である。何とも悪洒落だ。

呆然として、声をのみ、眺め入ったが、お蔦が気づいて、

「てっぺんに、何か字が書いてあるじゃないの。読んでごらんよ」

「ふむ……『頭は空《から》、眼は節穴《ふしあな》、南無まアだまだ』……か。畜生、からかいやがったな、勝手にさらせ」

男が癇癪を起して、その髑髏を足もとに叩きつけようとした時、

「観音、それじゃア、お前の有難《ありがて》え名が廃《すた》ろうぜ」

ずいと乗りだして、佐七の十手が月光にきらめいた。

## 裏の意味

人形佐七の十手の威光はさすがである。まるで金縛りになったように、観音小僧もお蔦も難なく

召捕られてしまった。もっとも、せっかくの宝探しが、髑髏一つで、すっかり力を落したところだったから、逃げたり手向う張りも出なかったであろう。

離家へ引揚げて来た瓢庵は、香六を起して改めて酒を出させる。香六は髑髏が一つ転げ出た話を聞くと、眼を丸くして、

「へええ、だからあッしは学問なんか厭だッてんだ。なまじっか漢詩が読めるから、そんな風にからかわれた揚句ドジを踏むのさ」

と、急に威張りだす。恰度その時、佐七が観音小僧の懐の中から、例の盗まれた巻物をひきずりだして、

「先生、一つ後学のためにこの巻物からどうして観音が石碑の下に隠されてあることを感づいたか、それを説明しておくんなさい」

と、瓢庵の前に拡げた。瓢庵もはじめてお目にかかる巻物だが、なるほど八つ橋の絵も下手なら、漢詩の字も大したことはない。これでは丸矢家の親類縁者も、この巻物に謎が隠されてあるとも知らず、ただ惣右衛門の酔狂と思いこんで詮索する気にならなかったのも無理はない。

「この巻物が何か宝の在所《ありか》を示すものと睨んだものは、多分こういう風にでも読むじゃろうな。いいか。『池江《ちこう》の美波《びは》、四季の山野に狂うとも、能《よ》く走って未《いま》だ零《こぼ》るるなし。名梨碑磊遊《めいりひらいたずさ》えて、佳句十年にとどめよ』分るかな？」

「どうも、よく分りませんや」と佐七。

「ちんぷんかんぷんだ」と香六。

「あははは」瓢庵も笑って、「つまり、この絵によれば、この詩は河原御殿の庭園を謳《うた》ったものとわかる。池が美しくて、水が流れている。名梨とは、あそこに見える古い梨の木じゃ。碑磊とは、蜀山人が書いたというあの石碑のこと。その佳句の下に、十年間は髑髏をとどめよ。つまり、今年でどうやら惣右衛門が死んで十年ほどになろう」

「厭ですぜ、先生」香六はやり切れない顔つきで、「そんなこじつけなら、誰にだって出来るじゃありませんかい」

「そこだよ、香六。誰にでもできるから、今までにも一度や二度は、こっそり庭をほじくり返して、髑髏を探し当てたものがいるかも知れん。しかし、十年間はそのままにしておけというので、また埋め直しておいたのだ」

「ばかばかしい話ですねえ。それじゃア、後生大事に教えを守って、毎年親類を呼んで御馳走した揚句、蹴殺されてしまったお香代のお袋が可哀そうだ。頭は空、眼は節穴、南無まアだまだ……とは、一体何でい！」

正義派の香六は、ひどく惣右衛門のやり口に腹を立ててしまった。

「そこだよ、香六」

「えッ、何ですえ?」

「まだまだなんじゃ。もう一つ頭と眼を働かせろ、と惣右衛門は云っているのだて。もう一度、この巻物を見てみよう。またお前が怒るかも知れんが、この漢詩は五言絶句の約束を忘れて、五駒からできておる。五駒から成り立つものは、わが国では和歌だ」

「それ位はあっしも知っていますよ。三駒が発句でしょう」

「そこで、この漢詩を万葉仮名風に和歌として読んでみたら、どうじゃ。いいか。『池江之美波《ちえのみは》、狂四季山野《くるしきやまの》、能走未勿零《のぞみなれ》、名梨碑磊遊《なりひらあそん》、佳句停十年《かくてとおとし》』つまり『智恵のみは苦しきやまの望みなれ、業平朝臣《なりひらあそん》、かくて貴し』じゃよ」

「へえ、すると、業平てえのは、あの小野小町の……」

「さよう、お前は、こういう故事を知るまいが、業平は三河の八つ橋で歌合せをした時、『杜若《かきつばた》』の五文字を各駒に読みこめと云われて、こう詠んだ。『から衣きつつなれにしつましあれば、はるばる来ぬるたびをしぞ思う』とな。これがこの巻物に八つ橋の絵が描いてある心じゃて」

「すると、その『智恵のみは苦しきやまの望みなれ、業平朝臣かくて貴し』の歌はどういう訳なんで?」

黙って聞いていた人形佐七も、とうとう膝をのりだして来た。

「それは、業平の歌と同じように、各駒の頭の一字をつなぎ合せればよい」

「ははーん。ち、く、の、な、か、……。ちくの中とは、何ですえ?」

「ちに濁りを打ちなされ」

「ぢくの中。うむ、軸の中……」

「その通りじゃ。巻物の軸の中にこそ、本当の宝物が隠されてあるというわけだナ」

「先生、すると、あのお香代が形見と思って肌身はなさずにいる象牙の軸の中に……」

「恐らく、小さくとも一身代にも優るものがひそんでいることじゃろうよ、アハハハ、分ってみると、何と、たわいもない子供騙しじゃ」

「お香代がそれを知ったら、どんなに喜ぶだろう。これから一ッ走り……」

「おいおい、香六、真夜中に、何ということだ。やめて明日にしなさい。……じゃが、香六、お前はお香代をそんなに喜ばしてあげたいかナ?」

「えッ、先生、そりゃア……」

香六は、心臓を刺されたようにぎょッとして、急に柄にもなく真赤になってしまった。

人形佐七と瓢庵は顔を見合せ、片眼をつぶり合った。

蛇足だが、お香代が形見として捨てずにいた象牙の軸は、瓢庵の想像通り、中空になっていて、中には赤、青とりどりの珠玉が嵌めこまれてあった。孤児一夜にして玉を得たりという一席、御退屈さま。

# 般若《はんにゃ》の面

猫の道連れ

「先生、どうぞ一刻もお早く。生死の境いでございます。こう申している間にも、御新造様は縡《こと》切《き》れておしまいかも分りませんので」

唐物屋《とうぶつや》松徳の手代はおろおろと色を失って訴える。

「はいはい、ようく分っておりますぞ。ところが、わしの王将もまさに生死の境い……こりゃアいよいよ縡切れかナ?」

うわの空の返事で、盤面越しに瓢庵は敵手《あいて》の香六を見上げる。香六も夢中で、

「駒切れは縡切れでさア」

と勢いづいてまた一手。手代は業を煮して、

「先生、それが般若の面なんでございます、御新造様に斬りつけたのは」

と注意を促す。

「ほほウ、般若。……南無般若波羅密」

さすがに般若の面と聞いて心気動揺をきたしたか、王将を動かした瓢庵は、忽ち頭をかかえて駒を投げだした。

「こりゃアいかん。一番悪いところへ逃げた。これまでじゃ」それから真顔《まがお》で、松徳の手代の方へ向き直り、「般若の面が現われおったというのは、本当かな?」

「はい、女中のお千代が一伍一什を見届けて居ります る」

「そいつは容易ならん。早速参りましょう」

急に慌てだして、瓢庵は外出の用意を整える。もう四つ近い刻限。豆太郎などは眠い眼をしょぼ

しょぼさせて、瓢庵を玄関まで送りだした。

松徳の手代の提灯を先に立てて、そう遠路《とおみち》でもない和泉町までの間に、椿事のあらましを聞きほじってみる。

「般若の面に斬られたのは、お神さんだけかな?」

「へい、さようで。私ら奉公人は表の店で帳簿づけも終り、風呂へでも行って寝ようかなどと申して居りました。裏の離家《はなれ》には、御新造様と女中のお千代が二人だけでしたが、そこへ般若の奴が乗りこんで参ったというわけで……」

「主人の徳三郎さんはお留守だったのか?」

「へい、御主人はただいま関西の方へ商用で参って居ります。今日にもお帰りになる頃と噂して居りましたが……。一足早く戻っておいでになれば、こんなことにはならなかったかと……」

「いや、相手が般若の面とあれば、諸共斬られておったかも知れんが、……ではお千代どんは無疵だったのかな?」

「お千代は手早く猿ぐつわをかまされ、後ろ手に縛り上げられて、そのお蔭か生命だけは助かりました」

「はて、般若の面も若い女子《おなご》は斬らぬと見えるか」

瓢庵が小首をかしげた通り、般若の面という殺人鬼は、今や江戸の下町の恐怖の的となっているのである。

最初に此奴が姿を現わしたのは、浅草の並木町の錺屋《かざりや》で、金銀の細工物を奪い、店の主に深傷《ふかで》を負わせた。

二度目は深川の材木問屋、そこには腕に覚えの若い者が三人もいて、勇敢に立向ったが、二人を斬り殺し、一人に深傷を負わせ、現金数十両を掠め去った。

三度目は誰だろう、とその順番が来ないように皆戦々兢々だった。何しろ風のように忍びこんで来て、それがあの気味の悪い般若の能面をかぶって顔を隠し、おまけに抜身の刀をぶらさげているのだ。見ただけでも胆が潰れるあくどい押し出しだが、それに加えて身も軽く腕も利き、仲間のない単独行動なので、どうやら浪人くずれではあるまいかということになっていたその矢先なのである。

「して、般若めは何を奪って行きました?」

「それが店としてはかけがえのない品なのでございます。名前はちょっと憚りますが、さるお大名から唐渡りで黄金作りの薬師如来像をお預りしてありました。表の店にも置かず、離家の居間の櫃《ひつ》の中に保管してあったのを、どうして嗅ぎつけたのか、その像だけを奪って参りました。高さ一尺に充たぬ品ですが、鋳潰しても莫大な値打、主人の徳三郎様が戻ってそれを知られたら、胆をつぶしてしまわれましょう」

「なるほど、して見ると、般若が浪人くずれという見込みも、案外当っておるかも知れぬ。その辺に聞込みの伝手《つて》がなくては、お大名が家宝を極秘に処分しようとしていることなど嗅ぎつけられよう道理はない」

「私もさように存じます。ですが先生、その黄金仏のことはどうぞ内密にお願い申します。表沙汰になっては、そのお大名様が御迷惑を蒙る仕儀になるような混み入った事情がありますそうで」

「はいはい、医者の面目にかけて承知いたした」

いろいろと話しながら、やがて辿りついた和泉町。一帯は夜更けのように森閑とし、松徳の店も表は閉じてあるが、裏玄関に廻るとさすがにざわざわしていて、近所の者が出たり入ったりしている。

店の方とは渡り廊下で繋がった離家に案内され、般若の面が暴れた現場をのぞくと、何とも血なまぐさく、襖や壁に血の飛沫が散って、畳にはどろりと血の池が光り、その中に妙なものがあると思ったら、血で赤くなった白い猫が、これも首筋を斬られたと見えて息絶えているのであった。

お神さんのお喜江は次の間に引取られて、寝床の中にいたが、枕許にかけつけて脈を見た瓢庵は、とたんに首をかしげた。

「こりゃアいかん」

さっき将棋をやっていた時と同じ言葉である。言葉には変りないが、その調子の深刻さは雲泥の相違、人生の「詰み」は待ッたなしである。

傷を調べて見ると、立上ろうとするのを上から斬下げたか、耳から胸へかけて、続いて肩先に滅多斬りの跡。

「はアてな」

と、瓢庵先生は腕を拱《こまね》いた。少からず不審の面持だ。その肩先を、ほとほとと叩くものがあるので、振返ると、既に一足先に来ていたものか、お玉ケ池の人形佐七。こんな時間にも拘らず、風呂からあがって床屋に行って来たようにすがすがしい男振り。

「やア、これは親分、お久し振りじゃった」

「お神さんはやはりいけませんか、先生」

「残念ながら、朝日の朝までは持ちますまいよ」

「言葉はかわせないとしても、主人の徳三郎さんが戻って来るまで生かしといてやりたかった。大体今日あたりの予定だったそうだが、おくれたようです。しかし先生、ただいま大分御不審の様子でしたが、何か心当りでも……?」

「うむ、相変らず眼が早いな。別に大したことではないが、今宵の般若の面は大分慌てているように思われる」

「ははア、それはどういうわけで?」

「親分もこの傷口を見ればお分りのことだが、腕の立つ般若にしては、この肩先を滅多斬りにしているのがよほど戸惑った証拠、それに、今隣りの部屋をチラと覗いたが、当家の白猫まで斬殺されておるようじゃ。無益な殺生も般若らしいと云えばそれまでだが、おのれの大事な刀を猫の血で汚《けが》そうとは、それこそ血迷った奴」

「なるほど、あッしもあの猫の死骸には不思議でなりませんでした。般若の面だとか、猫だとか、どうも怪談もどきで小道具が多すぎますさア」

「今宵の伍一什は女中のお千代どんが見届けたそうじゃが、話を聞いてみられたかな?」

「いいえ、実はこれからなんです。どうぞ先生も一緒に聞いてやっておくんなさい。……お千代さんはいなさるかい?」

佐七が声をかけると、廊下の端にひかえていた女が、おずおずと進み出た。

「はい、私が千代でございます」

年は二十ぐらいか、丸ぽちゃで人好きのする可愛い女だ。だが、思わぬ椿事に見舞われて生きた空もないようにがたついている。

「ああお前さんか、手数をかけるが、お前が見た今夜の様子を手落ちなく話してもらおう」

「はい、申上げます」

悪びれる様子もなく、お千代は話しだしたが、さすがに感情がたかぶって、たどたどしくなるその話を、約《つづ》めると大体次のような次第であった。

## 障子の影

唐物屋松徳の内儀お喜江は胆石という厄介な持病があって、日頃から寝たり起きたり、お千代は当家の女中というよりは、お喜江の看護がもっぱらの役目と云った方がよかった。

家つきの娘だったお喜江は眼鼻立ちも尋常だし、やっと三十という年増盛りだから、しゃんしゃんしていればさぞかし大丸髷も似合うだろうに、胆石病というのは気力を奪う病いで、この二三年急に年が十ほども寄ったよう。瓢庵も時々よばれて、何とか元気にしてやりたいと努めたが、はかばかしくなかった。

今夜は、ひょッとすると主人の徳三郎が関西の旅から戻って来るかも知れないと、いつもなら五つ過ぎには寝床に入ってしまうところを半刻《はんとき》ほどのばして待っていた。だがその様子もないので、お喜江はお千代の煎じてくれた薬を飲み、寝床へ入ったのである。

寝床へ入ってもすぐには寝つかれないのが癖で、お喜江は絵双紙など拡げて眺め入り、お千代は部屋の小道具を取片づけていた時であった。

「おや、どこからか風が入って来るようだね。お千代、雨戸はみんな閉《た》てたんだろう？」

敏感なお喜江が眉をひそめてお千代の方へ頭をねじった。

「はい、風などが入るわけがありませんが」

と答えるお千代の背後《うしろ》の障子に、廊下に点《とも》した淡い光を浴びて、一つの影がうつッた。それが角を生やした般若の面だった。

「お千代、うしろに……」

「えッ！」

と立上ろうとするお千代の肩をだきすくめるようにして、般若の面が立現われた。片手はお千代の口に当てがわれた。

「声を立てると、生命はないぞ」

押し殺した声音で、たちまちお千代は猿ぐつわをかまされ、細紐で後ろ手に結えられ、その場にころがされてしまった。

般若の面は抜身をぶらさげて、お喜江の方に近寄った。半身を起したまま、凍りついたようになったお喜江は、生きた空もなく、声を立てれば抜身がひらめくだろうと思ったものか、ただ般若の面を見守っているばかり。

般若はお喜江としばらく睨み合っていたが、思い直したように床の間の傍らに置いてある黒塗りの櫃に歩み寄り、その蓋を開けようとした。

櫃の中には、松徳の手代が瓢庵に語ったように、さる大名から預ってある黄金仏が蔵ってある。お喜江は主人の留守中にそれを奪われては一大事と感じたのであろう。

「もし、どうぞ、そればッかりはお持ちだしにならずに下さいまし。お金ですむなら有金《ありがね》そっくり差し出しますほどに」

と、床から這い出して、般若に向って拝むようにした。

「ナニ、余計なお世話だ。声を立てるな」

低く叱汰して、般若はとうとう黄金仏をとりだし、無雑作に片手で握った。

「いけません。他の品ならともかく、そればッかりは……」

日頃から大事な預かり物と夫の徳三郎から云い含められているので、お喜江も懸命だった。

「うるせいッ！」

さッと、白刃が走ったと思うと、お喜江はどッとつんのめった。つんのめりながらも、般若の脚元にすがりつこうとするのを、今度は肩先へ滅多斬り。

血しぶきを見て、驚いたようにとびのき、畳の上にころがっているお千代が見ているのが気になった様子を見せたが、そのまま姿を消したのだった。

「なるほど、お神さんが余計な口出しをしなけれア、黄金仏だけで済んでいたかも知れねえ」

お千代の話を聞終って、佐七は遺憾に堪えぬ面持。瓢庵は何か別なことを考えているらしく、

「お千代どんや、つかぬことを訊ねるが、白猫が斬られたのは、いつのことか、覚えていなさるか？」

「さア、はッきり覚えては居りませんが……」

「お神さんがやられる前であったか、後であったか……」

「はい、そう云えば、前のようでございましたが」

「ふうむ」

瓢庵は仔細げに考えこんでしまった。佐七も瓢庵の癖を知っているから、こんな時は空とぼけて知らぬ顔をしている。瓢庵はやがてふッと夢想から醒めたように、

「佐七さん、般若の面は浪人くずれという専らの見込みだが、わしはどうもそうではあるまいと思う。腕が立つという評判は聞いとったが、お神さんの傷で見ると、大したことはない。お千代どんの話でも分るとおり、まことにいらざる殺生じゃ。騒ぎを大きくして、かえって自分の身を危くするほどの振舞い。ましてや、猫をまず叩き斬るなぞは以ての外。こりゃア親分、少し方面違いを探すようにせにゃならんようじゃ」

「大きにそうかも知れません。それにしても、お千代さんが見逃されたのは命冥加というものだ。猫まで叩き斬るくらいの奴が、生《いき》証人を残して行くなんざ……」

「そこがよほど慌てた証拠じゃろうて。それとも、蕾の花を散らすは不憫と、とんだ風流気を起したものかのう」

意味ありげに瓢庵と佐七とは眼を見かわして、にやりとした。お千代はその気配も知らず、床に動かぬお喜江の蠟色の顔を覗きこんでいる。

## 怪談

松徳の主人徳三郎が旅から立戻ったのは、そのあくる日の夕刻で、やはりお喜江の死に目には会えなかった。やれやれわが家と、長旅の疲れも忘れてくぐろうとした裏門に、忌中の札がかかって

いたのだから、腰を抜かさんばかりに驚いて、

「お喜江がどうかしたか?」

と走りこんだ。日頃から女房の持病を心配していたからだろうが、それが病死ではなく般若の面の仕業と聞くと二度びっくり、加えて大事な預り物まで掠められたことが分ると、もう腑抜けのようになって、一時は痴呆《こけ》になったかと思われる位の有様であった。

徳三郎は先代松徳に仕えた番頭あがり、見込まれて娘のお喜江の入婿になっただけあって、人柄も尋常、万事にそつのない人物だが、お喜江との間に子供が生れず、それに世の中が大分不景気になって、唐物稼業もなかなか楽には行かず、その打開策もあって関西の商用も思い立ったほどであるのに、一朝にしてこんな目に会っては、叩きのめされたほどにも感ずるのは無理もなかった。彼はお喜江の葬いをどうにか終えると、どッと寝込んでしまった。今でいう神経衰弱の結果だが、その診《み》立てには瓢庵が引張りだされ、看護の方は手練れているお千代がそのまま当った。

ところが、ある日のこと、瓢庵が往診に行くと、そのお千代がいない。お千代の代りに、表の店で働いていた飯焚き婆さんが、しきりに徳三郎の世話を焼いている。

「お千代どんはどうしましたナ?」

と訊くと、徳三郎はそッけない調子で、

「暇を取りました」という。

「おやおや、それは手練れた人がいなくなって、さぞ御不便じゃろう。急な嫁入口でもありましたか、それとも何か粗相を働きましたか?」

「いや、格別そんなことは……」

と、徳三郎の返事はどうも奥歯に物のはさまったような感じ。瓢庵の眼玉が、じろりと二三度横に動く。この眼玉に動かれると、何か催促されているようで、腹にあることを喋らずにいられなくなるから妙だ。

徳三郎はちょっとためらっていたが、

「先生、あなたに申上げると、笑止なことと一喝を頂戴しそうですが、何しろあれから般若の面の足取りは一向に分らず、盗まれた黄金仏も行方《ゆきかた》知れず、由緒ある松徳も魔に魅入られたと申しましょうか、そんなこんなで私ばかりかお千代までも変になり、とうとうお喜江の亡霊が出ると騒ぐような始末なので……」

「えッ、何と、お神さんの亡霊が？」

「はい、それがお千代にだけしか見えず、夜な夜な騒いで家の者に聞かれたり、口の軽いものは近所に云触らしもしましょうし、本人も勤めが辛そうなところから、大事にならぬうちにと、暇を取らせた次第で」

「なるほど、そういうことであれば、早いところ始末をつけるのが何よりの良策。どうもお前さんも弱り目に祟り目というわけだが、幸い身体の方だけはあらまし本復なさったようで、まずは重畳」

瓢庵は徳三郎には亡霊の一件を深くも詮索しようとせず、念のために飯焚き婆さんをつかまえて、家の中での噂をただしてみた。お喋り好きの婆さんは、亡霊噺を真《ま》に受けていて、事実大分前から、夜更けになると毎夜お千代が幽霊々々と騒ぎだす有様をその目でも確かめていた。

「何でも血まみれの御新造様が怨めしそうにお千代どんの枕許に立つんだそうで、多分般若の面が押入った晩、お千代どんが御新造様をお助けしなかったのを怨んでいなさるのだろうとのことで……」

「そいつは無理な云いがかり。猿ぐつわに後ろ手の縛《いまし》めでは、助けようもなかったはずじゃ。……お千代どんの実家は確か相州ということだが」

「はい、藤沢の在だそうで」

「惜しい女中を手離したものさナ。まア婆さん、せいぜい代って旦那に御奉公しなされよ」

瓢庵は婆さんをはげましておいて松徳を辞したが、その足で神田お玉ケ池に廻った。折よく人形佐七は家にいて、殊勝にも朝顔の苗などをいじくっている。のんきそうにしている時は、案外佐七もきりきり舞いして、事件難行の時なのである。様子を聞いてみると、その通りだった。佐七は専ら、般若の面の足取りを辿って、その所在を確かめようと躍起になっているのだが、一向に目鼻がつかぬらしい。浅草、深川と、前の事件の時は縄張りも違っていたから、それを今度のと並べて調べ直そうとすると、思わぬ手数を食う。

「どうも、いけませんや。先生が浪人くずれは眉唾だと仰有るんで、今度は別な方面に眼をつけてやっていますが、思わしくありません。ひょッとすると、もう江戸をずらかっているんじゃねえでしょうかね」

佐七のこの勘は、あとで考えると半ば当っていて、さすがは天下の目明かしの眼力と賞讃に価いするものであった。

「親分、実はわしもその事でやって来たんだが、こないだからどうも松徳の女中お千代のことが気になっていた。ところが、今日行ってみると、そのお千代が暇をとってしまっている」

瓢庵はお喜江の亡霊の一件を説明して聞かせて、

「この亡霊というのが、どうもおかしいのじゃ。お千代だけに見えるという以上、お千代が松徳のお神さんに何かすまない気持があるからか、さもなければ全然嘘を云って、わざわざ暇をとる口実にしたか、そのどちらかということになる。そのどちらにしろ、お千代は今度の事件については、何か後ろ暗いところがなければならん」

「なるほど、先生の仰有る通りです。どうも般若の面が戸締り厳重のはずの家へすッと忍びこんだり、黄金仏の在所《ありか》をあッさり見つけたり、お千代だけには殺生を控えたり、その辺がおかしいとは思っていましたが、お千代が怪しいとなりゃア、この話は子供騙しも同然でござんすね」

「わしは、お千代が般若の面と共謀《ぐる》だったと云ってるわけではないが、親分にお千代の行先を突止めてもらいたいと思いますのじゃ」

「ようがす。そんなことなら訳ありませんや。一両日もありゃア探してお目にかけます」

佐七は朝顔の苗を放りだして立上った。

## 遠眼鏡

佐七の約束した一両日というのも、紺屋の約束なみにずるずるになり、忽ち十日ほど経ってしまった。お千代の行方が皆目分らないのである。

無論お千代の実家の藤沢在の方も調べてみたが、そこへは一度も立戻った形跡はない。

ところが、ある日、佐七が頭をかきかき瓢庵の筍屋敷へ現われた。

「先生、今度ばかりは一本喰いました。灯台元暗しという諺どおりで、ところもあろうに本郷湯島でさア」

「ええッ！」

「お千代がちゃんと鎮座ましましていなさるんで。耳の遠い婆やと二人暮し、小なりといえども一城の主《あるじ》ですぜ。なるほど、先生の鑑定には恐れ入りました」

「それはお手柄。どうも女中にしておくには勿体ないとかねがねわしも思っていたのじゃ」

「厭ですぜ、先生。……しかし、太い阿魔だ。松徳のお神さんの亡霊だなんて、あれア暇をとるための狂言でさア」

「そうかも知れんが、親分、肝腎のお千代の旦那というのを突止めなさったか？」

「それがまだなんです。近所でそれとなく聞いてみても、まだ引越して来てから間もないので、よく様子が分らず、訪ね客も殆んどないというんで。……どうも、旦那というのがよほど用心深く構えているらしい。その辺が、般若の面と関わりがあるかも知れませんね」

「その通り。お千代はいよいよ怪しい。何とかもっと探りを入れたいものだが……」

「先生、都合のいいことに、お千代の家は湯島の天神様の境内にあがって見ると、座敷の端っこが覗けるんです。こう気候がよくなって来ると、たまには障子だッて開けッ放しにしますア。ひとつ見張番をつけることにしましょう」

「それは面白い考えじゃ。それでは、いっそのことに、これを持って行きなさるがよい」

瓢庵は戸棚の中から、うやうやしく一本の笛のようなものをとりだした。よく見ると遠眼鏡である。当時としてはまだ珍しい品、多分瓢庵は長崎へ留学した折にでも手に入れて大事にしていたものと見える。

佐七はそんな大切な品物はいらないと辞退したが、瓢庵は無理強いに手渡した。

「それでは先生、一両日中には必らず吉報を持って参ります」

また一両日中がはじまったが、今度は意外にも早く、そのあくる日、佐七は鬼の首でも取ったようにしてやって来た。

「先生、見つけました。この遠眼鏡のお蔭でさア。大した魔力でござんすねえ」

「何を見つけなすッた、お千代の旦那か?」

「いいえ、旦那の方はまだ現われませんが、例の松徳で盗まれたという黄金仏、あれがお千代のところに隠してあるんです。今朝がたお千代がこの黄金仏に布巾《ふきん》を当てているのを、遠眼鏡の魔力で覗けたというわけで……。こりゃアもう、詮索するまでもなく、お千代が般若の手引をやっていたことは金輪際間違いありませんや」

「ふうむ、やはり薬師如来はお千代のところに置いてあったか」

「先生、こうなりゃ雨が降ろうが嵐になろうが、四六時中お千代の家を見張って、般若の野郎が立寄るのを待つばかりです。その方の仕事はあッしに委せておくんなさい」

「そりゃいうまでもないこと。しかし、佐七さん、あンたは般若が本当にいると思いなさるか？いや、松徳に押入ったのが本当の般若と思っていなさるか？」

「ええッ、何ですッて、先生」

「実は、まだわしは迷っている。浅草、深川の二ケ所を荒した般若と、松徳の般若は違っておりはせぬか？　ひょッとしたら、松徳の般若はありもせぬ幻で、みんなお千代の出鱈目ではあるまいか？」

「すると先生、お神さんを殺《あや》めたり、黄金仏を盗んだのは、お千代一人の荒仕事と仰有るので？」

「理窟から行くと、あながち出来ないことはない。その悪業の酬いで、お千代はお神さんの亡霊に苦しめられた」

「いけませんや、先生。いくら何でも、あのお千代にそうまであくどいことは出来ッこありません。お神さんに挑《いど》みかかることはできても、すばしっこい猫を叩き斬る早業は無理ですぜ」

「おお、猫、猫じゃ」

「ああ、びっくりした。猫がどうしました？」

「うむ、その猫を忘れておった。なるほど、こりゃ考え直さにゃならん。うむ、そうだ、やはり、般若は般若じゃ」

「そうですとも、あッしはきっと捕えて御らんにいれますぜ」

「ともかく、黄金仏を無事にお千代が持っていることを、松徳の主人が聞いたら、さぞ驚くだろう。丁度、今日は往診の日じゃから、これから行って教えてやるとしよう。その帰り道にでも、お玉ケ池へ廻りましょうから、佐七さん、家にいて下され」

「承知しました。お待ちして居ります」

## その人

さて、同じ日の夕刻である。

瓢庵と人形佐七とは、湯島のお千代の家の、ところもあろうに耳の遠い婆やの小部屋の押入れに、隠れんぼの子供のような恰好で忍びこんでいた。お千代が銭湯にでかけた留守を狙って、婆やを口説き落すのに大分骨が折れたが、佐七の十手を見ては頑固一徹の婆やも恐れ入るより他はなく、二人の隠れんぼを黙認してしまった。

瓢庵が佐七を誘い出して、この鼠の小便臭い押入れに押しこんだのは、今晩必らずこの家へ般若の面――いや、松徳事件の真犯人が現われることを信じたが故である。

「先生、ここまで踏みこんで、大丈夫ですかい?」佐七は暗がりの中で、まだ半信半疑のようである。

「大丈夫、間違ったら、わしは首を縊《くく》る」

瓢庵、そっくり返って返事をしたものだから、ごつんと中仕切に頭をぶッつけた。

「そりゃなおいけません。ともかく、無駄にこんな臭いところで、夜を明かしたくないもんでさア。般若がここへ来るのが、先生はどうして分りました?」

「それはお前さんが明日にもこの家を襲うということを、般若が気づいたからじゃ。今夜のうちに、この家を始末してしまわにゃならん。そういう中《うち》にも、もうやって来たかも知れん。聴耳立てていなされよ」

息をひそめていると、やがて路次に駒下駄の音がして、がらりと格子が開いた。

「ただアいま」何も知らぬらしいお千代が、もう一人前の女の調子で、風呂から戻って来た。恐らく見違えるほどになっているだろう。ちょいと唐紙を開けて覗きたい位だ。

「佐七さん、お千代が松徳のお神さんの亡霊に苦しめられたのは半分が本当、半分が暇をとる口実、うまく利用したものさ」

と瓢庵は声を殺して囁いた。

「全く、虫も殺さぬような面をして、太《ふて》え阿魔だ」

「いや、それというのも般若がお千代をそそのかしたのじゃ。それまではお千代も、ただの女、ただの女中にすぎなんだが……」

そんな会話が婆やの部屋の押入の中で交されているとも気づかず、お千代は座敷の鏡台の前にぺたりと坐って、湯上りの化粧直しをしきりにやっていた。ところが、眺めている鏡の中に、突然異様な影が映った。角を二本生やした般若の面である。

ぎょッとして振返ったお千代は、縁側にぞろりと立って、抜身をぶらさげた般若の面を見て、その場に凍りついたようになったが、やがて気を鎮めて、ゆっくりと云った。

「厭ですわ、そんな御冗談なすッちゃ」

その恐怖を押しかくした艶かしさに、般若の面もややたじろいだ風だが、思い直して、ずいと進み出た。

「お千代、お前の生命《いのち》を貰いに来た」

「まア、厭ですッたら、旦那さま。もう、そんなことおやめになって。……こんなに、お待ちしてましたのに」

「それが、この家はその筋に見つかってしまったのだ。瓢庵が今日それを知らせに来た。お前を生かしておいては、わしの身の破滅だ。気の毒だが、死んでくれ、お千代」

般若の面の声は陰々滅々と響く。

「かんにんして下さい。死ぬのは厭、厭でございます」

「大きな声を立てても、婆やは来ないぞ。聾だ。覚悟しろ、お千代」ずいと進み出て、刀を振りかぶろうとした時、すッと襖が開いて、佐七を先に瓢庵が躍りこんで来た。

「御用だ、般若」

腸《はらわた》に響く佐七の声は、さすがに千両。

「あッ」

棒立になった般若は、佐七の十手の光を見ると、振上げようとした刀を諸手で摑んで、逆に自分の咽喉をめがけて突込んだ。血しぶきと一緒に、どうと前へつんのめる。般若の面が外れて飛んだ。

「おお、徳三郎、お前か！」

踏みこもうとするのを、辛くも踏みとどまり、佐七は呆然として瓢庵を振返った。瓢庵は無言でうなずき、息絶えて行く徳三郎をじッと見戍《みまも》りながら、

「そうなのじゃ、般若は松徳の主人だった。勿論、浅草、深川の般若とは違う。噂を利用したまでのこと。病身で足手まといの女房を亡きものにし、同時に預り物の黄金仏を盗まれたと称して我がものとし、ひそかに関西へ売りにでも行く腹だったじゃろう。旅の帰りが一日おくれたと見せた手並は見事だったが、運悪くお千代に正体を観破され、その口を塞ぐために色仕掛の逆手、妾にするという約束じゃ。だからお千代はお神さんの亡霊に悩まされるようになったのも無理はあるまい」

「ああ、そうでしたか。ですが先生、般若が徳三郎に相違なしと鑑定なさった一番の理由は何でござんすね？」

「それは、斬られた白猫じゃ。般若が真先に白猫を斬ったということが、どうにも不審じゃッた。が、よく考えてみると、白猫は真先に、般若に向ってじゃれついたと見える。この恐しい面《めん》に向ってじゃれつくとは、いかにも面妖。こりゃア、人間の匂いを嗅いで擦り寄ったのだ。とすりゃ、じゃれつく相手は飼主以外にはあるまい。やっとわしもそこに気がついた。あの際、猫にじゃれつかれては有難迷惑、一想いにばッさりやる気にもなっただろうて。……この腹黒い徳三郎に、わしも昨日まではすっかり騙されて、神妙に脈など見ていたのかと思うと、いやはや、面目次第もござりませぬわ」

瓢庵はがっかりしたように肩を落した。いつもは事件が落着した時に、何ともいえぬ晴々とした顔つきになるのに、この時ばかりはつくづく長生きはしたくないような面持であった。

# 地獄の迎ひ

# 第一幕

藪医者が這いずり廻る藪知らず

口の悪い奴がいるものである。こんないたずら書きが、瓢庵の裏塀に書きなぐってあった。恐らくは瓢庵に悪事を窘《たしな》められて、無念やるかたないチンピラの仕業だろう。

これを眺めた瓢庵は御叮嚀に下の句を書き添えた。

蚊を叩いたり蝨《だに》つぶしたり

さて今回も、その吸血鬼退治の手柄噺なのだが、この伝奇めいた事件には、瓢庵もはじめから引張りだされたのであった。もっともその藪の方で――。

目と鼻の上野は池の端、立ち並ぶ料亭のうちで浜久というのがあるが、そこから使いのものが飛んで来た。主人の久七が、瀕死の重傷を負うたという急報である。縁側で鼻毛を抜いていた瓢庵、久七とは面識もないが、浜久には一度あがって料理を食い、酒が滅法うまかった覚えがあって、二つ返事で駈けつけて見ると、もう万事手おくれで、医者のでる幕ではなかった。

浜久の主人は離家《はなれ》の一室で、首根っ子に物もあろうに矢を射こまれ、血海の中でこと切れていた。

「弓矢の殺傷とは、近頃珍しい」

瓢庵は首を振り、呟かざるを得なかった。

「へえ、全くその通りで。それも急所へずぶり。……私もあわてて引抜きましたが、血しぶきで、こんなになりました」

死骸の枕元に坐っていた五十をすぎた年配の男が、手や袖口の血のよごれに顔をしかめて見せながら、問わず語りの返答をした。

「すると、最初に駈けつけたのが、あなたというわけじゃナ？」

「ええ、駈けつけるにも何にも、久七さんとは同席していたようなもので……。申しおくれましたが、私は浜町河岸で船宿を営んでいる一文字藤吉と申します。かねがね、先生のお噂は伺っておりましたから、この椿事にすぐ使いのものを走らせたのも、実は私の指金《さしがね》でございまして……」

「ははア、それはどうも。しかし、久七さんはあなたの云われる通り、運悪く見事に動脈をぶち切られて居られる。いかなる名医も手の施しようがない。変死とあれば、その筋へも届けねばなるまいが……」

「へえ、その手配はさせましたが、先生が、こうした事件を解くのに御堪能と聞いても居り、折入ってお話を申上げたい筋合もありましたので……」

一文字藤吉とやらは何か含みのある話し振りである。医者よりも捕物の方の瓢庵を当てにして呼びだしをかけたらしいので、瓢庵は急にくすぐったい顔つきになり、遠慮のない視線を相手に注いだのであった。

藤吉はいかにも船宿の親方らしく、陽焼け酒焼けの赧ら顔、睨みの利く目玉、への字に結んだ唇、巌丈な身体つきから見ても、なかなか堂々たる押し出しである。

「いや、ははは、わしはお玉ケ池の佐七親分と懇意にしておるので、それで時折捕物のお手伝いやら邪魔をすることがあるが、公儀のお役人を差し置いて、下手人探しをやる気は毛頭ありませんのじゃ」

瓢庵はいっそ迷惑げな顔つきだった。やはり医者として奉っておいてもらいたいのが瓢庵の本音なのである。

「いや、それは私もよく存じて居りますが……ただ、この事件にはまだまだ奥行のありそうな気がしますので、その辺について先生のお見立てを頂きたいと思いましてな」

「ほほう、診察とあればわしの畑だが、では一文字さん、あンたが久七さんと御同席だったというのなら、ともかく逐一の様子を念のために伺うとしましょうか」

「へえ、申上げましょう」

藤吉は手入れのよく行届いた庭に眼をやりながら、椿事のあらましを次のように伝えたのだった。

親しい同志で、常日頃から往き来している間柄の藤吉と久七であった。今日は至急に会いたいからと久七から使いが来て、藤吉は若い者の清造を供に連れ、午すぎからやって来たが、この離家で水入らずの対談のあと、気晴らしの碁を打ちはじめた。恰度、似よりの腕前なので、追いつ追われつの大接戦となった。久七がむずかしいところへ来て石をおろしそうにもないので、その隙に藤吉は厠へ立ち、座へ戻ろうとした時、ヒュッと空《くう》を切る異様な音がしたと思うと、碁盤にかぶさるようにしていた久七が、ギャッと叫んで横倒しになった。驚いて駈け寄って見ると、右の耳の下に矢が一本突きささり、ぶるぶると羽根をふるわせていた。とっさに藤吉は矢を引き抜き、大声で救いを呼びながら、矢の飛んで来たと覚しい庭の奥を見やった。

そこには池を前にして築山があって、その蔭に小さな竹籔と、八つ手の茂みがあるが、風もないのにがさがさと枝葉が揺れている気配。

駈けつけて来た浜久の店の男女が三四人。

「おい、怪しい奴が庭の奥にいる。男は右手から、竹籔へ廻ってくれ」

藤吉は縁に躍り出て、下駄をつっかけると、左手の方から曲者のひそんでいる場所に向った。

しかし、両方から挟み打ちにしたものの、庭のどんづまりはさして高からぬ黒板塀で、曲者はもうこの時塀にとびあがっていて、ひらりと姿を消そうとしているのを、藤吉はやっと認めただけであった。

浜久の若い者に塀を乗越え跡を追わせてみたが、曲者の行方はわからなかった。

曲者のひそんでいたと覚しい竹籔の中には、半弓が投げ捨てられてあって、あとは特別の遺留品も見当らない。

「一文字さん、あンたは曲者が塀を越す姿をちらりと見たと仰有るが、どんな風態か見分けがおつきか?」

と、瓢庵は口を挟んだ。

「はい、それが生憎向い陽で、はッきりとは見て取れず、ただ黒々とした脚が、くるりととんぼを打っただけでしたが……」

「武士《さむらい》の様子ではなかったのかナ?」

「どうもお武家じゃなかったようで。紺の股引……いや、ともかくお武家でないことは私にも心当りがあるんでございます」

藤吉はそこで分別臭い顔つきをした。

「と申すと?」

「へえ、実はこの久七はあったら一つの生命を狙われていたんでございます」

「ふうむ、それは容易ならん。すると何か、久七さんは仇を持つ身の上だったということになるが……」

「そうなので。今日の急な使いというのも、その事を、私に相談したいためのことでしたが、こうも手早くやっつけられようとは夢にも思いませんでした」

藤吉は立上って、床の間に置いてあった手文庫を開けると、一枚の赤い紙切れをとりだして、瓢庵に示した。その短冊を半分ほどにした紙切れには、わざとのような稚拙な文字で、

三途の川渡船切符
久七殿
孫左衛門より

と書いてある。瓢庵手にとりあげて、

「ははーん、なるほど、人殺しの通知にしては洒落たものだ。……ところで、この孫左衛門というのは?」

「それが久七に怨みを持っている人間の名なんですが、もうこの世の人ではなく、死んで二十年にもなりましょうか」

「やれやれ、するとこの切符は二十年以上前のものかナ?」

「とんでもない。つい昨日の朝方に届けられたので。誰が投入れて行ったのか、ちゃんと封書になっていたそうですが、それを見て久七はどうもただの悪戯ではない、孫左衛門の身うちの誰かが、いよいよ自分を見つけだして命を奪うつもりになったと判じて、さてこそ今日私を呼んで、善後策を講じたのでございます。私どもは明日にも先生のお宅へ御相談にあがろうと打合せたのでしたが……」

「孫左衛門というものに対して、久七はどんな怨みを売りなすったのじゃ?」

「久七は孫左衛門を騙し討ちにした……」

「え、え?」

「と、まア孫左衛門の身うちのものは思いこんでいる様子です。孫左衛門には男の児もあったようですから、年頃になって親の敵《かたき》と、飛んだ討入りを思い立ったものに違いありません」

「さてこそ弓の射手《いて》を武士に非ずと睨んだわけじゃナ。それにしても見事な腕前、さして遠からぬ距離とは云いながら、ただの一矢で急所を射抜いたとは、並々ならぬ修業を積んだはず」

「全くでございます。ひょッとして、猟師の仲間にでも入って腕を磨いたものかも知れませんな。塀を越した身軽な業も、忽ち跡をくらました逃げ足の早さも、ただの鼠とは見えません。先生、ひとつ、賊が残して行った半弓をごらんなすって下さい。竹籔にそのまま残してありますから」

瓢庵の返事も待たずに、一文字藤吉は立ちあがって、庭下駄をつっかけた。否応はない。瓢庵もそのあとに続いた。

庭に出ると、藤吉は瓢庵と肩を並べて、ゆっくり歩きながら、

「先生、無理に引張りだしたような恰好で、恐縮いたします。実は、お話が少し残っていたんで

すが、あの席では人目もあり申上げにくかったので……」

と声を低めた。瓢庵は無言で相手を見上げた。

「この事件には、まだ奥行があると、さっきも申しましたが、孫左衛門からの三途の川の渡船切符を受取らねばならぬものは、ほかにも二人居るのでございます」

「うむ、それは……」

瓢庵は思わず足をとめた。

「その二人は、津久土の揚場町で塗物問屋を営んでいる佐渡屋十兵衛、残る一人はかくいう私なんでございます」

「お前さまもか。……ははア、それでまず久七さんがあンたに相談をしようとしたわけだ。どうもその辺がはっきりしないと思っていたが、すると孫左衛門を騙し討ちにしたのは、いや、したと思われているのは、三人組」

「へえ、人聞きの悪いことですが、久七、十兵衛、この藤吉と三人組なので。私等は二十年の昔、孫左衛門も入れて、恥しながら抜け荷の商いをやって居りました。若い頃の血気で法網くぐりもいっそ勇ましく、大して悪いこととは思っていませんでしたが、この抜け荷の事が公儀に感づかれ、われわれ四人がすんでの事で召捕りになるところを、孫左衛門一人だけが死に、あとの三人はどうやら助かったわけでございます。それを孫左衛門の身うちはわれわれ三人の裏切り、騙し討ちと解しているわけで……。この事は、お役人衆のお調べにも申上げることはできない。せめて先生のお耳に入れて、このあと起る無法な仇討ちを、何とか防ぐ手だてを講じたいというのが、私の偽らぬ腹なんでございます」

「それには、まず久七殺しの下手人を挙げることじゃな」

瓢庵はぶすりと一言洩らして、庭の奥をのぞきこんだ。二人は築山を廻って、竹籔のところへ来ていたのだった。

「一文字さん、誰か、人がおる」

瓢庵の囁きに、藤吉はぎょッとして竹籔をすかし見た。なるほど、そこには一人の人間がいた。法被姿の若者だった。

「なンだ、お前は清造じゃないか。こんなところで、何をしているんだ」

藤吉はつかつかと竹籔に踏みこむと、急に両手を胸のところへ持って来て、指をわやわや動かしはじめた。若者は眼を据えてそれを見つめながら、自分も両手の指を動かしている。藤吉は瓢庵を振返り、

「この男は供に連れて来た私の店の清造というもので、実は生れつきの唖なんでございます。捨児から育て上げて、このような指先で話だけは通じますが、唖に聾、それに盲」

「ナニ、盲?」

「いえ、その方は明き盲というだけですが、気立てがよいので、私は息子のような気がしておりますんで」

「こんなところへ、何をして来ていたのかね?」

「それをたずねると、私の姿が見えぬので探しに来たと云って居ります」

藤吉は手真似で何か唖の清造に命ずると、若者はしおしおした様子でその場を立ち去って行った。

「ところで、問題の半弓ですが……おや、このへんにあったのが、どこへ行ったろう?　いや、ありました。これです。竹籔で半弓を探すのは、ちょいと眼移りがしますな」

藤吉は曲者の捨てて行った半弓を探し当てて、瓢庵に示した。それは真新しい品で、どこにも持主の特徴を求むべき跡のないものであった。瓢庵は弦をちょっと引張ってみたが、非力の指先ではビクともしなかった。

「証拠の品じゃ。持って行こう」

瓢庵はそれから、その辺の地面や、曲者の乗越えたという、黒板塀などを調べて廻ったが、その

表情に現われたものは失望の色だけである。

「一幕目は、どうも孫左衛門とやらにしてやられたようだわい。……だが、この芝居、一幕だけで終らせたいものだナ、一文字さん」

振向かれて藤吉、思わずブルッと身体を震わせ、

「先生、何とかよいお智慧をひねって下さいまし」と、柄にも似合わず手を合せて拝むような素振りをした。

竹籔をすかして、離家の方を見ると、急にザワザワ立騒いでいるような気配。岡っ引を従えたどこやらの同心が乗込んで来たと見える。

## 第二幕

「先生、やられましたッ！」

旋風《つむじ》のように瓢庵の筍屋敷へとびこんで来たのは、香六《きょうろく》である。首根ッ子を押えて、へたりこんだ恰好は、それが恐縮しきったつもりなんだろうが、まるで辻斬にばっさりやられて、首と胴のつなぎ目を押えてでもいるように見える。

「どうした、香六。落着いてくれ。お前さんのそそっかしいのには毎度手を焼いている。財布でも掏られたか？」

わざと落着き払って見せたが、瓢庵も少々顔色を変えていた。香六が今夜瓢庵の命じた重大な使命を果して帰るのを、実は心待ちにしていたのだ。

「あッしの眼の前で、佐渡屋十兵衛が殺されたんですぜ。これが落着いていられますか、先生」

「ナニ、お前の眼の前で。……というと、どこでだ？」

「舟の中でさア。うるるッ、ぷすりと首の根元へ矢がささり、ぎゃッと叫んだのがこの世の別れ、あッしも胆をつぶしましたが、介添役の面目玉も一緒に丸潰れで、へえ、何とも申訳ございません」

今度はぺこりとお辞儀をする。

「どうもお前の話はこんぐらかって、いけない。ひとつ順序を追って話してもらおうか」

瓢庵は坐り直して、番茶の土瓶に湯を注いだ。

浜久の主人が殺されてから十日ほど経っている。久七殺しの下手人が杳として知れぬままに、瓢庵は一文字藤吉と佐渡屋十兵衛にも逢い、彼等が危惧している第二の矢を、いかにして避けるか、よりより対策を講じようとしていたのだった。

そこへ、三途の川の赤切符が、今度は佐渡屋の方へ届けられたのである。つい今朝のことである。

抜け荷四人組の片棒担いでいたというのに、十兵衛はいたって小心者、赤切符をもらって、もう生きた空もなくがたがたになっている。胆っ玉は小粒のくせに、慾の皮だけは人並はずれてつっぱっているという、まるで狐みたいな男で、瓢庵の最も毛嫌いするタイプだが、青菜に塩のていたらくを見ては、何とかできるだけのことは相談に乗ってやらぬわけにも行かなかった。

と云って、赤切符の送り主については、今のところ全く目星がついていない。久七殺しの下手人探しに躍起となっている岡っ引唐辛子の伝八などは、江戸中の矢場に出入りする胡乱な奴を、片っ端から洗っているというが、そんなノンキなことでは時が明けてしまう。

「佐渡屋さん、赤切符を届けたからには、どうでもこの家に乗りこんで来て、お前さんの一命を頂戴する気だ。今度も弓矢を使うかどうか知らんが、飛道具では用心するのも並大抵ではない。まさか朝から晩まで土蔵の中へ籠り切りというわけにも行くまいからの」

瓢庵の言葉に、佐渡屋十兵衛、まるで匙を投げられた重病人よろしく、蠟燭のような色になって、

「先生、命だけはお助け下さいまし、命が助かれば、この身代も、女房も子供も、みんな投げだします」

と、思わず酷薄な本音まで吐いてしまう。瓢庵も苦笑いして、

「人命救助は医者の天職だが、相手がどこの何とも知れぬ殺人魔では、わしも手が出ぬわ。……一文字さん、わしにもいい智恵は出ないが、こうしたらどうじゃろう。この家に十兵衛さんが居っては、ともかく危険じゃ。二、三日家を空けて様子を見ることにしては……」

と、藤吉の方を振向いた。藤吉はうなずいて、

「それも一案ですな。十兵衛どん、久しぶりに湯治にでも行って来るか」

「湯治? 私が一人で……滅相もない。そうなりゃ一層無用心、まだしも家の中に引込んで、神仏を念じている方が気が安まります」

十兵衛のいう事は一々凝っている。

「それでは十兵衛さん、いっそ二三日、一文字屋さんに厄介になったらどうじゃ。どうせ、孫左衛門一党は藤吉さんにも赤紙を送るつもりでおるのだから、向うを出し抜いて二人が一緒になり、力を合せて何とか敵の踏み込むのを防ぐ手だてを講ずることにしては……」

瓢庵のこの申出は、一文字藤吉にしてみれば、あまり色よいものではなかったに違いない。みすみす危険を近づけるようなものだったからだ。しかし、眼に見えぬ相手を十兵衛殺しの一線で押えてしまわぬ限り、やがては自分にもめぐり来る運命なのだから、ここは二人が協力して万全の策を講ずるのはやむを得ないと悟ったらしい。

佐渡屋十兵衛も一文字家に厄介になることは、同病相憐れみ合う気安さもあって一議に及ばず、そこでその日の日暮れ刻、ひそかに津久土のわが家を立退くことになったのだが、陸路は何となく危険というので、幸い揚場町のつい鼻先の神田川から小舟をだし、水路伝いに浜町河岸まで降《くだ》ろうということになった。抜け荷に関り合っていただけあって、十兵衛は艪を操ることは得手でもある。しかし、一人では無用心とあって、瓢庵は一緒に連れて来ていた香六に用心棒の役を買わせることにしたのだった。

その香六が威勢よく出掛けて行ったのはいいが、まんまと用心棒をしくじって帰って来たのである。香六の説明を聞くと、仔細はこんな風であった。

夕闇にまぎれて、十兵衛と香六は無事に小舟を神田川へ漕ぎだした。頃しも初夏であり、川面を渡るそよ風は膚に快く、小唄の一つも唄いたくなるような気分であったが、それは胸に憂いなき香六だけのことで、十兵衛の方は少しでも早く目ざす一文字の船宿へ辿りつこうと、艪を使う手もいそがしそうであった。浜町河岸へは小半刻の行程である。

水道橋、お茶の水と過ぎて、筋違橋《すじかい》から柳原の土手に来ると、もう浅草橋は近い。ここまで来れば、まず安全と、それまで物も云わずにいた十兵衛も艪を押しながら、香六に話しかける位の心のゆとりが出来たらしく、川下から風に乗って流れて来る粋な三味線の音に、女遊びの話などもぽつぽつ出かかったのである。

だが、魔者の笑う時は、人の心がゆるんだ時。二人を乗せた小舟が柳橋をくぐって、いよいよ目的地に近づこうとした時、弓弦の音が劇しく響いて、艪を押していた十兵衛は、どッとばかりぶち倒れた。夜目にもしるく、首筋に矢羽根がぶるぶると打震えていた。

香六は、その矢が橋の上から射られたものと思い、振返って曲者を物色したが、橋には人影もなかった。恐らく曲者のひそんでいたのは、橋桁のどこかだったに相違ない。

駈けよって、十兵衛の様子を見たが、浜久の主人同様に、見事に急所に射込まれて、もはや手の下しようもない有様であった。

香六も艪べそを外さずに舟を操るくらいのことはできるので、千鳥漕ぎながらも眼と鼻の一文字船宿へいそいだ。

そこには、待ちかねていたように藤吉が出迎えていてくれたが、無残や十兵衛はすでに死骸《むくろ》であった。

「あッしの油断と云えば油断でしょうが、あんなところで待伏せていようとは、全くお釈迦様でも分りませんぜ。津久土の佐渡屋を見張っていて、あッし等二人が家を抜けだしたところを、あの近辺で狙い打つというのなら、こりゃア道理でしょう。それが、柳橋の橋桁のところに隠れて待伏せていたんです。あッし等が舟で一文字まで行くのを、どうして勘づきやがったか、それが何とも不思議でならねえので……」

香六はまさに切歯扼腕であった。瓢庵は香六の話を聞いて、すっかり黙りこんでしまった。それはそうだろう。佐渡屋十兵衛に一文字へ身を寄せるようにすすめたのは、瓢庵の発議で、これではむざむざ十兵衛の死期を早めたようなものだったからである。

「どうもすっかりうらはらだった。こんなことになるのだったら、十兵衛は土蔵へ籠って念仏でも唱えていてもらう方がよかったて」

「先生も少々ヤキが廻りましたね。いつもなら、浜久の主人が殺されただけでも、大概下手人の目星をつけるところじゃありませんか」

「うむ、その下手人が孫左衛門の一族のもので、動機は意趣返しと、はっきり分っていただけに、かえってわしの眼が昏み、お先走りに二番矢を防ぐことに追われてしまったのじゃ。……だが、お前のいう通り、誰も知らないはずの今夜の十兵衛の行先を、ちゃんと勘づいていたとなれば、それが孫左衛門と名乗る奴の、云わばのっぴきならぬ特色とも云える」

「へえ、あッしにはちょいとその理窟がややこしくて、分らねえ」

「なアに、何でもない。要するに、わしも改めて初めから出直さなくちゃならないということさ」

「でも先生、ぐずぐずしていると、今度は三番矢ですぜ。一文字藤吉が十兵衛の首に立った矢をとりあげて、がたがた震えていましたぜ」

「おや、そうかい。その時、そばに例の唖の清造はいただろうナ。あの若者は、藤吉の影法師のように、いつも一緒にいるようだが……」

「へえ、いましたよ。まア藤吉の用心棒といった恰好ですね。唖だというが、恰幅もよし、何でも藤吉の娘のおかよというのに入婿になるかも知れねえという評判ですぜ」

「ほう、それはちと酔狂だの」

「縁は異なものッて云いまさ。あッしはあの手真似で喋るのを見ていると、何だか背筋のあたりがむず痒くなって来るんだが……」

「清造が娘の入婿となる噂は、どの程度のものか、ちょいと面白そうだから確かめておいてもらいたいナ」

「合点です。どうせ、これから佐渡屋十兵衛変死のお調べで、また一文字まで行かなくちゃならねえんです。悪くころべば、香六貴様が怪しいなンてことにもなりかねませんぜ、先生。一緒に来ておくんなさいナ」

「うむ、どうせ行かずばなるまいが、香六、お前一足先に行っていてくれ。わしは、ちょっと思う仔細があるから、浜久へ顔をだし、できれば、津久土の佐渡屋にも廻って、それから一文字へ行くことにする」

「浜久や佐渡屋に、今更何の御用があるんですかい？　舞台はもう三幕目、お誂え向きの粋な浜町河岸にさしかかっているんじゃねえのですか？」

じれッたそうに反問する香六に、瓢庵はやおら立上りながら答えた。

「三幕目の趣向をちょいとばかり模様変えするのには、前の幕もいじって見ずばなるまいよ」

## 第三幕

その第三幕の幕あきを報《し》らせる引き札でもあるかのように、それから五日ほど経ったある朝、例の三途の川渡船赤切符が船宿一文字あてに届けられた。

「いよいよお出でなさいましたよ」

藤吉は駈けつけて来た瓢庵と香六に向って、冗談めかして云いながら、その赤切符をさしだした。前二回と殆んど変らぬ体裁だが、それは血をたっぷりと吸いこんだように気味悪く思われた。

「とうとう来ましたかい。バカな奴だ」

瓢庵は嚙んで吐きだすように云った。

「全く執念深い野郎で、もっともそれがコッちのつけ目というもので。先生、ちょいと裏庭の趣向をごらん下さいますか?」

「拝見しましょう」

何の打合せがあったのか、香六などには腑に落ちない会話をかわしながら、藤吉と瓢庵とは庭に立ち出でた。もちろん香六もあとにつづいた。

一文字の裏庭は、浜久ほどの豪華さも広さもなかったけれど、狭い土地をうまく利用して器用に作ってあった。どんづまりに古ぼけたお稲荷さんの御堂があって、それを立木が取囲んでいた。

「おッと、あんまり塀の方へは寄らないで下さいよ」

先に立った藤吉は、両手を拡げて瓢庵と香六を抑えるようにし、板塀の裾のあたりを指さした。

「ごらん下さい。ちょっと見ては分らないように、木杭を打ちこんで印をつけておきましたが、ここと、あそこと、あそこ、三ケ所に穴を掘らせてあるんです。落葉でごまかしてあるんで、まさか落し穴とは見えますまい」

「うーむ、なるほど、こいつはうまく行きましたな。立木で薄暗いから、これなら申分なささそうじゃ」

「若いもンの平吉、東助、竹次の三人が、大車輪でやりましたんで」

「清造どんは手伝わなかったのかね、親方。あれは人一倍力もありそうだが……」

「清造は大事な客の送り迎えがございましてね。穴掘りには加わりませんでした」

「まず落ちこむとすれば、この真中の穴じゃな。うまい具合に塀の忍び返しが少し壊れているようだから、賊はそれを利用して乗越えて来る。すると、自然に足はこの真中の穴に掠われようというものだ」

「へえ、私もその寸法で、真中のやつを一番念入りに掘らせましたよ。それに、あそこから来るのが、私の居間を狙うには最も都合がいいわけで……」

と、藤吉は振返って、わが家の座敷の方を見た。なるほど、木立をとおして、そこから一直線に藤吉の居間を見通すことができた。

「いや、この分なら、吸血鬼の孫左衛門もまんまとこの罠にひっかかりましょうて」

瓢庵はいとも満足げにうなずいて見せる。

「えへへへ、私も命をかけての放れ業で、これがうまく行かなければ、今日にも三途の川を渡らなければなりません。でも、先生のお智恵で、今度こそは敵に一泡吹かせてやることができそうです」

「なアに、わしの智恵など一つもない。落し穴の発案も、あんたが思いついたのだ」

「ともかく、私等がこうやって待伏せをやってるとは、いかな敵でも知りますまいよ。しかし、ここであまりぐずぐずしていると、どんなところから覗いていて、私等の企らみを感づくかも分りません。向うでお茶でも召上って下さい」

藤吉は死出の赤札を貰った御当人とも見えず、いたって上機嫌で瓢庵と香六をまた座敷の方へ案内する。瓢庵も到ってのんびりとそれに応じたが、一人浮かぬ顔つきでいるのは香六だった。

座敷で茶の接待を受けながら、主人の藤吉が座を外すのを待構えていたように、香六は一膝乗りだして瓢庵に云った。

「先生、あッしにはどうも解《げ》せませんね。あんなことで、魔者のような人殺しを取押えられるというんですかい？　兎か狸じゃあるめえし、落し穴を掘ったぐらいで安心できるなんて。第一先生も先生じゃありませんか。まるで敵が木戸口通って、のこのこまかり出るような気でいるようだが、その敵は今日来るのやら明日来るのやら分らない。今日来るにしても、その刻限だって決ってる訳でもなし、それにあの塀を必らず乗越えるとも限っちゃねえでしょう」

「いや香六、そう立続けにがみがみ大声をあげてはいかん。ナニ、これでいいのだ」

瓢庵はうまそうに茶を飲んで、のんべえの柄にもなく羊羹をもぐもぐやっている。

「だって……」

「まア、ゆっくり腰を落着けろ、香六。三幕目は筋書通りに進んでおるよ。藤吉を狙う賊は、またも弓を使う気で居る以上、あの落し穴のある場所以外に、身を隠すところはないのだ。また、藤吉を殺す刻限も、まず前以て分っておる。それは七つから四半刻の間だろう」

「へへえ、そりゃまた何故で?」

「藤吉は観音経に凝って、毎日その時刻には念仏をあげることになっておる。これを射るのは作りつけの人形を襲うようなもので、それこそ賊の思う壺」

「なーる、そんなもんですかねえ。七つというと、あといくらもありませんね」

「そうじゃ、これで今度の大芝居も、賊が穴にはまったところで、めでたく大喜利じゃ」

「そううまく運べば結構だが、あッしはどうも眉に唾をなすりたいような気がしてなりませんぜ。でも先生の様子を見ていると、どうやら下手人の当りをつけているように見えるんです。……先生、そいつを当ててみましょうか?」

「ええ、香六、それは本当か? まア、云ってごらん」

香六は急に声を低めて、

「啞の清造。……ね、先生、そうでしょう?」

「むむ!」

「啞の真似しちゃいけねえ。どうも先生が眼をつけてるのはその辺だと思うんです。あッしに、清造の様子を精しく調べさせたり、先生自身で浜久や佐渡屋を調べたり、その上今も穴掘りに清造が手伝ったかどうかを確かめたり……どうもおかしいと思っていましたよ。清造が孫左衛門の身内だということが分ったんですか?」

「そんなことは分らンよ」

「あの男は、久七が殺された時、一文字の親方のお供でついて来て、外から忍びこんだように見せかけ、実は勝手口へ逃げこんだ。次の佐渡屋十兵衛殺しには、柳橋で待伏せて目的を果すと韋駄天走りで一文字まで駈戻り、あッしを出迎えたという寸法でさア」

「うーむ」

「唸ってばかりいないで、先生、あッしの推量が当っているかどうか、言っておくんなさいよ。何しろ清造は、佐渡屋が一文字に身を寄せることを知っている僅かな連中の一人で、それに近頃大弓場で弓に夢中になっているというネタもあがっているんですぜ」

「うーむ」

「しかし先生、清造が下手人とすると、かんじんの落し穴にうまくはまるかどうか、怪しいもンですね」

「いや、清造は落し穴のことを幸い知らずにいるよ。あの辺に立廻れば、落ちこまずにはおられまいて」

「やっぱり清造だったんだ。そんなら、何もあぶない飛道具を持出させるまでもない、早くふんじばったらいいじゃありませんか」

「まア、待て、香六。芝居はしまいまで見るものじゃ」

そうこうしているうちに、いよいよ一文字藤吉が観音経をあげる時刻がやって来た。鬼の念仏というほどでもないが、屈強の親爺が神妙に仏壇の前に坐って、鉦を叩いている図は珍妙である。しかしそれは、まかり間違えば怨みの矢を受ける絶好な的でもある。

座敷の奥に陣取って、藤吉の寂然たる後ろ姿に見入っている瓢庵も香六も、いささか堅くならざるを得ない。殊に香六は、藤吉を狙う下手人が、この一文字の家の中のものだと思うと、塀を乗り越えて入りこむ必要のないために、落し穴へ落ちこむ前に、まんまと藤吉を射とめるのではないかと、気が気でない様子で、膝頭を震わせていた。どうして瓢庵が、そんな分り切った危険を平気で見逃しているのか、香六には不思議でならなかったのである。

香六の、その危惧はまさに実現した。空を切る異様な響きと同時に、矢は放たれたのであった。ただし、その矢は藤吉の頭上を二尺ほど越えて、柱に突きささった。今度ばかりは狙いを誤ったらしい。

「バカ者ッ!」

大喝しながら、念仏をあげていた藤吉は、坐ったまま躍りあがり、膝元に置いてあった刀を手にするや、脱兎のように庭にとびだして行った。

「香六、来い」

瓢庵もその跡に続いた。

庭の奥の茂みでカサカサ音がすると同時に、何やら鈍い音がした。逃げようとした曲者が落し穴に落ちこんだのである。

飛鳥のように躍りこんで行った藤吉は、刀を振りかぶって、落し穴の賊に斬りつけようとし、

「うぬ、われア……清造!」

と叫んだ。

「や、やッぱり清造か」

香六は、穴から這いずり出ようともがいている清造が、唖の悲しさ、ただ喘ぎながら何か云いたげに、今にも頭上に振りおろされようとする主人藤吉の刀に、おびえた眼をあげているのを哀れと見た。

「くそッ、これでもくらえ」

叫びながら、刀を振りおろそうとする藤吉の腰のあたりを、何を思ったか瓢庵先生、痩せこけた脛もあらわに、矢庭にドンと蹴とばした。痩せた脛でも、浮いた腰を蹴られては一たまりもない。藤吉はよろめいて、たたらを踏み、あげくの果てに清造が落ちこんだ隣の落し穴に、物の見事にはまりこんでしまった。

「うわッ、何をするッ！」

叫んで躍りあがろうとしたが、手にしていた刀が、穴に落ちこむ際に、われとわが身に突き刺ったと見え、藤吉はにわかに世にも恐ろしい苦悶の形相を見せはじめた。

「一文字さん、無益な殺生は、二人だけでやめときなされ」

瓢庵は静かに云った。

「な、なんと？」

「抜け荷仲間の三人が、三人共同の宝を隠している事を、わしは探りだした。お前さんがその宝を一人占めにしようとして、とんだ孫左衛門の仇討の筋書を考えだし、唖の清造に濡衣を着せ、三人目の殺し場に、わしを生き証人に引張りだし、物の云えぬ清造は斬捨御免にしてしまおうという魂胆、何とも恐れ入った悪智恵じゃ」

「嘘だ。清造は孫左衛門の……」

「身内でも息子でもないよ。拾って育てた捨児だ。年頃になってお前の娘といい仲になったのが気に食わない。だが上部《うわべ》は娘を呉れてやると喜ばせ、その代りにいうことを聞けと、浜久の庭の竹籔をうろつかせたり、今日のように、わざと狙いを外した弓を射させたり、手のこんだ手伝いをさせ、その揚句斬捨御免で娘についた虫をも御成敗という段取りじゃ」

「嘘だ。おれが、どうして久七や十兵衛を殺せるものか」

「久七は弓で射られたのではない。お前が手にした矢で、首筋の急所を真上から突き刺されたのだ。碁に夢中の恰好では、何をされようと気がつかぬわ。……十兵衛の時は、橋桁にひそんで、眼の下で数尺をすぎる十兵衛を射殺し、逸早くこの船宿へ駈戻った。清造が下手人でないことは、明盲だとお前が教えてくれたからの、赤切符の文字が書けよう道理がないのだ。……いやはや、一文字屋の田舎芝居、それに一役買わされた飛入りの道化二人、この辺で退散といたそうか」

瓢庵は香六を省りみ、そこに集って来た連中の誰にともなく、叮嚀なお辞儀をした。

# ぼら・かんのん

一

「なにやら、なめくじでも踏んづけたような心持だの」

この事件が一段落をつげた折に、瓢庵はそう述懐したが、そう云えば、割切れたようで割切れず、後味もいいとは申せず、奇体な事件ではあった。しかし、この出来事の口火をつけた恰好になっているのは、瓢庵自身なのである。例によっておせっかい、と見られるのは瓢庵も心外だろうが、発端は次のような次第だ。

湯島の天神下に、小左衛門という閑人がいる。地所持ちの二代目で、よく頭が痛いの、尻が痒いのと云っては、瓢庵のところへ使いを立て、呼びつけておいて診療は二の次、埒もない世間話にうつつを抜かすという人柄である。

その小左衛門が、また使いを寄越した。今度はどこの蝶番《ちょうつが》いがゆるんだのかと、持参の走り書を読んでみると、
一筆啓上　今《こん》朝佃島沖にて網打ちを致し大鯔《ぼら》一尾仕止め申候　あまりに美事に候故是非先生に賞味賜わりたく　あたかも灘渡りの銘酒など有之候えば御光来御待申上候
とあった。

とたんに瓢庵の顔面筋肉がゆるんでしまったのは詮もないことである。

「鯔などはどうでもよい。あたかも灘渡りとあるのを、そのままに見捨てておいては保健によろしくない」

と、勿体らしく呟きながら、とるものとりあえず、天神下までまかり越した。

「これはこれは先生、お早やばやと、ささ、どうぞこちらへ」

もみじ、かえでの青葉が、夕刻近い陽ざしに美しく映えている庭に面した広間へ瓢庵を案内し、小左衛門は早速手ずから薩摩焼の大皿にのせた大鯔を自慢げに持ち運んで来た。

なるほど、立派なものである。目の下一尺五寸はたっぷりあるだろう。これから「とど」に化けようとして、その一歩手前で小左衛門の網にひっかかったのが、いかにも無念至極と云わんばかりに、眼をむいて皿の上に寝そべっている。

「すぐに料理《りょうら》せて参りますから」

と皿をさげさせた小左衛門は、それから一しきり、今朝の網打ち自慢を一席やりだした。こいつは聞かないわけに行かないから、瓢庵もふむふむと、したり顔で合槌を打つ。胸のうちでは、大鯔と一緒に、灘渡りの樽の方も一目眺めておきたかったと思いながら。

しばらくするうちに、女中の一人がばたばたと廊下にはしたない足音をさせてやって来て、

「旦那さま、お話中でございますが、ちょいと台所までお越し下さいまし。あの、お魚が……」

と申出る。何か一大事出来《しゅったい》といった面持だが、もっとも表情は明るかった。

「どうした、鯔が生返りでもしたか?」

「いいえ、あの、まあ、おいで下さいまし」

女中は逃げるように行ってしまった。小左衛門は中座して立ったが、やがてしばらくして笑いを含みながら戻って来た。

「先生、いやはや、お誂え向きの椿事でございますよ。ただ今、鯔の腹をたち割って見ると、こんなものが出たと申しますので」

と、手にしていたものを、瓢庵の前にさしだした。何か黒っぽい、一見硯の墨のようなものである。清水でよく洗ってきたと見えて、濡れてはいても、もう生臭い感じはしない。瓢庵は取りあげた。ちっぽけなものだが、意外にもひどく持重りがする。

「はて、ひどく重いが、これはどうやら黒檀の木のようだ。何か金属が嵌めこんであるが……」

と、瓢庵は袂から眼鏡をとりだして、つくづくと眺め入った。それは、黒檀をくりぬいて、そこへ金属をはめこみ、浮彫の形にしてあるが、すっかり青錆びがこびりついてしまっていて、ちょっと見ただけでは何の像になっているのか見分けがつかない。

「はて、何を彫ってあるのじゃろう?」

瓢庵は首をかしげた。

「先生、わたしも今、向うで仔細に検めて参りましたのです。どうも、それは仏様ではございますまいか」

「仏様? おお、そう云えば、全体が立像のようにも見える」

「先生、観音様ではございませんか?」

「むむ、あンたはなかなか眼が利く。たしかにそう云われれば、観音様じゃ。肩のところが、少々欠けているようじゃナ。……ふうむ、これは面白いものが鯔の腹から出て来たもの、瓢箪から駒、鯔から観音か」

「ありがたいことでございます。これも授かり物でございましょう。信心深い母が生きていてこれを見たら、どんなにか喜んでくれましたろうに」

小左衛門は観音像を押し頂くようにして、つくづくと眺めていたが、立上って部屋の隅から小刀をもちだし、こびりついている青錆をこそげ落そうとかかった。小刀の刃がすべって、金属に少々瑕をつける。

「おや、これはどうやら、黄金仏らしゅうございますぜ。ごらんなさい、先生、この光沢《つや》を……」

なるほど、瑕のついたところは美事な黄金色を呈している。銅が相当に混ってはいるのだろうが、黄金仏かも知れなかった。瓢庵は小左衛門の手を押しとどめた。

「もう小刀でいじり廻すのは、おやめなされ。せっかくの彫物を、それでは台無しにすることになる。小左衛門どの、その仏像を元通りの清いお姿にしてもらうには、本職の彫金師に委せるのが無事と申すものじゃ。幸いわしの知っている彫金師で、浅草田原町に佐渡屋清七というのがおります。なかなかの腕だという評判だから、そこへ持ちこんで、すっかり清めた上で、ついでに仏像の肩の欠けたあたりも取繕っておもらいなさるが最上の分別ではなかろうか」

「それはよいことを承りました。しろうとがこういうものをいじりまわして、元も子もなくするのは、わたしもよくわきまえておりますよ。それに、この品は勿体ない仏様のことですから、今もこの小刀で僅かでも瑕をつけたというのは、それさえはしたないことでございました。南無阿弥陀仏、南無阿弥陀仏」

小左衛門はすっかり恐縮してしまい、仏像を押し戴いて、床の間へ飾る。そこへ恰度、大鯔の料理の方もやっと出来たと見え、女中ども高脚膳を捧げてやって来た。瓢庵待望の灘渡りの生一本にありつけたというわけだが、鯔の腹から出たという観音様に後日譚が生れようとは、神ならぬ、いや仏ならぬ瓢庵も思い及ばぬところであった。

二

後日譚の第一節は、こんな次第だ。

大鯔と灘の生一本を御馳走になってから四日ほど経ってのこと、瓢庵の家へ小左衛門がたずねて来た。当人じきじきやって来るのは大変珍しいことである。道理で小左衛門は何だかひどくそわそわしている。

「どうなすった、小左衛門どの。顔色が、ちとよろしくないナ。また頭痛でもなさるか？」

とたずねると、小左衛門は首を振って、大きく息をつき、

「先生、実は今、田原町の佐渡屋からの戻りなんでございます」

「おお、先日の観音さまか。清七に手入れと細工をお頼みなさったか?」

「はい、それはもう、あのあくる日、ついでもありましたので、すぐに持って行って頼みました。今日も、あちらの方面へ用事がありましたから、佐渡屋に立寄ってみますと、清七さんが妙なことを云いだしたんです。というのは、あの観音様、錆をよく落して見ると、足許のごちゃごちゃした模様の中に、蘭語が彫りこまれてあるとのことで……」

「うむ、そうだったか。さては、マリア観音」

「はい、どうも吉利支丹像であるということが分りました。それで、佐渡屋はこういう危険なものを持っていると、どんな災いが起るかも知れぬと申します」

「無理もないいな。それでは、修理を断ると申すのじゃね?」

「いいえ、ところがそうではないので。清七さんは、あのマリア観音の出来には、ぞっこん惚れこんでいるらしいのでございますよ。こんな立派な密彫りは、これまで見たことがないと申すのです。金の質《たち》はあまり上等なものではありませんが、よほどの名人が彫った像に間違いはない。それで、たとえそれが吉利支丹物ではあっても、こういう立派な出来のものを瑕物にしてほっておくのは勿体ない。せめて肩口の欠けたところを修理してから、お手許にお返しするつもりだから、あなたの覚悟は宜しゅうございますか、とこうなんです」

「うむ、それで、小左衛門さん、あンたは何と答えた?」

「はい、わたしも困《こう》じ果てました。吉利支丹物を持っているのは、怖ろしゅうございます。と申して、佐渡屋が清めたというその観音像を見せてもらいますと、まことにどうも神々しく、ほんとうにうっとりするような出来なのでございます。足許の模様の蘭語さえつぶしてしまえば、観音像そのものには吉利支丹めいたところは殆んど見当らないと申してもよいくらいなので。……それで、佐渡屋さんに頼んで、その模様の部分に彫りを加えてもらい、蘭語を分らぬように潰すことにいたしましたが……」

「すると、小左衛門どの、あンたはあれを観音像として保管なさるつもりなのじゃな」

「はい、いけないことでございましょうか？　蘭語さえ潰してしまえば、それは誰が見ても日本の観音像に相違ございません」

「あはははは」瓢庵は急に高笑いをして、「小左衛門さん、そんなことをわざわざこの瓢庵へ相談においでになるのは、ちょいと筋違いと申すものじゃ。あンたの気持で、それがすむのなら、それでよい。佐渡屋もそれでよいなら、それでよい。何のわしが意見など申上げる必要があろう」

「でも、先生は始めからこの観音像にかかり合いがあって、佐渡屋を引合せて下さったのですから」

「いや、わしは何にもかかり合いのないことにしますぞ、小左衛門どの。従ってその異教の品については、この耳に入らなかったこととしておきましょうぞ。それはただ、あンたと佐渡屋清七とが知っていることじゃ」

と、分別らしい眼つきで、瓢庵はじっと小左衛門を見つめた。小左衛門はその意を了解したらしい。

「はい、先生、よく分りました。ところで、今日わたしが参りましたのは、もう一つ用事があってのことでございます。佐渡屋が申すのには、あの観音像を預ってから、急に何か身体の調子がおかしくなったというのでございます。まさか、吉利支丹にかかりあいのあるものに手を加えようとしたので、その祟りでもあるまいが、あまり妙だから、是非先生に一度診てもらいたいものだと申していますので、まアわたしがお近くにいるのだから、帰りに寄って、先生に話してあげようということになりました」

「ほほう、清七の身体の具合がおかしいというのは、どんな風なのじゃな？」

「何かこう胸がむかむかする、胃がきりきりする、通じの具合もおかしい、従って細工場で仕事をするのも苦痛になっているのだと申しております」

「はて、まさかそれが観音様の祟りということはあるまい。持主のあンたは、一向にぴんぴんしておるではないか」

「さようで。わたしは何ともないのですが、今日も話している時でさえ、清七さんは胸がさしこむのか、顔をしかめて、しきりに油汗をにじませておりました。それが観音様のせいなら、もう細工の方は願いさげにしてもいいのだからというと、あれが名人気質《かたぎ》とでもいうのでしょうね、惚れこんだ仕事はどんなことがあってもやらしてもらいたいと、いっかな聞こうとしないのです。先生、御足労ですが、一度清七さんを見舞ってやってはいただけますまいか。ついでに、観音像もごらんになって下されば、どんなにわたしがそれを気に入ったか、ようく分っていただけると思うんでございます」

「はいはい、分りました。それでは、明日にでも、清七を見舞いに行ってやりましょう。ただし、さっきも申した通り、わしは吉利支丹については、一向に不案内なのだから、そのつもりでいてもらいましょう」

「御念には及びません。蘭語の部分はつぶしてしまえば、もうどこにも吉利支丹のあとはないわけですから、わたしの申したことは御聞流しになって下さいまし。……では、清七さんのことは、くれぐれもよろしくお願いいたします」

小左衛門は、念を押して筍屋敷をあとにした。瓢庵はその後ろ姿を見送りながら、首をすくめた。物好きな奴、と云わんばかりの風情だが、自分の酔狂だけは気がつかぬものと見える。

三

あくる日、瓢庵は彫金師佐渡屋清七を見舞いにでかけた。田原町の横丁に、ちっぽけな目立たぬ店を構え、店の裏手に細工場を作り、店の方はおもに番頭にまかせ、主人の清七は大概仕事場にいる。二度目の女房お雪、死別れた先妻の残した子供が二人、姉娘十四、弟が十、五人の家族だ。

ところで、清七は小左衛門を通じて訴えたとおり、確かに異状を呈していた。瓢庵も頭をひねった。結局よく分らないのである。一種の食当りらしく思えるが、具合の悪いのは清七だけで、他の家族に異状はない。最近どこかで妙なものをたべたかどうか、調べてみるとその心当りもない。彫金には、金属の吹き分けや接合などに、さまざまの薬品を使い、その薬品が何かのはずみに体内に入るようなことがあれば、勿論劇薬であるから中毒症状を呈するにちがいない。そんなことでもあったかと思うより他に考えようがなかった。

それでも清七は、気分の悪いのを抑えながら、商売というよりは業《ごう》に近い熱心さで、仕事の方も休まずに、こつこつやっていた。勿論、小左衛門から預かった鑞の観音の修理もやっていた。蘭字の部分をうまくつぶして、適当な紋様を作ることをはじめていたが、まだとりかかったばかりのところだった。瓢庵はそれを見せてもらったが、なるほど清七も小左衛門も惚れこんだのは無理がないと思われるほど神々しく、しかもういういしさの溢れている観音様であった。東洋風な素朴な輪郭の中に、眼や鼻や口のあたりへ心持彫りの深いところを見せて、それをマリアに通じさせてあるのだが、この混血児めいた手法がかぐわしい情感を漂わしているのである。

「先生、全く立派な出来ですよ。よほど名のある師匠の作に相違ありますまいが、おおっぴらに世へ出せないのが残念ですね」

と、清七は云った。眼だけはらんらんと輝いていたが、起きているさえ苦しげに、しきりに肩で息をしている。瓢庵はその仕事の鬼のような気持を痛々しげに察しながら、飲み薬を教えてやり、なるべく安静に寝ているようにすすめて引きあげたのである。

ところが、次の日瓢庵が再び様子を見に行ってみると、佐渡屋の店では大騒ぎがはじまっていた。昨夜泥棒に見舞われたというのである。しかも、盗まれた品というのが、ほかならぬ鑞観音なのであった。

瓢庵が佐渡屋を訪ねた時、その辺を縄張りにしている喜三次という目明かしが乗りこんで来ていて、しきりに佐渡屋の内外を探索している最中であった。

泥棒の侵入した経路は簡単明瞭であった。昨夜主人清七が、瓢庵の治療を受けたにも拘わらず、ひどく調子が悪くなり、五つ半には仕事場をしめて、寝床へもぐりこんだ。それを見すましていたらしい泥棒は、屋根から天窓を押し開けて仕事場へ舞い降り、細工物を入れてある箱を鉄梃子《かなてこ》でこじあけ、観音像を手に入れて悠々再び天窓から逃げ去った。

仕事場は金目のものがいつも置いてある関係から、出入口は厳重にしてあって、無人になる時は、家の廊下に通じている入口も錠前をかける仕組になっている。だから、主人清七が今朝になって仕事場へ入って見て、はじめて盗難があったことに気づいたというわけであった。

「それが先生」

と、清七は困惑しきった顔つきで瓢庵に訴えるのである。清七は泥棒が入ったことを知って大騒ぎをしたものの、盗まれた品がまだ蘭語の部分を十分につぶしてない観音像であっただけに、公儀に訴え出るわけには行かなくなってしまったのだった。

とりあえず、急使を小左衛門のところへ走らせて、事情を打明けて相談すると、小左衛門としても観音像のことは伏せておきたかった。そこで、泥棒は入ったが、何も盗むものが見当らず、手ぶらで逃げて行ったことにでもしてしまおうという密議がまとまったのである。

しかし、それもいささか手おくれだったのだ。騒ぎは忽ちひろまっていて、それを聞きつけた喜三次親分が、頼みもせぬのに、のこのこやって来てしまったのである。

清七は身体の不調もある上に、事ごとにぐれはまに事が運ぶので、すっかり不機嫌になってしまっていた。一体誰が喜三次親分なんかの耳へ一件の起ったことを知らせたんだ、とそんなことさえ目鯨たてて論議立てに及ぶと、その張本人というのは、意外にも清七の子供の姉弟二人だということが分った。二人にしてみれば、自分の家に泥棒が入って、父の大事にしている細工物が盗まれたらしいとなると、一刻も早くその犯人を挙げてもらいたい一心で、目明かしの耳に急報したものらしいのである。有難迷惑なことだったが、事が表立ってしまっては、今更隠しておくわけにも行かない。盗まれたのは観音像だということを、ありていに申立てて詮議をお願いした。尤も、清七は像の蘭語の部分には大部手を入れていて、小さな彫物のことであるし、ちょっと見たぐらいではそれが吉利支丹物であるということは気がつかないだろうという予想もあった。

ごたごたで気が立ったせいか、その日の清七は前の日よりもいくらか元気に見え、瓢庵もホッとしたが、思いがけぬ盗難事件が降って湧いたのには驚いた。何しろ、この佐渡屋を小左衛門に引合したのは瓢庵なので、小左衛門にも気の毒をかけたことになり、万が一観音像のことから、吉利支丹のことで小左衛門があらぬ疑いなどを蒙るようになっては、それこそ瓢庵としても面目丸つぶれである。

気が気でなげに、瓢庵も泥棒が忍び入ったという佐渡屋の仕事部屋を見せてもらった。廊下から頑丈な出入口を作って独立した仕事部屋を作ってあるが、そこには大きな錠をおろすようになっている。

部屋はさして大きくない。一方に窓を切ってあるが、西側に当っていて、そのため部屋の中はあまり明るくはなく、それを補うために天窓を切ったのであろう。その天窓は部屋の中央の天井をくり抜いて作ってあり、竹竿を使って開け閉《た》をし、ついでに竿の先の金釘を利用して、内側から鐶《かけがね》をおろすようになっている。天窓の下に脚立《きゃたつ》が置き放しになっているのは、そこから喜三次親分が泥棒の侵入した経路を調べに、屋根の上へ抜け出て行ったものと察せられる。

瓢庵も脚立の上へのぼった。天窓の具合を調べてから、のびあがって屋根の上に首をつきだした。何の変哲もない瓦屋根で、じき向うに、隣りの家の二階の窓が見える。屋根の上にいるはずの喜三次親分は、どこに行ったのか姿は見えなかった。

「先生、あぶのうございます」

と云われて、心ならずも脚立からおろされてしまった瓢庵は、仕事部屋を出ると、庭下駄をはいて、裏手へまわった。ちょっとした庭ができているのだ。

庭の奥には、物置小屋が一棟立っていた。そこの戸口が半分ほど開き放しになっているので、何の気なしに瓢庵はのぞきこんだ。勿論薪炭の類がうず高く積んであるが、片隅が割に小綺麗に俵や莚を敷いてあって、そこに意外にも一人の少年が寝そべっていた。

瓢庵の来た気配に、少年は起きあがって入口をうかがっていた。

「おや、佐渡屋の坊やだったね、こんにちは。このおじいさんを知っとるじゃろう?」

とたずねると、それまで少年は何か気がふさいでいたと見えて不機嫌な顔つきだったが、瓢庵の問いにやっとうなずいて見せた。

「坊やの名は何というのだったかナ」

「清太郎ッていうんだ」

と、少年はぼそりと答えた。

「姉さんは?」

「おその」

「おその姉さんと喧嘩でもしたんじゃないのかね。まだ眼の隅に涙がたまっているようじゃの」

と、瓢庵が冷かすと、清太郎はあわてて眼尻を手でこすった。

「嘘だい。姉ちゃんと喧嘩なんかしやしないや。……あたい、待ってるんだ」

「誰をお待ちだね。ここへ誰か来るのかね?」

「ここへは誰も来やしないよ」と言ってから、急に思い直して、「ううん、来るけど、それを待ってるのは、お母《つか》さんなんだ。あたいの待ってンのは、泥棒が早くつかまんないかと思ってさ」

「泥棒? 昨夜、おとッつぁんの仕事場に入った泥棒のことかね?」

「そうだよ、親分さんが来て調べているから、もうつかまるだろうと思うんだけど、気が気じゃないや」

どうも子供のいうことは、とりとめがなくて、さすがの瓢庵もその真意を汲みとるのに骨が折れた。しかし、清太郎が父の大事なものを盗み去った盗賊のつかまるのを待受ける気持は当然かも知れぬ。殊に、目明かし喜三次親分に訴えでたのが、彼自身であってみれば、なおさらのことである。

瓢庵は、少年の義母の話が出たから、それに興味を持って、物置の中を何とはなしに物色した。そう云えば、どこかしらんに女臭い匂が残っていないでもない。それとなく、清太郎に鎌をかけてみたけれど、少年はもう何の答えもしてくれなかった。

この時、母屋にあたって、一種のざわめきが起ったことが、この裏庭まで伝わってきた。やがて、かん高い女の叫び声まで聞えてきた。

「やッ、お母さんが、わめいてら。泥棒、つかまったらしいぞ」

清太郎少年はとびあがって、瓢庵の足もとをかすめ去るように、母屋の方へかけだして行った。瓢庵は危く、足をさらわれるところだったが、あとから少年を追ってあたふたとついて行った。

清太郎が鋭い直感で見抜いた通り、仏像を盗んだ泥棒は、喜三次親分によって電光石火的にとり押えられていた。それは隣家の二階に間借りをして住んでいる能役者の勘之亟という男であった。まだ三十足らずの若い男で、苦味走った好い男だが、十手をつきつけられて色を失い、血の気のない顔を震わせながら、しきりにわめき立てていた。

「覚えのないこッた。私は、泥棒じゃない。観音像などは、見たこともありません」

縄を打たれているその哀れな姿を、佐渡屋一家のものは、周りを囲むようにして見つめていた。瓢庵が特に注意して見ると、清七の女房のお雪が、これも生きた空もない顔色で、やっと身体を壁に支えているような姿勢で立っていた。

「えへん」

と咳払いをしたのは、喜三次親分であった。あたりを見廻わして得意満面。

「勘之亟、この期《ご》に及んで白を切ったって、後の祭だろうぜ。盗まれた黄金仏が、お前の部屋の、押入れの隅から出て来たんじゃ何と申し開きをしようとダメの皮というものさ。……佐渡屋さんの屋根に一番近いのは、お前の借りてる二階だ。窓からひょいと降りるだけでいい。その窓下に、ごらん下さいと云わんばかりに、仏様を包んであった伏紗が落ちていたんじゃ、お前がお湯へ入りに行った隙に、おいらが留守の部屋をかき廻して見たくもなるだろうじゃねえか」

と、証拠品ともいうべき伏紗を懐から出して、喜三次はひらつかせた。瓢庵は一礼して、その伏紗を見せてもらった。表が縮緬、裏が紅絹《もみ》になっている立派な品だ。勘之亟は往生悪げに、

「たとえ、何の証拠があろうと、私は盗みをした覚えがない」

「ええい、うるせえ。それじゃ、云って聞かせてやろう、昨夜の四つ刻《どき》、お前が佐渡屋の屋根からこっそりおのれの部屋の窓に入るところを、お向う筋のお神さんで見かけた人がいるんだ。月の光で、しかとは分らなかったが、窓から出入りするのは、泥棒さまかお猫さまと相場がきまってらア。どうだ、昨夜の五つ半から四つにかけて、お前はどこにいたか申開きができるというのか？」

「……」

今までわめいていた勘之亟も、ここにいたってすっかり首をうなだれてしまった。それを見た佐渡屋清七の女房お雪が、何を思ったか無言でその場から逃れて、奥へかけこんで行った。

瓢庵が耳をすますと、彼女は奥の誰もいない部屋で、しきりに泣いている様子であった。

## 四

鰡観音の事件は、こうして線香花火のようにあっけない結末がついたが、そのあとがどうもあま

り明快とは申せなかった。

能役者勘之亟が盗んだ黄金仏は、証拠の品であるから一応十分な吟味をされたので、いくら潰しをくれても、まだ蘭語の跡が残っており、吉利支丹物ということが分ると、彫金師清七は勿論のこと、それを修理に出したという小左衛門も、厳重な取調べを受けねばならなかった。勿論この両名は、宗教的な背景など少しもなかったのだから、疑いは解けたけれども、この黄金仏が吉利支丹物と分っても、それを放任したばかりか、私物として保存しようとした節があるので、激しいお咎めを受けた。観音像は没収である。

佐渡屋は観音像が手許から消え失せたせいか、その日から薄紙をはぐように病気の方はよくなった。ただ、生きた観音様ともいうべき女房のお雪が、この事件のあった日に家出をして戻って来なかった。行方は杳として知れずじまいであった。

「どうも、今度の一件には、私もほとほと音《ね》をあげました。生臭い鰡の腹から出た観音様なぞに、うつつを抜かした罰かも知れません」

と、張本人ともいうべき小左衛門は、瓢庵を訪ねて、しきりに頭をかいて見せた。

瓢庵も照れ臭そうに笑うより他はなかった。余計なお世話をしなければ、泥棒騒ぎや家出事件にならなかったかも知れないのである。

「それにしても、佐渡屋が観音様の一件が片づいてから、すっかり元気になったのが不思議でなりません。先生の診立てもよかったのでしょうが、本来ならお神さんに家出などされて、すっかり気落ちがするところなのでしょうがね」

「それですわい」

と、瓢庵は例になく、重苦しい調子で、

「実は、小左衛門どの、あンたにだけ申上げておくが、清七の病気というのが、今になって、やっとわしにも読めました。あれは、どうやら砒石の中毒であったらしい」

「えッ、砒石？」

「さよう、砒石を僅かずつ清七に飲ませていたために、あのような苦しみをせねばならなかったのじゃ」

「すると。そんな毒をのませたのは……」

「姿を消したお神さんのお雪なのじゃ。お雪には悪い虫がついた。隣家の二階の能役者勘之亟。密通のあげくが、亭主を盛り殺そうとして、思いがけぬ盗難事件で、その計画《たくらみ》もペケとなり、いづらくなって家出という順序なのじゃ」

「すると、佐渡屋にとっては、観音像の盗難は助け舟のようなものだったわけで……？　したが、どうして、あの能役者は黄金仏などを盗もうとしたろう？」

「盗むものですかい。あれは、当人が申立てている通り、全くの濡れ衣《ぎぬ》じゃ」

「ええッ！」

「しかし、小左衛門さん、これはこのままにしておいて頂きたいのじゃ。今更いじり廻しても、誰一人幸いを受けるものはおらぬ。能役者の不義も、表沙汰になれば却って盗みよりは重い罪となろう」

「では、勘之亟に濡れ衣を着せたのは、どこの誰です？」

「佐渡屋清七の子供の二人じゃ。姉も弟も、義母《ままはは》が勘之亟と裏の物置小屋で密会しているのを知っておった。その上、父が母から毒を飲まされている事実も盗み聞いた。能役者が、いつも屋根伝いに降りて来て、物置小屋へ忍んで来るのを見て、それを逆手に昨夜二人の密会の隙に、仏様盗みを勘之亟に押しつけようと計ったのじゃよ。なかなか知恵の働く子供達だて」

「ほほう、しかし先生は、どうしてその二人がやった事を見抜くことができましたか？」

「仕事部屋の天窓は、調べてみると、内側から抜けだした跡はあるが、外からこじ開けて入った跡が一つもないのだ。つまり、賊の押入った跡はなく、出た跡だけがある。これは家人の誰かが、わざわざ天窓を開けたと思うより他はない。……それと、もう一つは、仏様を包んだ伏紗が、能役者の窓下に落ちていたが、それが少しも濡れていなかったことじゃよ。盗難のあった夜は、大分雨が降って、翌朝まで晴れなんだ。晩に落したものなら、目明し喜三次が拾い上げた時も、かなりに湿っていなければならないはず。じゃによって、誰かが勘之亟を罪に陥そうとして、からくりをやったとしか思われぬ。……と考えると、一旦訴えを思いとどまった佐渡屋の意志にそむいて、喜三次を連れて来たのは、あの健気な姉弟二人なのじゃ。罪を勘之亟に塗りつければ、母の不義もやまるだろうし、父を毒殺しようとするのも中止になるだろうという苦肉の策であった。やれやれ……」

と、明快な推理にも似合わず、瓢庵の顔は暗かった。事件解決によって、佐渡屋一家が完全に幸福を取戻したとも云えないからである。なめくじを踏んづけたような……という感慨が浮んだのも無理のないことだった。

# へんてこ長屋

# 一

瓢庵《ひょうあん》、布団にくるまって、ときどき、うーむ、うーむ、というような奇妙な唸り声を発している。何とも形容のしがたい、ちょっと山羊《やぎ》が啼くのに似ていて、これが人間だからそぞろ哀れを催さずにいられないのだが、その瓢庵の介抱役に当るべきはずの豆太郎は、我関《われかん》せず焉《えん》と縁側に腹這いになり、しきりに絵双紙《えぞうし》に見入っていて、見向きもしない。

昨夜のこと、近くの家で床上《とこあ》げのお祝いがあった。長いこと患っていて、ずっと瓢庵が療治をしつづけてきたのだが、その甲斐あって全快ということになった。親戚のものが集り、瓢庵が主賓というわけで、いやでも酔払わずにいられない会席、遠慮なくやっているうちに、したたかに酔った。十八番の隠し芸皿廻しがでるようになると、これが云わば危険信号である。だが、この皿廻し、なかなか見事である。しらふの時にやるのと違って、これがそのものが酔払っているみたいに、ゆらりゆらりと廻って、見ているものをはらはらさせる。

土産の折詰を貰って、送りましょうというのを、何の、お構い下さるな、筍屋敷は目と鼻の間、と一蹴して、その家を辞したまでは大出来だったが、途中で折詰を狆《ちん》ころに嗅ぎつけられ、しきりに尻尾を振られたのに気をよくし、折詰を開いて大いに胸襟《きょうきん》をひらいたつもりであった。むしゃむしゃやりかける犬の頭を撫でようとすると、これはしたり、狆ころはにわかに毛を逆立てて吠えかかった。一旦物にした食糧に対する正当防衛のつもりであったろうが、瓢庵も腹に据えかね、この礼儀知らずの野良犬めが、と埒《らち》もない立廻りをおっぱじめ、あげくの果てにどぶの中へ片足踏みはずし、いやというほど腰を打ち、そのまま起きあがれなくなってしまった。帰りがおそすぎるのに心配して、提灯かかげて探しに来てくれた豆太郎のおかげで、どうやら家にだけは辿りつけたが、寝床に這いずりこんだきりで身動きもできなくなった。

今朝になって正気づいて、起きようとして起き上れず、やっと腰を打ったことを思いだし、早速手療法と洒落てみたが、この分では当分寝たきりであろう。寝てさえいれば、格別痛むわけではないから、山羊のような声で唸っているのは腰のせいではない。乱酔の失態を思いだしては、臍《ほぞ》を噛む音なのである。瓢庵もこれでなかなかのスタイリストであることが分る。豆太郎はいつものことで慣れっこだから、瓢庵が山羊の声をだしても寄りつこうとしない。なまじ御機嫌伺ったりすると、かえっていけないことも知っている。

折から庭先へ廻って来たのは、無駄話相手の桂七と香六《きょうろく》、今日は揃って顔を見せる。豆太郎と眼を見交し暗黙のうちにうなずいて、暫らく山羊の啼き声を聞きすましてから声をかける。

「やあ、先生、大分苦しそうですね」

香六の声を聞いて、瓢庵ぴたりと唸るのをやめた。布団から顔をのぞかせ、まぶしそうにして、

「おお、御両人、よく来てくれたな。大しくじりじゃよ。快気祝いに呼ばれて、こっちが代りに腰を抜かしてしもうた。当分は将棋のお相手もできかねるという浅間しい有様でな。あははは……うーむ、あイツツ」

笑うと腰にひびくと見えて、急に顔をしかめる。桂七はにやにや笑って、

「先生、みんな聞きましただ。四つん這いになって、狆ころと喧嘩をおっぱじめたそうじゃありませんか」

「これこれ、年寄をからかうものではない。今もそれをこっそり思いだして、冷汗を流していたところだ。……せっかく来てくれたのだから、何ぞ面白い話をしてくれ。豆や、茶道具をだしておあげ」

一人で唸っているよりも、気を紛わす話相手の欲しいところであったにちがいない。

座敷にあがった香六に桂七は、勝手知った瓢庵の家のことだから、茶簞笥から茶壺をとり、菓子

箱から塩せんべいをぼりぼりやりはじめる。

「先生、今聞いてきたんですが、駒形で婆あ殺しがあったそうで、大騒ぎをやっていますぜ」

と桂七が口を切った。

「ほほう、それはいつのことだ？」

「つい昨夜《ゆうべ》のことだそうです」

「やれやれ、昨夜は爺いや婆あの災難に会う日であったと見えるナ。下手人があがったか？」

「どうしてどうして、そこまで行くもンですか。ほんの今朝方、一件が見つけだされて大騒ぎになってるのを、あッしがしばらく見物してきたんでさあ。あの辺に親戚のものがいましてね。それへ用事があったんです。……先生は、駒形の隅っこにある『へんてこ長屋』というのを聞いたことがござんせんか？」

「『へんてこ長屋』？　はてね、初耳のようだの」

「御存知ねえのが、本当でしょう。誰がつけたか、そう呼んでいるんですが、全くの貧乏たらしい長屋なんです。ところが住んでる手合が、揃いも揃って、へんてこな奴ばかり。殺されたおとら婆さんというのも、その、へんてこ連のうちじゃ大関株の方なんで」

「おとら婆さんも長屋の店子《たなこ》の一人なのだね？」

「そうなんです。婆さんのことは、聞いたことがありませんかね。大分有名なんですよ。というのは、この婆さん、どこからか観音様の木像を拾って来て、拝みだしたんです。片手のもげた像なんで、片手観音という名があるんですが、その片輪のところが何となく魔力がありそうで、あのへんの慾張り亡者どもが信心をはじめているんですよ。小金がたまるというのでね」

「一番御利益《ごりやく》にあずかっているのが、おとら婆さんとやらだろう」

「その通りなんです。賽銭のあがりだけではなく、おとらは大分前から小金は持っていたらしいが、それを日歩《ひぶ》いくらの高利で貸しつけては、毎日たんねんに利子をかき集めていたのを、とうとう悪い奴に目をつけられて、昨夜ごっそりと有金を何十両か盗まれた上に、ばっさり叩き斬られてしまったんです」

「ふうむ、すると押入《おしいり》強盗というわけだな」

「何しろ婆さんは、猫三匹が相手という独り暮し。そこへ押し入ったのが、婆さんを斬殺して、有金さらったんですが、金はどうやら観音像の中に隠してあったらしく、像が座敷の中に投げだされてあったそうです」

「像の中へ金を隠してあったのだと?」

「像は二尺ほどのものですが、うしろの方をくり抜いて、小粒や小判を隠すように細工されているんです」

「うむうむ、それは名案。おとら婆さん、頭がよいな」

「全くですよ。どうせ観音様は神棚の奥に安置してあるんですからね。その観音様へ手をかけるなんて工罰当りはありっこないと見るのが本当でしょう」

「とすると、下手人はおとらの家の様子に通じているものということになる」

「あのへんが縄張りの長九郎という親分が、早速出張《でば》って来ましてね。やっぱりそんな見込みのようでした。だから、へんてこ長屋の連中は、揃って足どめを食ってしまったようです」

「一体そのへんてこ長屋には、どんなへんてこ連が住んでいるのかね。それを調べておいでだったか?」

「そこはあッしも抜かりがありませんよ。……へんてこ長屋は、向い合って立っている四軒長屋なんです」

そう云いながら、桂七はそばにあった将棋盤に眼をつけると、よいものがあったとばかりに、駒を一つずつつまんで、桝目《ますめ》の中へ置いて行き、

「まず東側から行きますとね。入口のとっつきに住んでいるのが、いざりの源造。五十がらみの

男で、指物大工《さしものだいく》だったが大分以前に材木の下敷になって膝から下を押潰され、今は生れもつかぬいざりとなって坐ったきり、あまり動かなくてすむ小箱などの細工物をやって暮している。少々間の抜けたようなお神さんとの二人暮し。

――二軒目が山伏《やまぶし》稼業の助五郎という男。見るからに大きな図体で、三十をちょいと廻った年頃。法螺貝《ほらがい》吹いて町をのし歩いているが、賽銭集めが目当てだから、手のいい乞食みてえなもんでしょう。虫を起す子供を祈禱で直すというんだが、どうもこの男を見たらかえって虫を起しそうなほどの人体《にんてい》。あんまりぞッとしない素性の男で、勿論独りもンでさア。

――お次が、ろくろッ首のおはま。いいえね、本当に伸びるンじゃねえそうで。両国橋の見世物に、ろくろッ首で出ているだけのことで、家へ帰れば黒襟の世話女房。御亭主が永の患いで寝たっきり、そいつをかいがいしくここ数年見とっているので、なかなかの評判だが、顔はきれいだし、裏に廻った話はまだよく聞いておりません。

――最後の四軒目が馬の脚の大八。どこの芝居小屋にかかえられているのか、そこまでは確かめることができませんでしたが、馬の脚ではなかなかの名人なんだと近所のものの評判です。どういうわけかまだ独り者で、しなびたお袋と二人ッきりで、つましくやっているようです。……これが東側の長屋ですが、その向い側は……」

「待ってくれ、桂七。よほど調べてきたと見えて、よく間違えずに並べられたのう。いざりに山伏、それから、ろくろッ首に馬の脚か。なるほど、へんてこ長屋だけあって、大した顔触れだの」

「へへ、まだ半分ですぜ。じゃ、西側へ参りやしょう。いよいよへんてこになって来まさア。

――西側のとっつきに頑張っているのが、按摩の六右衛門。こいつは三十そこそこですが、盲になったのは四、五年前、まア、にわか盲と云ってもいいでしょう。何でも悪い病気が眼から入ってつぶれてしまったんだそうで、以来按摩の稽古をして、町を流して歩いているんですが、あんまりカンはよくねえという噂です。

――二軒目が猫さらいの茂平という六十近い変屈親爺。どこからか猫をさらって来ちゃ家で皮をはぎ、三味線屋へ売りこんで食っているんです。独りもンで、近所とのつきあいも悪く、何となく気味悪がられているようです。

――お次が、御浪人の大坪玄馬という偉そうな名前の人で、これも独り者。おさむらいにしちゃひどく陰気で顔色もすぐれず、家にいるのかいないのか、とんと見当もつかないことが多い様子。家にいる時は大概寝ているようだし、それ以外はどこかへ行って、二、三日も帰って来ないことが多い。何でも昨夜は留守だったようです。

――どんじりが、殺された片手観音のおとら婆さんの家なんでさア。飼猫三匹が、腹を減らしてニャアニャア啼いているのを、猫さらいの茂平が、じッと眺めていたッていうんですが、何ともへんてこ長屋らしい風景だったにちがいありませんね」

桂七は二列に並べた将棋の駒の最後に、王将をぴたりと据えた。それ以外の七枚は全部歩ばかりだが、そのそれぞれを引繰返してはト金にして見せたり、ちょいと大道詰将棋の開帳といった具合。

瓢庵は横眼で、じッと将棋盤に並んだ駒を眺めていたが、ぼっそりと云った。

「長九郎とやらいう御用聞きの調べの様子は、見てきたのかえ、桂七」

「うろうろしていると、怪しまれてふんづかまってしまいますからね。とっくりとは見物もできませんでしたよ。でも、現場にはこれといって証拠になるものはなかった様子でしたぜ。へんてこ長屋へ出入りするのは一方口の路次になっていて、否応なしに辻番の前を通る順になるンで、よそから流して来た強盗ではあるまいという当りなんです」

「へんてこ長屋の衆は、少々役者が揃いすぎているナ。どうして、歩兵《ふひょう》どころか金銀ぞろいだ」

「あッしもそれが面白いから駒組を頭へたたみこんで来たんでさア。よくもまあこう人間ばなれのした連中ばかり集ったもんですね。あッしの跛《ちんば》を棚にあげていうわけじゃねえが、浪人の大坪と山伏の助五郎の二人を除けば、あとはそれぞれ片輪ぞろい」

桂七は片方の脚がちょいと短い。歩く恰好が桂馬を思わせる。桂七の名の由ってきたる所以だ。

「猫さらいも片輪の口か？」

「まともじゃありませんよ、先生。たしかに魔性が乗移っている」

「ろくろッ首に馬の脚も、片輪に入れるのは気の毒だな。いざりと盲は、まあ仕方があるまい」

「そうですね。この二人だけは、人殺しのような器用な真似はできねえでしょう。何にしても、おとら婆さんを殺した下手人が、この長屋から出るのが、ちょいと観物《みもの》というもンですぜ」

桂七は並べていた八つの駒を崩して、王将を五一の正位置へ、パチリと据えた。それまで茶をのんで、珍しく黙然としていた相棒の香六も、釣られたように駒を並べはじめた。瓢庵の無聊《ぶりょう》を慰めんものと、期せずして一ト戦《いくさ》おッぱじまったのである。

## 二

それから二日経った。

瓢庵はまだ起きあがれない。年をとってからの打身などは、このまま大事にならぬとも限らぬのだが、御当人は一向苦にもしていない。横になったきりで、水滸伝《すいこでん》の訓点本をゆっくり読んでいる。

そこへ、ひょっこり桂七が顔をのぞかせた。

「先生、へんてこ長屋の一件の下手人があがりましたぜ」

と、のッけの挨拶であった。あたかも支那大陸を股にかけてのし歩く夢の中にいた瓢庵はびっくりして、

「へんてこ長屋？　ああ、おくま婆さん殺しか」

「おくまじゃありませんぜ、おとらですよ。婆さんを殺したのは、山伏の助五郎ときまりました」

「ほう、やっぱりそうだったか」

「え、先生も助五郎に当りをつけていたんですかい？」

「いや、そんなことはない。ただ長屋のものがやったというのは尤もらしいナ。助五郎は一切を白状に及んだのだね？」

「ところがなかなか、泥を吐きやがらねえのです。往生際《おうじょうぎわ》の悪い奴で、今日あたりも番屋で、ひっぱたかれているでしょうよ。何しろ、助五郎の家を調べて見ると、袖に血のついた普段着が出て来た。黒っぽい柄だったんで、拭きとっておくのを、気がつかなかったんですね。この証拠といっしょに、あの晩助五郎がおとらさんのところへ立廻ったのを見かけたという生証人《いきしょうにん》まで出て来たんだから、いけませんや」

「おやおや、それでは白《しら》を切っても仕様がない。誰だね、その生証人というのは？」

「おとら婆さんの真向いにいるのが、馬の脚の大八ですが、見たというのは大八のお袋なんです。耳も遠く、眼もいくらか霞んでいるようですが、雪隠《せっちん》へ入った時に、ひょいと窓の桟越しに向いのおとらの勝手口の方を見やると、そこから黒々とした大入道《おおにゅうどう》が出て来て、すッと消えて行ったというんです。長屋のうちでは、この大入道にあたる人間というのは、まさに助五郎。六尺をちょいと上廻っていようという上背《うわぜい》ですからね」

「大入道というだけでは少し心細いな。顔や身なりに、れっきとした目印がつかなんだか？」

「そのへんは怪しいものなんですが、この大八のお袋の話を聞いて、それまで知らぬ存ぜぬを押し通していた助五郎もいくらか折れて出て、実はあの晩の四つ刻《どき》、おとら婆さんをたずねたことはたずねたといいだしたんです。たずねたいわれは、おとらが近頃祈禱みたいなことをはじめたので、山伏稼業のさまたげになる。やめさせようと掛合いに行った。玄関が開いていたので、踏みこんで声をかけると、あがり框《がまち》の奥の方に誰やら倒れている様子。それがおとららしいので、あがりこんで改めて見ると、やっぱり婆さんで、しかもむごたらしく殺されている。びっくりして、そのまま助五郎はわが家へ逃げ戻り、そ知らぬ顔をしていたというんでさア。だから、袖口の血糊は、おとらを抱きあげた時についたものだし、大八のお袋が見たという勝手口の大入道は、金輪際《こんりんざい》自分じゃないと云い張っているんです」

「ふむ、祈禱をやめさせる掛合いで、そんなおそい刻限に行くというのは、ちと妙だの」

「そいつを長九郎の親分もつっこんだらしいんです。助五郎は答えて、おとら婆さんが近頃寝る前に夜のお勤めといって、太鼓をたたくようになったが、その太鼓の音が聞えてきたから、急に祈禱の一件を思いだし、思いだしたら捨てておけない気になってたずねて行ったという口上なんです。一応ありそうなこッてすが、助五郎という男、よせばいいのに小博奕《こばくち》に凝って、大分借金をこしらえているんですよ。急場しのぎにおとら婆さんからも借りていて、利子を払うのにきゅうきゅう云わされている。やけになって、毒くわば皿までと、婆さんの有金そっくり狙った。これが長九郎親分の見込みなンでさあ」

「その方が押しかけて行った刻限から云っても筋が通っている。助五郎の罪は逃れられまいて」

「ところが先生、あッしの見込みじゃ、どうも助五郎下手人というのは、無筋《むすじ》のような気がしてきたんです。あッしは、助五郎のいなくなった留守宅も一応見せてもらいました。人殺しをして、大金をかッ払ったからには、自分の巣にも少しは変ったところが現われるだろうと睨んだからですが、一向にそんな風もねえのです。金は勿論、兇器も隠してありません。そこで、どうせ盗んだ金の使い道は知れてますから、助五郎のよく行く小博奕場にも行ってみましたし、そこで探りを入れて馴染になってる女も訪ねてみました。助五郎は一件後に金使いが荒くなったような様子が少しもないんですよ」

「それは早いとこ、よくやったな。それじゃ、お前さんは誰を怪しいと目串をつけたね?」

「先生は、こないだお話をしたへんてこ長屋の連中を、全部おぼえておいでですかい? もう一度繰返しますが、東側では、いざりの源造、山伏助五郎、ろくろッ首のおはま、馬の脚大八。西側には按摩の六右衛門、猫さらい茂平、浪人の大坪玄馬、これだけです。このうち、全くの片輪というのは、いざりと按摩。この二人は論外として、ろくろッ首のおはまは女です。女だから除《の》け者にするわけじゃないが、おとら婆さんを斬った手口というのがなかなかの手練、とても女にはやれそうにありませんや。馬の脚大八は、お袋が怪しい大入道を見かけているくらいで、その頃大八は寝ていたっていいますが、まずこのお袋のいうことは信じてやっていいと思います。大八も、ひょろひょろした小心者ですからね」

「残ったのは、猫さらいと浪人者だが、さてそのどっちじゃな?」

「猫さらいの茂平という爺いは、いかにも見るからに怪しい奴でしてね。あッしは初め、こいつこそと思って、いろいろ噂を聞き廻ったり、奴の行状に探りを入れてみたんです。いやもう、大変人でさあ。猫をさらって来て皮を三味線屋に売るのはいいが、肉の方は自分で料理して食っちまうんですぜ。一日のうち、やることはそれだけなんです。あとは寝ているんですよ。こういう変屈爺いには、金なんぞはそれこそ猫に小判でさア。食いたい、見たい、着たいの道楽気《どうらくっけ》は、これッぽッちも持合せちゃいねえんです」

「いよいよ大坪玄馬の出番となったが、大丈夫か?」

「あッしの睨んだところでは、どうもこの浪人が臭いんですよ。おとら婆さんが殺された晩は家を空けていたと云い、そのあくる日の夕方、ふらりと戻って来たんですが、昨日からまたどこへ行ったか姿を見せないんです。このおさむらい、身体はがっしり出来ていて、見ようによっちゃ大入道と見えないこともない。おとら婆さんを斬りさげた斬り口から云っても、おさむらいならうなずけるというもんです」

「玄馬の行状は分らないのか?」

「それが残念なことに、何でこんな長屋にしけこんでいるのか、度々家を明けるのは何故なのか、また何で暮しを立てているのかも分らないんです。しかし、あッしは玄馬の留守に、こっそり家に忍びこんで見ましたが、隣りのおとら婆さんとの仕切り板に穴があいていて、その気になれば見通しなのを見て、ハハアと思いましたよ。玄馬先生、その穴から婆さんが小判を観音像に隠しているからくりを、すっかり覗き見をしたに違いないんです。婆さんの隠し事を知っている人間と云えば、長屋のうちじゃ大坪玄馬以外にありそうもありませんや」

「わが家の隣りで大騒ぎが起ったというのに、またぞろ姿を消したというのはどういうわけじゃな？　聞けば、長屋の一同には、お上から足止めがかかっているというではないか。助五郎があげられたので、それが解けたか？」

「いいえ、禁足はまだ解けちゃいませんよ。外出の際はその行先を必らず家主に届けておくようにというお達しなんですが、玄馬はそんなことを無視していやがるんで。どうもあッしは、このまま風をくらって逐電したんじゃねえかと思うんですが……」

「そうかも知れぬな。お前さんの話を聞いただけでは、助五郎よりも大坪玄馬の方に下手人としての見込みが、確かに多いよ。金のありかを覗いて知っておること、馬の脚のお袋が見たという大入道のこと、この二つは下手人探しの、のっぴきならぬ王手筋じゃ」

「先生が、あのへんてこ長屋へ出掛けられたら、また面白い卦《け》を立てるでしょうね。残念なことをしました。これからは、やたらに呑まないでおくんなさいよ」

「いや、あッはッは」

瓢庵は寝たままで、ひたいをぴしゃりとたたいた。もう笑っても腰には響かないようだから、大分よくなったらしい。

三

中一日置いて、瓢庵もやっと寝床の上に坐れるようになり、柱を背にして一服吸いつけているところへ、桂七があわただしい足どりで、香六をつれてやって来た。

「やあ先生、大しくじりです」

と、来るなり今度は桂七の方が、ひたいを叩いて恐縮した。

「何をしくじった？　桂七は慌てものの香六と違って、めったにしくじりをやらんことになっとるはずじゃがナ」

と瓢庵がいうと、お供について来た恰好の香六が眼をむいた。

「大坪玄馬という浪人が死んじゃったんです」

「ええッ」

さすがに瓢庵もおどろいた。煙管《キセル》の灰を叩くのも忘れて、桂七の次の言葉を促す。

「それが返り討ちなんですよ。大坪玄馬は仇討の大望《たいもう》を抱いて、へんてこ長屋にひそんでいたらしいのですね。いよいよその敵が知れて、昨日果し合いをやったんですが、見事に返り討ちを食ってしまったんです。これであッしの見込みを確かめることも、すっかりおじゃんでさア」

「ふうむ、仇討浪人であったか」

やっと事情がのみこめて、瓢庵は新しく煙草《たばこ》を吸いつけ、じっと考えこんだが、

「しかし桂七、それはお前さんが確めてみるまでもなく、どうやら玄馬はおとら婆さん殺しの下手人ではなかったようだな」

「えッ、何故でしょう？」

「何故って、考えてもごろうじろ。おとら婆さんが殺されたのは五日ほど前のことだが、その時には玄馬はもう目指す敵を見つけだしておったにちがいない。昨日果し合いをやったとすれば、仇討ちの許可をお上に願いでる書類なども、とっくに出してあったじゃろう。仮りに、そういう手続をとらずに相手へ果し状をつけたとしても、そういう大望持つ身が、梅干婆さんを殺して、金を捲

きあげるというような浅間しいことをやってのけようはずがなかろうではないか」

「そうでしょうか、先生」

桂七は、うかない顔つきだ。しかし、瓢庵が申立てる理論は一応もっともである。仇討寸前に、何を好んで危険な殺人強盗を働く必要があるだろう。

「じゃア、先生、一体おとら婆さんを殺した下手人はどこにいるんです?」

「わしに探せというのかい。まだこの通り、やっとどうやら坐れるようになったばかりだ。かんべんしてくれ、桂七」

「先生の推察を云ってみて下さいよ。あッしは口惜しいから、どうでも本当の下手人を見つけだして来ますぜ」

「山伏の助五郎は相変らずか?」

「へえ、おとらを手にかけたとは、どうしても云わねえそうで。……助五郎でないとすると、やはりよそから這入りこんで来た奴の仕業でしょうかね」

「いや、やっぱり長屋のものだろう。長九郎親分にも、お前さんにも、うっかりして眼のとどかぬ下手人があるにちがいない」

「とすると……ははア、分った。長屋にはまだ人間がいますからね。いざりの源造のお神さん、ろくろッ首おはまの長病み亭主、馬の脚大八のお袋、按摩六右衛門のお神さん。この中ですかい?」

「女子《おなご》はどうもね」

と、瓢庵はしきりに首をひねりだした。それから、ひょいと顔をあげて、桂七の顔を眺めると、にやにや笑いだした。

「実は桂七、今朝のことだ。わしは厠へ行くために、豆太郎につかまって用を達《た》した。これまでは、尾籠《びろう》ながら寝たままじゃったがな。……その時豆太郎が面白いことを云ったのを今ふと思いだしたのじゃ」

「何と云ったんです？」

「おい、豆や、お前がじいあんをおんぶするようにしながら、何と云ったか、云ってごらん」と瓢庵が振向くと、縁側に寝そべっていた豆太郎は大きな声で返事をした。

「二人でやっと一人前だね、ッて云ったよ」

「それだ。……桂七、二人で一人前。最後に残されたものは、これなのだ。果して、やったかどうか分らぬが、へんてこ長屋のうちに下手人ありとせば、今までてんから疑いからはずれていた二人、つまりいざりの源造と盲の六右衛門に眼をつけてみよう。もしも二人が共謀して、おとらを殺す気になったらどうだろう？　盲の六右衛門が、いざりの源造を背負って、一方が眼、一方が足、合せて一人前、いやそれ以上の力が出せはしまいかの？」

「うーむ、……でも、先生」

「勿論、ちと無理な推量にはちがいない。しかし、いざりの源造は大工のことで、刃物を持たせたら相当のものだろう。按摩の方の身体はどうじゃな？」

「図体《ずうたい》は蟹みたいに角張った男ですよ。なるほど、そんなら源造を背負《しょ》って、耳で舵をとられながら歩くこともできる」

「それが大入道の正体よ。何か黒い合羽《かっぱ》のようなものでもかぶっていたのだろう」

「しかし、金のありかを、どうして……」

「そのことだ。これもわしの推量だが、源造は小箱などの細工師ということじゃったな。おとら婆さんは、片手観音の像のうしろをくり抜いて、小判を隠す仕掛を、ひょっとしたら源造に頼んでやらせたのではないかのう。……むろん、金を隠すためとはいうはずもないが、源造の方ではピーンと来ている。そこで、向い同志の按摩六右衛門を語らって、よからぬ筋書を書いたものではあるまいか。殺して盗んでしまったあと、二人が離れ離れになってさえおれば、まずどんなことがあろうと、疑われる心配はない。それを知っての上の仕事じゃ」

「先生、あッしはちょいと行って来ます」

ぴょんと飛び上るようにして、桂七は不自由な足をひきずりながら、あたふたと筍屋敷をとびだして行った。へんてこ長屋にかけつけて行って、瓢庵の推量を確かめて来る気であろう。

「香六、お前がとびだして行くんなら、一人ではやらないところじゃが、桂七ならまア慌ててしくじることもないだろう。久しぶりに将棋でもやって、ゆっくり桂七の帰りでも待つとしようか」

瓢庵は香六をからかいながら、懐しそうに駒を並べはじめた。もう、へんてこ長屋の一件のことは忘れてしまったようである。

「先生、大丈夫ですか?」

と香六はきいた。

「何がじゃ?　将棋が身体に触るというのか?」

「いや、今の、ちんばと盲の、合せて一人前という奴。間違うと、とんだことになりますぜ」

「なアに、桂七のことだ。それとなく探りを入れるだろうから、間違えても大したことにはならんよ。……さア、お前の先手じゃ」

二人はパチパチはじめた。

その夜になってから、やっと桂七が戻って来た。

「先生、いざりと按摩の二人を番屋へ放りこんで来ましたぜ。いざりの方は頑固な奴で、一向に探りもきかなかったが、按摩はおとら婆さんのところの猫を三匹連れてッて、哀れな声で啼かせた揚句、お化け芝居もどきにおどしてやったら、とうとう泥を吐きやした。……いや、先生のお明察のとおり、恐れ入りました」

「何の、手柄は豆太郎さ」

瓢庵は答えたが、御機嫌はよくなかった。五対一で香六にすっかり指しこまれていたからであった。

# 幻の射手

# 一

瓢庵の死んだお神さんおてくが、げんなりするほどの悋気屋で、亭主が女の患者の脈を見て帰ると、据風呂で頭のてっぺんから爪先まで洗い流さなければ気がすまず、おかげで瓢庵がすっかり据風呂嫌いになった、といういきさつについては御記憶の向きもあるかと思うが、入浴そのものは瓢庵も大の好物で、近所の湯屋は申すに及ばず、大分先の町湯の湯加減が熱いのぬるいのと詮議をするほどである。

本郷春木町に「桃の湯」というのがある。そこへも瓢庵時々顔をのぞかせる。どうせ閑人《ひまじん》なのだから、そこの二階で油を売る。へぼ将棋なども一局やる。それで知合ったのが松田の御隠居である。松田の御隠居は、蔭では「待ったの御隠居」ということになっている。形勢非なりと見るや、やたらに「待った」をかける。対手の「待った」は絶対に受けつけない。おまけに負けたとなると、額に青筋を立て、盤上をかきまわしたり、将棋盤を引繰返したり、まるで駄々ッ児だ。腹に据えかねた対手が、その非礼をたしなめたりしようものなら、

「無礼者めが、抜く手は見せぬぞ」

と、居合抜きみたいな恰好をする。幸い抜くべき刀がないから大事にもならぬが、対手の方が度胆を抜かれる。何しろ御隠居は御武家の出である。九州のさる大藩にかなり重く用いられた一家の三男坊に生れたが、乱暴がすぎて家中のものと果し合いをやり、後始末に困って、表向き彼自身は自害したことにして江戸にのぼり、国許からの仕送りで今日まで町人暮しをやって来たという経歴の持主なのである。

瓢庵は幸いにしてまだ将棋盤を引繰返されたことはない。というのは、瓢庵よりも松田の御隠居

の方が大分強いからである。しかし瓢庵もこの老人の悪癖が分ってからは、なるべく対局の方は敬遠して、もっぱら観戦に廻ることにしている。瓢庵ばかりでなく、大抵のものは御隠居の悪癖に恐れをなして、対局を避けたがっているのだが、不思議に一人、「待った」も平気、盤返しも平気で、のらりくらりとつき合っている奇特な人物がある。松田の御隠居とはすぐ近所に住んでいる金兵衛という、これも閑人である。

「やあ、御隠居、またも手練の手裏剣で、敵の角を芋刺しとおでかけですな」

今日も今日とて、一風呂浴びて二階にあがって来た瓢庵が御隠居と金兵衛の対局を横っちょから見物しながら、声をかけた。

「うむ、角が逃げれば二三香ナリ、王の小びんに火がつこうというものじゃ、わッはッは」

待ったの御隠居、形勢有利とあってひどく機嫌がいい。もっとも、機嫌がよいと見なくては、瓢庵が声をかけるはずもない。

瓢庵が御隠居に「手練の手裏剣」と軽い冗談を云ったのには、訳がある。武道自慢の御隠居だが、特に手裏剣の名手なのである。つい一ト月ほど前にも、御隠居の家に泥坊が忍びこんだ。これを見つけて、庭づたいに逃げようとする曲者めがけて手裏剣一閃、見事に心臓を貫いて泥坊はその場に生命を落してしまったものだ。この哀れな泥坊、何を盗みに御隠居の家へ忍び込んだかというと、御隠居の実家はどうやら八幡船で南支那海を荒し廻った一族、御隠居のところにも金銀珠玉をちりばめた珍宝が蔵いこんであるという噂を聞いて、それを掠めにやって来たらしいのだが、まんまと手裏剣の餌食となってしまったのだった。

将棋の方は、御隠居の見込みどおり、二三香ナリが金兵衛方の王の生命とりになってしまい、やがて御隠居の方に凱歌があがった。爆笑一番、得意満面の御隠居はやっと御輿《みこし》をあげることになったが、ふと、思いついたように瓢庵を振返った。

「瓢庵どの、わしの物騒な手裏剣ばなしで思いだしたが、もそっと物騒な話があるんじゃ。のう、金兵衛さん、あのことを瓢庵先生の耳に一応入れておいたら、どんなものか。瓢庵どのは、捕物ではなかなかの名人という噂じゃ」

と、金兵衛の顔色をうかがった。金兵衛はちらりと瓢庵を見たが、つづいてあたりを見廻し、

「はい、それは願ってもないことですが、ここではどうも。何しろ、どんな人物が聞いていないものでもありませんからね」

「そうじゃな、なるほどここではまずい。では、こうしよう、金兵衛さん。折よくわしのところに到来物の酒がある。今晩それで一杯やりながら、瓢庵先生にも話を聞いてもらい、善後策を講じようではないか」

「そうお願いできたら、是非にも」

「よろしい。お聞きの通りだ、瓢庵どの。ひとつ今晩、拙宅へお越しが願いたいものじゃ。そこで、あンたには耳よりなお話を御聞きに入れることに致そう」

瓢庵は一人でのみこんでいる御隠居の話に、眼をぱちくりして、

「御隠居、手裏剣よりも物騒な話というと、一体何ですな?」

「弓矢八幡、その矢なのじゃ。おっと、うかつに口外は禁物。万事は今夜のこととして、瓢庵どの、ともかく拙宅へお越しを願いたいのじゃ」

酒と聞いては、たいがい万障繰合わす瓢庵のことである。その夜を約したのは云わずもがな。

二

松田の御隠居は男やもめだが、国許から中間夫婦を呼び寄せて召使い、それに書生を二人も養っている。酒盛はこの二人の書生が銚子の運び役で、色気抜きというところがいかにも御隠居の趣向

らしい。

「瓢庵どの、金兵衛さんの一身にまつわる物騒な話というのは、全く以て途方もない脅迫なのじゃ。金兵衛さんは、わしが、公儀に訴えたがよいというのを、何としても承知いたさん。わしも頑固にかけてはひけをとらぬが、金兵衛さんも輪をかけておる」

その夜、盃のやりとりが大分進んでから、やおら御隠居が本筋に触れてきた。金兵衛は笑って、

「いいえ、私は最初これがどうにもまっとうなこととは受取れなかったので、世の中にはつまらぬ悪戯《わるさ》をする奴があるものと、頭から笑い飛ばして片附けていたんです。他人《ひと》から怨みを受ける覚えは、これっぱかりもないからなんです」

と、小指の先をつまむような形をして見せた。

「いや、あンたにそんな覚えがなくとも、人はどんなことで怨みを含まぬとも限らん。そもそもわしが国許を出奔する時の事情も、実は馬鹿げた意恨を受けてのことじゃ。若かりしわしは、家老の娘が、駒下駄の鼻緒を切って困っておるところへ行き合せ、それをすげてやった。それだけのことだったが、娘に懸想して、入婿を目論んでいたにやけ侍がそれを聞きつけ、わしが恋路の邪魔をしたという云いがかりをつけて来おった。そこで果し合いということになったので、奴が余計な云いがかりをしなければ、あたら一命を捨てずにすんだものを。……まあ世の中は、万事そんなものだて。金兵衛さん、あンた、娘さんの切れた鼻緒をすげてやった覚えはないか、どうじゃな？」

「いやア、この年になるまで至って女子衆には縁の薄い方で……」

と、金兵衛は頭をかいて、また笑った。それは本音だったかも知れない。醜男《ぶおとこ》というほどでもないが、あばた面で、鼻が胡坐《あぐら》をかいている。どうも女好きのする面相とは申せない。

「ところで、その脅迫なるものの正体は、どうなんですな？」

と、瓢庵も坐り直した。

「それが、めっぽう芝居がかりなんでしてね。今から恰度十八日前のことになりますが、朝起き

ぬけに門を開けて見ると、その門の真中に矢が一本ささっているのです。引抜いて見ますと、何とそれが矢文なんです。『金兵衛の命あと二十日』と、書いてあるんです。子供が書いたような拙《まず》い書体でしたよ。私は枯草を燃していたところだったので、矢文を二つにへし折って、文も一しょに焼き捨ててしまいました」

「差出人の名はしたためてなく『金兵衛の命あと二十日』とだけ？」

「さようで。矢の方も、ごくありふれた矢でした」

「ふうむ、それで？」

「ところが、次の日も起きぬけに見てみると、同じように矢がつきささっているんです。今度は、ただ『十九日』とだけ書いてあるんです」

「ははア、それから毎日、日数の減った矢文が……」

「その通りなのです。今朝来たのが『二』とだけ書いてありましたっけ。だんだん字数を少くするのが、いかにも凄味があると云わんばかりです」

「その十八本の矢を、全部焼捨てたわけではないでしょう」

「いや、焼き捨てましたよ。見ていると腹が立ってきて堪らなくなりましてね」

「ははア、あなたもひどく気の強い御仁じゃ」

瓢庵は小首をかしげながら云った。御隠居もうなずいて、

「全くじゃ。話を聞いたわしの方が気がかりになってな。とうとう昨夜、金兵衛さんを説き伏せて、金兵衛さんの屋敷の前に頑張り、一晩中見張りをやって見た。ところが、われわれがひそんでいるのを気づいたものらしく、一向に怪しいものは姿を見せぬ。朝になって、やれやれと家へ引揚げたとたん、ぶすりと『二』の字だったのじゃ」

「ほう、御隠居はその矢を見たわけですな？」

「見ましたとも。年甲斐もなく夜明かしをやってのけたので早速一眠りしようと思っているとこ

ろへ、金兵衛さんが駈けつけて、今矢がささったからというので、教えてくれた。金兵衛さんのいうとおり、何の変哲もない矢であった」

「その矢だけは取ってあります。持って来ればよかった。それとも、取りにやりましょうか?」と金兵衛。瓢庵おしとどめて、

「いや、いま拝見いたさずとも、どうせまた明日の朝になれば『二』という矢がつきささることになるのでしょう。その時にゆっくり見参仕りますわい」

「やれやれ」と御隠居は大きく息をついて、

「瓢庵どのも他人ごとと思うて、のんきなことを云いおる。もっとも、御本人の金兵衛さんも今のところは至極のんびり構えておるが、それはどう転んでもあと二日というものは、何の異変も起ろうはずがないと思うてのことじゃ。一番案じておるのは、誰あろうこのわしじゃ。生命のやりとりについては、武士《さむらい》であっただけに、わしはないがしろにはしとうない。近所づきあいのよしみだけでも、金兵衛さんの危難を何とか防いであげたいと思っとる。瓢庵どの、何ぞよい智慧をだして頂きたいものだて」

「及ばずながら」と瓢庵はうなずき、「金兵衛さん、つかぬお訊ねながら、御商売は?」

「甲斐に銀山を持っておりました。しかし最近に望む人があって譲ってしまい、今はまア遊んでおります。鉱山《やま》商売は気が荒く、それ故怨みを受けるようなことが多かろうと思われましょうが、私の場合は、まずそんなことはなかったと申せるのです」

自分からそういうように、金兵衛は物腰も言葉つきも、いたって尋常、まずは鉱山師《やまし》という柄ではない。瓢庵はゆっくり盃をふくみながら、

「金兵衛さんに覚えがないとあれば、この一件の手掛りらしいものは脅《おど》しの矢だけということになる。明日の朝は、わしも大いに早起きして金兵衛さんのお宅にかけつけます故、ささった矢はそのままにしておいて頂きたい」

「瓢庵どの、それでよかろうか。今朝はしくじったが、もう一度張りこんで、弓の射手をつかまえる算段を講ずべきではなかろうかの?」

と御隠居は強硬だ。

「いや、それはいよいよ最後の日でも間に合いましょうて。明日は矢の具合を見るだけで十分」

瓢庵は期するところあるものの如く御隠居を制した。

三

あくる朝、瓢庵は約束に従って、金兵衛の家へでかけて行った。

朝もやがたゆたい、心地よい夏の朝ぼらけである。瓢庵のお供を申出たのは、香六であった。金兵衛が幻の射手に脅かされているということを瓢庵から聞くと、その射手をどうしてもとっつかまえて見せると力《りき》みだした。羅生門の渡辺綱気取りで、曲者の腕の一本も斬り落してやる意気込みだ。香六には似合いの役柄だろうと思い、瓢庵もまず下見がてら引張りだしたわけである。

湯島の天神下から抜けて、坂道にさしかかる横丁に、金兵衛は家を構えている。加賀の殿様の地続きから榊原家の屋敷があって、その高い石垣を前にした片側道である。

「ほれ、先生の来るのを待構えて、御両人が門前に頑張っていますぜ」

と、眼敏く香六が云った。なるほど、金兵衛と松田の御隠居とが、捨石の上に腰をおろして何やら声高かに喋っている。

「やあ、おいでなすったな。ごらんの通りじゃよ」

御隠居が腮《あご》をしゃくって、傍らの門の扉をさし示した。まさに白羽の矢であった。ぷっすりと小気味よいまでの鮮かさで、扉のまんまん中を貫き、冷々した朝の空気の中でしずもり返っているのだ。矢柄の中ほどに、結び文になって、白い紙片がある。

瓢庵は金兵衛と隠居に目礼をしただけで、門扉の前に突立ち、じっと矢に見入った。まるで名画鑑賞とでも云った具合に。

「先生がおいで下さるまではと思い、手も触れずにおきましたよ。どうぞ、その結び文をといてごらんになって下さい」

と金兵衛は云った。昨夜逢った時にくらべて、何かおどおどした様子だ。平静を装ってはいるものの、さすがに不安なのだろう。それに、隠居をはじめ、瓢庵までが物々しく構えているので、却ってそれが不安を呼んだのかも知れぬ。

「矢のささり具合では、射られた時に、相当の音がするはずだが、その音をお聞きなされたか？」

瓢庵はまだ矢を見据えながら金兵衛を振返った」

「はい、だッ！　という音が聞えました。明けの七つ半頃と思われましたが――」

「ふむ、七つ半というと、もう大分明るい」

瓢庵は、やおら手をのばして、矢を引抜いたが、非力な瓢庵にしては鮮かに抜きとったものである。それから結び文を解いて見ると、予想通りただ一字「一」と記してあった。

「これはお預り申そう」

瓢庵は紙片を四つにたたんで懐中に入れ、矢の方は腰にさした。

「どうじゃな、瓢庵どの。何か得心の行くことがござったか？」

松田の隠居がせっかちに訊ねた。

「はて、一向に」と瓢庵はとぼけた面《つら》つきで、「ひょっとしたら、これは金兵衛さんが考えておられるとおり、やくたいもない悪戯かも知れませせぬて」

「いいや、そんなことはない。何の必要あって、そんな悪戯をする。ただの一度でもあることか、日毎に夜の引明けを狙って、願掛けでもするように十九日続けてのことじゃ。狂気の沙汰じゃよ」

「その狂気というやつですわい。まともに考えては、下手人を探し当てるのに骨を折らねばなりますまいよ」

「わしは、このしぶとい曲者が、あの榊原のお屋敷の石垣の上に忍び出て、矢を射たものと信じておる。それ以外に、曲者が人目を忍ぶ余地がないと思うがどうじゃ？」

と、御隠居は眼の前の崖をずいと見上げた。石垣のてっぺんに生垣が植って、その向うから椎などの大木が枝をさしのべている。見たところ曲者が忍ぶに恰好の場所である。

「榊原邸に悪戯者がひそんでいる。なるほど、それも一見識。念のために、後刻香六にでも探りを入れさせましょうよ」

「それがよい。念には念を入れよ、というからの」

老人同志のやりとりを聞いていた金兵衛、この時茶でも入れましょうと、座をとりもち、くぐりの戸を開けて一同を招じ入れた。

ほどよく庭木をあしらって、ちんまりとした茶室作りの家だ。お神さんと女中の三人暮しだという。そのお神さんが出て来て、茶をもてなしてくれたが、なかなかの美人で、ただならぬ立居振舞。そそっかしやの香六は、朝っぱらから落着かなくなってしまった様子。

「明日、いよいよ最後の矢が見舞ったならば、わしは金兵衛さんの傍を一刻たりとも離れず、立派に守護してお目にかけるつもりじゃ。何の狼藉者の一人や二人、仮にとび込んで参ったとて、手練の手裏剣で仕止めて見せますわい。……それに、この家の周囲は、わしの家のものでそれとなく固めさせる手配も考えておる。うちには、爺やのほかに屈強の若者が二人も居るで、こんな時にはまことに好都合」

と松田の隠居は作戦会議のつもりでいる。しかし瓢庵は、明日は明日と云った顔つきで、新茶の出来を賞めたり、茶碗をひねくったり、縁側から家の中を眺めたり、庭の造りなどにちょっぴり意見を述べたりしただけであった。

「この竹垣の向うの庭を一つ越して見える屋根が、わしの陋宅ですわい。瓢庵どの、どうじゃ、ちょいと寄って、一局指して行きなさらぬか」

と松田の御隠居は誘いをかけた。瓢庵、ぶるッと身震いして、

「いや、ははは、こう朝っぱらからでは、まだ興も湧きますまいて。それに、わしはもう少々そのへんをぶらついて見ることにしましょう。……香六、そろそろおいとまをしようではないか」

巧みに将棋の方は敬遠して、瓢庵は香六を促すと、金兵衛宅を辞した。

「先生、榊原のお屋敷を調べるんですかい？」

道路へ出ると、香六はたずねた。瓢庵は首を振った。

「なアに、無用のことだよ。ほっとけ、ほっとけ」

「ほっとけはないでしょう。明日になったら最後の矢がぷッすり。金兵衛さんの生命も消えるんですぜ」

「万事は明日になってからのことだ。いずれにしろ、この矢は榊原のお屋敷の崖上から射こまれたものでないことだけは分っておる。だから調べるには及ばないのだ」

「へーん、なぜですい？」

「香六、お前さんもその眼で見たではないか。矢は門扉に向って、まっすぐにつき立っておった」

「あっそうか。あの崖上からでは、斜めにつき立つ道理だ。すると、曲者はやっぱり崖下にいたことになる」

「そりゃ無理だ。昨日は門前に御隠居と金兵衛さんが頑張っていた。七つ半と云えば、明るくて身を隠す場所もない」

「それじゃ先生、弓の射《う》ちようがありませんぜ」

「なアに香六、弓は射たずとも、矢はささるぞ。矢を手に持って、門扉にたたきこんでも出来ぬことはない。何なら、ちょいとやってごらん」

と瓢庵は腰の矢を抜きとろうとした。

「いや先生、やって見なくてもそれ位のことなら見当がつきまさア。なるほど、手でぶちこんだとね。……そうなりゃしかし、金兵衛さん門の前まで近寄らねばならず、かえって見つかる恐れがありますぜ」

「門のそばまで来ても、格別怪しまれぬ人なら構わんだろうじゃないか」

「あっ。……それじゃア、先生、松田の隠居が怪しい！」

「これ、香六。朝っぱらから何たる大きな声をだすのだ。鎮まんなさい、鎮まんなさい」

## 四

金兵衛にとっては、最後の日が来た。

矢は間違いなく門に突きささっていて、矢文には「金兵衛の命本日亥刻《よっつ》限り」と麗々しく記されてあった。

松田の御隠居は大分御機嫌ななめである。せっかく瓢庵に頼んだにもかかわらず、一向にはかばかしい詮議もとげたらしく見えないからである。第一、榊原のお屋敷裏に曲者が立廻ったかどうか調べてみると云っておきながら、それさえもほったらかしにし、むざむざ最後の矢を射させてしまったのだ。頼み甲斐がないと思ったか、早くも瓢庵などには見切りをつけたと見え、

「瓢庵どの、この曲者どうやらあんたの手には負えんようじゃな。わしも薄々それを察しておったから、手配だけは講じておきましたぞ。金兵衛さんのこの家《や》は、両横、裏手とわしの家のもので固めさせる。表通りは人目もあること故、まず曲者が大手を振ってやって来ることもあるまいが、あんたのところの香六の見張りをお願いすることにいたそう。どうじゃ」

「はい、どうぞ存分にお使いなされ。したが御隠居、まず日中《ひなか》から騒いでみてもはじまりませんて。矢文にはこの通り、『亥の刻限り』とあるから、まず早くとも夜になってからの仕事。それまではのんきに構えて居っても大事ありますまい」

瓢庵、一向にはずまないので、御隠居はじれじれしたように、

「あんたも見かけによらぬお人好しじゃ。曲者の申出たことを、そのまま鵜呑で直に受取って油断をすれば、それこそ向うの思う壺。この際断じて油断は禁物じゃ。わしは金兵衛さんと奥の間で、これから将棋を二十番指して、一刻《とき》たりとも傍を離れぬ覚悟なのじゃ」

「ほほう、それは御殊勝のいたり。わたしも御相伴にあずかりたいが、こちらはこちらでやることもあります。後刻また参上いたしましょう」

瓢庵は最後の矢の具合を調べ、矢文を読んで納得したようにうなずくと、一旦はそのままあっさりと引取ってしまった。そして、瓢庵が金兵衛宅へ再び現われたのは、夜になってからである。前以て香六だけは御隠居の要求どおり警戒のために寄越しておいた。

「どうだ、まだ家の中では変ったことも起らんだろう?」

と声をかけられ、香六はやり切れなげに肩をすくめ、

「へい、二十番勝負が、もう十八番あたりで、双方大分へとへとの様子ですぜ」

というのんきな返事。しかし家の横手、裏手には御隠居のところから張りこんで来ている人影が見えた。

瓢庵があがりこんで、奥の間へ通ってみると、この暑いのにすっかり雨戸を閉《た》てきって、御隠居と金兵衛は諸肌ぬいだ姿ながら、汗だくだくで熱闘の真最中である。

「九対九じゃ。この十九番目どうやらわしの勝と見えたり」

御隠居の手許には手裏剣も用意されてあるし、刀もすぐに手の届く床の間に置かれてあった。相手をしている当の金兵衛は、暑いせいもあるだろうが、さすがに刻々と迫るわが運命におびえてで

もいるのか、落着かない眼の色をして、顔の色も悪かった。

「瓢庵先生、ただいま何刻でございましょう?」

と心配そうにたずねる。

「恰度五つ頃でしょうかな」

「すると、あと一刻。どうも、悪戯とは思うものの、何だかそぞろな気持ちでございますよ」

「なアに、金兵衛さん。そう気にかけることは少しもない。約束の刻限を待たずとも、もうそろそろこの一件も終りを告げる時が参ったようですわい」

と、瓢庵は盤面をのぞきこみながら云った。

「と申しますと?」

「ほぼ曲者の見当もついたというわけでな」

松田の隠居が、それを聞いて、ぎょッとしたように顔をあげた。

「ナニ、曲者の見当がついたとな? 誰じゃ、それは?」

「今にそれを知らせに来てくれるものが、ここへ訪ねて参りましょうよ。……ほれ、表へ誰かやって来た様子。あれがそうかも知れません」

瓢庵の云ったことは出鱈目ではなかった。女中が顔をだして、訪問者のあることを告げた。

「お玉が池の佐七とおっしゃるお方で」

「ナニ、佐七ですと?」主人金兵衛も驚いて、瓢庵を見つめた。瓢庵はにっこりうなずいて、

「さよう、人形佐七の親分に、ちょいと頼んでおいたことがありましたのじゃ。それの返事を持って来てくれたものと見える。ここへ通して下さらぬか」

天下の御用聞きとあれば、通さぬというわけに行かない。

やがて、その佐七親分がやって来た。一同へ一揖するのへ待ちかねていたように瓢庵は声をかける。

「どうでしたな、親分。片づきましたか？」

「へい、やっと今片づいたところです。からめ取って、番屋へ突きだしておいてやりました。二人組です」

「うむ、そのへんの人数じゃろうと思うていたが、無事にすんで重畳。やはり親分の手を借りなくては、最後の仕上げができないのでな、あッはッは、御苦労さま」

声を立てて笑う瓢庵を、狐につままれたように見ていた松田の隠居、業を煮したように、

「瓢庵どの、一体何の話をしていなさるのじゃ。曲者を佐七親分が抑えたというのは、この金兵衛さんを狙う今夜の賊のことか？」

「さよう、今夜の賊にはちがいないが、実は金兵衛さんの身内のものなのですて。狙われたのは、実は御隠居、あなた御自身なのですぞ」

「ええッ、何と？」

御隠居が驚きの声をあげた時に、対局のままの姿勢でいた相手の金兵衛が、横ずさりにパッと逃げようとした。しかしその襟首に、早くも佐七の手がむんずとかかっていた。

「銀山金次《ぎんざんきんじ》、御用だ、神妙にしろ！」

「ややッ、金兵衛さん、お前はなぜに？」

と眼を丸くする御隠居を、瓢庵は軽く手で抑え、

「御隠居、家へ帰ってごらんなさい。一人留守居を仰せつかった婆やさんが、おそらくまだがんじがらめでころがって居りましょうぞ。この銀山金次と申す盗賊の頭目、あなたの財宝に眼をつけ、わざわざお宅の近所に住みこみ、機を狙っていましたのじゃ。過日、忍びこんで、手裏剣で殺されたのはこの金次の配下の一人」

「おお、あれが！」

「一度は失敗したので、二度目に考えついたのが、矢文のからくり。脅迫を受けたと称して、御

隠居の同情を買い、今夜この家を守らせようと人手を狩りださせ、御隠居の家はかよわい婆や一人が留守番という趣向」

「そうであったか。さりとも知らず、わしは他人ごとならずこの金兵衛の命については気をもんだ。何とも憎き奴、金兵衛、いやさ、金次とやら、手討ちにいたす、それへ直れ！」

「まあまあ御隠居。金次の身柄は佐七親分におまかせなされ。いろいろと余罪の吟味もありましょうて」

「したが、瓢庵どの。あンたはどうして金兵衛を怪しいと見抜きなさった？」

「そもそもは、悪戯にもしろ、生命を狙われておりながら、金兵衛が妙に落着いて公儀に訴え出ようともせぬその様子に不審を覚えましたが、昨日矢を見るに及んで、それが弓から射られたものでないと分り、その上これまで十八遍も矢がささったという門扉に、ただの一つしか矢じりの跡が残っておらぬ。十八本の矢が、同じ穴に射込まれるはずもない。して見ると、連日矢を射込まれたという金兵衛の話は、作り話にすぎぬと思わぬ訳に行きますすまい」

「むむ、さようか。わしはこ奴の実直そうな人柄に、つい眼が昏んでしもうたのじゃ」

「さよう、私もあやうく騙されかけましたよ。しかし鉱山師《やまし》の端くれとあろうものが、余りに綺麗な手をしているのが疑いのもとだった。とかく手の綺麗な奴には、心が許せぬもの。……しかし御隠居、将棋のよい相手が居なくなりますなア」

瓢庵にそう云われて、御隠居は改めてギョッとした様子だった。好敵手を失ったことは、あるいは金銀を奪われたよりももっと辛いこととなるかも知れない。何とも御愁傷のことである。

# 瓢庵逐電す

# 一

「先生、いますかえ?」

筍屋敷の玄関口から大声でよばわりながら、香六《きょうろく》がとびこんできた。こういう威勢のいい時は、何か瓢庵を驚かす材料を持ちこんで来たのにきまっている。

ところが、いつもならその声に応じて、おっと答えるはずの瓢庵の声が聞えない。香六は拍子抜けがした風で、

「なんだ、先生はお留守か。玄関にちゃんと足駄がそろえてあるじゃねえか。豆ちゃん、留守番ならお前が代って返事をしてもいいだろう」

そんなことを呟きながら、奥の間の襖をあけると、そこには香六と相棒の桂七が先にやって来ていて、豆太郎と向い合いに坐り、何となくしょんぼりしている。

「やあ、桂七、来ていたのか。おれが表から声をかけて入って来たのに、何をそんなにぼんやりした顔をしてるんだ。……おやおや、豆ちゃん、おめえ泣いたな、涙が頬ぺたに残ってるぜ。一体、これはどうしたッてんだ」

様子が変なことにはじめて気がついて、香六もその場に坐りこんだ。桂七が始めて口をきいた。

「香どん、それが妙なんだよ。先生が急に見えなくなったんだよ」

「なんだって、先生が急に見えなくなった? 冗談もいい加減にしねえな。猫の仔じゃあるめえし」

「それが本当なんだ。お前さんが来るまで、思案に暮れていたところだ」

「だって、豆ちゃんがいたんだろう。え、豆太郎お前知ってるだろう」

豆太郎に顔を向けると、少年はしゅんとした顔をあげて、首をふりながら、

「あたい、上野の山下まで使いにいってたんだ。使いから戻って来たら、家の中が空っぽなんだよ。こんなこと今までに一度もなかった。じいあんは家を空にする時は、きっと一筆書き残していくんだ。それが今日に限ってなかった。だから、すぐ戻ると思って、もう小一刻《こいっとき》待ってるんだけど、じいあん、来ないんだ」

またやるせなくなったと見え、豆太郎はすすりあげた。

「はははは、泣くなよ、泣くことはねえ。先生が家出をするはずもなかろうぜ」

「だがな、香六」と桂七が引取って、「家の中の様子がおかしいんだ。おれがやって来た時は、部屋はそのままだったが、茶盆がひっくり返っている、柱にぶらさげてあった羽織は畳に落ちている、何だかひどく取り散らかしてあった。見苦しいから取り片づけたが、これがどうも先生の見えなくなったこととかかわりがあるらしい」

「玄関には先生がいつも穿く足駄が、ちゃんとそろえてあるぜ。庭下駄や勝手口の穿き物はどうだ？」

「別に見えなくなっていないようだ」

「すると、外へ出掛けたわけはねえじゃねえか」

「だけど、穿き物なんぞは、下駄箱の中にいくらでもあるわな。家の中に先生の姿が見えぬとすりゃ、外へ出たとしか思えない」

「押入の中を見たか。いつだったか炬燵を持ちこんで昼寝をしていたことがあったぜ」

「それも見たよ。ともかく妙だ。先生とは午飯をすました頃にこないだの持将棋《じしょうぎ》の片をつける約定をしてたんだ。それでおれはやって来たんだが、香どん、お前も将棋か？」

「おれはそんなんじゃねえ。つい今、その裏手の永泉寺というお寺の墓所で、人が殺されているのが見つかり、大騒ぎをしているのに行き合せ、これや先生に注進しとかにゃなるまいと、実は飛

んで来たのさ」

「なに、人が殺されている？　永泉寺といったら、眼と鼻だな？」

「そうだとも。どうもむずかしそうな一件なんで、こいつはどうでも先生に出向いてもらわにゃ、とそのへんの顔役も云ってるんで、それじゃお連れして参りましょうと……」

「はてな、すると誰か先生を呼びに来て、もう連れだしたんじゃないのかな。現場からどこぞへ廻ったのかも知れないぞ……」

「ふうむ、大方そんなことかも知れねえ。あわててとびだしたものだから、置手紙もなく、部屋も取り散らかしたままにして行ったと。なるほど、理窟だ」

「どうだ、こうしているのも何だから、香六、二人でその永泉寺へ顔をだしてみるか」

「そうだな。それもよかろう」

話が急にまとまって、香六と桂七とは、豆太郎に留守をしているように云い残し、筍屋敷をとびだしていった。

二

永泉寺というお寺は、筍屋敷から横丁を三つほど行ったところにある。たいして大きくはないが、蓮如上人《れんにょしょうにん》の像と真筆をおさめてある蓮如堂というのがあって、識者の間にはそれが知られている。本堂から横へ抜けて行くと、その蓮如堂があって、その向うが墓地になっているが、中ほどに大分人が群れている。足をとめた香六と桂七は首をのばした。

「どうだ、先生の姿が見えるか？」

と桂七が訊いた。遠目の利くのが自慢の香六は眼を光らしていたが、首を振り、

「来ていねえよ。……うむ、佐七親分のところの辰が来てるぜ」

「あぁそうか。ここはお玉が池の縄張りだからな。親分の姿は？」

「見えねえ。しかし、辰がいるところを見ると、おっつけやって来なさるだろう」

「一体どんな人殺しがあったのか、辰にきいてみようじゃないか」

二人は、追い立てられて遠くからのぞきこんでいる弥次馬の間を縫いながら、人殺しのあったという現場へ近づいていった。

その姿を、佐七親分の手先の辰が見つけて顎をしゃくって会釈をした。

「辰さん、寒空に御苦労さん。佐七親分はまだのようだね？」

桂七がすかさず声をかけると、

「うむ、豆六が今よびに行ってるんだ。お前さん二人、どうした？　墓詣りにでも来たところか？」

「いいえね、瓢庵先生の屋敷に行ったら留守なんだ。ひょっとしたら、こっちへ出向いたんじゃねえかと思って来てみたんだが、先生を呼び出したようなことはないかえ？」

「瓢庵さんに御用の筋はねえな。死人はあの通り、見つかった時からもうこと切れていて、お医者さまではどうにも埒があかなかったらしいぜ。お寺でやっつけられたとは、手間のいらねえ野郎さ」

と、辰はすぐ傍にある菰《こも》を眼で示した。菰の下から、くの字にした脚がのぞいている。

「野郎というと男らしいが、どこの誰だか分ったかえ？」

「それが分らずに弱ってるところだ。この近所のものでねえことは確かだ。ちょいと見てくんねえ。顔見知りだったら、教えてもらいたいもんだ」

辰は菰に歩みよって、それをまくりあげた。その下には、荒縄でがんじがらめになった年の頃三十前後のひよわそうな男が無残にも咽喉《のど》をかっ斬られて、血まみれになって死に絶えていた。服装なども粗末で、小商人《こあきんど》めいた感じを与える。

「うーむ、なるほど。縛られているところを見ると、こりゃア誰が見ても殺しだな」

と香六は顔をしかめて、じっと死人をのぞきこんだ。

「どうだ、心当りのねえ面《つら》か?」

「うん、とんと馴染みのねえ顔だ。こんなうらなりの青瓢箪なら、一度見たら忘れられるもんじゃねえ」

と香六が答えると、この時三人のうしろで、ひッひッひと妙な笑い声がしたので、ぎょっと振返った。

そこには異様な風態の若い大男が立って、歪んだ笑顔を作っていた。袴とも、もんぺともつかないものを穿いていて、黒っぽい着物を着ているが、肩に一本衣紋竹《えもんだけ》を通したままに着こんでいるので、何ともいかつい奴凧《やっこだこ》の出来そこないと見えるのである。

「ひッひッひ。誰でも死んじまえば、青瓢箪になってしまうにきまっておるわい。血色のよい死人が居るなら、お目にかかりたいものだて」と、うぞぶくように四角張った口調でいうのだった。

香六は眼をぱちくりさせた。喧嘩早い彼は、自分の云ったことを茶化されたので、すぐにも食ってかかろうとしたに違いないが、その相手がどこの誰とも知れず、それに身なりと云い、口のきき方と云い、何か尋常を欠くので気味が悪く、すっかり戸惑った形だった。

ところが、辰はその奇妙な男の一言を聞くと、にっこりして、

「いや、その通り、その通り。全く三太殿の仰せの通りだ。あッしも長いこと死人の面は見てきたが血色のいいのには出会《でくわ》したことは一度もねえや」

と云って、ちょいと香六の袖をひいて、うなずいて見せた。相手になるな、という合図に相違ない。すると、辰の言葉に満足したのか、その男は怒り肩で、のッしのッしとその場を去り、近づいて来ようとする弥次馬を大手を振って追い払う身振りを示した。何しろ大きな身体をしているので

この用心棒的役割はなかなか効を奏していた。

「なんでえ、あれは?」

香六がたずねると、辰はにやにや笑いながら、

「瓢庵先生から聞かなかったか? このへんでは、相当に顔を売ってる男なんだ。越前三太と云って、少々これなんだ」

と、辰は指で頭の上に渦を巻いて見せた。

「へええ、キ印か。どうもまともじゃねえと思ったが、キ印を野放しにしておくとは、物騒な話だな」

「なあに、あれで逆らいさえしなけりゃ、おとなしいものなんだ。そればかりか、ああやって用心棒の役まで買って出ていて、こんな時には、なかなか役に立つ。いつもは座敷牢に押しこめられているんだが、何か騒ぎがあると、とびだして来るのさ」

「越前とは……?」

「それ、大岡越前守《えちぜんのかみ》を気取っているんだ。裁きごと、とり分け捕物となると、これが飯より好きで、自分じゃ同心御用聞きの総元締だと思いこんでいる。今に見ねえ。佐七親分そこのけの芸をごらんに入れるだろうぜ。退屈しのぎに、ゆっくり見物して行くがいいや」

「ふうむ、変ったキ印だな」

香六は桂七と顔見合して、首をひねった。二人とも、まだ瓢庵先生から、こんな膝元に瓢庵のお株を奪う捕物名人がいるとは聞かされていなかった。

「おもしろそうじゃないか。見物して行くことにしよう。おれ達がここへ来ていることは豆太郎も知ってるから、瓢庵先生と行きちがって、用事があるなら、ここへ迎えに来るだろう」

桂七は、そのへんを悠々と歩きまわっている越前三太を見やりながら、香六にささやいた。

## 三

やがて、どこからか飴玉でもしゃぶっているような癇高い上方弁が流れてくると思ったら、それはお玉ケ池のもう一人の手先豆六が親分を連れだして来たものと分った。

佐七は町方の衆と立ち話をまじえてから、やおら問題の死骸の方へやって来た。その近くに、香六と桂七とがたたずんでいるのを眼ざとく見つけ、人なつこい笑いを浮べた。

「おやこれは、桂香《けいきょう》並んで陣についていなさるね」

二人は揃って頭をさげた。

「親分、お出向き御苦労さん」

「うむ、この辺はおれの縄張り内だが、何しろお寺の中だから、その方へ断ってくるのでおそくなった。瓢庵先生はどうなすったね?」

「その先生を探しにここまで来たんですが、来ていないのです。急に行方をくらましたんで、不思議でならねえので」

「あははは、王将がなくちゃ将棋になるまいね。なアに心配することはない。今にひょこひょこおでましになるよ。何しろ一件を嗅ぎつける先生のカンはたいしたものだから」

将棋にかこつけて、軽い冗談をいいながら、人形佐七は死骸の菰をまくりあげて、仔細にしらべはじめた。咽喉の傷の具合、縛ってある縄の様子、懐から袂を見てその持物もあらためる。さすがは長年この道で鍛えただけに、手早くてソツがない。

「ふうむ」

一息ついた佐七は、しゃがんだ姿勢のまま考えこんだ。考えながら、あたりを見廻している。別に変ったものが落ちているわけではない。死骸のすぐ傍には、大きな石ころが一つころがっている。

そのほかは、そのへんの立木から散った落葉だけである。

「親分、この死人の身許が知れないんですよ」

と辰が来て弱ったような顔つきをして見せる。

「うむ、これだけの持物じゃ、どこの誰とも判じがつかないね。懐に申訳のように小銭を入れた財布がある。……辰、この死骸を最初に見つけたのは誰だ？」

「それは、今朝の五つどき、手ん棒の奴なんで……」

「手ん棒？ ……ああ、蓮如堂の縁の下におかんしている右腕のない乞食だったな」

「へえ、その乞食が見つけだして、びっくりしているところへ、ひょッこり越前三太が通りかかり、大変だからすぐにお寺へ注進しろというんで、手ん棒は寺へ知らせに走ったんだそうです」

「ほほう、越前三太が来合せたのか。あいつはこんなことが好きだから、目明かし気取りで、さぞ大騒ぎをしたことだろう」

「へえ、もうちゃんと、この死人は自害じゃなくて、誰かにここへ連れてこられ、咽喉を斬られたんだと、したり顔で目串をつけている様子で」

「まあそれにちがいないだろうな。腕ごと身体を縛られていちゃ、自害というわけには行くまい」

「親分もそう思いますかえ？」

「いや、まだ何とも納得がいかねえよ。ただこの死人は、どうやら上方からの渡り者じゃないかと思える節がある」

「へ、何故《なぜ》ですい？」

不審げに反問する辰には答えず、佐七は豆六を振返って、

「おい豆六、大阪あたりに、丸八という呉服屋でもあるかい？」

「ヘッ、丸八？ あるどころか、あてその近くに住んどったことありまんね。丸八、どないしましてん？」

「うんそうか。いやたいしたことじゃないが、この仏様が持ってる財布には丸八の屋号が染めてある。どうやら呉服屋が節期の使い物に配った財布らしい。とすれば、この男大阪くだりの小商人というところかも知れない」

「ああさよか。同郷と聞くと、えろう懐しいが、死んでしもてはどむならん。誰や、可哀そうに、こんな弱ったらしい男を縛りあげて咽喉を抉ったのは？」

上方一流の癇高い声でいうと、そこへのっそりと立現われたのは例の大男越前三太である。三太と人形佐七の眼はばったり行き合った。三太は同心目明かしの総元締を気取っているが、さすが本職の佐七の視線を浴びると、ちょいとどぎまぎし、眼をぱちつかせた。だが人をそらさぬ佐七は鷹揚に笑顔を見せ、

「おおこれは越前の旦那、お役目御苦労なことで」

と話しかける。三太は急に反り身になって、

「親分もいそがしいのに御苦労だな。どうも近頃物騒なことが持上ってお互い苦労が多いよ」

「全くで」

「どうだな親分、この一件当りがつきなさったか？」

「それがとんと一向に。この男上方くだりの小商人と思われますがね」

「ふむ、そのことは今聞いたが、親分、財布が大阪の丸八の配り物だからというて、あながち上方のものと判じるのは気が早すぎはせぬか？」

「その通りで。まあ身許を洗うより、下手人の当りでもつけば、これに越したことはありませんがね」

「親分、じつはわしは、今朝ほどからだいぶこのあたりを見廻っていて、いろいろと下手人の当りをつけてみた」

「ほほう、そいつは何とも御精の出ることで。それで何ですか、少しは目串がつきましたか？」

「ああいや、それほどでもないが、いろいろとな、いろいろと」

越前三太は何か愉快でたまらないらしく、胸のうちの得意を抑えていることができずに、にやにやと相好《そうごう》をくずしてしまった。

「さすがは越前の旦那だ。そのいろいろを、差支えなかったら教えていただきたいものですな」

「そりゃ差支えのあろうはずがない。わしが見つけたいろいろのものから、親分が下手人に当りをつけてくれれば、こんな目出度いことはないよ。町内安泰というものだ」

「へえ、ではお願いいいたしやしょう」

「よろしい。よッく見ていてもらいたい」

気負い立った越前三太は、衣紋竹の肩を一そうしゃちこ張らせて、得意気にあたりを睥睨した。

## 四

「佐七親分、この墓所の道路には、今朝死骸が見つけだされてから、わしも手伝って、金輪際《こんりんざい》弥次馬の立入るのを禁じておいた。それで町方衆や御用の筋のもの以外には、だれもここまで来たものがない」

と、越前三太は演説でもはじめるような調子で、いいだした。

「なるほど。現場を荒さぬように手配したとは、さすがさすが」

佐七は魂胆あってか、しきりに三太をおだてあげる。

「お誉めにあずかって恐縮。そこで、この現場には、弥次馬の印した足跡というものは、一つもついておらぬわけだ。ところが、ここにはっきりと高足駄の跡が残っておる。それが一つ二つではない。ずーっと向うの本堂の石畳のところまでつづいておる」

三太は菰の死体のところを指さして、その指を遠くの寺の本堂までさし示した。

「この足跡は、ここに集っている誰の足跡でもないし、また寺男や坊主のものでもない。わしはその点をよく調べたのじゃ。もちろん死人を見つけた乞食の手ん棒が足駄をはいているはずもない。これは、死人と一緒に来たものか、死人を運んで来たものの足跡だ」

佐七はじめ集ったものどもは、三太の水際だった説明を聞いて、感服のあまりシーンとなってしまった。三太は地面の上に屈みこんで、一際鮮かについている足駄の歯のあとを指さした。

「ごらん。この歯は三分ほど土の中にめりこんでいる。これは重いものを運んでいたことを証拠だてておる。つまりは、下手人がこの男を抱くか背負うかして、ここまでやって来たにちがいない。それから、土の歯跡をごらん。前歯のまん中あたりが一寸ほど欠けていることが分る。江戸中に前歯のまん中が一寸ほど欠けた高足駄が何足あるか、探してみるとそう沢山もあるまい。それが下手人のはいた足駄だ」

三太は再び見得《みえ》を切ったが、その時辰が口を挟んだ。

「越前の旦那、そいつは無理だ。江戸中を下駄の歯入れ屋を総上げにして、前歯の欠けた足駄を探させるわけにには行かねえや」

「それはわしも無理だということは知っておるよ。何も探せとは申さん。ただ下手人がそういう高足駄を穿いて、この男をここへ運びこみ、咽喉をかき斬ったと申しただけだ。そのかき斬った得物は、恐らく剃刀にちがいない。傷口から判じて、わしはそう思う」

「へええ、傷口から見て、得物が分りまッしゃろか」

今度は豆六が、とんきょうな声をあげた。

「分る。一目見て得物が分るようにならなければ、一人前の御用聞きとは申せん。さて、下手人は血まみれの剃刀を後生大事に持って行くはずはない。その場に投げ捨てて行くか、この近所に隠して立ち去ったものと見るのが当然。薄刃の剃刀は、果してどこにあるだろう?」

立上った三太は、そのへんをぐりぐり眼《まなこ》で見廻した。一同は三太の視線の動くに従って、それを眼で追った。

三太の眼は、すぐ眼の前にある大きな石塔の墓にそそがれた。その墓石は自然石を置いたどっしりしたものであった。三太はその墓石をしばらく睨み据えていたが、やがて大きくうなずいた。

「薄刃の剃刀を隠すとなれば、誰でも狭いところへ押しこみたくなるだろう。そこに、ちょうどいい場所がある。ここだ」

と、三太はその墓石に近づいて行って、自然石を据えた台座をのぞきこんだ。もちろん据りのいい自然石だが、底の方には僅かな隙間ができていた。三太は指をその隙間につっこむと、やがてどす赤い血にまみれた刃物をつまみだした。剃刀である。さすがに一座のものは思わず息をのんだ。

三太は一同を見廻すと悠然とうなずいて、

「これが下手人の用いた得物だ。しかし、残念ながらこの剃刀は誰の持物であるか一向にわからない。親分お前さんにもこれを一目見て、持主は分るまいな?」

と、三太は剃刀を人形佐七に渡した。受取った佐七は、ろくろく剃刀を見もしないで、黙ったまま首を横に振った。相手のいうことを文句なしに承認した印である。

手先の辰と豆六は、あきれた面持で佐七と三太とを見較べている。いくら何でも、これではひどすぎる。三太は、今、空前絶後というべき放れ業をやってのけているのだ。高足駄の足跡の発見は、それほど大した腕前とも云えないが、この兇器の発見は、まるで神のような見通しではないか。人形佐七顔色《がんしょく》なしというところだ。だが当の佐七は一向にそれを苦にもしていない様子が、これまたおかしい。

「佐七親分は、何か思う仔細があるらしいぜ。そうでもなけりゃ、三太にああまで勝手な真似をさせておくはずがないよ」

と、見物役の桂七はそッと香六の耳にささやいた。香六は返事もせずに、生唾をのみこんでいる。

「下手人はだれだろう。それを探しださねばならん」

越前三太は一同の顔を一人々々のぞきこんで、与えた感動を確かめるようにしてから、

「下手人が高足駄をはいて、ここまでやって来たことだけは分っておる。だから、もう一息だ。足駄のほかに、何か証拠となるようなものはないだろうか?」

そう呟きながら、三太は再び地面に屈みこんで、足駄のあとから、そのへんに散らばっている落葉などをかきのけた。

と、そのうちに彼は、ふんふんとしきりに唸り声をあげはじめた。何か興奮をしはじめたらしい。そして、やがて彼は指先に何か土の塊りみたいなものをつまみあげた。

「佐七親分、これが何だかお分りかな?」

そう云ってつきだした指先を、人形佐七は顔を寄せてのぞきこんだ。

「おや、それは煙草の粉だね」

「さすがは親分、一目で煙草の粉と判じた。えらい。確かにこれは煙草の粉だ。これがそこの地面に、こぼれていたのをわしは今やっと見つけだした。……どうして、煙草の粉が地面なんぞにかたまって落ちているのか?」

まるで学校の生徒に講義でもするみたいに、三太は一同にたずねたが、誰も手をあげるものはない。

「ごらん。死人は煙草をのまぬと見えて、腰に煙草入れもさしておらん。また、この歯を見ても、日頃煙草をのんでいないことが分る」

三太は大胆にも死骸の口をあけて、死人の白い歯をむきだしにして見せた。

「この煙草の粉は、まちがいなしに下手人の煙草入れからこぼれたものだ。では、その煙草入れは、一体どこにあるだろう?」

「下手人の腰にささっとるやろ」

と、豆六がとっさに返事をした。すると、越前三太はいかにも軽蔑しきったようなせせら笑いを浮べて、

「ふむ、それが浅墓な考えというものだ。煙草入れは、何かのはずみで下手人の腰から地面へ抜け落ちてしまったのだ。この男を運びこんで殺したのは、どうせ夜のことにきまっておる。このへんはまっくらで何も見えない。それに人を殺したからには、あわててもおろう。下手人は煙草入れを落したまま、逃げだしていったにちがいない」

「今朝になって誰か拾いやがったかな？」

と、今度は辰がつぶやいた。それを三太が早くも聞きつけた。

「えらい。辰、お前さんは見どころがある。煙草入れは確かに朝になってから誰かに拾われたのだ。ここには、弥次馬は出入りしていないから、その拾ったものは詮議をすればすぐに分る」

「詮議なんぞせんかて、落ちとるものを拾う人間はきまっとるがなあ。あの手ん棒の奴にまちがいなしや」

豆六はずばりといってのけた。それを聞いた三太の顔は急に輝いた。

「えらい。豆六も見どころがある。お前さんがそんなにカンがいいとは思わなかった。たしかに、あの手ん棒の仕業にちがいない。拾って猫ばばしておるかどうか、御一同、調べてみよう」

越前三太は先に立って、蓮如堂のほうへ、大股に足を運んだ。みんなもぞろぞろそのあとについて行かないわけにはいかない。乗りかかった舟である。

蓮如堂のわきには、片腕のない乞食が、日向ぼっこしながら坐っていた。一同が自分の前に立ちふさがったので、びっくりして顔をあげた。小ずるそうな五十男である。

「やい、手ん棒。お前、今朝あの死人を見つけた時に、そばに何かころがっていたものを拾って、猫ばばしてるだろう。出せ、それを」

と威丈高に三太にきめつけられると、手ん棒は片手をへらへら振りながら、口ごもった。

「とんでもねえ。そ、そんなこと知んねえよ」

「白《しら》を切るな。拾った煙草入れを出せ。ここには人形佐七の親分がいなさるぞ。黙って出しゃ、見逃してくださるということだ」

たたみかけて、三太が得意の越前振りを発揮すると、手ん棒は早くも観念したらしかった。

「へえへえ、だします。だしますから、どうぞ穏便に、お願《ねげ》え申します。右や左の……」

と云いながら、坐っていた莚の下から、煙草入れをもぞもぞと取りだした。しかし、その時、ぐるりと取巻いた人垣のうしろから、呀《あ》ッ！　という叫び声が起った。それは香六が叫んだのである。

「そ、その煙草入れは、瓢庵先生の持物だ。根付の大黒様に見覚えがある」

「や、すると下手人は瓢庵」

そこで大きく三太は見得を切った。まるで楼門上の石川五右衛門といった按配だ。

集った一同は、あまりにも意外な事の運びに、あっけに取られ、顔を見合わすばかりであった。

さすがに佐七だけは落着き払って、煙草入れを手にすると、ためつすがめつ打眺めて、今度は桂七にたずねた。

「確かにこの品は瓢庵先生の持物かね。そういえば、おれにも見覚えがあるような気がするが」

「へえ、先生の煙草入れにまちがいありませんね」

桂七もやむなく認めざるを得なかった。

「下手人が瓢庵先生とは驚いた。先生はさっきから、行方が知れないということだったな」

と、佐七が呟くと、三太はその場にじッとしていられぬように、

「さては逐電しおったか。おのれ逃がしてなるものか」

といいきり立つのを、佐七はなだめるように、

「三太の旦那、それではこれから瓢庵先生の屋敷へ行ってみましょう」

と肩をおさえて歩きだした。あとにつづく桂七香六の両名は、まるで幽霊のように青い顔。あま

りの驚きに口もきけないのである。

## 五

人形佐七と三太とを先頭にした一行が筍屋敷に到着すると、まだ独りぼっちで留守居番をしていた豆太郎はあっけにとられた。何しろ玄関口に来た越前三太は、そこにぬぎ捨ててある高足駄を見るや、忽ち歓声をあげたからである。

「これだ。前歯の欠けている具合を、とくとごろうじ」

と、取りあげたその片方の足駄の前歯は、たしかに中ほどが一寸ほど欠けているのである。もはや、この足駄の主が、あの青瓢箪の男をかかえて、墓地まで運び、そこで剃刀を以て咽喉をかき斬ったことは疑いを入れる余地がない。それが余人にあらず瓢庵先生その人であろうとは。

香六も桂七も、部屋の中が取乱されていたことを知っているから、殺人を犯した瓢庵が、豆太郎を使いに出したあと、人知れず逐電したということが満更嘘でもないように感じられてならない。しかし、何故先生がそんな大それた罪を犯したのであろうか？　そこで香六は叫んだ。

「あの虫も殺さぬ先生が、一体何だって人殺しをしなさったんだ。親分、その見当がつきますかい？」

と佐七に食ってかかる。佐七は笑顔で振向き、

「香六、そのことさ。先生にはどう見ても人を殺すいわれが無いんだ。それがこの一件の大きな目印だよ。ねえ、越前の旦那、あんたは実に見事にあの人殺しの現場で、いろいろのものを見つけ、とうとう下手人を探りあてたが、瓢庵先生には金輪際、人さまを殺すいわれが無い。それをどう判じますかね？」

「そんなことは瓢庵をつかまえさえすれば、瓢庵が自分で白状するだろう。わしの知ったことではない」

三太は急に不機嫌になって、空うそぶいた。人形佐七はにやにや笑いだした。

「ねえ、越前の旦那。瓢庵先生に人を殺すいわれがないとすると、この一件、先生に罪をなすりつけようとした奴がいて先生の足駄をはき、先生の煙草入れを現場に残して、あんな真似をやったんじゃなかろうかねえ」

「えッ、そ、そんなバカな話はないだろう。何のために瓢庵に罪をなすりつけようというのだ。それこそいわれがない。全くない。それとも、親分、お前は何か瓢庵が人殺しをやってのけたのでないという証拠でも握っていなさるのか？」

「いいえね、証拠は握っていないが、瓢庵先生らしくないいろいろなことを見つけては来ましたよ。あの老人に、人間一人かかえて高足駄で墓地まで運ぶという芸当だけでもちょいとむずかしい。それに、あの足駄の跡は、かんかちに凍った夜中の墓地の道には残るはずがない。あの跡は、朝の霜どけどきにつけられたものなんでさあ」

「うむ」

と三太は低い唸り声をあげた。

「旦那は、暗がりで下手人が煙草入れを拾うこともできなかったと云ったが、そんな暗がりでは、とても墓石の下へ剃刀を隠したりすることもできようはずがない。みんな誰かが朝になってやった仕事だ」

「人殺しもか？」

「いや、人殺しなんぞ、てんからありゃしなかった。あれは自害だ。夜中にやって来て、剃刀で咽喉をかき切っただけのことだ。朝早くそれを見つけた誰やらが、縄で死体をがんじがらめにし、遠くから運んだように見せかけようと、重い石ころを運んで足駄の跡をつけた」

「死人を縄でゆわえたのだと?」

「さよう、死んだあとで縛ったものかどうか、膚の擦れ跡を見れば、慣れたものには一目で分りまさあ。その縄も、墓場のはずれの普請場から、手早く持ってきたので、ちゃんと鉋屑がからまっていた。……ねえ、越前の旦那、ついでのことに、一体誰が自害した死人にそんな悪戯をして、瓢庵先生の足駄と煙草入れをこっそり持ちだし、先生に人殺しの罪を着せようとしたのか、そいつを探りだしてもらいたいもんですがね」

「そ、そんなことは、わしは知らん。第一、親分の見立てには、わしは頭から同意ができん」

「なあに、瓢庵先生を日頃から憎んでいて、一泡ふかしてやろうという魂胆を抱いている人間を探しあてれば、訳はない」

「そ、そんな奴はおらん」

「おらんはずがない。その人間は、瓢庵先生が逐電したと見せかけるために、この家に乗りこんで来て、先生を取って押え、どこかへ押しこんでしまったにちがいない。ねえ、越前の旦那、旦那は神様のように見通しだ。先生は一体どこにいるでしょう?」

「それは、多分、庭の物置だろう」

訊かれて、三太はうっかり返事をしてしまった。云ってから口をふさいだけれど、もうおそかった。佐七の下知《げち》で、わっとばかり、豆太郎を先頭に、香六桂七が庭の隅の物置へかけつけた。中には、三太のいった通り、瓢庵が哀れにもがんじがらめとなり、猿ぐつわさえはめられて、ぐんなりと弱りはてていた。みんなでそれをかかえて座敷へもどって来ると越前三太はそれまでの昂然たる様子もどこへやら、急に青菜に塩のように悄気《しょげ》返り、がたがたと震えだした。

「先生、瓢庵先生、まあ御無事で何より」

人形佐七は瓢庵のそばへ駈け寄り、つづけていった。

「三太は先生の診立《みた》てで、気狂いということになり、座敷牢に入れられたのを骨身にこたえて怨んでいたんです。それに先生が捕物で時折手柄をたてるのがなおいけない。越前三太の誇りを傷つけたんですぜ。そこで、同じ捕物を種に、いつか怨みを晴らそうと三太は待っていたんです。永泉寺の墓地で自害した死骸を見つけたので、三太としては一世一代の芝居を打ったわけで、ヘッヘッへ、大分痛めつけられたようで、お気の毒様でしたなア」

瓢庵は何とも返事をせず、ただ肩で大きく息をして見せただけであった。

# 桃の湯事件

一

「降った、降った、じいあん、降ったよ、雪が……」

雨戸をあけた豆太郎が、けたたましい叫び声をあげた。

「う、う」

それを聞いた瓢庵《ひょうあん》は、まるで亀の子が悪戯小僧にでも出遇った時みたいに、布団の中へするすると首を引っこめる。

「ごらんよ、じいあん。まっ白だよ、何もかも。とてもきれいだ」

雨戸を一枚だけ開けといて、豆太郎は寝床の中から雪景色を見せてやるつもりで、瓢庵の枕もとの障子を開け放つ。冷え切った風がさっと部屋へなぐりこむ。瓢庵の頭は布団の中にすっぽりと嵌入《かんにゅう》して、跡形もない。

豆太郎はがっかりした風で、空になった枕を見おろしている。すると、寝床の中から、頼りない声が洩れてきた。

「豆や、台所へ行って、湯呑みに一杯、酒をついで来てくれ」

「あれ、酒のむの、じいあん」

「うむ、雪見酒というてな、初雪の降ったお祝いじゃ」

「へええ、初雪が降ると、お祝いをするのかい。そんなの初めて聞いたよ」

しかし豆太郎はいそいそと酒を汲んで持ってきた。

「じいあん、ほら、お祝いのお酒だよ」

湯呑みをさしだすと、その匂いに釣られた具合に、瓢庵の鎌首は、やっと布団の中からのぞき出

た。眼をぱしぱしさせて、縁側越しに庭を見やり、ただまっ白な雪景色を見てとると、

「やれやれ、とうとう降りおったか」

とお祝いにしては変な台詞《せりふ》を洩して、さしだされた湯呑みに口を持って行った。ぐびぐびといかにもうまそうであり、また冷たそうでもあった。

「初雪や二の字二の字の下駄の跡、か。一寸ほども積ったかな。そのへんが初雪らしくていいしい。……豆や、雨戸は三分通り開けとくがよいな。陽が照らぬうちは寒くてかなわん」

そんなことを云いながら、瓢庵は残りの酒を長いことかかって啜り、庭を蔽うて、しんとしずもり返っている雪に見とれていた。自然の冬と人生の冬とが、雪と白髪頭で対面しているような恰好だ。

瓢庵はなおも寝床にもぐりこんだまま、枕で顎をささえていたが、豆太郎が台所でごとごとやっている音を聞いているうちに、またいい気持になってうとうとしかけた。

その耳許で、突然威勢のいい声がしたので、はっと我に帰ると、いつの間にとびこんで来たのか、枕許には香六《きょうろく》が坐りこんでいた。

「先生、寝床の中で雪見酒とは面白い趣向でござんすね」

「やあ香六か、いやにまた早いじゃないか。豆のやつが生れてはじめて雪が降ったのを見るように騒ぎ立てたが、わしは一杯元気をつけなきゃ起きる気にならず、ちっとやったところだ。まさかお前さんも初雪が珍しくて、犬ころのようにとびだして来たわけじゃなかろう」

「ところが、先生、そんなめぐり合せになってしまいましたよ」

「と申すと?」

「今朝早目に眼をさまして見ると、この通りの初雪でしょう。先生のように酒で身体を暖める才覚も出ず、こいつは一丁朝風呂を浴びて来てやろうと、本郷春木町の「桃の湯」へとんで行ったんです」

なるほど、香六の肩には手拭いがかかっている。しかし、その手拭いは乾いたままだった。それに気づいた瓢庵は、先廻りをして、

『桃の湯』が火事をだして、一夜のうちに消えてなくなった。そう云えば、昨夜三つ番を夢うつに聞いたような気がするが……」

「当りませんねえ、鐘一つでさア。桃の湯はれッきと残っていましたが、本日臨時休業の札がかかっているんです。どうしたんだろうと思って、いわれを聞いてみると、何と奥の屋敷に住んでいた隠居のおもよ婆さんが、昨夜殺されたてえ話なんです」

「火事にあらず、殺しか。うむ」

瓢庵も寝床から起きあがって、坐り直した。

「先生もよくあの湯屋へはかよっていましたね。隠居もごぞんじでしょう?」

「いや、わしは婆さんのことは一向に知らんよ。だが、嫁のお千代というのは妙な因縁でまだ娘の頃からの顔なじみだ」

「実はそのお千代のことなんです。どうもお千代が隠居を殺したらしいということになりましたぜ」

「何だと」

瓢庵も思わずきッとなり、常にも似合ず顔色さえ変えた。それを見てとった香六は、やっぱり、というように独り合点をして、

「あっしが桃の湯の裏をのぞきこんだ時には、もうその筋のものが見えていましてね。出張《でば》っていたのは黒門町の藤吉親分、いつもは一向煮え切らないのに、今朝ばかりは電光石火たちまち下手人を嫁のお千代と判じて、縄を打とうとしたんです。ところが相手は女と多少手心をした隙を見て、お千代は毒を呷《あお》りました。台所へ鼠とりに仕掛けた石見銀山なんです。しばらくすると苦しみだしたので、やっとそれと分り、毒を吐かせるやらで大騒ぎ。幸い一命だけはとりとめたものの、毒を

呷ったということがまるで自分の罪を認めたようなもの、下手人は間違いなしにお千代と決りました。もっとも半死半生の女を番屋送りにするわけにも行かず、お千代はまだ桃の湯の奥座敷に見張りつきで寝ているんですが、ねえ先生、これからようく聞いて下さいよ。生死の境いをさまよっているお千代が、わけのわからぬうわ言みたいなことを洩らすなかに、『瓢庵先生、瓢庵先生』としきりに先生の名を呼んでいるというんです。そばに附添っていたもの達は、それを『しょうがないさ、しょうがないさ』と云ってるのだと思いこんでいるんですが、あっしは断然《はっきり》そうではなく、先生の名だと思いましてね。こいつは放っとくわけには行かねえ、少しも早くこの一件を先生の耳にいれようと、へえ、宙をとぶようにしてやって参りましたぜ」

と香六は一気にまくし立てた。

「うむ、うむ、そうであったか」

「とおっしゃるところを見ると、やはりこの一件については何か心当りでもありなさるんで?」

「いやいや、桃の湯に隠居婆さんがいたことなどは、今はじめてお前さんから聞くくらいだ。だから人殺しの一件に心当りのあろうはずもない。ただ、お千代さんがわしの名を呼んだということは、ひょッとしてありそうなことだよ」

「えへへへへ」

「何を笑う、香六。どうも気に食わぬ笑い方だナ」

「どうもすみません。先生が女子衆《おなご》と縁の遠いお人だということを忘れていました」

「お千代とわしの因縁は、あとで話すが、どうしてまたそう早く、黒門町の藤吉親分が下手人をお千代と極めつけたか、お前さんはそれを聞いてきたか?」

「へえ、それに抜かりはありませんよ。もっとも至極簡単なことなんで。これじゃ藤吉だろうが唐変木《とうへんぼく》だろうが、すぐに判じのつくことでさア。こんな具合なんです」

と、香六はお千代が下手人に挙げられるまでのいきさつを手短かに説明したが、それは大体次のようなものだった。

二

春木町の桃の湯は、なかなかの内福という噂が高く、湯屋の表構えは大したことはないが、その裏手の住居《すまい》の方はがっちりしたものだ。入湯の客の目を楽しませる庭園をはさんで、一方に母家があり、庭の隅の方に、隠居所が建てられてある。

母家は二階造りで、主人の庄兵衛と息子夫婦と炊事婆さんが住んでおり、隠居所には殺されたおもよ婆さんと女中の二人が住んでいる。

庄兵衛は五十五六、数年前に妻君に先立たれ、男やもめ暮しで母家の二階を占領している。隠居所のおもよ婆さんは、庄兵衛の叔母に当るそうで、身内というのが庄兵衛一人だということから、甥の世話になっていた形だが、この叔母さんなかなかの金持ちで、庄兵衛は叔母の貢ぎで一通りの身代もこしらえることができ、その点ではおもよ婆さんに頭を抑えられているという噂だ。

今朝がたのこと、隠居所の女中おしなは、明け六つには女中よりも早起きして必らず観音経をとなえ、鉦《かね》をカンカン叩くおもよ婆さんが、今日に限ってその様子もなく、六つ半をすぎたので、初雪の寒さにこたえて、まだ寝床でぐずついているのだろうと、念のために婆さんの寝所をのぞいて見た。

ところがおもよ婆さんは寝床の中から半身乗りだした恰好で打倒《ぶったお》れているではないか。呼んでも応えはなし、駈け寄って見ると、その皺首に腰紐が巻きついていて、無残にも息絶えているのだった。

女中のおしなは雨戸を押し開けると、母家の方をうかがった。車井戸のきしる音を聞いたので、

誰かそこにいると思ったからである。案の定井戸端には、今起き出たと見える庄兵衛が水を汲んでいたので、

「大旦那さま、たいへんです。御隠居さまが……」

と大声でよばわった。庄兵衛はその声を聞きつけて、庭を横切って飛んで来た。おもよ婆さんは明らかに他人の手にかかって絞め殺されたものと分ったから、直ちに公儀に届けでた。

おもよ婆さんの居間は、別にかき廻された模様はなく、一見したところ紛失した品もなかった。もっともこの隠居所にはもともと大して金目のものは置いてなく、従って普段から戸締りなどもあまり厳重ではなかった。

下手人は隠居を殺《あや》めるだけの目的で忍び入ったものらしく首にまきつけられていた腰紐も婆さんの所有物であった。

急報によって、黒門町の藤吉親分がやって来たが、一寸ほど積って降りやんだ初雪がそのままの曇り空の下で溶けもやらずにいる地面に、足跡が残っているのにすぐ眼をつけた。

足跡は二種《ふたいろ》あった。一つは、大股の庭下駄で、それはつい今、母家の井戸端から隠居所へ駈けつけた庄兵衛のものであると知れた。もう一つは、跡が凍《い》てついているところを見ても大分時間が経っているもので、庄兵衛は器用にそれを踏まずに駈けたのですべてくっきりと跡が残っているが、明らかに女用の駒下駄の跡である。駒下駄は母家の玄関から隠居所の勝手口へと往復している。つまり正体不明の足跡なので、藤吉はすぐにその駒下駄を探すことになった。駒下駄はちゃんと母家の玄関にぬぎ捨てられてあった。持主は庄兵衛の伜松造の嫁お千代であった。

そもそもこの初雪は昨夜の深夜九つ頃から半刻ほど降りつづき、丑満《うしみつ》前にはあがったものと思われている。

「おかみさん、あンたは昨夜の九つすぎに隠居所まで行きなすったろう」

と藤吉は真先にお千代に向って鎌をかけたが、お千代はとんでもないという風に目を丸くし、そ

の頃はぐっすり眠っていたと答えた。お千代の亭主松造は、郷里にある鉱山のことで越後へ旅立っていて留守だった。

藤吉はつづいて婆やのお常に向って、同じような質問をしたが、この耳の遠い婆さんもまたお千代同様、ぐっすり寝こんでいて、今朝起きるまで雪の降ったことも知らずにいたくらいだと答えた。この婆や、耳は遠いが身体は頑丈に出来あがっていて、お千代の華奢な駒下駄は無理に穿いても、器用に歩けるかどうかは疑問に見えた。母家の住人ではあと庄兵衛が残っているだけだが、がっしりしたその体軀を見ただけで、駄下駄の穿けるはずもない。藤吉はたずねるだけ無駄と思ってやめた。

藤吉は足跡の件は探りを入れるだけで中止して、隠居所の現場を調べはじめたが、そこで女中のおしなから、昨日の夕方嫁のお千代が隠居所に呼びつけられ、しこたま叱言《こごと》を食いその叱言が承服できなかったのか、いつもはおとなしいお千代がむきになって抗弁しているのを耳にしたという事実を探りだした。叱言の内容については、おしなはよく分らなかったとお茶をにごした。

おしなが寝床にはいったのは四つ半、隠居はいつもおしなよりも晩《おそ》く寝る習慣で、それは寝る前に念仏をあげるからである。だから隠居が寝についたのは、そろそろ雪が降りはじめる時刻であったろう。

いくら寝坊の女中でも、行きずりの曲者が押しこんで来て隠居を殺そうとしたら、その物音で眼をさますことは必定《ひつじょう》だから、それを知らずにいたということは、とりも直さず隠居の極く親しい人間がこっそり真夜中にやって来て隠居の寝ばなを起し、油断を見すまして兇行を演じたということになる。

そうなると、下手人は雪の上に残った駒下駄の主以外には、考えられない。

「お千代さん、もう一度たずねるが、お前さん、雪の積った上を、隠居所にたずねて行った覚えがねえというのか?」

母家にとって返した藤吉が、お千代を呼んできめつけた時前回はただ以ての外という顔つきをしたお千代が、今度はさっと顔色を変え、まるでうわの空のような表情で、

「いいえ、そんなおぼえはございません」

と、おろおろした様子で答えるのへ、

「あんまりお上に手間をかけるもんじゃねえぜ。昨日、離家の隠居にしこたま叱言を食ったそうだが、どんな中身だったか、いってみねえ」

とかぶせるると、お千代は見る見る青ざめて、首うなだれてしまった。

「気の毒だが、申し開きができねえようじゃ、放っとくわけに行かねえ。隠居殺しの下手人として、縄を打つからそう覚悟するがいい」

引導渡すと、お千代はうなだれたまま唇を震わせていたが、

「親分さんお縄だけはかんにんして下さいまし。決して逃げ隠れはいたしません故」

と、振り絞るような声で云った。

「うむ、素直にしてさえくれりゃ、手荒なことはおれもやりたかねえ」

「はい。胸がつかえてなりませんから、ちょっとお湯《ぶう》を一杯のまさせてもらいます」

お千代は身を起して、長火鉢にかかっている鉄瓶から有合せの茶碗にお湯をついだが、すばやく懐から出した紙包みの中のものを口にほうりこみ、それを湯で咽喉元へ押し流した。

三

「なるほど、毒を呷ったか、可哀そうに」

と、香六の報告を聞き終った瓢庵は眼をぱしぱしやって長大息《ちょうたいそく》した。

「でも先生、女は魔物ですねえ。お千代は虫も殺さぬ様子の女だが、かッとすると何をしでかすか分らねえ」

「その通り」

「すると、先生もお千代が下手人だということに異存はないんですね?」

「まあ待て。本人が申開きもせず、そればかりか毒を呷ってしまったのは、甚だまずい。もしも死んでしもうたら、それっきりだ。女は魔性というが、一方気が狭くていかんな。お千代は恐らく藤吉から下手人の名指しを受けて、自分でもそう思いこんでしまったと見える」

「何ですッて、先生こそちょいと待っておくんなさい。いくら怖い十手で極めつけられたにしろ、自分に覚えもないのにその気になるなんて、神代以来《かみよこのかた》聞いたことはありませんや。頑是《がんぜ》ない餓鬼ならともかく、仮りにも桃の湯の若新造、それくらいの分別がないとは云わせねえ」

「その分別があればこその服毒だったのじゃて」

「はアてね。厭だなあ、先生、窮頭《くいず》はよしましょう。このへんで、『瓢庵先生』とお千代が先生の名を呼び立てた謎も明かしておくんなさい」

「実はな、香六、お千代には幼い頃から奇病があった。何と名づけたらよいか、医者の仲間では夢中遊行の病いと申しておる。他ならぬわしが、それに立ち会って、それでお千代とは顔見知りの間柄なのだよ」

「ムチュウユウコウですって? 何だかこう、切支丹《キリシタン》くさい病気じゃありませんか」

「日本では割に珍しいが、異国ではよくある病いだ。眠っている間に、自分では知らずに起きだして、いろいろなことをやってのけるのだ」

「何だ、そんなの大して珍しかありませんぜ。子供がよく寝惚けてやりまさあ」

「うむ、子供の頃はいいが、長じてもその癖が残るものがある。お千代は下谷の小間物屋の娘だったが、十五六になるまで寝惚ける癖があって、夜中にふらりと起きだし、琴を弾きだしたり、洗濯をはじめたり、時には町内に忍びでて火の見櫓へ登ろうとしたり、それを本人は一向に御存知ないのだ。これでは嫁入りを前にして不都合だというので親御が心配し何とか癒してもらいたいと、わしに相談を持ちかけた」

「へええ、医者の薬で癒るんですかい？」

「薬では無理だな。まず加治祈禱《かじきとう》というところだが、わしは長崎でちょいと催眠術なるものを教わった。これはそういう神経のたかぶる病いを鎮めるのになかなか調法な術でな。別に魔術でも何でもない。病人の気を鎮めて眠らせ、その間にいろいろなことを話しかけて、二度と夢中遊行の発作が起きぬような自覚を持たせるのだ。この術が利くものも利かぬものもあるが、幸いお千代には効を奏し、わしの治療以来ふっつりと奇病がおさまった。それで桃の湯との縁談もまとまったが、桃の湯では寝惚け病いのことなぞは、一向に問題にしなかったようじゃ。それでお千代にしてみれば、あまり自慢にもならぬ病い、それを癒してやったわしを徳としておったわけだが……」

「なるほど、やっと分りましたよ、先生。癒り切ったと思っていた奇病が、思いがけなく昨夜、再発したというわけですね」

「うむ、お千代は自分でそう信じたのだ。この病いは、心労の激しい時に出る。隠居のおもよ婆さんに何を叱られたか知らぬが、それを苦にして一旦寝たお千代は、夢中遊行で意趣返しをとげた、と我と我が身に云い聞かせ、自害を計った。死にそこなったと知って、思わずわしの名を呼んだのは、哀れな病いを悲しむあまりだったのだ」

「聞いてみりゃ気の毒な身の上ですね。いっそ死に損《そこな》ったのが因果なようなもンだ」

「まあ待て、香六、わしはまだお千代が下手人だとは申してないぞ」

「ええッ、先生、なぜですい？」

「夢中遊行で事を行う時は、いたって大ッぴらにやるのが習いだ。人が見ていようと一向に平気、逃げも隠れもしない。だから、お千代が隠居の首を締めたとすれば、こっそりとやるはずがない。

それを、深夜とは云え、隠居所の女中が気がつかず、母家の庄兵衛も婆やも人の出入りを知らずにいたというのは、いかに駒下駄の跡があろうと、どうも解せぬのだ」

「先生、これから桃の湯へ参りやしょう。この一件の裏には何かあるかも知れませんぜ」

香六は瓢庵の一言を聞くと、すっくと立上った。二人の対話をそばで聞いていた豆太郎も、哀れなお千代の立場に同情したのか、すぐに瓢庵の衣類を衣紋竹《えもんだけ》からひっぺがした。

# 四

瓢庵と香六の二人が、桃の湯へ顔をだすと、出迎えたのは親父の庄兵衛であった。

「やあ先生、とんだ騒ぎが持上り途方に暮れて居るところでございますよ。桃の湯もどうにか町内に名を売って、これで倅夫婦に城も明渡せると思っていたのが、その嫁が鬼のようなことをしでかしおって……」

と庄兵衛はがらがら声を振り立てる。瓢庵は手で抑えるような身振りをして、

「その嫁御さんのお見舞に来ましたよ。娘時代によく脈を見たものじゃ。会わして下さるか?」

「お千代はもうお上の名ざした科人《とがにん》で、わしの一存ではどうにもなりません。黒門町の親分が居りますから聞てごらんなさい」

庄兵衛はあまりいい顔をしない。瓢庵は遠慮なしにあがりこんで顔見知りの藤吉親分にお千代との面談を申しこんだ。服毒したお千代は奥の間に寝かされて、手先の菊石《あばた》の六造に監視を受けているが、もう大分落着いたので、いよいよこれから番屋へ送るという寸前であった。瓢庵の捕物には世話になったこともあるし、藤吉親分も無下《むげ》には断り切れず、手間をとらぬならと、瓢庵の面会を許した。

お千代は掻巻《かいまき》をかぶって、顔をかくしたまま、死んだように横たわっていた。乱れた髷が絶えず微かに揺れているのは、落着いたとは云え、まだ興奮から醒めやらずにいるからであろう。

「お千代さん、瓢庵じゃ」

と声をかけると、髷の微動がぴたりととまり、掻巻の襟から青白いお千代の額と眼だけが覗いた。

「あっ先生、お千代は申しわけのないことをいたしてしまいました。このことが分ってくださるのは、先生ばかり。あたしは、鬼でも蛇《じゃ》でもございません。鬼か蛇に見こまれた哀れな女……」

「大体の話は聞いた。罪は病いにあるのでお前さんにあるのではない。そのことはわしからよウくお上にも申しあげよう。だから、落着いてわしのいうことを聞くがよいよ。お千代さん、お前は昨日の夕刻、ご隠居からひどく叱られなさったそうだが、それは何についてか、わしに聞かして下さらんか」

「はい、それは……申し上げられません」

「バカを申せ。医者はいかなることでもたずねる権利を神様から許されておる。……これ、六造さん、ちょいと座をはずしなさい」

瓢庵は人が変りでもしたように、しゃんと姿勢をただし、眼を釣りあげた。藤吉手先の六造は気を呑まれて、あわてて部屋を出て行った。

「さ、お千代さん、誰も聞いてるものはない。話しなさい。わしは神様の代理じゃ」

青白いお千代の額に、ぽっと赤味がさした。

「先生、お千代は辱しめを受けようとしたのでございます。妙なお話ですが、夫の松造との間には子供ができません。松造に病気があるからで。それを、義父《おとう》さまが知って、わしの種を宿せば同じこと故、意に従えと松造の旅の留守に無理難題。あたしは死んでも厭ですと、きっぱりお断りしましたがそれを御隠居が勘づいて、なぜ義父さまのいうままにせぬかときついお叱り。もうもう生きている空もございませんでした」

「ふうむ」

お千代の意外な告白を聞いて、瓢庵は愕然とした。

「先生、お千代はどうして死ねなかったのでしょう。お慈悲があったら殺して下さいまし」

「たわけたことを申すな。殺してやりたい奴は他におるわ。よし、お千代さん、お前が受けようとした辱めを、わしが代って拭って進ぜよう。待ちなされ。しばらくの辛抱じゃ」

瓢庵は次の間に退いた六造を呼び入れて、厳重な監視を依頼し、藤吉親分にもお千代を番屋に送るのを暫時《しばらく》猶予してもらい、眼を据えて庭にとびだした。

## 五

桃の湯の庭には、白雪がまだ鮮かに残っていた。瓢庵はついて来た香六を振向いて、

「香六、ここに見える駒下駄の足跡だけがお千代を下手人に仕立てたただ一つの証拠だ。よくも誂文通りに、雪が降ったものよのウ」

と、何物かに挑戦するような大声でいった。母家では藤吉親分はじめ、庄兵衛や婆やが、瓢庵が何をおっぱじめるのだろうと眼を瞠《みは》っている。

瓢庵は駒下駄の足跡を追いながら、今度は小声で云った。

「この大きな庭下駄の跡は、庄兵衛のものだそうだが、一つびとつ、駒下駄の跡を踏まぬように歩いてるのが面白いだろう、どうだ?」

「先生、すると、庄兵衛が何か……?」

「そうだとも。あいつが恐らくおもよ婆さんを締め殺したのだ。桃の湯は隠居の金蔓《かねづる》で保《も》っていると聞いていた。庄兵衛は婆さんの持ち金を早く手に入れようとしてか、それともその金を費《つか》いこ

んで進退窮したか、ともかく隠居を殺す機《しお》をねらっていたと見える」

駒下駄の跡を注意深く追いながら、瓢庵は庭の半ばに達したが、そこには湯を焚きつける薪木《まき》が塀のように規則正しい列を作って積上げてあった。駒下駄の跡が、その薪木の列の端れにきて、ちょっと乱れたように見え、瓢庵はひょいと四尺ほどの高さに積まれた薪木の上辺《うわべ》に眼をやった。勿論薪木の上にも雪が降りつもったままであった。

「うはははは」

と、瓢庵は突然に笑いだした。香六がギョッとして、瓢庵を見直したほど度胆を抜く笑い方であった。

「先生、どうしたんで？」

「なに、気は確かだ。わしは今、庄兵衛の前身を思いだしたところだ。これで、庄兵衛の下手人に間違いなし」

「ええッ、本当ですか？」

「うむ、だが歴とした証拠にはならんな。白を切られる恐れがある」

「何か証拠らしいものがあったんですね」

香六は身体をのばして、瓢庵が眼をやっていた薪木の上をのぞきこんだ。一寸ほど積った雪の上に、何も乗ってはいなかったが、ただ人間の足袋の跡と思われるものがふわりと二つついていた。大分大きな足跡で、十一文はたっぷりあるだろう。

「足袋の跡……」

「うむ、その足袋じゃな。もしかすると……」

と、瓢庵は足を早めて向うに見える隠居所の方へ向った。

隠居所には女中のおしなが、所在なさそうに仏様となったおもよ婆さんの傍に坐っていた。

駒下駄の跡が勝手口で消えているのを見きわめた瓢庵は、女中のおしながこの不意の闖入者を不審の眼《まなこ》で迎えたのには眼もくれず、台所からあがって、とっつきの部屋の障子をがらりと開けた。

「それはあたしの部屋でござんすよ。御隠居様なら、奥の間に……」

と、ぽっちゃりした年増のおしなは眼に角を立てた。

「ほい、お前さんの部屋なればこそ開けて見たのだ。おしなさんや、ここに寝ていて、勝手口からあがりこんだお千代の気配を、とんと気がつかなかったとは、お前もよくよくの寝坊と見えるな」

「はい、それは、昨夜寝しなに、あまり寒いものですから、御隠居さまの余し物のお酒を、少々頂いたので、それでぐっすり……」

「炬燵《こたつ》も切ってあるし、白河夜舟の態とござい……か」

瓢庵はその炬燵を、何思ったか掛けてある布を手荒にひっぺがした。むきだしになった櫓の上に、十一文の足袋がへばりついている。

「こんなことだろうと思ったよ。おしなさんや、親切に大旦那の庄兵衛の足袋を乾かしてやったな。どれ、もうすっかり乾いただろうから、わしが庄兵衛さんに届けてあげよう」

瓢庵は、ぷんと乾いた匂いのする足袋を後生大事に懐へしまいこんだ。

「な、なにをなさるんです」

おしなははじめて事の容易ならざる成行に気がついて、必死の色を面に現わし、瓢庵の行手を遮ろうとした。

「おだまり。お前が庄兵衛の情を受けていたのは、別に悪いことではない。だが、昨夜のことを黙って見すごしていたのはよろしくないぞ。神妙に控えさッしゃい」

瓢庵の一喝に出会って、おしなはその場にへたへたと腰を抜かしてしまった。

それを跳びこえるようにして、瓢庵は再び母家の方へとって返した。そのあとに追いすがりながら香六は、

「先生、一体、た、足袋がどうしたっていうんです。庄兵衛の……」

「庄兵衛の昔の商売が角兵衛獅子《かくべえじし》であったということさ。初雪が降ったのを見すまし、奴は逆立ちをして、お千代の駒下駄を手に穿き、雪の上を渡って行ったのだよ」

「えッ、逆立ちで?」

「いくら角兵衛獅子でも、庭を突切るのには骨が折れるわ。途中で一息抜いて、積んである薪木の上に足をのせたのが運のつき。濡れた足袋を、情婦のおしなに乾かすように頼んだのだが……」

「すると、庄兵衛はお千代さんの持病を知って利用したんですか?」

「そうとも、云い寄ってもろに肱鉄食っちゃ、親の面目玉丸つぶれだ。伜が旅から戻って来ぬうちに、嫁を縄つきにして追いだそうという魂胆」

「畜生。犬にも劣る庄兵衛」

二人はその時、母家の玄関に辿りついていたが、そこには問題のお千代の駒下駄が麗々しく並べられてあった。

瓢庵は香六を振返って、勝ちほこったように云った。

「香六、ごらん。駒下駄の鼻緒が両方とも、ぺっちゃりとつぶれて、どんな小さな足でもつっこめぬようになっている。これは大きな手が上から圧《おさ》えていた証拠だて」

瓢庵の大声を聞いて、みんなぞろぞろ玄関へでて来た。一番うしろから、蒼黒い顔色の庄兵衛の顔ものぞいた。瓢庵は懐から十一文の大足袋をだして、ぽいと投げだした。

「庄兵衛さんや、足袋が乾いたから、穿きかえたがよかろうよ」

# 麒麟《きりん》火事

# 一

冬の寒さがゆるんで、そろそろ花見の噂などが人の口の端《は》にのぼるようになると、それをそねみでもするのか、すがれたからッ風が毎日吹きまくる。風はまアいいのだが、火の粗相《そそう》をするとこの風に煽り立てられて、忽ち名物の江戸の花となってしまうので、失火については冬から春にかけて、どこの町内でもひどく神経質になり、火の見、夜番をいかめしくし、粗相のないよう戦々兢々《せんせんきょうきょう》たる有様であった。

ところが、浅草千束町《せんぞくちょう》でこの御法度《ごはっと》の出火をとうとう二度までやってのけてしまった。二度とも大事にならないうちに消しとめることができたので、さしたるお咎めも受けずにすんだが、どうやらこの出火が二度とも放火らしく、その放火にもあらぬ噂が飛び散って、その名も仰々《ぎょうぎょう》しく「麒麟火事」などという奇妙な雅号を奉られてしまった。まだビールを御存知ない江戸の下町の町民には、唐人の製造した怪獣の絵姿さえ見たものがないのが大半であったが、その当時はキリン、キリンと大分うるさかった。ひょっとしたら、キリンビールの命名の沿革もそんなところに根を張っているのかも知れない。それはともかく、この小火《ぼや》には単に放火という犯罪がひそんでいたばかりでなく、つづいて人殺しというような、思いがけない副産物も生れ、さればこそ噂が噂を生んだわけである。

事の次第を順序を追うて述べてみると、こんなぐあいだ。最初の小火は千束町の酒商尾張屋の樽置場から起った。夕刻から風が強くなって、こんな晩は火事があったら大変だというので、尾張屋の家人もおさおさ用心を怠らずにいたところ、日頃火の気などありそうにもない裏の樽置場から威勢よくぱちぱちと火の手があがったので、若いもんが二三人、水桶をかかえて駈けつけ、それこそほんの小火で消しとめた。尾張屋は以前にも小火をだしそこねたことがある。それは屋張屋自身の過失ではなく、すぐ近所に銭湯があって、そこの煙突からとんで出た火の粉が、樽置場のそばに積んであった酒樽の菰《こも》に吸いつき、あぶなく大事になるところだった。それ以後、湯屋には厳重に抗議をして、煙突の掃除は特別念入りにし、風の日でも火の粉などの飛ばぬように申入れをし、事なきを得てきている。

「また風呂屋の奴だ」

前のことがあるから、すぐに尾張屋の親爺はかんかんになって湯屋へ文句を云いにでかけたが、やがて浮かぬ顔で戻って来た。

「いまいましいッたらありゃしねえ。さかさまにけんつくを食って来たわえ。煙突は昨日掃除をしたばかりで火の粉が飛ぶはずがないから、何ならのぞいてごらんなさい、といいやがる。そのそばからおかみがしたり顔で、今日の風はお宅のほうが風上ですよ、とぬかしやがった。なるほど、そう云えばたしかにうちの方が風上だ。ぐうの音も出ねえや」

尾張屋の親爺は忌々《いまいま》しげに若いもんをどなりつけて、ほかに失火の原因になりそうな事を詮議してみたが、一向にそれとおぼしい心当りはなかった。こうして、第一の小火はうやむやのうちに済んでしまった。樽置場が半焼けになった程度で、事は笑い話でもすんだのである。

二度目はそうは行かなかった。尾張屋の小火があってから三日ほど経ったこれも宵の口のことである。尾張屋からは三丁ほど離れた小さい寺の裏手に、一軒の空家があったが、火の手はその空家の勝手口から発して、たちまち物凄い火勢となり、あれよあれよというちに燃えつくし、余勢を駆って続く周囲の家を二三軒なめ、折からの風でそれこそ浅草一帯を火の海にするのではないかと案じられた。しかし天佑《てんゆう》とでもいうのだろうか、それまでの風向きが、ふいっと変って逆になり、寺の墓地の方へ吹きつけることになり、火勢が一時に弱まった。駆けつけて来た火消し連がこの機を巧みに捉えて延焼区域と思われる方面に手配をしたので、この火事もまた僅かに四五軒の全焼という程度でおさまった。

火事騒ぎは気の毒な四五軒の世帯をだしただけで一応おさまったが、さてどうして人気《ひとけ》もない空家から火の手が出たかこれは当然放火以外には考えられなかった。

いったい誰がそんな大それたことを企んだのだろうと、町内では物々しい詮議をすることになったのは無理もない。放火となると、重罪である。

この時、問題の空家の風上にあって類焼をまぬかれた寺の寺男が妙なことをいいだした。空家から火の手があがった時、その寺男は偶然に墓地を見廻っていたのだが、ぱっとあがった火の手に驚き、垣根越しにその方を見やると、無人の空家の中から、

「きゃーっ」

という女の叫び声がし、やがてその声の主が外へとびだし、

「火事だ、火事ですよ」

とわめき立てた。焰の光にちらと見えたその女の顔は、まだ可愛い娘で、恐愕に歪んではいたけれど、見覚えのある顔だった。それは、その空家を持っている七八軒先の阿波屋という質屋の娘おりつにちがいないと思われた。

寺男はもちろん火事を消すために、垣根を兼り越えて空家へかけつけた。そして、今見たおりつがまだそのへんにうろうろしていてはあぶないと思い、しきりにその姿を探したが、悲鳴をあげ、火事を知らせたおりつは、それきりでどこかへかき消えてしまっていた。寺男は駆け集って来た近所の人達と協力して、火を消すことに夢中にさせられたから、それきりおりつの事は忘れてしまったけれど、さて火事がそれほどの大事にもならずに終って、失火の原因が何だということになってみると、今更のように火の手のあがった時に見たおりつの顔と、その悲鳴が気になった。昼日中なら知らぬこと、夕食も終った冬の宵、いくら自分の家の持ち家だからって、空家に若い娘が一人でいたというのは奇体なことだ。口の重い寺男だったが、町内の詮議を聞いて、自分の見聞きしたことを中立てずにはいられなかったのである。

この寺男の申立てを聞いた町内の顔役は愕然として阿波屋の主人文七の顔を盗み見た。もちろん詮議は阿波屋の主人が中心となって行われていたからだった。

「えッ、うちのおりつが？　そ、そんなバカなことが」

と、文七はのけぞるほどに驚いて、まるで寺男が自分に云いがかりでもつけたかのように憎悪の色を見せて睨み据えた。

「阿波屋さん、何もおたくのおりつさんが、火をだしたというわけではなさそうだ。何かのついでに、空家を見廻りに来ていなすったのかも知れん。このおとっつぁんのいうことが本当かどうか、念のため確かめてみるのがよいと思うが……」

とりなしてくれる人があって、文七は不承無精にわが家へ使いのものをだし、娘のおりつに顔をだすようにいった。しかし、使いのものは戻って来て、彼女が急な熱をだして寝こんでしまっていて、とても外出はできない状態にあることを報告した。

「熱をだして……ついさっきまでは、ぴんぴんしておったが……」

と首をひねる文七の顔を、一座のものは何か暗然たる気持で見守った。

「それも大変お悪くて、何やらわけのわからないうわごとのようなことを口走っておられるそうで、なるべく阿波屋さんには早くお帰りになっていただきたいとのお言伝《ことづけ》でございましたよ」

一座のものはその言葉で、意味ありげな視線をかわした。おりつをその場へ連れて来ないでも、今までぴんぴんしていた娘が、急に熱をだしてうわ言をいうようでは、寺男が見たという火事場に居合せた事実は、どうやら間違いなさそうである。そうなると、出火の鍵はおりつが握っているとしか思われない。

「こんばんは、皆さんおそろいで……」

この時、そこへ顔をだしたのが、このへんを縄張りにしている象潟《きさかた》の浪五郎という御用聞きである。いかにも地獄耳といいたげな大きくてつぶれた耳を持っていて、ぎろりと底光りのする目の男であった。

## 二

浪五郎親分は、寺男の申立てた証言を聞きのがすはずもなかった。さっそく阿波屋の娘おりつがきつい詮議を受けることになった。

おりつの熱病は一晩寝るとどうやら快方に向ったらしいので、聴きとりをするには差支えがなかった。

おりつは出火当時現場に居合せたことは否定しなかった。ただ何のためにそんな時刻、わが家の持家の空き家に行っていたのか、なかなか云おうとしなかった。問いつめられた揚句、その空き家の庭に咲いていた椿の花を活け花に使うことを思いつき、父親の預かっている鍵を持ちだして、枝を切りにいったのだと申し開きをした。事実彼女はその椿の枝を持帰っていて、勝手口の水桶の中へほうりこんであった。だがこの申し開きは、いかにも変だった。椿の枝を切って帰ったのは事実だったかも知れないが、それが目的で空き家に行ったにしては、何も家の中へ入る必要はない。寺男は彼女が無人の家の中からとびだして、出火を知らせたのを見ているのである。

おりつが空き家をたずねた理由は、まあ彼女のいう通りだとして、出火の原因について何か心当りがないかをただしてみると、おりつはそれについて妙なことをいいだした。

「あたし、その時雨戸を一枚だけ開けて、縁側に腰をおろし、ぼんやり月明りの庭を眺めていたんです。すると、生垣をくぐって何か走って来るのが薄暗がりの中で見えました。たぶん野良犬か猫だろうと思って、気にもしなかったんですが、見るとそれは犬でも猫でもないおかしな獣なんです。大きさは中くらいの犬ほどなんですが、顔が馬のように長く、毛並はすべすべしたような短いんです。それが口から火を吹きながら駈けこんで来たので、おやと息をのんでいるうちに、勝手口の方へ消えてしまい、そのとたんにお勝手のあたりから、ぱっと火の手があがったんです。あたし、びっくりして助けを呼んだんですわ」

「火を吹く獣?」

浪五郎も唖然として、おりつの顔を見直すより他はなかった。熱に浮かされて頭がどうかしてしまったのかと思ったほどだった。

「いいえ、親分さん、神かけて嘘なんか申しませんわ。そのけだもの、もっとよく話してみろとおっしゃるなら、あたし前に一二度そっくりのものを見たことがあるんです。麒麟というけだものなんです」

「えッ、キリン?」

「はい、もっとも生きてるのではございません。唐金で作った置物なんです。お向うの坂本町の灘屋さんに飾り物になっているんですけれど、あそこのおふくさんとは仲よしなもので、遊びにいっては何度も見ましたが、口から火を吹いてかけこんで来たのが、そのキリンじゃなかったかと、とっさに思ったくらいでしたもの」

「おお、灘屋さんの麒麟の置物は、あっしも見たことがある。だが、唐金の置物が生《せい》を得て火を吹いて走り廻るとは、とんでもねえ話、生きてるキリンならば馬ほどもある大きな獣」

「じゃア親分さん、あれは一体、何だったのでございましょう?」

おりつはとぼけているのか、逆に浪五郎に反問する。そこで浪五郎親分のドスのきいた眼が、ぎょろりと光った。

「おりつさん、キリン問答はこのへんでお預けにして、あとでとっくり考えることにしてえが、あンたは空き家の庭へ椿の花を切りに行ったというそれ以外に、何かもっとのっぴきならぬ理由がおあんなさらなかったかえ?」

「え、え、それはまた何のことで?」

娘はぎょッとした表情を抑えることはできなかった。浪五郎にやりとして、

「たとえば、誰か待人でも……。なに、そう顔色を変えなさることでもねえのさ。お前さんが、人目をしのんで、空き家通いをしていなさることは、あっしの耳にもはいっている。待人の名を云えというのなら、云いもしましょうぜ」

その言葉を聞くと、おりつは両手で顔を被い、膝にうつぶせた。

「この地獄耳が聞いたところでは、おりつさんも待ちぼけを食いなすったのが二度三度、つれない野郎は風下一丁ほどの二階借り、いっそ火を放って焼きのめしてしまえと……」

「いいえ、ちがいます。とんでもない。親分さん、あたし清吉さんをそんなひどい目に会わそうなんて、露ほども思ったことはありません」

「とまあこじつけでもしなければ、この火事の辻褄があわねえのさ。キリンが火をくわえて、つけ火をするなんざ、西遊記にもねえ話だ。ついこないだの尾張屋の小火も、考えてみりゃア、つい風下がやっぱり通い番頭の清吉の家だ。おりつさん、お気の毒だが、身のあかしがつくまで、お前さんの身柄をあっしが預かるほかはなさそうだぜ」

急天直下、阿波屋の娘おりつは放火の咎で浪五郎に引立てられる羽目へ追いこまれてしまった。あいびきという未婚の娘にとっては手痛い秘密があって、これが大っぴらになれば人の笑い草にもなろうという引け目もからんで、ろくろくはっきりした証もできぬままに、おりつはともかく番屋送りとなってしまったわけだった。

## 三

「ねえ、先生、おりつを可哀そうだとは思いませんかえ?」

香六《きょうろく》がムキになって瓢庵《ひょうあん》をくどいている。瓢庵は象潟の浪五郎のおりつ吟味について一通りの報告を受けたところだが何とも答えずに煙管《キセル》をすぱすぱやっている。

「あっしゃ、おりつの想い人という清吉にも会って来ましたが、薄情な野郎で、あの女なら火をつけて風下の町を焼き払うこともしかねまじいという返答なんです。気の強いおりつには少々手古《てこ》ずっていたらしいんですがね。あっしは、どう考えても附火をして、自分を袖にした男の家まで燃え拡がらせようなんて、そんなばかげたことはねえと思うんです」

「とすると、やっぱりキリンの火事か」

「へえ、そのキリンですよ。おりつが云ったのもまんざらでたらめじゃないような気がするんです。何故って、でたらめを云う気なら、もっと云いようがあるじゃねえでしょうか。キリンみたいなおかしなけだものをださなくても、狐火ちろちろと狐で結構間に合うし、怪談もどきに火の玉だっていいじゃありませんか」

「面白い。わしもおりつが何かを見たと申立てたのは嘘ではあるまいと思うよ。そうでもなければ、熱をだして寝こむほどびっくりするはずもないからな」

「ところで先生、そのキリンにかかわりのあることなんですがね。おりつがキリンの置物を見たという灘屋の主人《あるじ》万兵衛が、今朝がた家出をしたということですぜ」

「なに?」

瓢庵は相手の香六がびっくりするような大声で聞きとがめた。

「それも面白いじゃありませんか。噂にのぼっているキリンの置物を万兵衛は持って行ったというんです。何しろ千束町の火事があってから、誰いうとなくキリン火事だなんて評判が立ってしまい、物好きなやからが、火を吹くキリンを見せてくれと、ずうずうしく灘屋へ押しかけたりして、万兵衛を手古ずらしたもんです。唐物《とうぶつ》買いで、しこたま金をこしらえ今は気楽に遊んでいる万兵衛は、近頃身体をこわして腐っているところへ、そんな連中に妙なことを云われ、うんざりしてしまったらしいのですよ」

「万兵衛が家出をしたということは、どうしてはっきりしているのだナ?」

「書き置きがあったというんです。財産の処分、娘のおふくには、手代の半造を婿に迎えること、自分はこの世がうるさくなったから、船に乗って琉球へ行ってくる。そんなことが書いてあったそうですぜ」

「ほほう、妙な家出だの」

「それというのも、去年お神さんに先立たれて、以来すっかり元気がなくなったそうで、折があったら南の国へ若返りに行きたいと口癖にいっていたそうで。万兵衛はもともと船頭の出だから、ふいっとそんな気になったのも無理がないという噂で」

「それにしても、キリンがお供というのは、どうしたわけだ?」

「それがまた面白い。そのキリンの胴体には、千両箱がひとつ隠されていたんだそうですぜ」

「香六、いろいろなことを聞きほじって来たものだな。キリン火事よりも灘屋万兵衛の家出の方が面白そうじゃないか」

「へへそうお思いですかい? 実は灘屋に奉公している料理番のお松という婆さんが、あっしの遠縁でしてね。それからいろいろと話を聞いて来ました」

「なるほど、わしもちょいとその婆さんに会ってみたくなったよ」

「お安い御用で。それじゃ先生、これから参りましょうか」

「うむ、でかけよう」

瓢庵にしては珍しく自分から先に立って、羽織っていたちゃんちゃんこを脱ぎ捨てた。

# 四

坂本町の灘屋万兵衛の屋敷は、たっぷりした庭に囲まれた住心地のよさそうな邸宅であった。通用門から瓢庵を案内した香六は、すぐに料理番のお松をつかまえて、引き合せた。お松はつやつやした頑丈そうな婆さんで、医者の瓢庵などには天命つきるまで縁はなさそうである。

「旦那さまの気むずかしい注文で料理を作っていたわたしも旦那さまが居なくなっちゃもう厄介者、明日にも暇をとってどこかの料理屋へでも、もぐりこもうと思っていますよ、はい」

と問わず語りである。

「万兵衛さんは身体をこわしておったそうだが、どこがお悪かったのじゃな?」

「どこがどうということもなかったようで。お連れ合いに死別れてから気鬱性のようになり、それを直すには医者の薬ではダメ、昔やっていた船乗りに帰るか、せめて船にでも乗って旅をすればいいのだがと、口癖のように申されておりました。ですから、昨日の朝、置手紙をされたまま、お姿が見えなくなっても格別屋敷うちでは大騒ぎをするようなこともなかったわけで」

「身内というのは、娘さんのおふくさん一人きりかね?」

「はい、天にも地にもお一人きりのようでございます。もっともおふくさまには、半造さんという親も許したお婿さんがきまっておいでなので、何の心配もございますまいけれど」

「万兵衛さんの残していった置手紙というのを、あンたも見なすったか?」

「はい、ちらりとではございますが。もっともよく見たところで、わたしは明き盲ですから、字は読めません。でも、お嬢さまがそれをお読みになって、お父さまのお手だと云っておられましたよ」

「ふうむ、どうも変った親子だの。あっさりしたものだ」

「はい、何しろ旦那さまは日頃から頑固一徹で、自分の思ったとおり、何でもやってのけなければ気のすまないたちで、家出をなさるにもあらかじめ娘さんにあとあとのことを云いふくめておくというようなことはなかったのでしょうよ。そんな一徹な父親を持ったことをお嬢さまのほうでもあきらめている御様子でした、はい」

「そこでお聞きしたいが、万兵衛さんはほかに荷物一つ持たずに、キリンの置物だけを、かかえて行きなすったそうじゃな」

「はい、キリンの胴体には小判がしこたま入っておるのだそうで。わたしどもには分っておりませなんだが、半造さんはそう申しておりました」

「その置物はいつもどこに置いてありました?」

「奥の間の床の間に、いつもでんと据えてございました。でも、つい近頃、旦那さまのお部屋へ引取っておしまいで」

「なぜな?」

「あのほれ、千束町に火事があって以来、それをキリン火事の何のと云いふらされ、キリンの置物を見せてくれという物好きが押しかけてくるので、旦那さまもうるさくなったか、奥の間から自分のお部屋へ隠しておしまいになったのでしょう」

「唐金で作ってあったそうだが、相当に重い代物《しろもの》だったろう」

「見かけほどではありませんが、それでも二三貫目はございましたでしょうよ。……このキリンでは、旦那さまと半造さんとの間に、ごたごたがありましてね。一昨日《おととい》の晩だったと思いますが、半造さんが部屋に呼ばれて、しこたまどなられておりました。そばで聞いていたわけではありませんから、よく分りませんでしたけれど、キリンがどうのこうのと、何べんか、キリンという言葉が、でて来ましたから、この置物のことで半造さんが叱言《こごと》をくっていたのにまちがいありません。置物を見せろとうるさく来る連中が、半造さんのせいだとでもいうのでしょうね」

「それとも、中味の小判のことだったかも知れんな。わしも一目見たいと思っていたのだが、拝見できずに残念じゃよ。せめて万兵衛さんの居間でものぞかせてもらうわけには行くまいか」

「別に差支えはございますまいよ。こちらへおいでなされませ」

気のいいお松は瓢庵と香六を万兵衛の居間へ案内した。その部屋は十二畳ほどの広い部屋で、今はすっかり取片づけられていた。縁越しに庭一帯が見渡され、住心地よさそうに見える。瓢庵は縁側に腰をおろし、うらうらとした陽ざしがいっぱいに注ぎかかるのを、いつまでも楽しんでいるような様子であった。

「先生、居眠りしちゃいけませんぜ」

瓢庵の様子に、いささか退屈した香六が声をかけた。

「うむ、日向ぼっこはいい気持じゃな。眠気ざましに、ちょいとお庭拝見と参ろうか。香六うまい工合に庭下駄が二足ある。一廻りして見よう」

瓢庵は年寄りの図々しさで、庭下駄をつっかけると、ひょこひょこ庭へ降りて行ったが、別に庭を見物に出たのではない証拠に、地面を見つめながら、すたすたと奥の方へ進んで行くのだった。香六が注意して見ると、瓢庵は地面に微かに残っている足跡を追っているのである。

「先生、何かその足跡に不審でもあるんですかい？」

「香六、雨が降ったのは何日《いつ》だったかナ？」

「ええと、一昨日でしょう」

「そうだった。するとこの足跡は、その晩か昨日のものと思ってよい。今日になると、このとおり、わしらの下駄のあとも残らぬ」そういいながら、瓢庵がたどりついたのは、庭の一番奥にある茂みの中の古井戸の前であった。その古井戸は今は使用していないので、木蓋をかぶせてあった。

瓢庵は井戸の前で暫らくたたずんでいたが、それなりまた元来た方へ引返そうとした。香六は少し気色ばんで、

「先生、下駄のあとが井戸の前まで来ているところを見るとあっしにも何やら変なことが感じら

れますぜ。あの井戸をのぞいて見た方がよくはありませんかい？」

「いや、それはあとでよい。なあ香六、どうも万兵衛さんの家出というのは、こりゃ眉唾だわい。それを疑ったのは、わしだけだったようだ。この灘屋一家のものは、日頃から万兵衛が家出をするようなことを云っているし、それに歴《れっき》とした置手紙まであるしするから、少しもその行方を疑ってもみなかったようだが、この足跡ではその行先があるいは冥土とやらであったかも知れんぞ」

「万兵衛は古井戸へとびこんだのですか？」

「さてな。この下駄の跡では、千両箱の入った唐金の置物を持っているが」

「そりゃそうでしょう。大分重みがかかっているんですからね」

「だが、話の様子では、万兵衛という親爺は自害をするような人柄とは思えぬよ。置手紙の字が本人の筆だとすれば、その本人の筆らしい字を書けるのは、灘屋の仕事の管理を引受けていた手代の半造ということになるが……入婿ときまっている男が、今更そのようなことをやるというのは、どうも解せんことじゃて」ひょこひょこ戻って来た瓢庵は、もとの縁側にまた腰をおろしたが、そこで待ち受けていたお松婆さんに、何気ない様子でたずねた。

「お松さん、あの向うに見える小さな箱のようなものは、犬小屋ではないかね？」

「はい、犬小屋でございますよ」

「犬はおらんようだな」

「つい二三日前に、ぽっくり死にました。半造さんにとてもなついて、何でもいうことを聞く犬でしたがね。ヤンという名前で」

「ヤン？　妙な名だの」

「はい、南蛮渡りの犬で、商売の取引きをしていた蘭人がくれたのを、半造さんが飼っていたんでございますよ。足の長い、まるで鹿のような犬で、その走るのが早いッたら。半造さんが投げる木の枝を口にくわえて持ってくる賢こさには、わたしどももびっくらしてしまいました。でも、江戸の町を連れて歩くわけには行かず、こっそり飼っていたようで」

「ほほう、それで読めた」

「何がでございますか?」

「いや、こっちのことだ。やれやれ、キリン火事も、こりゃ飛んだ風向きになってきたようだぞ」

瓢庵がそう云った時、居間の奥からそこへ出て来た男があった。まだ年若で、整った顔立ちをしているが、顔は異様に蒼ざめていた。

「お松さん、向うにさがっていてくれ」その男は婆さんを遠ざけると、瓢庵の前に来て、ぴたりと坐った。

「手前は半造でございます。瓢庵先生のお名前はかねがねうかがって居りますが、お初にお目にかかります」

「おお、半造さん、あなたにお会いしたいと思っていたところですよ。わしもキリンの置物を一目見たいと思うてやって来た一人ですがな。今、蘭犬のヤンの話を聞いて、千束町の火事が、やはりキリンの仕業ではなかったろうかと思うにいたりまして」

「はい、先生の眼力では、今さらいろいろと隠し立てを申しても無益でございましょう。あの火事は、二度とも、私が主人万兵衛に命ぜられて、ヤンを使い、附け火をしたものに相違ございません」

「万兵衛さんのいいつけで? はて……」

「はい、主人は材木の見込買いをしました。これで衰えた灘屋の家運を一挙に持直そうと目論んだのでございます。しかしその材木も見込み違いで捌《さば》けず、私に命じて火事を起させるようにしたわけで」

「うむ、そうであったか。でも滅相な名案じゃな」

「主命では是非もなく、私はヤンを手なずけ、火のついた木切れを、和蘭《オランダ》渡りの石油《くそうず》を浸した鉋屑《かんなくず》へ投げこませる訓練をいたしました。その放火は幸いとも大事とならずにすみましたが、主人は大いに怒り、今一度やれといってききませぬ。私はもうふるふるやる気になれず、ヤンには毒を塗《も》って殺してしまいました。それを知って、一昨夜、主人は私を叱汰打擲《しったちょうちゃく》、それを防いだ私の手が思わず主人の首をしめてしまったのでございます」

「なるほど、それで置物のキリンが入用になったのだ」

「はい、置物をくくりつけて、古井戸に主人を沈めたのは、この私に相違ございませぬ」半造は一切を観念したように、手をついたまま動かなかったが、気がついて顔をあげた時は、瓢庵も香六もどこへ行ったのか消えてなくなっていた。

# 岩魚《いわな》の生霊

一

「なに、大事ない。骨に障りは来ておらん。ちょいと筋をひっちがえただけのことじゃ」

瓢庵《ひょうあん》はレントゲンでのぞいたみたいに、いやにはっきりと御託宣する。相手が相手である。蟆子《ぶと》に刺されて脹《は》れたの、大欠伸《おおあくび》で下顎がはずれそうになったのと、その都度使いの者を走らせ、瓢庵を呼びだす。長者町と天神下では目と鼻の間だから、行かないわけには参らぬ。当の小左衛門《こざえもん》は話相手が欲しくて呼ぶので、別に他意はない。厄年も過ぎた年頃だのに、いつまでも若旦那気分が抜けないのである。

「それにしても、何でなさった怪我じゃな。ところどころ擦り傷も見えるようだが……」

瓢庵は小左衛門の腕を見ながらたずねた。すると、相手は大仰な身振りをして、

「いやもう、今度の釣魚《つり》にはひどい目に逢いました。岩魚ですよ。桂川へ入る道志川《どうしがわ》というのを御存知でしょう。あそこでやったんですが、この始末です」

「岩魚か、悪くないな」

瓢庵も釣りは嫌いな方ではない。だが何しろ年令《とし》なので、そう遠出をするわけには行かない。せいぜい大川端のあたりをうろつくぐらいのもの。山道を五里も十里ものし歩いて、渓流に分け入り、絶えて人間臭い餌《え》に立ち向ったことのない魚との角逐《かくちく》は夢だった。

「本来なら、今日は先生に、岩魚の笹焼きでも召上っていただくところなんですがね。打身の手当をお願いするとは野暮な話で……」

「それが本当の当りが悪かったと申すものだよ」

「釣るには釣ったんです。それも最後には、途方もないでかい奴。さよう、尺五寸はあったでし

ょう。こいつがいけませんでした。魔物だったんですね。呪われてしまったんです」

「魔物?」

「ええ、たしかに物の怪《け》ですよ。淵の主《ぬし》だったのかも知れません。どうも変でした、はじめっから。それで怪我をしてしまったんです。私は注意深い方だから、めったにそんな誤ちをやらかしたことはないんですが、見込まれてしまったんじゃ、どうにもなりません」

「ふうむ、何やら気味の悪い話のようだが……」

「先生のようなかたは、こんな話を信じて下さるかどうか分りませんが、まあお聞きになって下さい。こんな具合だったんですよ」

小左衛門は、それが話したくて、瓢庵を呼びだしたのだから、半分悦に入った風で、釣りの失敗《しくじり》話をやりだした。

## 二

せせらぐ流れの上へ、新緑の枝が腕をのばして通せんぼをしているのをくぐりくぐり、小左《こざ》は一人、大分奥深く道志川の支流に分け入っていた。小左の肩にしている魚籠《びく》には、すでに五六尾の釣果《ちょうか》があったので、心のうちはその日の天気のように晴ればれとしていた。

だがこの谷間《たにあい》は両側の断崖が高く、うらうらとした陽ざしも底に届かず、黄昏《たそがれ》のような薄明の中にあった。小左は岩から岩へ跳び伝わり、絶えず眼を水に注ぎ、岩蔭のよどみをうかがった。獲物のひそんでいる気配が濃かった。小左は上流を見やった。一きわ高い水音がする。滝があるのだ。その水音にひきつけられるように足を早めると、滝の落口《おちぐち》で勢いを一旦そがれた処が、再び流れを早めようとするあたりに恰好の岩がうずくまっているのが眺められた。

小左は満足げにうなずくと、いそいで釣りの仕度にかかった。竿をつなぎ、鈎《はり》に餌をつけて放りこむ。釣糸を流す指先が期待のために震える。

だが、魚信《ぎょしん》はすぐにはなかった。その滝壺のある一廓は、殊に谷あいが狭くなっていて、陽をさえぎり、小暗かった。滝のしぶきもあって、空気もひえびえし、立っていると地面に引きこまれて行きそうな錯覚を感ずる。小左はこういう無人の境に踏みこむことには慣れているのだが、その時ふッと云い知れない恐怖を覚え、流れの前後を見やった。滝も流れも同じ形に滔々《とうとう》と音立てているのみである。

鈎先にも異変はない。だが、その鈎が流れて行く目の前の般若《はんにゃ》の面のような形の岩蔭には、必らず一尾の岩魚が隠れていることは疑いなかった。小左はやがてその魚の視線をさえ感じた。餌に飢えていながら、冷然たる目つきのやつだ。その視線を感じると、小左はねじ伏せてやりたいような闘争心が湧くのを覚えた。

と、小左はその時、不思議な心の動揺を感じた。自分の背中に、別な視線を受取ったのだ。ぎょッとして振向いた。視線は嘘ではなかった。小左の立っている岩から滝の方へ行く崖の中途に、今にも崖からずり落ちそうにつき出ている平たい岩があるが、その上にしゃがんで、じっと彼を見据えているものがある。一見したところで、それは人間には相違ないが、男か女か、年の見当もつきかねる生き物だった。衣のようなものを羽織り、ざんばら髪をたらし、両手に一本の木の枝を杖に支えている。そやつの目つきが、水の中に小左が感じた魚と同じ光を帯びていた。

人の来る場所ではないというものの、ここは深山幽谷《しんざんゆうこく》というわけではない。樵夫《きこり》や猟人《かりゅうど》なら水を飲みに降りて来るだろう。しかし、そやつは得体の知れぬ怪物だった。変にのっぺりした身体つきからいって、女かも知れない。口が大きく、不自然に赤い。小左は魂を奪われて、そやつの視線をたぐりこんだままでいた。怪物の方は小左を見据えたきり、身じろぎ一つしなかった。

小左は大事な釣りを邪魔されたことに腹が立ってきたので、露骨に憎悪の色を浮べ、拳を握りしめた。すると、杖にもたれていた怪物の両手の一つがゆっくり離れ、その長い指先が川下の方を差した。明らかにそれは小左に向って、この場を退散することを意味していた。

小左はむッとした。他人の領地へ踏みこんだわけでもなし別に立去らねばならぬ理由《わけ》はない。

「こら、何だお前は。その手つきは何だっていうんだ」

思わず嚙みつきそうな剣幕で小左はどなったが、劇しい水音では、その声も届かなかったのだろう。怪物はすましこんで、川下へ指先を向けている。小左はやり切れなくなり、足もとに落ちていた小石を拾いあげると、ねらいすましてヒョウと投げつけた。小石は、小左が意外に思ったほどうまく飛び、怪物めがけて空を切った。と、その瞬間に怪物の姿は消えていた。平岩の上には横からさし出た楓の枝がかすかに揺れているのみであった。

「ちぇッ、バカにしてやがる」

怪物の消え失せた素早さについては、格別不審も覚えず、小左は中断された釣りの方にとりかかった。糸を投げるると、今度は途端に魚信があった。すばらしい手応えだった。ぐぐっと合せると、竿は弓なりに反り、たちまち水の表面にかかった岩魚が顔をちらとのぞかせた。小左が感じていたあの目つき、いや、それは岩の上の怪物の目と同じものだと思いながら、小左は竿を立てて腰にさしていたタモ網で手早く岩魚を掬った。まさに尺五寸の大物である。足もとの岩に網を置き、魚の冷たい膚を指先に感じながら、小左は油然《ゆうぜん》と湧く勝利感に舌なめずりした。

「ざまア見ろ」

誰にともなく呟いた。岩魚は奇妙にも小左の手の中で、小揺ぎもしなかった。それこそ死んだようにじっとしているのが、ちょっと薄気味悪かった。鈎をはずして魚籠に落しこみ、さてもう一尾、と竿の用意をしかけた時、小左の頰にパラパラと水滴が降りかかって来た。滝のしぶきかと思ったが、そうではなく、どうやらにわか雨らしかった。雨などの気配は更にない天気だったのに、と空を見上げると、頭上には暗澹たる黒雲が蔽いかぶさって四界は一時に暗くなっていた。

「いけねえ」

訳もなく小左は慌て気味になった。今の獲物だけでこの場を退散するのが無事のように思われてきた。そこで竿を畳もうと、まず手もとの方から抜こうとした。ところが、別に慌てているわけでもないのに、一向に抜けようとしない。まるで竿の継目がなくなったようである。安物の竿ならまま こんなこともあるだろうが、これは名人竿司《さおじ》が作ったと云われる逸品なのだから、万に一つもそんな不始末があろうとは考えられぬ。その証拠に、二の竿から先は難なく抜けて行った。小左はいらいらしながら、なおも手許の竿だけを何とか抜こうと力をこめた。雨の滴が激しくなり、間近いところで雷の音がし、それが谷間いっぱいに鳴り響いて、今にも四方が崩れ落ちそうな様相を呈しはじめた。

「ちぇッ。仕様がねえなア」

小左の呟きに、魚籠の中でそれまで鰭《ひれ》一つ動かさずにいた岩魚が、大きくもんどり打った。それが合図だったかのように、どこか近くへ落雷があったらしく、空間が裂けるような光りと一緒に猛烈な音がした。傾いた小左の身体は揺れ、あッという間に流れの中へ滑り落ちようとした。しかし、さすがは物慣れているので、片手で岩のはしにつかまり、危く流されるのを食いとめた。が、手首を無理したとみえ、やけつくような痛さを感じた。

やっと岩へ這いのぼり、周囲を見廻した小左は、腰の魚籠に気づいて、思わずアッと叫んだ。魚籠は全然軽くなっていた。それまでに釣ったのも、今釣上げたばかりの大岩魚も、全部水の中へ逃げ去ったのである。

つづいて小左は、自分の手が真赤になっているのを見た。血だ。しかし、彼の手のどこにも傷らしいものはない。おかしい、と思ってよく見ると、いつの間にか小左は両方の手に竿を分けて握っている。つまり抜けなかった竿が、岩から滑り落ちたとたんに抜けたものとみえる。そして、血は抜けた竿の間から流れ出たものと見えた。

「妙だなア」

我にもなく呟く小左の耳に、急に静かになった谷間の中に響き渡るように、ケラケラと癇高い笑い声が流れた。反射的に崖につきでている平岩の方を見やると、そこにはまたもあの怪物が、前通りにしゃがんだまま彼を見据え、前よりも一層大きな口を拡げていた。小左は総毛だった。もう小石を拾って投げるだけの勇気もなかった。もっとも、勇気はあっても、くじいたらしい右手では、小石を拾うことさえ無理だったろう。小左は打ちのめされたような姿で、竿を袋にすると、このいまいましい釣場をあとにしたのだった。

三

「先生、これは作り噺でも何でもありませんよ。私が出会ったことをそのままお耳にいれたんです。家へ戻ってから落ちついて思い返すと、あの岩魚はどうも尋常一様な奴ではありません。あそこの淵の主だったにちがいありません。人間にいどみかかって、一旦は鈎にかかったと見せかけ、魚籠にはいり、前に釣上げられた眷族《けんぞく》まで道連れにして、まんまと元の川へ逃げ終《おお》せたなんぞは、この小左も見事にしてやられた形です」

小左衛門は釣りの失敗談をこんな風に結んだ。釣り落した魚に勿体をつけて話すほどの人柄でないことは、よく知っているので、面白そうに聞き終りながら、瓢庵も素直にうなずいて見せた。

「いや、物も云えない魚にはそれくらいの一念というものがあるかも知れんな。その岩魚との一騎打ちでは、あンたも見事に小手《こて》を一本とられたというわけだ。まア腕の筋をひっちがえたほどですんだのは、手軽な方だ。それにしても、岩魚と呼応して怪しげなものが出おったのはどうしたものだろう。その正体を確かめ切れなかったのは、いささか手落ちのようだ」

「そりゃそうですが、あの時は雷さまが落ちて胆をとられ、水から這いあがって周章狼狽《しゅうしょうろうばい》、その上ケタケタ笑われて、どうにもその場には居たたまらなかった有様で、われながら無事で娑婆《しゃば》へ戻れたのが不思議に思われた位です」

「話だけでは人間のようでもあるが……」

「何の、あれは人間の姿こそしておれ、実は私にいどみかかった岩魚の生霊とやらに相違ありません。何しろその目つきというのが、双方そっくりだったのですから」

小左衛門はそのように固く信じているようであった。瓢庵はにっこりして、

「どうやらあンたもそれで一流の釣師の仲間入りが出来るのかも知れんな。駈けだしや半ちくの釣り師には、魚の生霊が出ていどみかかるはずもない。わしなどは商売の医術もとんと箱で、まだそのような妖怪めいたものに行きあったためしがない。一度狸屋敷から呼びだしがかかったが、行って見るとやはりただの人間様であった」

「いや先生、岩魚の奴がてっきり釣上げられてしまうと観念して、生霊となって現われ、私に釣場を立去るようにし向けたというのは、私の腕のせいではありませんよ。竿のせいなんです。世間でもよく正宗《まさむね》のような名刀を持っていると、妖怪が神通力を失って正体を現わすなんていうじゃありませんか。あの時はそれに似たことが起ったにちがいないのです。私の持っていたのが、正宗にも比すべき竿司の作った竿。岩魚め、それをつきつけられて、もう駄目と観念し、生霊となって出て来て私を追払おうとしたんです」

「なるほど、そう云えば、その時その竿にも異変があったとのことだったな。竿が抜けなくなったり、血が流れたり……。で、帰ってから、検《あらた》めて見られたか?」

「いいえ、まだその暇もなかったので……」

「それでは今ここで、わしにその名代の竿をちょいと拝ましてもらいたいものだが……」

「お安い御用です。是非ごらんなすって」

小左衛門はいそいそと立上ると、居間を出て行き、やがて木綿の袋を持って現われた。袋から飴色に塗った一見素朴な継ぎ竿がとりだされた。不自由な手で、それを器用につなぎ合せ、手元にはずみをつけて揺りながら、

「見たところどこと申して変った竿とも受取れませんが、手にしてみると腰の強さ、竿先の勘のよさ、何とも云えぬ味です。まア持ってごらんなさいまし」

「どれどれ」

瓢庵はその竿を手にして、重さを計るように二三度揺り、小左衛門の言葉を証明するかの如くうなずいた。そして、根元にある焼印を見ながら、

「このような逸品がよくぞ手に入ったものだ。どこで求めなすった？」

「ははは」小左衛門は笑って、「そんな品が今どき売りに出ているわけはありませんよ。形見分けだといって貰ったものです。前の持主というのは、元町の十字屋惣兵衛さんで」

「はて、元町にそのような屋号の家があったかな。何の商いじゃ？」

「本家は織元だそうですが、惣兵衛は別に何もやっていなかったようで。小金があるので、金を貸しているという評判でしたが、よくは知りません。私とは遊び友達で、釣りもよく一緒に出掛けたものです。その惣兵衛が、つい後月、やはり道志川で釣りをして、誤って溺れ死んだのです」

「なに、溺れ死んだ？」

「何でも岩から滑り落ちたんだと申します。場所は私がお化け岩魚に逃げられたところよりもずっと下の、道志川の本流で、川幅も広いところですが、それだけに水かさも多かったのでしょう。惣兵衛はもう五十をすぎた年配でしたから、少々足もとが怪しくなっていたかも知れません」

「あンたと云い、その惣兵衛と云い、同じ道志川で岩から滑ったとは、妙な話だ。あのへんの岩がよほどなめなめしているのか、それとも何かの因縁だろうか」

「考え合せると因縁めいた気もされますね。何しろ惣兵衛さんが死んだ時に使っていた竿という

のが、他ならぬこの竿なんでございますからね」

「ほほう、この竿を持っていた？」

「はい、ですから私としちゃ、云わば弔い合戦のつもりで道志川へ行ったのでしたが、まんまと返り討ちにあった恰好なので」

「ふうむ」

瓢庵は急にまじめな顔つきになった。そして改めて手にした竿を根元から先の方へ、ずーッと眺めやっていたが、

「あンたが岩から滑り落ちた際、抜けずに弱ったというのは、ここだったナ」

と呟きながら一の竿のつぎ目をぐいとねじって、軽く抜いた。そして竿口をのぞきこんだが、その時瓢庵の眼に怪しげな光がきらめいた。

「小左衛門どの、あンたはその惣兵衛とやらが不慮の死を遂げた折の様子については、深くは聞及んではおらぬのか？」

「はい、別に精しいことは聞いておりません。何でも十字屋は夫婦とも八王子在の出だそうで、そこの本家で祝いごとがあり、夫婦揃って八王子へ帰ったついでに、惣兵衛は好きな釣りをやり、とんだ災難に会ったのだと、今は後家になったおなみさんから聞きました」

「それですっかりか？」

「ええ。ですが先生、どうかしましたか？」

「いや、この継ぎ口には確かに血がこびりついている。それも僅かばかりではないようじゃ。あンたの血でないことは分っておる。すると、それは誰の血だろう？」

「ああ、それじゃ惣兵衛の血が……」

「ちょいと小刀のようなものがあったら、貸して下され」

瓢庵はもどかしげに小左衛門を促して、小刀を借りると、継ぎ口の内側を器用にこそいで、膝に

置いた懐紙の上に軽くはたいた。そこには黒ずんだ血糊の片々と、三本ほどの千切れた毛が落ちた。

小左衛門は目を丸くして、

「おや、毛なぞがありましたか。これも……」

「さよう、確かに惣兵衛の頭髪らしい。ほれ、この一本は白髪だ」

「ああそう云えば、十字屋さんの鬢は大分白くなっていました」

「小左衛門どの、妙なことをいうようだが、この血、この髪の毛、竿の継ぎ口にこびりついていたというのは、これまた怪談じみている」

「といいますと?」

「十字屋惣兵衛がどんな風に溺死をしたのか、その模様次第でじゃ」

「なるほど、そう云えばこの竿は岩の上に残っていて、その下手で惣兵衛が岩に挟まれ往生していたように聞きましたが……」

「とすれば納得の行かぬことだ。いよいよ以て道志川は百鬼夜行」

「いいえ先生、惣兵衛の最期については、納得の参るように問いただす術《すべ》は残っておりましょう。私もせっかく形見分けに貰った品が、何やら不吉な痕を残しているとあっては、使うにも厭気がさします。それとなくその日のことをおなみさんにでもたずねてみることにしましょう」

「それがいいな。ただし、惣兵衛の変死の様子に疑いを持っていることは、できるだけ、表に現わさぬようにされるがよい」

何を考えているのか、瓢庵は深い眼差を一本の竿に据えながら、呟くようにいった。

## 四

それから四日ほどの日が流れた。

筍屋敷では、瓢庵、桂七、香六《きょうろく》の将棋三巴《みつどもえ》戦がはずんでいたが、そこへひょっこり小左衛門が顔をだした。

「先生、元町へいって来ました」

と挨拶をすると、瓢庵は竿の一件を忘れていたと見え、

「元町というのは何だったかナ」

「いやですね。例の釣りの怪談のつづきなので」

「ああれか」やっと思いだして、「十字屋の後家さんに会っておたずねか?」

「はい。釣竿に血と髪の毛がこびりついていたことは、先生から釘をさされていたので伏せておきましたが……」

「それじゃ、十字屋の死んだ模様を、今更のように聞きだすのは骨が折れなすったろう」

「いいえそれほどでもありません。私のこの腕の怪我が、形見わけの竿を持っていったせいで、それも所も同じ道志川、何やら惣兵衛の一念がこもっているようで気にかかる。いっそ次第によっては、竿をお返しして、菩提寺におさめた方がよくはないだろうかと持ちかけてみたんです。おなみさんはそんな心配は御無用、どうぞ気安くおさめておいてくれと、因縁話なぞは飛んでもないという口振りでした」

「さようか」

「しかし惣兵衛の一念がこもっているのじゃないだろうかと私が話した時は、おなみさん、それこそ幽霊のように蒼くなりましたよ。そして、向うから問わず語りのように、その時の様子を話しだしたくらいでした」

小左衛門が聞いてきた話というのは、およそ次のようなことだった。

前にもしるした通り、十字屋夫妻は八王子の本家に祝い事があって、帰省したわけであったが、祝い事も滞りなくすんだので、惣兵衛は好きな釣りを久しぶりに楽しもうと近くの道志川へ行った。彼はその釣りに女房のおなみをも誘った。常日頃釣りの面白いことを云い聞かせ、是非一度やってみろというので連れだしたわけだが、おなみは大して気も進まなかったけれど、ぶらぶら歩きにはいい季節でもあったし、釣りそのものは二の次のつもりでお供をした。

川の近くに知合いの茂作という百姓がいて、そこで用意を整え、二人は釣り場に出た。一通り餌のつけ方や釣りのこつを教わって、おなみは最初惣兵衛の尻にばかりくっついていたが、やがて少しずつ興味が募ってくると、自分でこれと思う場所を探し歩くようになり、二人は離ればなれになった。

その釣り場は両側が高い断崖になっていた。夫の惣兵衛から一丁ほども上手に立っていたおなみは、右手の崖の途中に鷲のような大きな鳥が羽根を休めているのを知っていたが、その鳥が飛び立って、そのはずみに石が崖から滑り落ちた気配のあったのを意識していた。

その時、しも手の岩に立っていた夫の惣兵衛が何か叫んだらしい一声が水の音の間から聞きとれ、驚いてその方を見ると、惣兵衛が両手を空《くう》にあげてよろめき、そのまま岩からすべり落ちる姿が見えた。

おなみは手にした竿を投げ捨てると、夫の立っていた岩まで取って返したが、岩には竿が残っているきりで、惣兵衛はその岩から五六間川下の岩と岩の間にひっかかって、無残な傷痕を頭に露出したまま、もがき苦しんでいた。おなみは濡れるのも厭わず、膝まで水に入って、やっと惣兵衛を小岩の上へ引きあげたが、もうその時は惣兵衛も息絶えていた。あたりに人影もなし、途方に暮れたおなみは、その場をそのままにして、一応茂作の百姓家へ駈け戻って急を伝えたのだった。

「まあ大体こんな風ないきさつなんです」

「ふうむ、すると十字屋は鳥の蹴落していった石に打たれて川へ落ち、死んだことになるようだな」

「珍しい出来事ですが、どうもそうらしいとのことです」

「それはまあいいが、すると竿の継ぎ口に血と髪の毛のついていた謂《いわ》れがとんと解《げ》せぬことになる。竿はつないだまま岩の上に残っていたのだから」

「私もすぐそれが不審でしたから、おなみさんに念を押してたずねたのです。もしやしたら、おなみさんが惣兵衛を水から引上げようとして、岩の上にあった竿から一の竿だけをはずし、それを惣兵衛に差しのべたのではなかろうかと。ところがそんなことをした覚えはないという返事なんです」

「怪しいな。いよいよ以て怪談じゃ」

「先生、あの竿の血糊と髪の毛は、もっと他の時のもので、それも惣兵衛の血と髪ではないかも知れませんね」

「怪談でなければ、そうとより判じられぬ。……小左衛門どの、そのおなみという後家さんは一口に申して、どんな女子《おなご》だ?」

「まだ三十になるやならずの年増盛り、なかなかの別嬪でござんすよ。もちろん十字屋の後添えだそうで。気だてはごくおとなしそうですが、ははは、こればっかりは見ただけでは分りません」

「十字屋と同じ八王子の出だということだったの」

「ええ。それで私も、長年使われているという十字屋の婆さんにそっと訊いてみました。婆さんの耳打ち話では、おなみさんには二世を契《ちぎ》った男がいたんだそうですが、おなみの一家が十字屋の本家から金を借り、それが返せずに、借金の抵当《かた》に惣兵衛が無理矢理横取りしたのだといういきさつがあるとかで……」

「そのへんが少々臭いぞ」

「そうまでして貰っておきながら、惣兵衛は近頃ほかに女をこしらえ、しきりにおなみさんをいじめていたと、婆さんは口惜しそうにいっていました」

「なるほど、小左衛門どの、あンたはまことに耳よりなことを聞いてきて下さった。どうやら釣竿の怪談噺には、種と仕掛けがあるやも知れんな」

「というと、どういうことになりましょう」

「十字屋の後家さんがあンたに話したことが、その通りに間違いないかどうか、まずそれを確めてみなくちゃならん。……どうじゃ、桂七に香六、一晩泊りで桂川まで釣りに行く気はないかな?」

瓢庵は将棋に夢中になっている二人の方を振向いて声をかけた。

# 五

瓢庵から委細を承った桂七と香六の二人は、半ば物見遊山《ものみゆさん》の気分で、八王子くんだりまででかけて行き、三日目に戻って来た。

「どうだったな、獲物はあったか?」

と訊かれて、二人は鼻をうごめかした。

「魚の方はとんと駄目でしたが、十字屋変死の一件は、どうやら目鼻がつきそうですぜ」

「それはお手柄。どんな具合だ」

「十字屋の後家のおなみさん、これが嫁入り前に云いかわした男というのが吉五郎という八王子の材木屋の伜なんです。三十過ぎてもまだ嫁も貰わず親元でぶらぶらしている変り者ですが、おなみさんとこの吉五郎がしめし合して、道志川で惣兵衛を殺したらしい節があるんです。もっとも確かな証拠なんぞありゃしません。何しろ一ト月以上も前の話で、惣兵衛の変死はおなみさんの中立ての通りで万事結着ついていているんですからね」

しかもなお、桂七と香六が探りだした事実というのは、次のようなことであった。

二人は釣りの目的も半分で、まず十字屋惣兵衛の死んだ現場を見届け、そのあたりで何か聞込みでもあったらと、漠然とした見込みで出掛けたのだが、それが意外にも図星に当って早いとこ収穫をあげることができた。

深慮の桂七は、十字屋夫婦が釣りの仕度をしに立寄ったという百姓の茂作に目をつけた。相当深い馴染みだということだから、夫婦についての昔噺が聞きだせると睨んだのである。普通の釣り師の様子で、それとなく茂作に近づき、鎌をかけては十字屋夫婦の当日の様子を訊いてみたが、頑固そうなこの老人は一向に乗って来ず、おなみの口裏とほぼ似たり寄ったりの返答しかしなかった。

あまり深入りもできず、二人はいい加減に切り上げて、釣り場を教えてもらい、茂作の家からぶらぶら川の方へ足を向けたが、その途中畑の道に赤ん坊をおぶった十六七の娘が立っていて、ちらちらと彼等を盗み見ていた。

「おい、ありゃ今茂作のところにいた娘だ。おれ達の話を珍しそうに立聞きしていたが、口の軽そうな娘らしいぞ」

桂七は何を考えたか、その娘に近づいて、江戸者らしい気軽さで、冗談まじりに機嫌をとりはじめた。羞《はにか》んでいた娘は、桂七の巧妙な誘導訊問にひっかかり、やがて惣兵衛変死の当時について、誰も聞いていない事実を教えてくれた。

その第一は、十字屋夫婦が、茂作のところに一休みして、釣り場にでかけたあと、一人の男が人目を忍ぶような様子で茂作をたずねて来て、夫婦の行先を確かめ、その方角へ追っていった。それは材木屋の倅吉五郎であることをその娘は知っていた。吉五郎と茂作とは遠い親類筋にあたるからである。

その第二は、その後半刻《はんとき》ほどもして、その吉五郎がまたも一人で、血相かえて戻って来て、何やら茂作に告げ、ひそひそ相談したあと、逃げるように立去った。茂作は入れ代りに、あたふた川の方へ駈けだしたのを、この娘は見ているのである。吉五郎は当然、惣兵衛の変死について知らせに来たわけで、そうだとすると、おなみが自分で知らせに走ったという申立ては嘘なのだ。

「なるほど、三人目の人間がいたわけじゃな」

瓢庵は大きくうなずいた。

「それが吉五郎なんです。あっしら二人は、一応川で釣りをやらかしたあと、八王子に戻って、何とかこの吉五郎に会ってみようと、材木屋を探し当てたんですが、吉五郎はどこへ行ったのか、どうにも見当らず、実は諦めて戻って来たんです」

「はてな」

首をひねった瓢庵は、やがて物も云わず立上った。

「御両所、長道を歩いて来たばかりで御苦労だが、これから一緒に、ちょいと元町まで行ってみよう。十字屋の後家さんに早く会っておいた方がよさそうだて」

瓢庵は桂七と香六を引き具して表へとびだした。途中、天神下に立寄り、小左衛門をも語らい、念のため例の竿司の名竿を持ちださせた。

しかし、元町の十字屋に四人が辿りついた時、そこには留守居の婆さんが一人しょんぼりいるばかりだった。婆さんは小左衛門の顔を見ると、

「御しんさんは昨夜急用で八王子へお帰りで、もしやあなた様がおいでになったら、これをお渡ししてくれと預かっておりました」

と、一通の封筒をとりだした。小左衛門は不審な面持でその手紙を一読したが、やがて白けた顔つきで、それを瓢庵に渡した。その文面は大略次のようなものだった。

小左衛門様。先日、亡夫惣兵衛のなくなった当時の模様につきおたずねがあった真意がやっと分

りました。昨夜八王子より、吉五郎と申す者が飛ぶようにしてやって参りました。あなた様が惣兵衛の死に疑問を持ち、人を使ってわざわざ道志川の現場まで調べさせ、吉五郎が亡夫の死にのっぴきならぬ役割を果していることを百姓茂作の娘を通じて突きとめたらしいことが知れたからでございます。吉五郎は惣兵衛を殺めたに相違ございません。けれど、それは惣兵衛がこの私を亡きものにしようとして、川に誘《おび》きだしたことを感づいて、跡を追って来たからなのでございます。惣兵衛が私の首をしめ、あわや川へ突き落そうとする時、吉五郎が駈けつけて参り、逆に惣兵衛を岩から蹴落してしまいました。顔を傷《きずつ》けた惣兵衛が、岩にしがみついて這いあがろうとするのを、吉五郎は足もとの釣竿を抜いて、つつき落してしまいました。私はそれをじっと見て居りました。惣兵衛殺しの罪は、私ども二人の着るべきもの、二人はこれより手に手をとり、死出の旅路につく決心でございます。では、御機嫌よろしゅう。

一読した瓢庵は、手紙を返し、黙したまま小左衛門の顔を見つめた。

「先生、私がつまらないことを申し立てたばかりに、あたら人間二人、冥途へ追い討ちをかけたようなことになりましたな」

「いや、その責めはわしにもある。しかし、小左衛門どの、まあ二人は書き置きのようには死ねまい。どこぞで生きる道を探すじゃろう」

瓢庵は確信ありげに一人で合点をした。

# 青皿の河童

一

二度あることは三度あるそうな。あんまりいいことには云われずに、碌でもないことが重なるのを意味するようだが、そうだとすると、天神下の小左衛門《こざえもん》も瓢庵《ひょうあん》先生もこの諺に見込まれてしまった形だ。

というのは、閑人《ひまじん》の小左衛門、釣り道楽から、最初は釣りあげた鯔《ぼら》の中から黄金仏を見つけだし、それが原因《もと》で彫金師《ほりがねし》一家が不幸な事件に見舞われた。二度目は竿司《さおじ》の作った名代の釣竿を貰ったばかりに、思いがけぬ殺人事件を釣りあげる結果となった。二度とも瓢庵がまかり出て、その謎解きをやったことは、既に御承知の通りなのだが、これはその三度目というわけである。

「ねえ、先生、先生には釣りのことから二度までもとんだ御厄介をかけてしまい、何だか私も面目なくて仕方がありません。一つ縁起直しに、今度は網打ちに御案内いたしましょう。夏風の涼しい大川端に小舟を浮べて、ぴちぴちする魚を刺身に、一杯やって景気をつけましょうや」

と、小左衛門から申し出たのだった。景気をつけることは瓢庵の大いに好むところ、否応はなかった。それに梅雨が明けてから、にわかに炒るような暑さが続いて、瓢庵老も身の置きどころに窮していた際だった。来合せた香六《きょうろく》をお供にして、陽ざしが少々衰えた七つどき、駒形の船宿から網舟をだし、徐々に大川をくだって行った。

網打ちとはいっても、そうがつがつと魚をとるのが目的でもない。いわば、川風になぶられながらの暑気払いだったから、漁師の投げる網に一向獲物がひっかかって来なくても格別苦にはならなかった。舟の胴の間に鼎坐《ていざ》した小左衛門、瓢庵、香六の三人は、それからそれへと、脈絡のない四方山噺《よもやまばなし》に打興じていた。お茶の代りに酒がだされていたから、話の調子もはずむわけである。

「先生、柳原土手に河童が出るという噂を御存じですかい」

と、香六が何を思ったのか切りだした。水の面をぽかりぽかり、食いかけの西瓜が流れているのを見て、河童のことを連想したのでもあろうか。

「河童が出るとナ、一向に知らんよ。土手というと陸《おか》になるが、わざわざ河童が陸へあがって来るのか?」

「へえ、そうなんです。それも一匹だけらしいんですがね。名前までついているんでさ。『青皿の河童』てえんです。頭の皿がいかにも青々しているのが自慢だそうで」

「なンだ、その河童、自分で頭の皿の青さを自慢しておるのか。一体陸へあがって来て何をやらかそうというのだな?」

「その河童の噂なら、私も耳にしましたよ。何ともバカバカしい話なんですがね」

と、小左衛門もにやにやしながら口をはさんだ。

「はて、河童という奴は、そもそもバカバカしく生れついてはいるようだが」

「いや先生、青皿の河童というのは、もう大分甲羅も固く、毛脛もつやつやしたらしい奴でしてね。古びた印袢纏を着て手拭いで頬被りしてるんだそうです。ですから頭の皿がどんなに青いかは、ちょいと見たところでは分りませんや。それが陽の入りからとっぷり暮れる頃あいに柳原土手へ、どこからともなく現われて、へんに生臭い声で、男と見ると『財布おいてけ』、女と見ると『かんざしおいてけ』と、蛙みたいに鳴くんだというんです。気味が悪いもんだから、大分財布や簪《かんざし》を投げ捨てて逃げだした気の小さい連中がいるらしいのですよ」

「河童が追剝をはじめたというわけじゃナ」

「そのへんまでは大したことはなかったんでさア」と、今度は香六。「その後聞いた噂では、柳橋の料理屋の仲居が青皿の河童に云い寄られて、あなやというところをからがら逃げのびたということッてすぜ。人間さまの身体に手をかけようとは、捨てておけねえ。河童退治をやろうかなンてことになってるそうで」

「あははは、夏向きな話じゃナ」

瓢庵も面白がって聞き流していた。まさかその河童が、これから続いて起った奇妙な事件に、多少とも関係が生じようなどとは、夢にも思い及ぶはずもなかった。

「旦那、どうも今日はいけませんや。とんと見込みちがいのようでがす」

と、舳《みよし》に立って時折網を打っていた網打師が、小左衛門の方を見て陽焼けのした顔に苦笑いを浮べながら声をかけた。なるほど、足もとにはほんの五六尾、酒の肴にもならぬ小魚がころがっているきりだった。

「いいんだ、いいんだ。今日は早目に出て来たんで、そのせいだろう。そろそろ汐もあがって来る頃だ。これからだよ。舟をもう少し下手へ流してくれ」

小左衛門は船頭に命じて、舟を漕がせた。流れに乗って、舟は忽ち中洲をすぎた。

「このへんがよさそうじゃないか。……どれ、わしが一ぺん打ってみようか」

水の色を見ていた小左衛門は立ち上って舳の方へいった。

漁師と場所を入れ替った小左衛門は、網を受けとって、身構えしながら間合いを計っていた。なかなか板についた恰好だ。瓢庵も香六もお喋りをやめて、小左衛門の仁王立ちになった姿を見上げていた。夏の陽も漸く西に傾いて、空が茜色《あかね》に色づきはじめている。

小左衛門は腰をひねると、さっと網を振った。網は見事に空を切り、大きく開いて水の面にひろがった。それを手許へたぐりこみながら、小左衛門は手ごたえを計っている様子だったが、何やら会心の面持である。

しかし、網が絞り上げられて、半ばまでたぐられた時、小左衛門の自信に満ちた面持がくずれ、眼色が変った。

「おかしいぜ、仏様のようだぞ」

「え、え、お客さまだと？」

そばにいて手並みを眺めていた漁師は、おどろいて顔をさしのべた。瓢庵も香六も、二人のやりとりを聞いて、身を乗りだした。小舟はゆらゆらと傾いた。

「見ろ、どうも手ごたえが、少しおかしいと思っていたんだが、ありゃア女子《おなご》のようだ」

小左衛門は手をとめて呟いた。じっと水を見つめていた漁師はうなずいて、

「旦那、おっしゃる通りだ。ええ縁起でもねえ。……どれ、代りましょう」

再び小左衛門と入れ替って、漁師は網をたぐり寄せた。網の中に、ほどけた髪をいっぱいからませて、青白い女の顔があった。年増盛りの器量よしであることが、一目で分るほどの水死人である。

瓢庵と香六とは目を見かわし、それから小左衛門の方を見ると、彼もこっちを見て、うんざりした顔つきで首を振り、

「先生、縁起直しにやって来た網打ちでしたが、どうにもいけません。とんだ獲物を引きあげてしまいました。私が手出しをしたのがいけなかったんです。漁師だったら、たとえ、引掛っても、こっそり流してしまったでしょうよ」

「うむ、あンたも運が悪い。だが、あの水死人、われわれの手で引きあげられたのも何かの縁じゃ。流しなどせず、舟へあげてお上へ届けてあげてやりなされ。……どれどれ、今度はどんな観音様かナ？」

瓢庵はすっかり悄気《しょげ》返っている小左衛門を慰めながら腰をあげた。「今度は」と云った意味は、この前の時鰡の腹から出たのが黄金作りの観音像であったからである。

漁師は水死人を舟へ引きあげていた。藤の花を大きく散らした派手な浴衣を着込んでいて、その顔や襟首を見ても大分厚化粧の跡が見え、一見玄人《くろうと》臭い感じを与える。黒々と長い髪の毛が依然顔から胸へかけてまつわりついていて、その死にざまには一種の凄艶さがあった。

香六も息を殺して瓢庵のうしろから覗きこんだ。瞳をこらしてつくづくと死美人を眺めていたが、

「おや、舌を嚙んでる」

と呟いた。なるほど、目ざとくも発見したように、女の半ば開きかけた口は真赤だった。瓢庵はその呟きを耳にすると手を伸ばして無雑作に女の口をちょっとこじあけるようにした。気性の激しそうな白い歯がのぞいた。

「うむ、香六、わしも舌を嚙んでおるのかと思うたが、そうではなかった。開けていた口へ何かまぎれこんだと見える。小魚らしい」

「へえええ、魚ですかい。妙なものをくわえこんだものですね」

香六が怪訝な面持をすると、そばから小左衛門が聞いた。

「網の中へ一緒にとじこめられた小魚が、あわてて逃げまどう拍子に、口へとびこんだのでしょうよ」

「へーん、妙なことがあればあるもンだ。先生、この女、身投げでござんすかい?」

「さてな、すぐには分らぬが……身投げではないかも知れぬよ」

「何故ですね?」たたみかける香六に、すぐには答えず、瓢庵は手早く女の身体や衣類を改め、

「身投げ女にしてはひどい慌てものさ。袂に小石も入れておらぬ。それに、この手指の爪を見なさい。何やら黒っぽい木屑みたいなものが一杯につまっておる。こりゃ死ぬのが厭で、何かにすがりついた証拠のようじゃ」

小左衛門はその説明を聞くと、いよいようんざりした顔つきで、

「そんな、変死人なら、ほっとくわけには行きませんね、先生。こりゃやっぱり公儀へ届け出なくちゃ」

「それがよい。網打ちは改めてまたの日に出直すといたそう、小左衛門どの。今度こそは無事におさまるにきまっているわけだからの」

「とはまた、どういうわけですか?」

「あははは、仏の顔も三度じゃ。確かにこれで三度目」

瓢庵は駄洒落にまぎらわせたが、その三度目の仏様には気がかりらしく、また上からのぞきこんだ。

二

網にひっかかったこの死美人は町奉行に届けられたが、その身許はあくる日のうちに分った。柳橋に住んでいる常磐津《ときわず》の師匠阿矢女《あやめ》という女だった。

阿矢女は婆やを一人使って、ちんまりと暮していたが、常磐津を教える看板はかけているものの殆んど弟子というものはなかった。弟子をとらなくても、食うには困らぬほどの物持ちだったからである。というのは、彼女は日本橋のさる大店《おおだな》の主人に見そめられて囲われの身となったが、この旦那からしこたま絞り取って溜めこんだらしい。その旦那もぽっくり死んで、あとは気ままな独り身をつづけていたのだった。

婆やのおさくは一年ほど前から住みこんで、女主人《おんなあるじ》の万端の世話をしている婆さんだが、市川在の実家にちょっとした不幸があり、一日暇を貰って実家に一泊し、あくる日のひる頃戻って来ると、家は全くの無人、いつまで待っても女主人が姿を見せなかった。その夜はまんじりともせずに待ちつづけ、あくる朝になっても阿矢女が帰って来る様子がないので、一応家主に届け出た。家主から番屋へ、それから大番屋へと訴えが伝えられたが、その時すでに小左衛門の網に死美人がひっかかって揚げられた報告が来ていたので、たちまちにして死美人の身許が分ったという経緯《いきさつ》である。死美人に引き合わされたおさく婆さんは、一も二もなくそれが女主人の阿矢女に間違いないと申立てたので、死体は引取人の縁者が不明なため家主に引渡された。何しろ暑い盛りのことで、それに水浸りの死体だから、死後それほどの時間も経ていないのに、もう腐れがきている。匆々《そうそう》に埋葬せよというお達しで、すぐさま簡単な葬いがすまされた。

死美人阿矢女は、勿論検死を受けたわけだが、係役人は単純にこれを投身自害と判定して怪しまなかったようである。瓢庵は網からあがった死美人を一見して、単なる身抜げではないかも知れぬと放言したが、その根拠は特別な点にあるのではなかった。投身者が袂に小石を入れてない場合だってあるだろうし、覚悟の自害でも水に入ってから苦しまぎれに、橋桁や舟底へすがりつこうとして爪を立てることだってあるだろう。もっとも、そんな些細な点に着眼するかしないかというのが、役人ずれと自由人瓢庵の差ということになるのだろうが……。

さて、ところで、阿矢女の葬いがあっさり済まされてから町内では彼女は一体どうして死んだのだろうと、すぐさま夕涼みの縁台の好話題となったのは無理もないことである。何しろ気の強い女で、世話になってる旦那からは絞りとれるだけ絞ったことは、おさく婆やに聞くまでもなく、出入りの酒屋でも魚屋でも、みんな知ってることだ。がっちり屋だから妙な儲け話に乗って溜めこんだ金を磨《す》るはずもなし、まして男ができてその手管に乗るような女でもない。つまり色や慾のことから、思いつめて身投げをするようなところは、爪の先ほどもない女だったのに、何故死んだのだろうというわけである。

すると、この疑問にこたえて、奇妙な証言をしたものが現われた。それはちょいと思いがけない人物だった。乞食の権爺《ごんじい》といって、柳原土手のつきるあたりの水際に小屋掛けをして、永年このへんのお貰いで生きている老いぼれだった。だがいたっておとなしい好々爺《こうこうや》で、子供などからは、「ごんじ」「ごんじ」と親しまれている。

その権爺が、ふとしたきっかけで口をすべらせて、阿矢女師匠は青皿の河童に云い寄られて、手向いをしたために手荒く川の中へ引きこまれてしまったのだと云いだした。

「へえ、実はわしはそれを、この耳でも聞きやしたし、この目でも見たんでごぜえます」

権爺はきっぱりとそう云い切るのである。その見聞きの内容はおよそ次のようなものだった。

阿矢女が変死したその日も暑い日だった。暮れ六つ頃になって、まだ陽は沈みきらなかったが、漸く涼風が立ち、権爺も昼寝からもぞもぞと起きあがり、夕餉の仕度にでもかかろうかと大欠伸《おおあくび》を一つしてのけた時だった。頭の上の土手のはずれで、話し声がするのが流れて来た。男女の声だった。

「おい、そこへ行く姐《ねえ》さん、ちょいと待ちねえ」

「おや、誰だえ。あまり見かけないお人だねえ。頬被りに印袢纏、立派な毛脛をしてるじゃないか。人に物をいいかけるなら、せめて頬被りぐらいはとったらどうだろうね」

「この頬被りはあんまりとりたくねえのさ。気の小せえ女子をたまげさせるのも曲のねえ話だからナ」

「じゃ、その手拭の下に、よっぽど奇天烈《きてれつ》な頭がくるまっているんだね」

「そうまで云われちゃ、黙ってるわけにも行くめえ。そうとも。この手拭の下には、青々としたお皿があるのよ」

「あれ、それじゃお前は、近頃このへんに迷いでるという、青皿の河童かえ?」

「おお、その河太郎だ」

「河童がこのあたしに何の用だい? 常磐津語りの阿矢女と知って声をかけたの?」

「どちらのアヤメかカキツバタか知らねえが、身ぐるみお前さんに用事があるんだ。否応云わず、この河童の云いなりになりねえ」

「何をしやがる、この半ちくなけだものめ」

寄って来た奴を、手荒くひっぱたいたような音がした。菰《こも》掛けの中にいた乞食の権爺はいくら世捨人でもこのやりとりが気になり、どうなることだろうとこの時思わず小屋の外へ身体をにじりだして見たのだった。

「この阿魔。した手に出りゃ、いい気になりやがる。よし、こうなりゃ腕ずくでも手前《てめえ》を、水の中へ引きずりこんで、腹の中の臓腑を全部吸いだしてやらア」

青皿の河童と称する曲者は、女に躍りかかって行き、女の方は必死にそれを逃れようとする気配だった。乞食の権爺は女が派手な藤の花の模様の浴衣を着ているのを見たし、河童が噂通りに陽にやけた毛脛をむきだしに、頬被り姿でいるのをも見た。二人がもつれ合っていると思ったら、さッと権爺の視界から二人の姿がかき消え、つづいてザブーンと水音が聞えた。

「へえ、わしはその水音のしたところへ行って見やしたが、もうその時は渦一つない、元のまんまの流れでごぜえましただ」

権爺は本気で河童が阿矢女を抱きこみ、水の中へ引きずりこんだのだと思いこんでいるらしい。このおやじ日頃からそう出鱈目はいわぬタチだから、多少の誇張はあるとしても、阿矢女が好きこのんで投身したのでないことだけは信じていいようだ。つまり、河童に引きずりこまれたのか、それを避けようとして水に落ち、そのまま溺れたかどっちかである。……ということになると、阿矢女が網にかかったその時、瓢庵が早くも投身自害ではないことを推測したのは、何とも烱眼《けいがん》といわねばならない。

当日網打ちにお供をして、まのあたり阿矢女の死体に見参《けんざん》した香六は、その後得意の地獄耳をおっ立てて眼を光らせていたことゆえ、この乞食の権爺が申し立てた隠れた真相を逸早く嗅ぎつけないはずはなかった。

「先生、さすがは先生だ。ぴったり診立《みた》て通りでござんしたぜ」

香六は注進々々という恰好で、瓢庵の筍屋敷へとびこんでいったのである。瓢庵は怪訝な面持で、

「はて、誰の病いのことじゃったかの?」

「病気の診立てじゃありませんや。それ、小左衛門さんの網にかかった阿矢女師匠、あの女を死ぬ羽目に追いこんだのは、何と青皿の河童ときまりましたよ」

と、乞食権爺の申立てた真相を事細かく香六は語って聞かせた。

「ほほう、阿矢女は、柳原土手から飛びこんだとな。やれやれ」

「やれやれ、はないでしょう、先生」

「阿矢女の家からその乞食の小屋までは、相当の道のりがあるのじゃろう」

「たいしたことはありません。せいぜい五六丁。あッしゃ、自分で歩いてみたんです。権爺にも会って、口裏に間違いねえかどうか確かめて来たんですぜ」

「おお、そりゃ御苦労。大分の年だろうが、耄碌《もうろく》してはおらなんだか?」

「なに、しゃんとしたもんです」

「ふむ、面白いな。青皿の河童か。……ところで、阿矢女の家はどうなっている。おさく婆さんはまだおるか?」

「へえ、居ります。婆さんのほかに、阿矢女の従妹《いとこ》で、お蝶とかいうのが来ていまさア」

「はてね、阿矢女には引取人の縁者もおらぬような話じゃったが……」

「そのお蝶は縁つづきとはいっても、頼りになる女じゃねえようで。何でも浅草の水茶屋につとめていて、時たま阿矢女のところへ小遣いをせびりに来るくらいが関の山。おさく婆さんもその茶屋の名さえ覚えていねえほどだったそうで」

「香六、大分、いろいろと聞きこんで来たな。阿矢女が河童にしてやられたとあれば、いずれ河童詮議ということになろうが、ちょいと一足お先に、阿矢女の家というのを訪ねてみようか」

足まめな瓢庵は、もう立上っていた。

三

阿矢女の家には、おさく婆さんがたった一人きりで、女主人なきあとを守っていた。じっとしておれないタチと見え、しきりに洗濯をやっている最中である。阿矢女の従妹というお蝶の姿は見えなかった。

瓢庵はずっと以前、阿矢女の病気を診てやったことがあるという触れこみで、のこのこあがりこんだ。医者はこんな時甚だ便利である。おさく婆さんは別に怪しみもせず、瓢庵と香六に渋茶の接待をする。

鹿爪らしく阿矢女の位牌に焼香を終えてから、瓢庵はとぼけた顔つきで、

「お蝶さんはどうなすった?」

と、いかにもお蝶と懇意であったかのような訊ね方。おさく婆さんは冷淡な面持で、

「昨夜は戻って来ませんでしたよ。戻って来ないのが、当り前じゃござんせんか。もともと自分の家ってわけじゃなし。それを、たった一人の縁つづきだからって、まるで死んだお神さんの家から物から、みんな貰った気でいるんですからね。いいえね、わたしまでそのまんま使う気で、洗濯物まで云いつけるんですよ、はい」

「やれやれ、婆さんもとんだ気苦労じゃナ」

「いえなに、どうせわたしゃ一通り落着いたところで、頂くものは頂いて、こんな家はおさらばいたしますからね。もとのお神さんにだって別に義理があるわけじゃござんせん。人使いが荒くて、けちんぼうで、……」

どうも聞いていると果てしがなくなりそうなので、瓢庵はいい加減でやりとりを切上げることにする。もとより瓢庵の目的は、婆さんとの問答にあるわけではなかった。彼の眼はこの家の広からぬ裏庭に、ちらりちらりと流れていたのだから。その裏庭は、五坪ばかりの広さの、ちまちまと植木の類などもあしらったありふれた庭で、隅の物干竿には洗濯物がそよ風に揺れていた。

瓢庵は立ちあがって縁側へ出ていった。

「婆さん、大分、いろんな草花が植えつけてあるが、阿矢女さんは花いじりが好きじゃったか

な？」

「いいえね、先生、花いじりは、わたしが好きなもんですから、縁日から植木を買って来たり、市川へ行った時に持って帰ったりして植えつけたのが、いつの間にかこんなになってしまいました。お神さんは草花いじりよりも金魚や目高を飼うのがお好きでしたよ。卵を生ませて、沢山に殖やすんだとそれその水槽《みずおけ》がありましょう。そこに金魚や目高が多勢いるんです。金魚はダメでしたが、目高の方は大分殖えたらしゅうござんすよ」

おさく婆さんは庭の片隅に据えられた風呂桶ほどの大きさの水槽を指さした。

「ほほう、金魚に目高か。そいつはわしの好物でナ。食うわけではない。わしも飼って殖やすのを楽しみにしておるのさ。どれどれ、ちょいと拝見」

香六が解《げ》せぬ顔つきをしているのを尻目にかけて、瓢庵は遠慮なしに庭下駄をつっかけて、庭へおりていった。

水槽は遠くから見ると中に何にもいないように見えていたが、近寄って上からのぞくと、びっくりするほど沢山の金魚や目高が群れちがっていた。

「こりゃアなかなか美事なもんじゃ。ふうむ」

と、瓢庵は腕をこまねきながら呟いた。いかにも感に堪えたようなその様子が、まさに金魚に夢中の御隠居といった体裁なので、縁側でじれじれしていた香六は、思わず声をたてた。

「先生、いい加減にしておくんなさいよ。金魚よりも河童の方が大事ですぜ」

瓢庵振向いて、

「なに、河童？　おお、どうやらその河童もこの水槽の底に沈んでいるらしいて」

「何ですい？　河童も卵をひりつけるッていうんですかい」

「その通り。ものはためし、ちょいと、お前さんもここへ来てごらん」

瓢庵はおいでおいでをする。香六は何か瓢庵に一存があるらしいと察して、勝手口に出るとおさく婆さんの下駄を借り瓢庵のそばへ寄っていった。

「先生、その河童とやらを見せていただきやしょう」

「眼を据えてようくごろうじ。この水槽の底に青皿の河童が沈んでおるわ」

瓢庵の声音《こえ》は何やら陰にこもった響きを持っていた。香六はしけしげと水槽の中の藻やこうほねの間を泳ぐ金魚の群れを見つめていたが、一向に判じがつかぬというように首を振って見せた。

「それでは香六、この桶の縁の方を見るがよい。何ぞ跡がついておる」

瓢庵に云われて、水槽の両側の縁をとみこう見した香六はやっとうなずいて、

「へえ、何やら引っかき傷がついているようですね」

「河童の爪痕かナ?」

「まさか、先生、こりゃどう見たって、人間さまの爪で引っかいた痕でさア」

「そうじゃ。阿矢女師匠は、ここで殺されたのだからの。もがいて、水槽の縁に爪を立てたのがその跡なのだ」

瓢庵の声はひどく低かった。香六はおのが耳を疑うように一歩とびしさった。

「何ですッて、先生。阿矢女が、こ、ここで……」

「これ、取乱すでないぞ、香六。……小左衛門の網から阿矢女が引揚げられた時、お前さんは云うたではないか。舌を嚙んでおると」

「へえ、たしかにいいやした。すると先生は、舌を嚙んでるンじゃなくて、小魚が口の中へもぐりこんでいるとおッしゃいましたぜ」

「その通り。その小魚というのは、実は赤い金魚であった。神田川、大川二つながらいかに広しといえども、金輪際《こんりんざい》金魚が泳いでいるはずはないて」

「そりゃ当り前でさア。金魚が川を泳ぐようになったら、富士のお山で稲刈ができますぜ」

「そこでわしは、阿矢女師匠は川で溺れて死んだのではあるまいという推量をくだしていたのだ」

「だって先生、げんに阿矢女が柳原の土手から、水にとびこんだのを見た生き証人がいるんですぜ。乞食渡世はしているが、正直者で通っている権爺が、わざわざ嘘を並べ立てるはずはありませんや」

「嘘は金で買える。が、その権爺は無類の正直者として見よう。すると、権爺が見聞きしているのを承知の上で、土手で一芝居打ったものがいるにちがいないな」

「ヘッ、そんな太《ふて》え奴は一体誰ですね?」

「ほかならぬ阿矢女師匠を殺《あや》めた張本人さ」

「じゃ、どんな風に阿矢女はこの水槽で殺されたというんですかい?」

そんなことができるものか、という香六の表情であったが、瓢庵は黙って水槽の両側の縁に手をひろげ、顔を水面近くへ持って行った。そのままの姿勢で、

「香六や、わしがこうしているところを、ずぶり頭を抑えつけたら、どうなる? 一たまりもあるまいがの。あっぷあっぷと溺れ死にじゃ」

「な、なアる。そんな殺し方なら、女でも出来る」

と思わず呟いて、香六はハッとしたように勝手口を振返った。そこには、おさく婆やが突立っていて、ぼそぼそ喋り合ってる瓢庵と香六の方を、けげんそうに見つめていた。瓢庵もそれに気づいてそしらぬ顔つきでおさくに声をかけた。

「婆さんや、大分洗い物がはずんだようだが、この干物竿の浴衣は、亡くなった師匠が着ていたものじゃないか。藤の花の柄に見覚えがある」

すると、婆さんは首を振って答えた。

「いいえね、先生それはお神さんのじゃないんです。お蝶さんのものなんですよ」

「おや、それじゃわしの覚えちがいであったかな」

「いんえ、お神さんとお蝶さんとは、同じ柄の浴衣をこしらえたらしいんでございますよ。まさ

かねえ、仏様が着ていた浴衣は今更着られやしませんよ」

「先生、分ったッ」香六は突然大声で叫んだ。瓢庵があっけにとられてその顔を見つめると、香六なおも言葉をつづけ、

「柳原の土手で青皿の河童と掛合いをやってのけたのは、同じ柄の浴衣を着たお蝶なンだ。阿矢女をここで殺したが、その始末に困って、河童が阿矢女を死ぬ羽目に追いこんだように見せかけようと、柳原土手の河童芝居。見物は小屋の中のお菰さんたった一人。それでもいざとなりゃ立派な生き証人。先生こいつは少しも早くお蝶と河童の役を買った情人《いろ》とを取押えるよう、お玉が池の親分にでも注進しなくッちゃ」

昂奮してくると、ぺらぺらと見境いもなく喋りだすのが香六の癖だが、この時瓢庵はあわてて彼の袖を引いた。

何故って、縁先にはいつの間にやら一人の女が立っていた。それは出先から戻って来たお蝶らしく、庭先で誰やら喋りまくっている声を聞きつけてやって来たのだろうが、香六の最後の言葉を聞きとると、さッと顔色を変え、よろめいた揚句、手近かの柱につかまって、やっと身体を支えて気を鎮めようとしているのが見えたからである。

瓢庵も香六も、ちょっと気をのまれて立ちすくんだ。全くそれは、あの死美人阿矢女がそのままそこへ怨霊となって立現われたように思えたのである。

# 按摩屋敷

一

「いいか、豆ちゃん、これからが怖くなるんだぜ。……お岩さんがその薬を飲むてエと、片目はつぶれてはれあがり、髪の毛がずるずる抜け落ちて二目と見られない顔つきになっちまった。まあこんな顔だ。どうだ、おっかねえだろう」

香六《きょうろく》は幽霊お岩の顔つきをまねて、両手を腕の前で垂れて凄んで見せたが、豆太郎一向に驚かない。

「おじさん、なんだいその顔。とてもおかしいや。お岩さんもバカだなあ。すぐ毒消しの薬でものめばいいのに」

と、さすがは医者のところにいる子供だけあって、余計なおせっかいまで云う。これじゃ怪談にならない。

「だめだなア、お前《めえ》は。もちっと物心がつかねえじゃ、せっかくの怪談ばなしも猫に小判というもんだ」

香六、縁台の上ですっかりてれてしまった。何とも暑い夕方で、じっとしていてもじくじくと汗がにじんで来る。やけに団扇を動かしてみるが、風が焼けてでもいるように一向に涼しさを感じない。

そこへ行水を終えた瓢庵がやって来た。

「やれやれ行水からあがったとたんに、もう汗が出よるわ。何とか涼しくなる工夫はないもんかい。なア香六」

「豆ちゃんもあッしにそう訊くんで、それじゃひとつ、ぞッと身の毛のよだつような怪談ばなしを聞かしてやろうてンで四谷怪談を一くさり御披露したとこなんですがね、語り手がまずいのかとんと通じませんや」

「子供にお岩さんじゃ無理だろう。いっそ安達が原の鬼婆の方が利き目がありそうだな」

豆太郎は聞きとがめて、

「じいあん、聞かしとくれ」

「ふむ、その婆アの話を聞かしてやってもよいが、その前に豆も汗を流してきなさい。少しは楽になる」

瓢庵は豆太郎を行水に追いやった。

「どうも今どきの子供は理が勝っていていけねえ。豆なんか先生の仕込みで人のアラばっかり探していますぜ」

「いや香六、あれはわしの仕込みのせいじゃないよ。豆太郎は親兄弟も知らぬ孤児《みなしご》、それだけに怖いもの知らずというわけじゃ。幽霊でもお化けでも、気に入ったら友達になってやろうというくらいのもの、怖がる下地のないものに、怪談ばなしはどだい無理だて」

「そんなら実地にひとつ験《ため》して見てやろうかナ」

「お前さんお化けに知合いでもありなさるか?」

「いいえね、懇意にしているわけじゃありませんが、近頃例の駒込の按摩屋敷の噂が、またぶり返していますんでね」

「駒込の按摩屋敷とな?……はて、何やら聞いたことがあるようだ。そうそう、何でも夜な夜な按摩の笛が聞えてくるという」

「へえ、それなんです。ところが近頃では按摩の笛ばかりでなく、ほかに色んなものがとびだすらしいので、あのへんじゃえらい評判なんです。町内の血気盛んな若いもんや、腕に覚えのあるお武家まで乗りこんでいって、妖怪退治に躍起になってるそうですが、いまだにおさまらねえということで」

「ほほう、面白いな。だがそうした話は、次から次へ尾鰭がついて、しまいにはどえらい話になっているのが通り相場じゃ。あんまりまともに受取りなさんなよ。按摩の笛が横笛になり、尺八になり、しまいには法螺貝となる。……ところでわしは按摩屋敷の曰く因縁というものには一向に不案内なのだが、お前さんはよく御存知か？」

「へえ、実は暑さにうだって寝ころんでいるのも芸がないんで、一通りのことは耳に入れて来ました。なかなか凝った仕組になっているんです」

香六は調べてきたことを瓢庵に語って聞かせたが、それは大体次のような全貌であった。

## 二

按摩屋敷と異名をとったその家は、駒込の光源寺《こうげんじ》の横丁をうねうねとはいっていったところにある。庭の背後に竹藪の茂った小山をひかえて、見つきは相当な殿様の隠居所とでも云いたげな建物と庭のたたずまいだが、とっくの昔廃墟と化していたのである。何でも寺の墓所が拡げられて道がふさがり、出入りが不便となったので自然にそのへんがさびれる結果となったという。

竹林虎之進《たけばやしとらのしん》と名乗る浪人がこの屋敷に移り住む頃は、すでにこの屋敷は永いこと空家のままになっていて、留守居もなく放置されてあった。大家《たいけ》のものが住むには、前述のように道順が悪く、といって小者には扱いかねる屋敷だった。

そうかといって、浪人風情の竹林が内福であろうはずもなくそれに家族といったら妻君と男の子が一人、乳母と女中をかねた婆やが一人、合せて四人暮しという小人数である。こんな屋敷へ引越して来る一家とはとても思えなかった。

だが、これにには多少わけがあった。竹林は九州のさる大藩に重く用いられていた化学者であって、実は火薬の研究に没頭していた。それが競争者の讒《ざん》によって浪人せざるを得なくなり、江戸へ流れて来た。この事実を伝え聞いた幕府のさる要人が、竹林の研究を惜しんで、隠れ家を与え、ひそかにその研究を続けさせるような便宜を計った。当時幕府対各藩との関係はなかなか微妙だったから、大っぴらに竹林を庇護するような振舞いは憚りがあったのである。

従って、竹林虎之進などという名前も、裏山に竹籔があるところから、いい加減につけた仮りの名ででもあったろう。ともかく竹林は、いわば幕府要人の私的な客人として、月々の食扶持《くいぶち》を貰い受けながら、この屋敷に隠れて一生を托した火薬の研究に没頭できる身となった。

そういう研究には、この屋敷はなかなか打ってつけといってよかった。環境が人の往来《ゆきき》の盲点に入ったような場所で、何をやっていても大して目障りにならない。竹林虎之進は竹籔の山に横穴を掘り、中を拡げて地下工場の如きものを建設した。火薬の実験は往々失火を引起したり、爆発などの危険もある。地下工場を作っておけば、万が一の失態も大事とならずにすませることができるわけだった。

虎之進は年配不惑をすぎたばかりの壮年であったが、火薬の不始末で顔に火傷を負い、半面が醜くひきつれ、片眼がむきだしたような相貌となり、ちょっと見にはじじむさい感じの男だった。もっとも、起きてから寝るまで、新しい火薬の発見というただ一つのことを追いかけているいわば偏執狂めいた生活をつづけているのだから、自然にじじむさくなるのも無理はなかったろう。無口で変屈、仕事着を着たまま寝起きし興が乗れば夜を徹して工場に籠りきりということも珍しいことではなかった。

この虎之進にひきかえて、妻君の菊江は健気な世話女房型の女だった。容色も十人並、三十すぎた大年増ではあるが、亭主があまりいじり廻さぬせいか、どこかにういういしさが残っていて、十二にもなる男の子があろうとはちょいと思えないくらい。

それかあらぬか、時折様子を見に来る旗本の若い武士などは、半ば好奇心と悪戯気から歯の浮くような言葉を菊江にかけることがあったが、貞淑一途と見える彼女は一向にそんなちょっかいなどには反応を見せる気配もなかった。彼女にとっては一粒種の駒之助という男の子を育てあげることだけがたった一つの生甲斐であるかのようであった。

一家四人という小人数のものには、だだっぴろい屋敷であり、主人公が変屈な学者ときているのだから、何とも淋しい生活にはちがいなかったが、それも慣れッこになっていると見えて、家族たちは平穏のうちにほぼ一年ほどもこの屋敷に住みついた。

ところが、不幸というものはどこから降って湧いて来るか分らない。長い年月病気一つしたことのなかった妻君の菊江が神経痛ともいうべき病気にかかった。この屋敷は建物も古く、地形的にも少々湿気の多い場所だったので、そんなことから神経痛を誘発することになったのだろう。もっともそれはごく軽く、立居に不自由をするというほどでもなかったので、菊江は近所の人のすすめに従って、毎日按摩に来てもらって揉み療治をしてもらうことになった。

この按摩、徳市といってなかなかの腕利き、菊江の神経痛は日毎に軽くなっていった。ところが、徳市は眼が見えぬくせに、菊江に対して妙な好奇心を起したらしい。まだ三十代の年配だから無理もないが、菊江の身体に触っているうちに閨淋しい女体がわれとは気づかぬながら本能にうずいているのを指先に探り当てたのだろう。とぼけた無表情を装いながら、徳市は菊江の肉体の中に隠されている本能を、何となくもっと掻き立ててみたい欲望を起してしまった。

そうした技巧は按摩にとっては別にむずかしいことではない。相手に悟られずに、急所急所を抑えて行けばそれですむことだった。急所は首筋、背筋、どこにでもあって、格別怪しげな手つきをする必要もないのだ。

妻君の菊江は徳市がひそかに試みた療治、ではない刺戟を一向に気取ることができなかった。ここに不幸が芽ばえた。徳市の指先に身体を委せていると、神経痛の痛みが薄らぐばかりか、全身の血が新しくなって、血管の中をとうとうと音立てて流れだすような浮き浮きした気分になり、日毎に若返って行くさわやかさを覚える。彼女は夢見心地になり、自分の肉体が、血気盛んな男の手のうちにあるということも忘れた。菊江はやがて徳市が来るのを待ち焦れるようになり、来るとその療治の時間も少しずつ長延《ながび》くようになった。

この気配をいつの間にか夫の虎之進が感づいた。感づいたというよりは、不審に思わせるような言葉を菊江自身が何気なく洩らしたのである。彼女にしてみれば徳市の揉み療治で神経痛も軽快になり身体も若返ったような気がすると夫に報告するのは、むしろ夫に喜んでもらえる事実だと思えたのだ。

だが変屈な虎之進は平明には受取らなかった。彼は按摩徳市のそらぞらしい表情の下によからぬ野心が隠されているのを、反撥し合う同性同志の敏感さから感知したのかも知れない。そこで虎之進はひそかに妻が揉み療治を受けるのを盗み見をすることになった。

そして、遂に最後の日が来た。按摩徳市はその日、もう菊江の女体が熟れ切って、これ以上ほってはおけないとでも思ったのだろう。夢見心地の菊江の様子を注意深く見えぬ眼でうかがいながら、何やらくどきはじめたのであった。菊江は徳市の言葉がよく聞きとれなかったと見え、夢見心地のままでいた。それが物蔭でうかがっている夫の虎之進には暗黙の諒解とも思われ、事の真相を確かめようとする落着きも忘れ、障子を蹴倒して彼は部屋へ躍りこんだ。

「不義者、そこ動くな」

あとは、市井のどこででも見られるあられもない騒ぎだった。胸に隠した魂胆を見抜かれた徳市は、とんだ濡衣とばかり大袈裟に泣きわめくし、菊江の方はあまり思いがけない成り行きに却って呆然とし、わが身を弁護する才覚さえ湧かなかった。虎之進にとっては、徳市の態度があまりにも白々しく、妻の態度があまりにもふてぶてしく見えた。

「貴様らを重ねて四つに斬って捨てるはいと易いが、刀の汚れだ。いっそ、こうしてくりょう」

虎之進は婆やに命じて細びきを持って来させ、徳市と菊江とを別々に、後ろ手に縛りあげ、両名を庭の松の枝に吊し下げ、下から焚火をして炙り殺しにしてしまった。

両名が完全に死に絶えたのを見届けると、虎之進は婆やに命じて、かねて世話になっていた幕府の要人のところへ行き至急来駕を乞う旨を伝えさせた。忠義者の婆やは一も二もなくその命に従ったが、用を達して帰って来て見ると、主人は愛児駒之助を刺し殺し、わが身は切腹して、共に相果てていた。婆やには「永々の忠勤御苦労に存じた長寿を祈る」としるした金一封が遺されてあった。使いにだしたのは、愛児を道連れに自害するのを阻まれる恐れがあって、わざわざ遠ざけたものと思われる。

かくして、たわいもない誤解、いやその半ばは誤解とは云えぬかも知れぬが、いずれにしろ、つまらぬことがきっかけで、あたら有為の火薬研究家は志成らずして一家もろともに散華《さんげ》した。

「何たる短慮。ええい、学者ちゅうもんは度しがたきものよウ」

婆やから事の次第を聞いた幕府の要人は舌打ちをして虎之進を罵ったという。全く政治家から見ると、痴漢の按摩を相手にして、元も子もなくするような単純な奴は、実に馬鹿の骨頂とも思われたにちがいない。

こうして、このだだっぴろい屋敷は再び住む人もなくなってしまった。

三

「それからなんですよ、先生、夜な夜なその屋敷の中から按摩の笛がピイィ、ピイィと流れだしてくるのは」

と、実説《はなし》を語りおえた香六は、今度は怪談の方へとりかかった。瓢庵うなずいて、

「なるほど、徳市のこの世への執念が残って、笛が鳴るというのじゃな」

「何しろ盲人《めくら》ですからね。人一倍執念深いのは無理もありませんや。もっとも、虎之進と伜が生残ってでもいりゃ、幽霊になって出て来るのは、妻君の菊江さんのほうが本筋でしょうぜ。妻君にしてみりゃ不義よばわりされたんじゃ死んでも死にきれないだろうし、残した子には未練があるだろうし、こいつはどうにも化けて出ずにはいられませんね」

「徳市の亡骸《なきがら》は手厚く葬ってやったのだろうな」

「そりゃ無論のことで。だから、今さらこの屋敷には執着のあろういわれもねえはずなんです。それで屋敷を根城にして笛を鳴らすのは何故だろうという論議がはじまったわけです。最後にうがったのが、それは多分屋敷のどこかに徳市愛用の笛が残っていて、夜鳴きをするんだろうといいだして、物好きなのが屋敷の垣根を越し笛探しまでしたってことですよ」

「で、笛は出て来おったかな?」

「いんえ、とんと見つからなかったそうで。ですから、相変らず夜になるてえと、屋敷のどこからともなくピイィ、ピイィと、笛の鳴るのがやまらねえのです」

「笛というものは、竹の筒の中に、空気が通るだけでよいので、いたってたわいのない楽器じゃが、その按摩屋敷にはいたるところ笛のような音をだす穴があいてはせぬかな」

「へへへ、先生のことだから、多分そんなことを仰有るだろうと思っていましたよ。つまり先生は、幽霊見たり枯尾花、と按摩の笛にケチをつけたいんでしょう」

「ケチなどをつける気は毛頭ありはせぬよ。ただ無闇にさわぎ立てると、とんだ馬鹿を見ることが往々にあるでナ。人住まぬ広い屋敷で、それが町はずれともなれば、夜鳥のたぐいも巣食っておろうじゃないか」

「そりゃそうです。ところが先生、笛の夜泣きで按摩屋敷ということになったんですが、近頃この屋敷に笛ばかりでなくほかに怪しいことが起りだしたんです」

「ほほう、妖怪変化の新手が生れたと申すのか。はて、それは何じゃ?」

「按摩屋敷ではただ笛が鳴るばかりじゃありません。ちゃんと笛の主がいたんです」

「笛の主というと、徳市か？」

「へえ、その徳市がいて、笛を吹いているんです」

「ほほう、どうして今までそれに気がつかなかったのじゃ」

「というのが、今まではただ笛が鳴る。徳市の怨霊が残っていて、笛を吹くのだろう。屋敷のどこかに笛が落ちてる、ぐらいのことでろくろく探しもしなかったのですが、この夏になって、何しろえらく暑いものだから、あのへんの若いものが寄り集って、なにか暑気払いになることはないかと頭を絞ったところ、按摩屋敷の夜泣き笛はどうでも屋敷の中に笛が残っているからにちがいない。そいつを見事探しだしたら三両の褒美をだそうじゃないか、と物好きなことを云いだしたどこかの若旦那がいるんですね。それで慾と山気の張ったのが按摩屋敷へ乗りこんで、今度は腹を据えて家探しまではじめたところ、虎之進の妻君の寝所とおぼしい部屋に、按摩の風態をしたお化けがしょんぼり坐って、忍び足でやって来た若い衆に見えない白眼をむきながら、ピイヒョロ笛を吹いて聞かせたというんです。それまでは笛の音もしなかったし、まして徳市のお化けが鎮座していることなんぞ思いもしなかったンで、その若い衆はのけぞって引繰返ったまま腰を抜かして気を失ったそうですよ。そして、気がついてみたら、その男は按摩屋敷の垣根の外に放りだされていたって話なンで」

「やれやれ、御苦労さまなことだ」

「その御苦労さまをこりもせずに、もう一度繰返したのがいるんです。今度のはよほど気丈な奴だったが、笛を吹いている徳市の姿を見つけると、その正体を確かめてやろうと前に進みでた。そのとたん、徳市の姿が消えて、今度はうしろの障子が、スーッと開いた。何気なく振向くと、そこに立っているのが、何と洗い髪をたらした女の幽霊で、男の顔を見るとケタケタ笑いだしたっていうんです」

「菊江どんもとうとう化けて出たか、あッはッは」

「それが虎之進の妻君だったかは、その男にもはっきり分らなかったそうですよ。やっぱり幽霊は女の方が凄いんで、ケタケタという笑い声を聞くなり、その男は宙をとんでもう按摩屋敷をとびだしていたってえことでさあ」

「三人目は?」

「へえ、三人目の話はまだ聞きません。二度までもそんないやな目に会っちゃ、僅か三両ぐらいの褒美じゃ二の足を踏みまさあ」

「どうじゃ、香六、五両だすから、お前さん、その三人目になって按摩屋敷へ乗りこみ、徳市の笛を見つけだしてくる気はないかナ?」

「えっ先生、そりゃ本気ですかい?」

「暑気払いにはもって来いじゃからな。何なら、わしもお供してよい。但しその場合は五両の褒美をひっこめるよ」

「褒美なんぞはどうでもいいが、先生、腰っ骨の蝶番《ちょうつがい》の方は大丈夫ですかい?」

「まさか腰も抜かさんじゃろう」

と瓢庵がにやにやした時、うしろから思いがけない声がかかった。それはとっくに行水をすましてやって来ていた豆太郎だった。

「じいあん、およしよ。じいあんの代りに、あたいをやっとくれ」

「やあ、豆、お前、話を聞いていたのか」

「うん、あたい、そのお化けというのに、一度会ってみたいよ。褒美なんかいらないや。ただでいいぜ。そのかわり笛は貰っちゃう」

豆太郎はもう徳市の笛をせしめた気で、小さな胸を昂然とそらして見せた。

# 四

それから二日目の夜、五つ半を廻った頃比《ころおい》だったが、瓢庵の家へせわしない足どりで香六が姿を現わした。一人ぽつねんとしていた瓢庵は出迎えて、

「おお、香六、わりに、早いお戻りじゃったな。首尾はどうかな?」

と声をかけると、香六はいつもに似合わず、いたって元気がなく、

「へえ」

といったきりすぐには返事もしない。よく見ると、髷も乱れているし、衣類も大分よれよれになっているようだ。瓢庵は気をきかして、手もとに置いてあった貧乏徳利から茶碗に酒をつぎ、それをさしだすと、香六は無言で受取って一息にのみほし、やっと人心地がついたらしく、

「先生、面目ござんせんが、まんまとしくじりやした」

と、ぺこり頭をさげた。

「うむ、そうのようだな。まあいい。お化け相手じゃ、まずしくじっている方が無事というもんだ。ところで豆太郎はどうした?」

「へえ、そのことなんです。あッしより一足先に戻っちゃいねえかと、それをあてにして来ましたがまだでしょうか?」

「うむ、まだじゃ」

「そいつはいけねえ。こうしちゃいられねえ」

香六は青くなって立ちあがろうとした。それを瓢庵はおさえて、

「まあ待ちなさい。そうあわてることはない。豆太郎もあれでしっかりしたところがあるから、お化けにとって食われるようなこともあるまい。もうしばらく待ってみよう。ところで香六、話し

づらかろうが、今夜のしくじり話を聞こうじゃないか」

「へえ」

香六は恰好がつけにくそうに坐り直した。

いうまでもなく香六は今夜駒込の按摩屋敷へ乗りこんでいったのである。笛が鳴るのは夜のことだし、徳市や菊江のらしい幽霊がでたのも夜のことだから、必然的に乗込みは夜を選ばねばならなかった。折よく今夜は満月が出ることを確かめて、香六は豆太郎をお供に連れ、とっぷり日が暮れるのを待ち、出掛けていったのだった。

按摩屋敷のあたりは、まだ宵の口だというのに、まるで深夜のようにしずまり返っていた。この頃はよほどの物好きででもなければわざわざお化け屋敷などへ近寄るものはない。ましてそのへんの若い衆が二度までもひどい目にあっているので、按摩屋敷はすっかり鬼門扱いにされ、昼間でもそのへんをうろつくとよくない祟りを蒙るという噂さえ流れていた。

満月の光を浴びて、一段と低くなった土地に半分めりこんだような按摩屋敷へたどりついた時、さすがの香六も何やらぞっとするような戦慄を感じないわけに行かなかったが、同行の豆太郎の方は一向に平気だった。

「香六おじいさん、もったいないな、こんな屋敷を空家にしてほっとくなんて」

しげしげと屋敷の様子をうかがって、豆太郎は一家言を呈する。もともと声の調子の高い子だが、あたり憚らぬ大声はそのへんのしじまを破って、びんびん響き渡る。

「これこれ、豆ちゃん、そんな大声だすとお化けが隠れてしまうぜ」

香六は苦笑しながら、按摩屋敷の崩れた土塀からはいりこんだ。母家は門から大分引込んだところにある。

二人は玄関を横に見て、庭先の方へ廻った。手入れが行届いていたら、さぞかし趣きのある庭だろうが、今は夏草が時を得顔に生い茂り、小さな豆太郎などは肩まで沈んでしまいそう。

「あれ、笛の音だよ」

豆太郎が今度はさすがに声をひそめて香六にささやいた。なるほど、家の中からこおろぎでも鳴くような微かな笛の音がする。

「うむ、今夜こそはどうでも笛をせしめてやる。……豆ちゃん、おめえは家の中の勝手を知らねえだろうから、ここで待ってろ。おれはあらかじめ間取りを見当つけてあるから、何とかやらかして来る」

武者ぶるいしながら、香六は単身縁側に向って進んだ。雨戸の何枚かは外れていて、そこから家の中へ月影がさしこんでいる。

香六は笛の音をたよりに足を忍ばせていった。その音が流れて来るのは、確かに話で聞いていた虎之進の妻君の寝所からであった。

香六がその部屋に辿りついて見ると、まごうかたなき徳市とおぼしい姿の男が、床の間の隅にしょんぼりとたたずんで笛を吹き鳴らしている。

その様子を、身を沈めてじいっとうかがっていた香六は、矢庭に徳市の亡霊に向って躍りかかっていった。

「徳布、その笛貰った」

何とも果敢なる攻撃であったが、これが香六のはじめからの魂胆であった。つまり香六は、笛を吹いているのは亡霊ではなく、生の人間であろうと信じていたからである。

笛吹きは香六にとびつかれて、あやうく身をかわした。香六はそのとたん足に何かひっかかって、不覚にもたたらを踏んだ。と、襟元へぐいと大きな手首が伸びて来たように感じた。

驚いて振向くと、背後には雲つくばかりの大入道がいつの間にやら立ちふさがっていて、その毛むくじゃらな腕で香六の首を絞めあげたのである。

それからあとのことは香六もよく覚えていない。ふと気がついてみると、彼はしとどにぬれた草の上に、寝ころんでいた。起きあがって、そこが按摩屋敷の垣の外であることがわかった。

彼もまた、前の連中とほぼ同様の目にあって、お化けの慰み物となったわけであった。

起きあがった香六は、豆太郎の安否が心配になり、二三度その名を呼んでみたが、どこからも返事はなかった。もう一度屋敷の中へ踏みこんでみる勇気はとても湧かなかった。豆太郎が一足先に帰ったものとして、香六も今夜は尻尾をまいて退散するよりほかはなかった。

「先生、あッしは先生には黙っていましたが、按摩屋敷の夜泣き笛はともかく、今度のように徳市や女のお化けがでるのは、てっきり人間の悪戯と睨んだんです。ですから、笛を召上げてくるのは訳はねえと乗込んでいったんですが、しくじりやした。あんな大入道が待構えているとは気がつかなかった」

無念げに、語り終えた香六を、瓢庵はなだめるような表情で、

「香六、実はわしもお前さんと同じに考えた。お化けが退治に来た奴をわざわざ垣の外へほうりだすはずはないからの」

「しかし、一体どこのどいつの悪戯だろう」

「それをわしも知りたかった。ひょッとしたら豆太郎が……おや、足音がする。豆太郎のようじゃ」

瓢庵が聴き耳を立てると、玄関先に小刻みな足音がして、やがてがらりと威勢よく戸があいた。

「じいあん、ただいま」

案の定それは豆太郎であった。豆太郎は脱兎の勢いで座敷へとびこんで来た。

「やあ、香六おじさん、無事に戻って来ていたね。あたい、ずいぶん心配したぜ」

「豆ちゃんこそ、どうした、おれこそ胆がちぢまるほど心配していたんだ。よく帰って来たなア」

「うん、ちょいとじいあんに頼まれたことがあったから、そいつをしていたんでおそくなったんだ」

「なに先生に頼まれた？」

あっけにとられる香六を、瓢庵はにやにやと制して、豆太郎に向い、

「豆や、お化けの跡をつけてみたか？」

「うん、笛を吹いてた奴のあとをつけてみたよ。じいあんが云ってたとおり、裏の竹籔がある小山の方へ行くので、こっそり探って来てやった。小山の裾に大戸があって、その中は仕事場になってるのさ。お化けたちはみんなそこに集っていたぜ」

「お化けたちって、そんなに多勢いたか？」

「そうだね、笛吹きや大入道やそれに女も一人入れて、六人ばかり集ってたよ」

「何か話していたのを聞かなかったか？」

「聞いた。……もう来ないだろうと思っていたのに、また来やがった。今度来たら、こりごりするように、絞め殺してしまおうか、と一人がいうと、いや、殺生すると八丁堀も捨てておくまい、大仕掛けにこの屋敷を探られちゃ、せっかくのこの仕事場もばれてしまう。ただのお化け屋敷にしておくのが無事だって、もう一人のお化けがなだめていたっけ」

「ふうむ」

考えこんでいる瓢庵に、香六はせきこんでたずねた。

「先生、竹林虎之進が火薬工場に使っていた場所に巣食っていた悪戯者がいるんですね？」

「まずそのへんじゃあるまいかと思い、盗み見はおとくいの豆太郎に、前もって頼んでおいたのじゃ。どうやら見込み通りだったらしい」

「一体そいつらは、そんなところに巣食って、何をしてやがるんです？」

「さあ、何をしてるか、わしにも見当がつかん。が、いずれにしろよからぬことを、こっそりやっておるのじゃろう。さればこそ、お化けの蔭にかくれて巣を作り、お化け退治に来る輩を、菊江、徳市の亡霊を装っておどしつけ、二度と足踏みさせぬように企んだのじゃ。……豆や、御苦労だっ

た。御苦労ついでだが、明日は起きたらすぐ、お玉が池の佐七親分のところへ行き、ここへ来てもらうよう頼んで来なさい。あとのしめくくりはお玉が池の領分じゃ」

後日譚だが、人形佐七が按摩屋敷の地下工場を襲って、怪漢一味をひっとらえて見ると、それは鉛かぶせの贋金作りの連中だったそうである。

# 墓石くずし

一

「香《きょう》おじさん、やろう」

ちびの豆太郎が将棋盤をかかえて来て、香六の前に、でんと据えた。

「あれッ、豆ちゃん、おめえ、将棋が指せるのか?」

「指せるともさ。うまいんだぜ。じいあんとおじさんが指してるのを見て、時々じれったくなることがあるんだよ」

「ようし、こいつめ。それじゃ、ひどい目にあわしてやろう。来な」

香六は駒箱の蓋をとると、盤の上へ駒をばらりと撒いたが、豆太郎は、急いで手をのばし、手早く王将二つを抜き、あとの散った駒を掬うようにして、盤の真中へ盛りあげた。

「なんだ、豆ちゃん。そりゃ一体何のおまじないだ?」

「ねえ、おじさん、ただやったって面白くないだろう。この積んだ駒を一つずつ、ほかの駒を動かさないで取っていって自分の駒にするのさ。ほかの駒がちょっとでも動いたら、相手がとる番になるんだ」

「へええ、面白い駒割りもあるもんだな。そんならなるべく強そうな駒ばかり集めた方が得にきまってらア」

「そりゃそうだけど、そううまくは集らないよ」

「なァに、そんなことはわけァねえ。駒割りの先手はどっちにする?」

「おじさんが先にとってもいいや」

「ほう、鷹揚に出たな。じゃお先に失礼するぜ」

香六は盛られた駒の一番てっぺんのあたりに飛車がのっかっているのに目をつけ、そいつを指先につまみあげようとしたが、飛車がほんの少し他の駒にひっかかっていたので、チョロリと他の駒を動かしてしまった。

「ダメだい。今度はあたいの番だ」

豆太郎は香六の手をひっこめさせ、盛り駒の麓《ふもと》にころがっている分から器用に片づけはじめた。あれあれと思っているうちに、歩を四枚、銀、角、金と七枚の駒をせしめてしまった。

「うん、おめえの指先は大したもんだ。修業をしたら立派な巾着切りになれるぜ」

香六は自分の番にとりかかったが、どうも大駒ばかり狙うものだから、せいぜい二枚ほども取ると、もう他の駒を動かしてしまう。とど、そういうやりとりで香六は僅かに金銀と飛車、それに歩を六枚ばかり手に入れただけだった。

「なァに、これぐらいだって、豆公に負けたりなんぞするもんか。さァ来い」

躍起になって勝負がはじまったが、こりゃ問題じゃなかった。下手を金銀歩三であしらうという話があるが、豆太郎を相手の場合は、あまった駒は手駒として自由に敵陣へ打ちこめる約束なんだから、とても敵わない。忽ちにして香六は白旗をかかげざるのやむなきに立到った。

「わッはッは、香六、ざまはねえな」

いつの間にやって来たのか、瓢庵と一緒に一風呂浴びてきたらしい桂七が、この香六の敗戦振りを見て、大声でひやかした。

「だっておめえ、駒割りがひでえンだ。何ならその手で一丁行こうか」

香六は口惜しまぎれに、今度は桂七相手に駒崩しを挑んだが、利口な桂七は軽々とその手には乗らない。ていよく逃げられて、手持無沙汰になった香六は、一人で盛りあげた駒をかすめるおさらいをやりだした。

「よしねえな、香六、将棋の駒ってものは、身を伏せて四つに仕切っているから威勢がいいんだ。

お ッ立てたり横にしたんじゃ、まるで墓石みてえだぜ」

と、桂七はなおも悪態をつく。と、何を思いだしたか瓢庵に向って、

「先生、その墓石で思いだしたんですが、あのほら、浅草千束町《せんぞくちょう》の尾張屋という酒屋の一件、御存知でしょう」

「うむ、親爺の徳右衛門は気の毒なことをしたな。もうそろそろ三七日《さんしちにち》がやって来るころだろうが……」

「へえ、あの一件では左官屋の伜の巳之助が下手人にあげられて、一応片づいた恰好になってるんですが、その巳之助がいまだに実を吐こうとしねえので、お上でも手を焼いてるってことでさァ」

「そうか。それじゃ拷問の何のと、さだめしひどい目にあってることだろう。だが、あの件は、れッきとした証拠もあり証人もあり、いくら巳之助ががんばってみてもダメだという話だったがな」

「そうなんで。ですからいずれ巳之助も梟首《さらしくび》にされるのが落ちなんでしょうがね。まァ、その方はいいとして、その尾張屋のことで、またちょいと面白いことがあったのを小耳に挟みやした。今、香六が将棋の駒を墓石みたいにおっ立てているのを見て思いだしたんです」

「なんだ、墓石がどうかしたかの?」

「へえ、死んだ徳右衛門の墓石が倒れかかって、すんでのことにまた一人死人が出るところだったんだそうです。もっとも、片腕押しつぶされただけで、一命だけはとりとめたそうですがね」

「ほう、その怪我人というのは一体だれだ。尾張屋のものか?」

「いいえ、尾張屋の娘のおとよが婿に迎えようとしていた材木屋の次男坊なんで——。可哀そうに片輪になっちゃ、もう入婿にもなれますまいて」

「墓石が倒れかかったとは奇態なことがあるものだな。怪談じゃ」

「へえ、あのへんでも怨霊の仕業だろうという噂を立てているんで」

「はてな、殺された徳右衛門には、その材木屋の次男坊を怨むいわれがあるのか?」

「別にそうでもありますまいが、まだ三七日も来ないのに、入婿の催促にいったんで、腹を立てたのかも知れません」

「何か曰くがありそうじゃな。ひとつ、精しい話を聞こう」

瓢庵も坐り直した。香六も駒を片づけて、桂七の話にきき耳を立てた。

しかし、この桂七の話を聞く前に、読者は一応尾張屋の親爺徳右衛門が非業の死をとげた事件について輪廓を知っておく必要があるだろう。

二

尾張屋という酒屋は、ずっと前の「麒麟《きりん》火事」の時にも引合いにだされたあの酒屋で、その時はあぶなく放火魔の犠牲になるところを免れたが、災難というものは尾を引くものと見え、二度目にもやはり火事、それも放火を受けて、とうとう主人の徳右衛門は焼け死んでしまった。煙と火から脱することができずに徳右衛門は死んだので、見たところ不運な横死《おうし》と思われたが、その放火が彼の死を目的としたものと見なされて、とうとう人殺しの犯罪ということになった。

徳右衛門は町内でもなかなかの顔利きであった。「がらがら徳さん」と云われていて、どうも少々騒々しく、何にでもすぐむかッ腹を立てるが、しかしその腹には別に何もなく、世話好きで陽性なところから、近所からは重宝がられもし、慕われてもいた。

事件の起ったのは晩春の宵のことであった。花見はとっくに終っていたが、遊びぐせのついた町内は、いろんな名目をつけては催し物にうつつを抜かす。場所が浅草や吉原をうしろに控えているだけに、それが町の繁栄を意味するのだし、酒屋の尾張屋も自然に恩恵に浴することだし、徳右衛門も力こぶを入れないわけにいかない。

徳右衛門は浄るりを語るのが自慢だった。何かの催し物があると、トリの役を買って出て、じっくり一段語って聞かせ語り終って見たら集っていた客が殆んど居なくなっていたなンてのは、とんだ「寝床」芸だが、それでもやめようとは云わなかった。事実そんなに拙いというわけでもなかった。ただ、バカに声がでかくて、しんみりしたお涙頂戴の場面などはどうも頂けない。

徳右衛門はその夜、店も片づいて、夕飯も終ったあと、

「わしはこれから独り稽古をやって来る」

と家人に告げて、裏庭にある離家《はなれ》へ引きこもった。

離家というと体裁はいいが、それは物置きを改造したもので、事実半分は物置きに使っていた。あとの半分に畳を入れさせ、ちょいと坐れるようにしてある。これが徳右衛門の浄るりの稽古場だった。こんな物置きをわざわざ稽古場にしたのは、彼の声があんまりでかいので、近所の赤ん坊が虫を起すの、障子が破れたのと、いろんな噂を立てるのがいて、徳右衛門のお神さんのおとわがそれを気にやみ、とうとう浄るりを唸る時は物置きの中で、ということにしてしまったのである。窓も戸口も締切った物置きの中で唸らせてみると、さすがにその声はそれほど遠くまで聞えず、近所にも迷惑をかけずにすみそうだった。徳右衛門は徳右衛門で、こっそりと芸を磨くには、この方が好都合とばかり、負け惜しみの解釈をくだしていた。

物置きの離家にはいった徳右衛門が、ものの半刻《はんとき》も唸りつづけているのが、母家の方に聞えていた。その唸り声が一層高まり、やがてどうも少々いつもと違ってただごとでないような絶叫に変ってきたので、おかしいナと母家の人が思った時、

「火事だッ！」

と叫ぶ声がし、みんな驚いて裏庭へとびだして見ると、何とその稽古場から猛烈な煙が吹きだし、裏手からめらめらと火の手さえあがっているのだった。商売柄、水を使う機会も多いので、居合せた人は夢中になって水桶をとりに走ったが、お神さんのおとわは火事場にいるべきはずの夫の姿が

見えないのに気がついた。それまでは、出火に気づいて「火事だ」と叫んだのは当然徳右衛門で、その火事を消そうと何かやってるものと思ったのに、その気配がない。もしや、離家に入ったままではないかと気づくと、おとわは戸口にとびついて引き開けようとした。ところがその引き戸は一向に開こうとしないのだ。開かないわけだ。柱の釘に、戸にとりつけた金の輪がひっかかっている。これは錠を卸す時に使う装置だ。

「おや」

と、おとわが思った時、そこへやって来たのは荒仕事に使っている権十《ごんじゅう》という少々薄野呂《うすのろ》の下男だった。

「権や、もしや旦那が中にいなさるかも知れない。のぞいて見ておくれ」

命ぜられると権十は返事もなく戸にとびついて、金の輪をはずし、戸を引き開けた。煙がどッと流れ出る中へ、彼は勇敢にもおどりこんで行った。

「気をおつけ、権や」

気もそぞろに待っていると、権十は機敏にもすぐ取って返した。その両腕の中には煙に巻かれて息絶えている徳右衛門が抱かれていた。

「ああおそかった」

夫の顔が焔に甜《な》められて無残にただれているのを見ると、おとわはとりすがって泣きだした。

「へえ」

と、権十は面目なげに呆然と突立っている。煙と火焔をくぐって来た彼は、幸いに荒仕事の時のままの装束だったので傷害《きず》も受けていない様子だった。

火事は発見が早くて手廻しがよかったからか、離家を半焼けにしただけでおさまった。

だが実際のところ、そんな物置き離家なぞいくら焼けても大したことはない。尾張屋は大黒柱の徳右衛門を失って、一時に悲歎のどん底につき落されてしまった。

急報を聞いて、乗りこんで来たのは象潟《きさかた》の浪五郎という御用聞き。

「尾張屋から火が出たのは、これで二度目。前のは放火《つけび》だったが、今度は徳右衛門の粗相《そそう》だろう」

と、徳右衛門が離家に一人いたことを聞いて、無造作にそう睨んだ。

「とんでもありません。季節もよいことですし、離家は火種一つ置いてはございませぬ。浄るりを語ると冬でさえ汗をかくといって、火鉢も置いてはないくらいで」

と、お神さんは粗相説を極力否定した。

「そんならやっぱり放火か。そりゃどこのどいつだ」

離家は半分まだ物置きに使っていて莚《むしろ》や薪木《たきぎ》類も置いてあった。放火をするにはもってこいの材料が置いてあったわけである。家のまわりには特別燃えるものはない。して見ると、放火をしたのは、離家の中の莚をねらったのであろう。ちょうど莚を積んであるところが窓になっていて、その窓には風穴があいていたというから、そこから火のついたものをほうりこめば、中は忽ち燃えあがるにきまっている。

「ふうむ、やり方はいたってたわいがねえが、親爺の徳右衛門が中にいると知ってのこととすると……」

浪五郎親分の眼はだんだん険しくなっていった。

この時、お神さんのおとわがはじめて飛んでもない事実を想いだした。火事と聞いて駈けつけた際に、離家の戸口の錠をおろす個所に、錠こそおりてはいなかったが、釘に金輪がひっかかっていて開かなかった。それは内側からは絶対にかけることのできぬ輪だ。

おとわはそのことをすぐに浪五郎に告げた。

「お神さん、いいことを覚えていなすった。どれ、その戸口というのを拝見しよう」

離家の表戸は焼残ってそのままになっている。浪五郎はその金輪を見て満悦した。

「徳右衛門をここに押しこんだまま蒸し焼きにしようと企んだやつがいる。お神さん、心当りがありなさらねえか?」

おとわは首を横に振ったが、浪五郎は勿論その返事を期待していなかったらしく、そのへんを油断ない眼つきで物色して、つと地面の上に屈むと、片面が泥によごれた手拭を拾いあげた。

「火事騒ぎで、まだ新しい手拭を落したまま忘れている人がいるぜ。誰だ?」

と、指先でつまみながらひろげて見せると、ついて来た尾張屋の番頭が眼ざとく検《あらた》めて、

「あ、それあ左官屋の山大の手拭だ。すると……」

なるほど手拭の中央には大きく大の字が笠をかぶって染め抜いてある。

「すると、その持主は誰だというんだね?」

鋭く浪五郎が見廻すと、すぐには誰も答えるものがなかった。お神さんが気をとり直して低い声でいった。

「山大さんのものでここへ出入りするのは、息子さんの巳之助よりほかにございません」

「その巳之助は、どうしてここへ出入りするんだね」

「はい、それは巳之助さんが、うちの娘のおとよと往き来しておりましたから。……いいえ、もうその往き来もおとッつぁんからとめられていたんですけれど」

おとわの奥歯に物のはさまったような言い方で、浪五郎は大半のことは察したらしかった。彼は手先を振向いて命じた。

「その巳之助をここへしょっぴいて来い」

三

巳之助は手拭をつきつけられて、それは自分のものにちがいないが、いつどこで無くしたか覚え

がないと答えた。だが彼は、尾張屋の不幸を知っていて、浪五郎の手先が呼出しをかけた時は、魂が抜けたように呆然とし、その顔色は全く生色がなかった。

「それじゃおめえは、今夜この尾張屋へは一と足も踏み入れていねえと云い張るのか？」

「はい、金輪際《こんりんざい》」

「すると今晩、今呼出しを食うまで、おめえは自宅の山大の店に、ずっといたのか？」

「はい、いいえ。夕餉のあとぶらぶらと川筋まで独り歩きをして居りましたんで」

おろおろしたその返事は見ていて気の毒なくらいだった。と、この時人々のうしろから、きんきんした娘の声が流れてきた。

「巳之さん、あたしとのことを隠し立てしようというんならそんな心配は御無用ですよ」

それは尾張屋の一人娘おとよだった。

「えッ」

と驚くのへかぶせるように、

「巳之さん、あんたは今夜五つ頃、裏の明神様の境内へあたしに来るよう呼びだし状をよこしたじゃありませんか。その文ならまだここにありますよ」

巳之助は凍りついたように立ちすくんで、言葉もでない。浪五郎はおとよに向って、

「この男から訳を聞くよりも、あんたから話を聞く方が早そうだ。そのいきさつを聞かしておくんなさい」

おとよはぺらぺら喋りだした。わがまま育ちで怖いもの知らず、その上この時は父親の急死で気も立っていただろう。

おとよと巳之助とは、幼な馴染でもあり、それがいわば人目を忍ぶ仲になっていたのだが、巳之助も山大の跡取りだしそれに気弱いところがおとよの父の徳右衛門には気に入らずおとよの婿には深川の材木屋の次男坊彦次郎を添わすことに取決めてしまった。当のおとよもあっさり巳之助を思

いきることにし、そのことを相手に通告したものらしい。恋人の心変りというほどのこともないが、巳之助はそっけないおとよの態度にあきたりず、何とか彼女は無論のこと、徳右衛門も思い直してくれるようにと、そのことを話すためにおとよを明神様の境内まで呼びだした。しかしおとよは、父親の決心が固いからとても駄目だと云い張った。

「そんならどうでもおとッつぁんに逢って、話をつけよう」

「あンたにそんな勇気があるんなら、やってごらんなさいな。おとッつぁんは裏の離家で、浄るりを唸ってる最中だから」

そんなことを話しあって二人は別れた。そのあとのことは知らない、とおとよは話を結んだが、こうまではっきり事情を明かされてはもう巳之助も頑張り切れなくなったらしい。

「あッしはその足で、徳右衛門さんに逢いに行くことだけは行ったんです」

と、白状に及んだ。

巳之助は単身離家へ乗りこんでいった。浄るりに夢中の徳右衛門は彼の来たことも気づかぬ模様だったが、切れ目を捉えて巳之助が会談を申込み、おとよとの結婚を考え直してくれるように談じこもうとしたが、いい気持で唸っていたのを邪魔された腹立ちもあって、徳右衛門の一喝を食ったにすぎなかった。巳之助は這々《ほうほう》の態で、離家を退散するよりなかった。

「なるほどな、帰りしなに莚の山へ火をつける。徳右衛門はもう浄るりを語りだしていて、すぐには気がつくはずもない、おめえは外に出て、戸口の鐶《かけがね》をかけて雲を霞。あわてていたから手拭を落したのも気がつかなかった。段取りはよって件《くだ》んの如しだ。……巳之助、神妙にしろ」

浪五郎は巳之助の語ろうとしないことは独りで補足しながら、その手に捕縄《とりなわ》をかけてしまった。

巳之助が徳右衛門のところへ談判にやって来たとあっては浪五郎ならずともその犯行に疑いをさしはさむ余地がないと思われた。彼以外にそんな大それたことをしてのける因縁を持ったものは誰一人としていようはずがないからである。

こうして象潟の親分の神速果敢な捕物は、さすがという評判をとって、めでたく（？）けりがつき、それから半月ほどの日が流れたのである。

そのあいだに徳右衛門の葬儀も滞りなくすんだ。彼はその性格にも似合わず、なかなか後生《ごしょう》のいい男で、生前ちゃんと自分の墓も作ってあった。酒屋だからというんで、徳利型の滑石《なめいし》か何ぞのてかてかしたやつは、あまりいい趣味とは申せなかったが、ともかくその下におさまった。

ところが、その徳右衛門を焼殺したというかどでつかまった山大の巳之助は、何としても自分が下手人ではないと云い張るばかりか、もしそんな無実の罪で自分が死罪にでもされるようなことがあったら、おとよと材木屋の彦次郎には怨霊となってとりついてやると、あられもないことを口走るようになった。もともと気の弱い女性的な感じのする若者だっただけに、何かそれは陰にこもっていた。これを伝え聞いた尾張屋では、当のおとよはいたって平気の平座だったが、母親のおとわの方が馬鹿にそれを気に病みはじめた。こういうことは気にしはじめるときりがない。それでおとわは、おとよが彦次郎を婿に迎えることは見合わした方がよくはないかといいだすようになった。

「巳之さんに化けて出られてごらんよ。それだけであたしゃもう生きてる気がしないよ」

と、おとわはもうぶるぶる怖毛《おぞけ》をふるっている。娘のおとよの方はそういう母の態度に不服でならなかった。

そこで、おとよと彦次郎は語らって、二人の婚姻が果して不幸を招くかどうか、易者に占ってもらおうというので八卦見《はっけみ》にいった。この易者の返答がなかなか凝っている。二人の婚姻の鍵を握っていたのは、死んだ徳右衛門だったのだから恰度徳右衛門が死んだ時刻に、その墓の前へ行って事情を打明け、もう一度許しを乞うてみるがよい。必らずどちらかの返事をしてくれるだろうというのだった。

易者の返答としては、ちょいとおかしなものだったが、この報告を聞いた母親おとわは、かえってそれが万全の方式であるように思われ、早速おとよと彦次郎を連れて、亡夫の墓前に詣でることになった。

徳右衛門が死んだのは夜の五つ半という時刻で、墓詣でにはあまりぞッとせぬが、そんなことに構っていられなかった。おとよと彦次郎は前方に並んで、徳右衛門の魂を呼びさまさんものと祈りをこめた。その甲斐あってか、徳右衛門の墓石は前後に軽く揺れたようであった。それが左右に揺れたのだったたら、徳右衛門が二人の婚姻に首を横に振ってることになるが、前後なら多分賛成なのだろうと、彦次郎はいい気持になっていた。

「彦さん、あぶない」

二人のうしろに控えていた母親のおとわは墓石の揺れるのを見ていたが、思わずそう叫んだ時、墓石は首を振りすぎて彦次郎目がけて倒れ落ちてきた。彦次郎はとっさに傍にいるおとよの身を案じて彼女を突きのけ、自分も身をかわしたつもりだったが、それがやや機を失して、とうとう片腕を墓石のために潰される憂目を見るにいたった。

「なんだ、それじゃ徳右衛門は、娘と材木屋の伜の婚姻には賛成しすぎて、かえって、婿の片腕をつぶしたことになる。阿呆らしい」

桂七の説明を聞いていた瓢庵が、いかにも解《げ》せぬ顔で呟いた。桂七にやにやして、

「へえ、そうのようにも見えますんで。ところが、わッしもこれについちゃ、ちょいと裏を調べてみました」

「どうも裏があるだろうとは思っていた。夜中の墓詣でなどは、試胆会《したんかい》なら知らぬこと、正気でできることじゃない」

「わッしが怪我をした彦次郎に会って聞いたところでは、この墓詣で、実はおとよと彦次郎の二人が書いた狂言だったんです。易者に金を握らせて尤もらしく徳右衛門の許しを得るように云わせお袋を墓の前に連れていって、その墓の裏には雇った人間を一人隠しておき、徳右衛門の声色で、『二人ともに末長く添いとげろよ』とか何とか云わせる魂胆だったんです。そいつが声色をやめて、

墓石を前後にゆすぶりだしたから、新手を思いつきやがったと思っていたんで、逃げるのもおくれたらしい。ところが、あとでよく調べて見るとその雇った声色使いは、墓石のうしろに忍んでいるあいだに、実は頭をしたたかに殴られて、気を失ってしまったらしいんです。だから、墓石を動かしたなんてことは全く覚えがねえというわけです」

「はてな、勘定にはいらぬ曲者がとびだして来たというわけだな」

「へえ、ですからわッしも、こりゃ本当の怪談になっちまったんじゃねえかと思うようになったんで」

「桂七、その徳右衛門のお化けか、何のお化けか知らぬが、おとよと彦次郎の計りごとの裏をかいた怪物というのが、なかなか面白いな。ちょいと尾張屋まで行ってみようではないか」

# 四

尾張屋は商売も休んで、火の消えたようになっていた。

というのは、娘のおとよ、昨夜の事件ですっかり胆をつぶし、その上に気落ちがしてしまって、どッと床につくなり高熱をだして、妙なうわ言などを口走るようになっていたからである。そこへ医者の瓢庵が行ったので、むしろ歓迎の形であった。おとよは取りかえ差しかえ冷たい水で頭を冷しつづけている。瓢庵はその容態を診《み》たが、

「なアに心配することはない。二三日静かにしておけば、熱は自然にさがる。まあせいぜいこの通りに頭を冷しつづけるが宜しい」と、いたって簡単な診断をくだした。

それから、何を思ったか、ちょいと裏の焼け残った離家を見せてくれといって、勝手口に出ていった。

勝手口の三和土《たたき》には大桶に満々と水がたたえられ、そこへ絶えず下男の権十が、井戸の新しい水を汲みこんでいた。おとよの頭を冷すのに、少しでも汲みたての冷たい水がいいと聞いて、薄野呂の彼は骨身も惜しまず新しく水を汲み足しているのである。

その様子を見た時、どうしたのか瓢庵の表情がさッと変った。しかし、さりげなく裏へ出て、焼け残った離家の前に立った。そこへ何の用事でそんなところへ瓢庵が立ち出たのかと不審に思ったにわかやもめのおとわがやって来た。

「そうじゃ、お神さん、あンたに聞きたいことが二つほどある。嫌な思い出をぶり返すようでお気の毒じゃが、実は人の生命にかかわる大事なことを思いついたので、素直に御返事が願いたいのじゃ」

と、瓢庵は例になく生真面目《きまじめ》な顔つきできりだした。おとわは娘のことではないかとおろおろしながら、

「先生、何のことでしょう」

「徳右衛門どのがこの離家にいて出火した際、あんたはすぐとびだしてここへかけつけたということじゃったが……」

「はい、店のものはみんな火の手のあがった離家の裏側へ行き、表へ廻ったのは、わたし一人でございました」

「それから気がついて見たら、もう一人いたはずだな」

「え?……それは、はい、あの薄野呂の権十で、わたしは権にいいつけて、おとッつぁんを助けだしてもらおうとしましたが……」

「うむ。ところでお神さん、その権十がもしや、徳右衛門どのからしこたま叱言《こごと》を食ったようなことが、その前後にありはせなんだじゃろうか?」

「権十がですか?」思いがけない問いに、おとわも戸惑っていたが、やがてやっと思いついて、

「そう云えば、大変申しにくいことですけれど、あの一件が起る二三日前、権十はおとよが風呂場でおぶうを使っているところを覗き見しているのを見つかって、おとッつぁんにこの離家へ連れてこられ、薪ざッぽで散々《さんざん》叩きのめされたことがございます。わたしが気がついて、詫びを入れ、やっと許してもらいましたが、どうも薄野呂でも色気だけはついているものと見えて……」

「それじゃ。色恋の怨みは怖いぞ」

瓢庵がそう答えた時、離家の横手からひょいと人の頭がのぞいて、瓢庵の方をうかがっているのが見えた。それは今も噂していた権十その人であった。瓢庵とおとわの会話は低い声だったから盗み聞きをされた懸念はない。そこで瓢庵は大きな声を張りあげて、

「お神さん、おとよさんの病気は心配ないから、安心しなさるがよい。それよりも、わしは徳右衛門さんの墓石の方が心配じゃ」と、妙なことを云いだした。

「墓石といいますと?」

「倒れた墓石は恐らくまだそのままじゃろうが」

「はい。取りまぎれてそのままにしてございます」

「それはいかん。墓石をそのままにしておくと、徳右衛門どのは殺された時刻に迷い出て、怨みのある人間の咽喉笛にくらいつき、生き血を吸うことになっておる。早くもとの通り直してあげなさい」

「でも、先生……」

と、おとわがいいかけるのを、瓢庵は眼顔ですばやく制して、そのますますたと母屋の方へ足を急がせた。

その夜の五つ半、まさに徳右衛門が殺された時刻、再びその墓所へ、今度は瓢庵はじめ香六、桂七、それにお玉が池の人形佐七までさし加えて、こっそり忍んでいるところへ、花道をのそりのそ

りやって来たのは、これなん薄野呂の権十。あたりをうかがいながら、矢庭に倒れている徳右衛門の墓石に手をかけ、何十貫という重みのある石を、自分一人の力で元の位置に立て直そうと試みはじめた。

「やっぱり権十の仕業だったたな。奴は鞭打った主人に怨みを晴らし、恋敵の巳之助、彦次郎をもこの世から葬り去ろうとした大悪人、智恵のない双が智恵を絞りだすと、こりゃ途方もないことになる。墓石を倒したのも、おとよと彦次郎の相談を立聞きして、先廻りをしてやった仕事じゃ。……ただ、怨霊に生き血を吸われるのがさすがに怖いと見え、墓石を直しに来たとは殊勝、さァ、佐七親分、そろそろあんたの出番のようじゃ」

暗闇の中で、瓢庵は囁きながら、さっきから我慢していたくしゃみを、不景気な音で一つやってのけた。

# 丹《に》塗《ぬ》りの箱

# 一

将棋の三つ巴合戦は一段落ついたし、豆太郎が居眠りを始めるし、筍屋敷も夜の五つ半となると惰気満々。

「うあッあー」

と香六《きょうろく》は人前も憚らぬ大きな欠伸《あくび》をやってのけ、両腕で頭の上に半円を描いたが、

「天下泰平、筍にもトウが立ち、か」

「何だ、香六、それあ？」

と瓢庵が聞きとがめる。

「へえ、一句出やした。近頃とんと面白いことがねえので、発句に凝りはじめました」

「うふッ」と、傍にいた桂七が笑いだして、

「香六に発句は無理だろう。せいぜい狂句とでも云いねえ」

「何でも同じこった。ともかく、こう大江戸も平穏になってしまったからには、おれたちはむろんのこと、八丁堀の旦那衆もさぞかし手持無沙汰でいるだろう。そう云えば、お玉が池の佐七親分にも随分とお目にかからねえが、退屈しのぎに八十八カ所めぐりでもしていなさるか」

「まさかそんなこともあるまいて。ついこないだ浮かない顔で、大川筋を歩いているのを遠くから見たって、ねえ先生、そう云ってましたッけね」

「うむ」瓢庵も粉煙草を長煙管《ながキセル》でずーずー吸いあげながら「香六は人がよいから、われわれの手にかかる事件さえなけりゃ、大江戸も無事平穏と思ってるようだが、実は、これで結構その筋では、いろんなことでうろちょろしてるようだ。佐七親分も烏天狗の一件で、どうにも締めくくりがつか

ず、弱っていなさるようだ。それでああやって、毎日出歩いているのだろうて」

「烏天狗の一件というと？」

「ほれ、日本橋の飾り屋金色堂《こんじきどう》で尾張様から修理を頼まれた楊貴妃の笄《こうがい》が盗まれた一件だ。まさか楊貴妃が用いた笄でもあるまいが、紅白の玉のついた黄金《こがね》作り、大した値打ちのものをまんまと一夜掠めとられた。盗んだ奴はこういう仕事にかけては折紙つきという烏天狗にまちがいなし、というんで烏天狗の塒《ねぐら》を襲って引捕えたはいいが、笄も出て来なけりゃ、当夜金色堂へ忍びこんだという証拠もない。烏天狗は逸早く、仲間のものに品物を預けてしまったと見えるが、いくらお上の威勢でも何の証拠もなしで烏天狗を成敗するわけには行かない。それで八丁堀では、江戸でも名打ての御用聞きを総揚げにして、笄のありかと、烏天狗の仕事の証拠固めに夢中になっているというわけだ」

「へええ、そんな騒ぎがおっぱじまっていたとは、一向に不案内でしたねえ」

「噂が広まると八丁堀の手落ちになるかも知れぬでな。こっそり方々を当りまくっている最中なのだわ」

「楊貴妃の笄か。お玉が池の親分も、妙なものにひっかかったもんだ」

「そのへんで、一句出そうなもんだな、香六」

と、すかさず桂七がひやかした。

「うむ」と唸ったが、それきり香六は絶句してしまった。と、耳敏《みみざと》い彼は何か聞きつけたと見え
「おや、表に足音がするぜ。駕籠のようだ」

と呟いた。それが照れかくしやごまかしではなかった証拠に、箏屋敷の玄関口へ、どんどんという拳の音がして、

「おたのン申しやす」

という案内を乞う声が聞えてきた。居眠りをしていた豆太郎が犬ころのように跳びあがった。関

所を守るのは乃公《おれ》の役という自覚は、たとい眠りこけていても忘れたことがないというのが自慢なのだ。

やがて立戻って来て、豆太郎はいささか緊張の色を見せ、

「じいあん、若い女の人だぜ。病気のことでなく、ほかのことで折入って御相談があるんだとさ」

「あがってもらいなさい」

女と聞いて、瓢庵は急にむずかしそうな顔つきになる。香六は桂七の横腹を肱でつついて、その気むずかしい顔を顎で指さした。

## 二

部屋へはいりかけた女の客は、それまではずしかけていた頭巾を漸く手にとって、手早く畳んだ。地味な装いをしているが、すっきりした姿で、気品があふれるような物腰。なるほど、豆太郎が鑑定したようにまだ若い。

「さあさあ、取り散らかしたまんまで、足の踏み場もないようなところじゃが、ずっとおはいんなさい。御用は何でもここに集っている四人で承ることになっておる。子供であろうが、馬づらであろうが、わしと同様のつもりで、お話しなされ。それがこの筍屋敷の作法になっております」

瓢庵は桂七が手早く引繰返した座布団を指さした。女はそこへ進んだが、座布団には坐らず、その手前に膝をついて会釈をした。

「こんな時刻にとびこんで参りました御無礼を、どうぞお許し下さいませ」

「いやいや、医者の家は夜中でも叩き起されるのが習いですわい。だが、病気の御相談ではないと伺ったが……」

「はい、先生が捕物でいつも手柄をお立てになっている噂はよく存じて居ります。そのことでお邪魔申上げましたが、相談に乗っていただけましょうか」

「いやはや、わしに捕物の手柄などと取り立てて申すものはない。年寄りのおせっかいでナ。あることないことほじくっているうちに、時たま、悪い奴がつかまることがあるだけじゃ。どうぞ買いかぶっては下さらぬようにな」

「ごけんそんでございましょう」

若いに似合わず、云うことが落着いている。瓢庵も内心驚いて、相手を見直した。白粉気《おしろいっけ》はあまりないが、美しいというより綺麗な顔をしている。

「私、さる御武家屋敷に奥働きで勤めて居ります加代と申すものでございます。主家の名前は、先生の御意見を伺うまでは、どうぞ伏せさせて頂きたいので。と申すのは、今夜ここへ参りましたのは、私一存のことでございます故」

「ほほう、何か御主家に心配ごとでも起りましたか?」

「はい、私のお仕えしているお嬢さまのことなのでございます。お嬢さまはこの度縁談が整いまして、お輿入れになるお目出度い運びとなりました。ところが、一昨年《おととし》あたり、お嬢さまが和歌をお習い遊ばした頃、一緒に習った同藩の若い武士と戯れの歌をやりとりなさいました。これが云わば恋歌《れんか》のようなもので、その歌の二三が悪者の手に渡ったのでございます。悪者は今それを持ちだして、お嬢さまに途方もない値段でそれを買い取るように申し出て居ります。お嬢さまがそれを始末せねば、嫁ぎ先の方へそれを売り込むといって脅します。もちろんそのようなことになれば、この度の御縁談も破談になるばかりか、この先お嬢さまは疵物《きずもの》になって、もう二度と他所《よそ》へはお嫁ぎになることもできますまい。和歌の方はほんのよしなしごとを歌っただけのものなのですけれど、一つのものを十ほどにも強めて云い現わすようにと御師匠に教えられ、それだけ切り離してみると、ひどく大袈裟な恋歌のようにとられるもので、これには今更お嬢さまの云い訳もきかないらしいのでございます」

「なるほど、その云いがかりをつけたという悪者はどこのどいつじゃナ?」

「黒門横丁に住んでいる閂《かんぬき》黒兵衛という男でございます」

「ははーん、閂黒兵衛」

「ごぞんじですか?」

「いや、名前だけはね。よくない輩の上前をはねているのでなかなか名打てのようだ。一体いくら出せと切りだしておるのだね?」

「それが二百両という大金でございます。お嬢さまの身ではそのような大金が調えられるはずはございません」

「無理な註文だナ。無理を承知で吹っかけておるのは、どうも悪党らしくないな」

「お嬢さまに疵をつけるのがその本心かも知れませぬ。私は口惜しいあまり、何度となく黒兵衛に泣きついてみましたが二百両ビタ一文欠けても恋歌を手放すわけには行かないと、取りつく島もありません。それればかりか、その文を入れた木箱をわざわざ私の前で、とんとん叩いて見せ、いっそどうだそんなにお嬢さんが気の毒だったら、お前さん二百両で身売りをして金をこしらえ、この箱をお嬢さんの婚礼の祝いに差上げたらよいではないかとまで申すのでございます」

「ひどい奴があったもの」

「私もカッとしまして、思わず懐剣に手をかけたほどでございます。もし私に黒兵衛を斬って捨てるだけの腕がありましたら躍りかかっていたかも知れません。……でも黒兵衛は私の非力を見抜いていて、けらけらと高笑いをして、まあこの箱はお前さんがいくら探しても分らぬところへ隠しておくから、盗みだそうとしたって無駄なこッたよ、といかにも可愛げにその木箱を両手で撫でて居りました」

「どんな木箱かね?」

「そうですね」と、加代女はあたりを見廻し、傍《かたわら》の小机の上に載っている硯箱を指さし、「大きさはあの硯箱ほどのもので、厚味が倍もありましょうか。丹塗りのものでございます」

「ふむ、ありきたりの用心箱のようだの……。はてしかし、そのお話をわしのところへ持ちこまれたのはよいが、わしにはとても二百両という大金の才覚をして、お気の毒なお嬢さまの急場をお救い申上げることはできそうにない」

「まあ、先生」と、加代女は急に娘らしい様子を見せて、「先生にそんな御無理を、お願いに来たのではございません」

「この通り、この家の様子をごらんになっても分ること。一向銭には縁のない方でナ」

「その代りに、先生には誰にも持合せのないお智恵というものがございます。それで、何とかお嬢さまを苦しめている恋歌を取戻してやって下さいませ。その暁には、お嬢さまも無事お嫁ぎになり、私も御用ずみでございますから、御恩報じに御当家の飯焚き女を一生でもお勤めいたしとう存じます」

「おっと、それはいけない」

瓢庵は思わず手をあげた。神妙に傍聴をしていた香六と桂七とが、思わず顔を見合せてくすッと笑った。瓢庵も苦笑しながら、

「ここは高野山でな、そういう心づくしは御無用に願いたいが、さて――それはそうと、わしの才覚でその恋歌とやらを黒兵衛から首尾よく召しあげることができるかどうかは、われながらとんと当りもつかぬて」

「先生、お願いでございます」

加代女は改めて膝をただし、相手が身の引きしまるようなお辞儀をした。それから切口上《きりこうじょう》で、

「申しおくれましたが、主家とお嬢さまのお名前は……」

と云いかけるのを、瓢庵はまた手で制した。

「ま、それはよろしい。どうでも同じこと、これは要するに探し物じゃ。うまく行ったらお慰み。その上のことでよろしい。大体わしは大名やおさむらいは虫が好かんでナ。名を聞いて、動くのが大儀になるといけない」

と、妙な口上を述べたてた。

三

「先生、とんとん拍子というのは、全くこのこッてござんすぜ」

香六が大きな声で騒がしく表からとびこんで来たのは、それから二日後の午ごろだった。

「そうか、うまく運びそうか」

縁側で鼻毛を抜いていた瓢庵が顔をあげた。

「うまくも何のッて、大工の庄八はまるで待ち受けていたような具合でしたぜ。こっちの話を聞いていましたが、黒門横丁の黒兵衛さんのところには、一間建て増しをするんで近々見積りに行くことになっていた。そういうわけなら、今日にも御一緒にお供しやしょう、と二つ返事なんです」

「ほほう、そりゃ全くとんとん拍子で、いささか気味が悪いな」

「はにかむことはありませんや。ひとつ花見の仮装でもやる気で乗りこんでみようじゃありませんか。桂七も呼びにやりましょう」

「いや、そう多勢はいけない。お前とわたし、それに庄八と三人で一杯の人数というものだろう。午めしをかっこんでから出掛けるとしよう」

相談がまとまって、それから少時《しばらく》の後、瓢庵と香六は筍屋敷とはさして遠くない大工の庄八のところへ赴いたのである。

こういう仕儀にいたるまでの簡単な経過を述べてみると、こうである。

瓢庵は最初、単刀直入、門黒兵衛に会ってみる計画をたてた。無手勝流《むてかつりゅう》が瓢庵の流儀であってみれば、これが一番近道であった。黒兵衛という男は、もう五十がらみのいい親爺だが、飯焚き婆さん一人を相手に気儘な独り身の生活を送っていた。鳥でも獣でも、強い奴はたった独りで暮しているんだ、というのが彼の云い分で、特別の仲間がいるわけでもないが、どこをどう渡りをつけてあるのか、盗っ人が盗んで捌き切れない品を処分してやって上前をはねたり、脅喝をことととして生きていた。何でも現ナマをしこたま持っている、というのがその道の連中の評判だった。

その黒兵衛は、香六と桂七に調べさせてみると、二三日前から旅に出ていて家を明けていることが分った。家にいるのは留守番だけなのである。

「先生、かまうこたアねえ、乗りこんで行って家探しをやってみようじゃありませんか」

香六は馬鹿に強気だった。

「そりゃ無茶だ。空き家になっているのならともかく、仮りにも留守番がいるんじゃないか。通せんぼを食うにきまっておる」

「なアに、その方が結句ごまかしがきくというもんですぜ。黒兵衛は高崎の方に出向いていて、あと四五日帰らねえことは分ってるんです。その間に、一仕事やらかしてしまえばいい。しくじったら、改めて黒兵衛にじかの勝負をいどむ段取りにしようじゃありませんか」

「お前に、その留守宅へのこのこあがりこんで怪しまれぬ才覚があるのかえ?」

「へえ、細工は粒々《りゅうりゅう》。というほどのこともねえが、まあ待っていておくんなさい」

香六はまた飛びだして行ったが、とうとう黒兵衛の家に出入りしている大工庄八を見つけだしてきた。出入りの大工なら、たとえ特別の用事がなくても、黒兵衛の家へのこのこ押しかけて行ったところで別に怪しまれることはない。渋茶の一杯ものんで、馬鹿ッ噺をして帰って来ればいい。香六は始め、大工の庄八を直接に利用することなしに、庄八一家のものに化け、瓢庵を棟梁に仕立て、自分はその配下の若い衆となって乗込もうと思い、様子を探りに庄八のところへでかけたのだったが、探りを入れてみると、黒兵衛は近々一間を建て増す相談を庄八に持ちかけていることが分った。打ってつけの好条件に、香六は実はお上の御用でちょいと極秘裡に黒兵衛の留守宅を調べておきたいことがあるんだが、その手助けに一膚《ひとはだ》ぬいではもらえまいか、ときりだした。

これが、案ずるより生むが易し、庄八はそういう御用の筋なら、あッしが御案内いたしましょう。瓢庵先生とお前さんは、あッしの家のものという触れこみでついておいでなさい。その代り、着なれぬ半纏に腹掛けを着なくちゃいけませんぜ、と云った。瓢庵のことは近辺の評判で、捕物の手柄をたてていることを聞き及んでいるらしい様子だった。瓢庵はお上の御用で動いているわけではないが、そういう風に思いこんでいるのも無理はなかった。

「着つけができたら出掛けやしょうか」

瓢庵と香六が庄八をたずねて行って、にわか造りの大工に早がわりしたわけだが、庄八は二人を振返って見て、ぷッと吹きだした。

「香六さんの方は板についたもんだが、先生の方はとんといけねえ」

腹がけに半纏というういなせな姿が瓢庵に似合うはずはない。

「親方、無理を云っちゃいかん。これでせい一杯若返ったつもりでおるんじゃ。どうだ、きやりの一つでも唄って見せようか」

「いいえね、大工にだって腰の曲った年寄りはいくらもいますぜ。それは一向構わねえが、その頭ではどうにもなりませんや」

と、庄八は瓢庵の慈姑頭《くわいあたま》を指さした。

「おッと、なるほど、こいつの処分を忘れておった。こりゃ困った。ひとつ思い切って剃り落すとするか」

「先生、そりゃいけません。先生からその頭が無くなった日にゃ、身も蓋もなくなってしまう」

香六はムキになって手を振った。

「あッしにいい考えがございやす」

庄八は笑いながら、いつも用意してある晒布《さらし》をとり寄せると、それを引き裂いて、瓢庵の頭をぐるぐる巻きにしてしまった。大工に怪我はつきもの、こういう仕上げをして見ると弱腰の瓢庵も一ッぱし古参の大工に見えてきたから妙なものだ。

「いよう、大棟梁」

という掛声はこの時に始まったというが、それはともかくとして、この二人のにわか大工は本物の庄八に引卒されて、それから黒門横丁まで出掛ける段取りとなったのである。

## 四

門黒兵衛の住居《すまい》は、竹垣を張りめぐらして、ちょいとした庭もあり、なかなか風情のある作りであった。

「こんにちは。よいお天気さまで。大工の庄八でございます」

勝手口から庄八が顔を突込んで声をかけると、奥からばたばたと大袈裟な足取りで出て来たのは、頭に手拭をかぶった女中であった。一働きしている最中だったと見え、手足も顔も真黒になっている。

「おや、お前さんは新規の女中さんだね。お婆さんはどうなすった?」

と、改めて庄八がたずねると、その女中は近在なまりを丸だしの調子で、

「おかね婆さんは少々按配が悪くて、奥の間に休んでるだアよ。よくなるまで、わしが手伝ってやるだ」

「おおそうか。実は旦那から建て増しのことで、ちょっくら見積りをとりに来たんだ。暫らくお邪魔をさせてもらうぜ」

「あれまアそうかね。旦那は旅へ出なすって、四五日帰っておいでなさらねえし、おかね婆さんも立ち会うわけに行くめえけれど、それでいいかね？」

「うん、それで結構さ。……さ、ちょいとあがらせてもらいましょうぜ」

庄八は要領よく、手拭でぱたぱたと足の埃を払う。瓢庵も香六もそれにならって、黒兵衛宅にあがりこんだ。

独り者の住んでいる家だから、そう広くはない。〆《し》めて四間という造作である。庄八が案内して、忽ちのうちに一渡りの検分は終った。

「さアて、先生、一件の丹塗りの箱は一体どこに隠してありましょうね？」

と、香六はこっそりと瓢庵にたずねた。無論香六にも、この家を大掃除の時のように、洗いざらい引繰返して、天井から床下までを、漁り廻るといった野暮を働く気は毛頭なかった。その道にかけては人一倍用心深いであろう黒兵衛が、誰に探し廻られても、ちょっとやそこらですぐには見つからぬ場所に、木箱がちゃんと隠されてあることは分っている。それを見抜く力が瓢庵にだけは具わっているだろうことを信じて、さて瓢庵がどこに眼をつけたかを期待の眼差しを以て促したわけである。

ところが、瓢庵はどうしたのか、一向に乗り気な様子を見せようとしないのだった。

「どうもおかしいよ、香六」

と瓢庵は呟いた。

「何です、先生」

「せっかくこんな扮装《なり》までして踏みこんではみたが、こりゃしくじったかも知れん」

「だって先生、まだ何も取りかかっちゃいませんぜ。……台所から女中部屋、そこにはおかねという婆さんが布団をかぶって寝ているらしいが、まさか女中部屋には大事なものを隠しておくわけがねえ。どうでもこりゃ、黒兵衛の居間か客部屋か、それからもう一つ、奥に何ともつかねえ部屋が一つあるが、そいつを片端から改めて行こうじゃありませんか。どうせ、まともなところに隠してあるはずはねえ。隠し戸、はめ込み、おとし穴、先生が見たら、大概怪しいところは一ぺんで見抜いてしまいまさア」

「よかろう。それでは、こうしよう、香六。お前は庄八さんと一緒に、女中部屋を除いた三つの部屋を当ってみるがよい。庄八さんも大工だから、怪しいところはすぐ感づくというものだ」

「先生は?」

「わしはナ、あの女中が妙な勘ぐりをやらぬように、うまい具合にお守りをしてやって、家の外廻りを一通り当ってみよう」

「なるほどね、外廻りというのも、こりゃ考えてみなくちゃならねえ。庭の隅には物置小屋もある。あそこなんぞは案外人の気づかねえ穴かも知れませんね。それじゃ先生、あっしは手取り早いとこ庄八さんと一緒にやっつけますぜ」

「うむ、しっかりやってくれ」

香六と大工の庄八を見送った瓢庵は、何やら浮かない顔をして、元来た勝手口の方へひょこひょこ戻って行った。

勝手口の露路で、さっきの女中がしきりに木炭の始末をしている。よく働く女中だ。

「姐《ねえ》さん、ばかに精が出るじゃないかね。名前は何と云いなさるね」

瓢庵は珍しく猫撫で声をだした。女中は顔をあげて、ニッと笑いながら、

「おやまあ、もう仕事の方は済んだかね?」

と反問した。

「うむ、仕事は若いものがやっておるわな。わしはあとでちょいと指図をするだけでよいのじゃ」

「ああれ、おめえさんが一番の頭《かしら》かね」

「まあそうよ。姐さん、お前の言葉じゃ練馬の在から出て来たようだの。どうだ、当ったろう」

「あい、お紺といいますだよ、いひひ」

と、また笑った。

「おかね婆さんは、ばかに静かに寝こんでいるようだが、どこが悪いのだな?」

「風邪エ引いて、熱をだしてるだ。薬のんだで、ぐっすり眠ってるだべ」

「ああそうか。年寄りの風邪ッ引きは、気をつけぬといかんな。せいぜい看病してやることだ」

瓢庵、持前の口癖をうっかり出してしまった。女中お紺はいかにも楽しげに木炭の始末をやっている。この分では、家の中で少し位どたばたをやっても上の空でいるだろう。

瓢庵はそれを見すますと、身体を引込めて台所に隣り合っている女中部屋の障子をそっと押しあけた。人間の体温を含んだ空気がむっと鼻をつき、そこには布団にくるまって、一人の人間が寝ているのが薄暗い中に見ることができた。

瓢庵は遠慮会釈なく、ずかずかと入りこむと、掛布団を引き剝いた。そこに寝ているのは、まぎれもなく一人の婆さんに相違なかったが、可哀そうに、手足を紐でくくられ、口には猿ぐつわまではめられて横たわっているのだった。婆さんは無論生きていて、眼をしょぼしょぼさせて瓢庵を見つめているだけであった。

「ふうむ、お気の毒にな。おかね婆さん、もう暫らくの辛抱じゃて。そのままぐっすり休まッしゃい」

瓢庵は婆さんの縛めを解いてやろうともせず、元通り掛布団を婆さんの鼻のあたりまで引被《ひっかぶ》せておいて、そっと障子をしめてしまった。

それから廊下を伝って行くと、一番奥の部屋で香六が庄八に手伝わせながら、しきりに漁り廻っている様子。瓢庵はその一つ手前の部屋に入ると、隅にころがしてあった小さな塵籠を、ひょいと

手にとって、それを大事そうに、半纏の下に隠し、

「おいおい、香六」

と声をかけた。振向いた香六は、瓢庵の様子に忽ち丹塗りの箱が半纏の下に隠されてあるものと思いこみ、顔を輝かして、

「やッ、先生、とうとう……。さすがは先生、偉いッ。こちとらア、貧乏くじで……。ど、どこにありました?」

「これこれ、何という大声をだすのだ、香六」

「あわわわわ」

口をおさえる香六には、見向きもせず、瓢庵は庄八に向って、

「棟梁、お蔭さまでわれわれは目的を達したが、こんな恰好で出て行くと、あの女中に見咎められてはまずい。使い立てで恐れ入るが、女中をこっちの方へ、呼び寄せてはもらえまいか。その隙に、われわれは一足先に帰るとするから。いずれこの装束を借りたお礼やら何やら、改めて親方のところには出向くことにしたいが、この場はこれで……」

と、しきりに先を急ぐ様子を見せたので、庄八も事情を察して、精しい説明も聞こうとはせず、あわてて女中のお紺を呼び立てる。それと入れ違いに、瓢庵と香六は黒兵衛宅を忍び出た。

「先生、どこにありました? え、どこに?」

しばらく歩いてから、香六はふくらんでいる瓢庵の半纏を見つめながら訊いた。

「これか? 黒兵衛の居間にあったよ」

とりだしたのは、ただの紙屑籠。唖然たる香六を尻目に、瓢庵は始めて高笑いをして、

「なアに、これでいいのだ。どりゃ、そのへんの道具屋で、改めて丹塗りの箱を一つ求めて帰ろう」

狐につままれた様子の香六には碌な説明もせず、屁っぴり腰の大棟梁は、紙屑籠をぽいと溝《どぶ》の中

へたたきこむと、折から店屋の立並んでいる通りへ出たので、道具屋を探しにかかったのである。

## 五

その夜の五つ半刻、筍屋敷の前に再び駕籠のとまる気配がした。訪ねて来た客は、案の定、小間使いの加代女であった。

「先生、丹塗りの木箱のありかについて、当りがつきましたろうか?」

問われた瓢庵は、にっこり笑って、用意してあった品を加代女の前に差しだした。それは風呂敷に包んであって、僅かにちらりと箱の一部が見てとれるようになっていた。

「まあ、もう手にお入れになったのでございますか? さすがは先生、お見事な腕前」

「なアに、大した苦労はしませせなんだ」

「でも、これでお嬢さまが救われたのでございますもの。どんなお礼を差上げたらよいやら」

「お礼? 別にそれを所望するわけではないが、わしは今回の紀念に、この丹塗りの箱だけを手許に置いておきたいと思いますわい」

「箱を?」

加代は怪訝な顔をした。

「はい、この箱ですじゃ。お嬢さまとあンたには、箱の中に入っている恋歌が入用。わしは残りの空箱が入用」

「でも、それは何故でございましょう?」

「と申すわけは、お加代さん、この箱は二重底になっていましてな、底の方に烏天狗が盗んだ楊貴妃の笄が隠されてありますのじゃ。……その笄、お嬢さまの嫁入りにも御入用か?」

「ええッ、なんと……」

加代女の表情は一瞬急変して、すごい殺気めいたものが走った。

「お黙んなさい。あンたが烏天狗の一味であることは、このわしにもなかなか分らなんだ。馬鹿正直に大工の恰好で、今日黒兵衛の宅に訪ねた折、女中お紺がほかならぬあンたの化けたものと始めて知った」

「どうして、それを？」

「扮装も言葉も田舎娘に化けおったが、肝腎の歯並みだけは隠せない。あンたの糸切歯はちょいと珍しいからの」

「まッ！」

加代は反射的に口を蔽うた。

「わしは考えた。何故あンたが黒兵衛宅に乗りこんでおるのか？　何故わしに丹塗りの箱を探させようとするのか？　それは、あンたらが散々探しあぐねた揚句、どうしても箱を探しだすことができなんだため、とうとうこのわしを引張りだしたのじゃ。門黒兵衛が烏天狗から笄を預っているのを、その留守にあンたが横取りしようとたくらんだ。案の定、おかね婆さんは縛られて、動けぬようになっている。どうじゃね、お加代さんとやら、まさか大工の庄八までが共謀《ぐる》じゃあるまい。いずれわれわれが庄八のところへ頼みに行くと見込みをつけ、ちょいと庄八に小粒を握らせ、手先を勤めてもらっただけと思うが、どうだナ？」

「ちッ、このおいぼれ。何でも知ってやがる。あたしが烏天狗の情婦《いろ》だとしたら、どうしたというんだい？　あたしゃ、どうでも楊貴妃の笄がいるんだよ。これアあたしのもンさ」

風呂敷包の箱へ手を伸ばそうとするのへ、

「おッと、そいつは町で買って来たただの箱だ。黒兵衛宅には目指す箱はなかったよ」

「何をいうんだい。ごまかそうたってその手に乗らないよ」

「悪智恵の黒兵衛が家探しされて見つかるところへ、一段と目につく赤い箱なんぞ隠しておくものか。多分、黒兵衛の丹塗りの箱は、箱根細工もどきにばらばらにほぐれるようになっておるじゃろうて。いくら探しても出て来るわけはない。このわしでもお手あげじゃ」

「ええい、いつまでつべこべ云ってるのさ。贋の箱でも何でも、これだけは貰って行くよ」

片手を懐に隠してある懐剣にかけ、片手ですばやく風呂敷の箱をつかみ、さッとお加代は立上ったが、その時奥の襖ががらりと開いた。

「あッ、お玉が池」

お加代は呆然と立ちすくんだ。

「やあ、姐さん、妙なところでお目にかかったなア」

そこには、にこにこ笑っている人形佐七の顔があった。

さて、閂黒兵衛の家からは丹塗りの箱はとうとう出て来なかったが、盗まれた楊貴妃の笄というのは、おかね婆さんが引被っていた掛布団の隅の方から出て来たという。——これは後のお話。

# 雪折れ忠臣蔵

## 一

へぼ将棋の相手の桂七も香六《きょうろく》も、今日は珍しく顔を見せないので、瓢庵《ひょうあん》は所在なく縁側へ出て鼻毛を抜き、孫悟空《そんごくう》よろしくそれを空中へ吹いていたが、やはりそのまじないが利いたかして、誰やら表へ訪ね人がやって来た様子。出て見ると、その赤ッ鼻に見覚えがある下男風の男が、もみ手をして立っている。

「先生、紺屋町の美濃屋から参りましてございます。お手すきでしたら、すぐにお出でをと、駕籠《かご》を用意して参りましたが……」

という口上。

「おお万兵衛さんからのお使いか。どうなさった、万兵衛さんの容態でもお悪いか？」

瓢庵は三度ばかり美濃屋の主人の診察をしたことがある。心臓に軽い故障があって、時々発作を起すのであった。

「は、はい。そうのようで」

赤ッ鼻は鼻を撫でるだけで、要領を得ない。藪ながらも医者に違いない瓢庵は、ともかく薬箱をかかえて迎えの駕籠に乗った。

神田紺屋町はつい目と鼻の間、駕籠屋が掛声を三つほどあげるうちに、目ざす家へ着いた。高々と板塀をめぐらして、いかにも分限者《ぶげんしゃ》らしいどっしりした構えの屋敷。地所からのあがりで暮しているというが、実は金貸し稼業。当主万兵衛は骨董《こっとう》集めが道楽で、倉つづきの奥の一間は、さまざまの品で飾り立ててある、という評判。評判だけなのはめったにはその品々を人に見せようとしないからで、瓢庵などもまだ見物したことはない。

居間で臥っているものとばかり思われた万兵衛は、瓢庵が導かれて通った時、縁に出て後ろ姿を見せ、庭を眺めていた。奇岩珍石を集めたこれも自慢の庭だ。

足音にこの家の主人《あるじ》は振向いた。ずっしりと固太りして、栄養の行届いたつやつやしい顔が、いつもなら上気したように赤らんでいるはずだが、今日だけは青かった。

「おッ、先生、お待ち申しておりました」

「やあ美濃屋さん、しばらく。うむ、そこに咲いているのは合歓《ねむ》の花、美しいナ。やれやれ、案じて駈けつけて参ったが、あンたが花を眺めているようでは大したこともなさそうだ。したが、顔色はよくない。気分はどうじゃな？」

「いや先生、気分の方は先生から頂いてある頓服《とんぷく》で一応鎮まりましたが、実はそれだけでは治まりがつきかねるので、急の使いを差しあげたようなわけで……」

「はてな、何の治まりがつかぬと云われる？」

「先生、ま、どうぞこちらへお入りください」

万兵衛は縁から立上って、居間へ入り、瓢庵に座布団をすすめた。その指先が微かに震えているのを瓢庵は見逃さなかった。それが持病のせいではないことは、慣れた眼に分りきっている。剛腹《ごうふく》な万兵衛をかくまでそぞろな気持に追いやっているものは何か？　瓢庵は煙管《キセル》を取りだしながら、眼を細めて待った。

「先生、この家へお入りになって、何か変った様子に気がつかれはしませんでしたか？」

「さあて、何しろ久方振りにお訪ねしたことだから。うむ、そう云えば表の部屋で女子《おなご》の忍び泣きを耳にしたように思うが……」

「さすがはお耳が鋭い。それは女房めがめそめそしおっていたのでございますよ。そんな調子なので、家の中がまるで火の消えたように、ひっそりして、まるで葬いのあとのよう、いや、葬いを一つ出したのと変りがないのです」

「と云うと、どなたの葬い？」

「娘のお和歌で」

「おお、お和歌さん。確か一人娘ということだったが……」

「はい、とって十七。親が申すのも何ですが、眉目《みめ》よく育って、掌中の珠とも思っておりました。それが何と、今朝がた突然にこの家から掠《さら》われてしまったのです。私は生憎と外出をしており、帰って来て事情を知り、あまりのことに眼もくらみ、面目なくも持痛の発作を起してしまいました」

「ふうむ、御息女が掠われた。何者が、何故に？」

「それが一向に、とりとめのない通り魔の仕業のようで、信ずることさえできかねる有様。何者とも名は知れず、何故とも訳が分らぬので。あまりのことに、私の才覚ではどうしてよいやら方図《ほうず》もつきかねましたので、ともかく先生にお出向きを願って、前後の様子だけでも聞いて頂いたら、何か目星をつけて下さるかも知れぬと思いついたものですから……」

「それで駕籠のお迎え。わしはまたてっきりあンたが白目をむいて引繰返っているものとばかり思っていた」

「はい、見かけは尋常でもそれと変りはございますまい。先生、どうぞあの通り魔のような輩から、お和歌を取返す術《すべ》を教えてくださいさい」

万兵衛は思わず身をもむような恰好をした。眼に入れても痛くない一人娘を突然に拐《かど》わかされたとあっては、そうなるのも無理ではないだろう。瓢庵はそのお和歌という娘を、ちらとだけしか見ていないが、初々《ういうい》しいまるで人形のような子であったという記憶だけはあった。

「お話では、今朝がたの出来事のようだが、吹き抜けの裏長屋のことならいざ知らず、このように要心堅固な構えの屋敷から、人間一人掠って行けようとは、ちと解《げ》せないことに受取れるが……」

「全くで。私も話を聞いて、まるで狐にばかされたような心持がいたします。お聞きなすって。前後のいきさつはこんな風なので……」

万兵衛がかいつまんで語ったお和歌誘拐の経過というのは、次のような奇天烈《きてれつ》なものであった。

二

そもそもは万兵衛の骨董品から始まる。

それが骨董品に価いするほどのものかどうかは知らないが、万兵衛の蒐集の中に大きな木像が一体あった。海外貿易に名を馳せた浜田弥兵衛の等身大を彫ったもので、作者不詳だったが、その不敵な面魂がよく現われていて、技巧よりも気魄の勝《まさ》った木彫である。

江戸にこの浜田弥兵衛の遺風を慕う会のようなものがあって、美濃屋が木像を手に入れているのを知り、弥兵衛忌を営むに当り、その木像を飾って供養をしたいから貸してくれぬかということになった。勿論相当の賃貸料を出してのことではあり、美濃屋としてもそれほど大事にしている品ではないから、快く乞いに応ずることになった。

さて、木像の持運びにはそれを入れる箱が必要だった。万兵衛が手に入れた時は、木像も裸だったから、新しく木箱を造らせることとし、出入りの指物師《さしものし》に頑丈な品を注文した。その箱ができてきたのは、つい昨日のことだった。

万兵衛は届けられたその箱をちょっとあらためただけで、廊下の片隅にほうりだしておいた。それほど重要な品でもなし、また木像を中に入れて貸してやる日にはまだ四五日の余裕があったからである。

今朝、万兵衛は所用があって外出した。それから半刻《はんとき》ほど経って、勝手口に四人の男が姿を現わした。いずれも半纏姿の職人風な男たちだった。

「こんちわ。丸八からめえりましたが……」

と一番年かさの男が云った。眼尻のところに斜めに傷があって、ちょっと見ると眼が釣上って見えるような風貌の持主だったそうである。応対に出た女中が、少々間抜けだったと見え、

「丸八さんて、何屋さんでしたっけ?」

「それ、昨日大きな箱をお届けにあがった指物師でございまさア」

「ああ箱屋さん」

「へへ、こちとらア無粋な箱屋ですがね。旦那様の云いつけで、昨日の箱を頂戴にあがりました」

「おや、納めた品をまた持って行くと云うのかえ?」

「だって、つい今日旦那様が店へおいでになり、昨日の箱は寸が足りないから、大急ぎで仕立て直してくれとおっしゃるんで。へえ、それで取るものも取りあえず、駈けつけてめえりやした。そのことはお聞き及びじゃございませんかえ?」

「あたしは伺っておりませんが、奥では御存知でしょうよ。ちょっと待ってて……」

女中は一旦奥へはいって行ったが、また出て来て、

「奥でも箱のことは御存知ないそうですけれど、旦那様がそう仰有ったのなら、箱を引取って行って下さいッて」

「へえ、それでは御免こうむります」

ぞろぞろと四人のものはあがりこんだ。こういう時は、一種の調子のものだ。家人の方では、たかが箱一つの受け渡しという軽い気持だったろうし、それに四人の連中のいかにも屈託ない職人はだの態度が警戒心を起させるきっかけさえ与えなかった。

それでも女中は、四人のものについて行って、廊下の片隅にほうりだしてある箱の始末を見守った。箱は相当に頑丈な分厚い板で作ったものである。四人はそれぞれ箱の具合を確かめるもの、持運びの手掛りをつけるもの、鼻唄を口誦《くちずさ》みかけて、すぐ近くの部屋から洩れて来る琴の音にあわてて口を抑えるもの、それからもう一人は、仔細らしくきき耳を立て、女中を振返り、

「おや、お千代……と呼んでる声が聞えますぜ、お前さんとはちがいますかえ?」

と、注意した。その女中はお千代に相違なかったので、てっきり表から呼ばれたものと思い、ばたばたと廊下を走り去った。

だが、お千代は間もなく戻って来た。その時は四人が箱の四隅を持ちながら、えッさ、よッしょ、と軽い掛声を掛けあいながら廊下を勝手口の方へ歩きだしていた。

「いやだねえ、誰さ、表であたしを呼んでるなんて云ったのは?」

と、お千代は頬をふくらませながら、急にぞんざいな口をきいた。

「へッ、そりゃあッしですがね。どうかしましたかえ?」

箱を運びながらもそう答えたのは例の眼尻に傷あとのある男だった。

「誰もあたしを呼んだりしてやしませんよ」

「あれれ、そいつは飛んだ空耳。たしかにお千代……と聞えたが、どうもすんません。おッとと、手を放してお詫びをするわけにいかねえ。この通り」

その男は箱の蓋へ額をわざわざごつんとやって見せた。お千代はその様子がおかしかったので、えへらえへら笑いながら、四人のものを送りだした。箱は荷車に乗せられて、そのまま行ってしまった。

女中のお千代は四人が立ち去ったあと、いやに家の中が森閑としているのに始めて気がついた。

「おや、お琴の師匠がいらしているのに、ちっとも音がしない。どうなすったんだろう?」

やっと奇妙な静寂が琴の音がしないせいだと分ったのだ。つまり指物師の使いが来るまでは、令嬢お和歌さまが師匠を相手に琴をかき鳴らしていて、その音が家中に鳴りひびいていたわけだ。

「まさかこんなに早くお稽古が済むはずはありっこない」

お千代はお茶を入れて、それを持って行きがてら、お和歌が琴の稽古をしている部屋をのぞきに出掛けた。

その部屋には、琴の師匠がたった一人端然として控えているだけだった。

師匠は盲目の老人だった。

「あれ、お師匠さま。お一人でどうなさいました？　お嬢さまは？」

「お嬢さまは、先ほど声をかけられて、中座されたまま、もう四半刻近くもお戻りがございませぬ。実は御用ずみかと存じ、おいとましようかと考えておりました」

盲の師匠の声は静かだった。が、お千代は驚いて、

「えッ、お嬢さまが声をかけられて？　どこから、誰に？」

「この部屋へ、男の声で、『お嬢さま、表でお呼びのようでござんすが……』というので、そのままお立ちの様子でしたが」

「まあ、男の声……というと、あの四人以外にはいないはず。一体どうなすったのかしら？」

お千代はお茶をすすめることも忘れて、ばたばたと廊下へ走りでて、表の方に向った。やがて彼女の甲高い声で、家中にお和歌の名を呼ぶのがひびき渡ったが、それに答えるものはない。はじめて家人のものに、お和歌が箱の中へ押しこめられて運び去られたのではあるまいかという疑念が湧いたのである。

その疑念は、主人万兵衛が帰宅するに及んで忽ち図星ときまった。万兵衛は指物師丸八に立寄って、箱の作り変えなどを命じた覚えは更にない。だから四人の職人は無論贋者で、お和歌を拐わかすために不敵な侵入を企てたのである。それも、箱の注文のことから、盲の琴の師匠が稽古をしに来る時刻のことまで、事細かに探りを入れてあり、しかも軽妙にお千代に座をはずさせてみたり、たとえ盲にしてもその身近で、何の疑わしい物音一つさせずに、あッという間に猿ぐつわをかまして箱に押しこんでしまった手際の鮮かさ、まことに万兵衛が云うように通り魔そこのけの大胆きわまる手口だった。

だが、何故、お和歌は掠われねばならなかったのだろう？

# 三

「私としては、悪い夢をまだ見続けているような心持で、四人の曲者がどこの何者やら、何の目的で娘を拐わかしたものやら、とんと当りもつかぬ仕儀でして……」

と、美濃屋万兵衛は語り終って、肩を落しながら太い息をついた。

「御息女が他人《ひと》から怨みを買うような心当りもござらんかナ?」

瓢庵の問いに万兵衛は激しく首を振って、

「とんでもない、あの子に限って。ただ、お和歌も年頃になりましたで、ちょくちょく縁組の話も出るようになり、最近さる材木問屋と話が進んでおりますが、これまで浮いた噂などあろうはずもなく、その話を根に持っての悪戯は金輪際《こんりんざい》考えられませぬ」

「失礼ながら、あンたはどうじゃ?」

ずばりと瓢庵は斬りこんだ。万兵衛は額をそむけて太刀先をかわした形で、

「はい、この万兵衛、人に怨みを売った覚えは毛頭ありませぬが、求めに応じて金子《きんす》を用立てることもないではなく、それにからんで謂れなく怨みを抱くものもないとは限りませぬな。こればっかりは向う様の心むき次第で」

「ともかく美濃屋さん、曲者は色恋沙汰で動いているとは思われん。徒党を組んで、何かあンたに云いがかりをつけようとしていることだけは明白じゃ。人を食ったその振舞いから見て、これはただの鼠《ねずみ》どもではなさそうですぞ」

「先生、私も男一匹。どんな魔者が数をたのんでかかって来てもビクともするもんじゃありませんが、可愛いい娘を奪われてしまったんじゃアこのさき生きる望みもありません。先生のお知恵で、何とか娘の居所を、一刻も早く突きとめて頂きたいもので」

万兵衛は必死の面持。瓢庵もこれには病状不明の重病に立会ったほどの難題である。うーむ、と唸って、腕をこまぬくばかりだった。こんな捉えどころのない事件は、瓢庵としても初めてのことだったからである。

と、その時、廊下に足音がして、女中が顔をだした。これが多分お千代というのだろう。

「旦那さま、届け文でございます」

と一通の書状を差しだした。

「なに、誰が持って来た?」

「使い走りの男衆で、旦那さまがお待ちちかねのはずだから、すぐに渡してくれ、返事はいらぬ、と申し、そのまま立帰りましたが……」

「その男、帰すのではなかった。引きとめておくべきじゃった。……が、もうおそい。美濃屋さん、早く手紙を」

瓢庵は急にいきいきした表情で、そう叫び、万兵衛をせき立てた。万兵衛は受取った文を拡げたが、読んで行くうちに眉がひそめられ、指先がぶるぶる震えはじめた。やがてチッと舌打ちと共に、

「やはり先生のお眼鏡の通り、ゆすりのたぐいと思われます。こんな書状を届けて参りました」

「どれどれ」

瓢庵が代って読んでみると、手紙には相当の達筆で次のような文句が記されてあった。

一筆啓上　箱入り娘お和歌どの箱のまま御預り申し居り候　隠密の引取り方に応ずべく候　今宵正《しょう》五つを期し、御身自ら日本橋袂を西へ東海道筋を辿られたし。やがて、案内のもの現わるべく候　この事他言無用にして約に反したる節は、お和歌どの箱入りのまま地中深く生埋めを御覚悟あるべく候

丸八別組

万兵衛殿

「ふうむ、今朝の押し込み同様、ふざけた調子が見えるが、無論これは正気の取引きの申込み、

云わば果し状。……美濃屋さん、敵は手の内を見せようとしておる。あンたの覚悟は?」

「この際、私に何ができましょう。娘を取戻すためなら、京大阪までの遠路も厭いませぬ」

「いやなに、お和歌さんは江戸のうちじゃ。したが、あンたをおびきだして、何を償いに御息女を無事に戻してよこすというのか、それがこの文には書いてない。あンたもただでは済むと思っとるはずもあるまいが、そのへんの心当りは?」

「それは……」と万兵衛は考えて、「やはり身代金でしょう。金で済むことなら、私にも覚悟はあります」

「さよう、千両箱一つ持参せよと申しても、なかなかの重荷。金はあとで何等かの方法で受取る所存と見える。……そこのところがこっちの附目かも知れん」

「と云いますと?」

「こちらとしては時が稼げるからな。お和歌さんを取戻しておいて、賊どもの巣をつきとめる算段もできまいものでもない」

「すると、私がこの果し状の通りにやっている間に、先生は……」

「さよう、何とか曲者どもに悟られずに、その巣をつきとめることができれば、あンたもあたら大金を失わずに済むかも知れん。いささか年寄りの冷水じゃが、まあその方はわしにお委せなされ」

「先生、万々のお願い」

さすがに万兵衛も、ひとまず肩の重荷がおりたか、ほッとした様子で瓢庵に向い両手をついた。

## 四

その日の宵、戌《いぬ》の刻、日長な夏の頃とは云いながら、もうとっぷりと暮れた日本橋の大通りを、美濃屋万兵衛はただ一人、西に向けて歩きだした。

人の往き来は相当に賑かであったが、誰も万兵衛に注意を払うものはない。万兵衛はすぐにも誰か出て来るものと期待して、はじめきょろきょろと周りを見廻しながら歩いていたが、五六丁進んでも一向にそのような人物に行き当らぬので、何だか心細くなってきた。

ただ、万兵衛は自分のあと二三十間あとから、飄々とした風采の瓢庵が、それとない様子で尾《つ》けて来ているのを知っていたので、それが頼りでもあった。

そうこうするうちに、とうとう京橋も渡ってしまった。いい加減うんざりした気持で、三十間堀にさしかかった時、不意に横丁の暗がりから駕籠が一挺《ちょう》するすると滑りだして来て、万兵衛の前にとまった。

「へえ、旦那、お待ちかねの駕籠でござい」

「え、なに、わしは……」

万兵衛は戸惑ったが、誰やらがぐいと肩を折《お》した。

「行先は分っておりますぜ。おくたびれでござんしょう」

云われてみれば、そろそろ駕籠の欲しい頃合でもあった。折しこまれた形で万兵衛が駕籠に乗ると、駕籠は二三べんぐるぐるとその場で空廻りをして、やがて宙を飛ぶように走りだした。

「や!」

それを見て、万兵衛のあとを尾けていた瓢庵が驚いたのも無理はなかった。不意打ちに駕籠がとびだすとは、場所が場所だけに思いも設けなかった。しかし、そこは賑かな大通りにもちょっと歯が欠けたような具合のところで、尾行を撒くには以て来いの場所と云えたかも知れない。

「しまったナ、ほかに駕籠は……」

と、思わず瓢庵が大きな独り言を洩らすと、これがまたどうした運のめぐり合せだろう。すぐそばへ、大地からせりだしたように一挺の駕籠が近寄っていた。

「旦那、めえりますか?」

「や、ありがたい。それ、今の駕籠を追ってもらいたいのじゃ。酒代《さかて》ははずむぞ」

「合点」

どうも少々調子がよすぎたが、瓢庵は心がせいていたので、それを不思議とも思わなかった。

瓢庵の駕籠も宙を飛んだ。

「前の駕籠を見失うなよ。とゆうて、気取《けど》られてもならんぞ」

中から注意すると、

「安心なせえ。こちとらアそんなことには慣れてまさア」

と、いたって頼もしいお先棒の返事であった。

ものの半刻、いや一刻に近かったろう。駕籠に揺られるのも楽ではないと、年寄りの瓢庵が片手で腰をおさえるようになった頃、やっと駕籠がとまった。

「旦那、前のが降りやした」

「うむ、御苦労だったナ」

駕籠から這いだし、料金を支払った瓢庵はそこが墓地の真中であることに、ギョッと息をのんだ。前を見ると、折から出た月の光に照らされて、美濃屋万兵衛が駕籠を降り、一つの黒い影を後に従えて、なおも先の方へ歩きだす様子。多分後の黒い影が、万兵衛に行先を指示しているのであろう。

「うむ、この分ならば、割に造作なく奴等の巣を突きとめることができそうだて」

瓢庵はうなずきながら、再び万兵衛のあとを尾けはじめた。しかし、ここは一体江戸のどの辺に当るのだろう。瓢庵は油断なくあたりを見廻したが、右も左も青い月影に累々たる石塔ばかり。と、すぐ近くのところで、寺の鐘の音が鳴り渡った。

「はてな、あの鐘の音には聞き覚えがある。……うむ、どうやら浅草寺の鐘」

日本橋から京橋、それから駕籠で一刻近く、てっきり高輪から品川筋へでも出たのかと思いこんでいたが、全く方角違いに連れだされているらしかった。

「ふうむ、なかなかやりおるわい」

万兵衛の跡を追いながらも、瓢庵は用心深い敵の仕打ちを心憎く思った。だが実は、もっと敵の手の内を深く見抜くべき場合だったのである。ただ万兵衛を見失うまいとして、瓢庵も少々焦っていた嫌いがあった。

墓地は長く続いた。こんなに大きな墓地があるはずのないことを知っている瓢庵は、やがてそれが迷路の中を行くように故意にうねりくねりしたり、また寺町のこととてある寺から別の寺へと抜け道をして辿っているのだということが分った。

と、墓地が過ぎて竹藪の中の小道を通り、庭続きらしい萩の草叢が両方からトンネルのようになっている先へ万兵衛が連れこまれた。思わず足を早めて、その跡を追い、萩のトンネルを抜けたと思ったら、ばさり、瓢庵の頭の上から蔽いかぶさって来たものがある。瓢庵はそれを怪鳥の翼か何ぞと思いこんだが、実は一枚の大きな布にすぎなかった。頭も手も一緒にくるみこまれて、たちまち自由を失った瓢庵の耳元で、嘲けるような言葉が洩れた。

「やれやれ、御老体、御苦労、御苦労」

賊の一味はそれが瓢庵であることを知っての挨拶に相違なかった。

# 五

瓢庵は布をすっぽりと被せられたまま、一室へと案内を受けた。後から腰をおさえている金梃子《かなてこ》のような腕が、今度はぐいと肩を押したので、瓢庵はへなへなとその場に坐りこんだ。とたんに上半身を蔽うていた布がはねのけられた。

「や、先生」

隣りから声をかけられたので、振向くとそこには美濃屋万兵衛が坐っていた。別に手荒い仕打ちを受けた様子は見えないが、その傍《かたわら》には油断なく構えている屈強の男が附添っていた。

「うむ、まんまと虜《とりこ》になりましたわい。老寄《としよ》りの冷水、ははは、面目次第もない」

こうなれば無抵抗を覚悟の瓢庵は、割に気軽くあたりを見廻した。二十畳敷ほどの広間で、行灯《あんどん》の数も多く、明るかったが、それだけに荒れ放題に荒れた部屋の様子が一目で見てとれた。破れ畳の上に、貧乏徳利と茶碗がころがっている。

部屋には十人ほどの頭数が居並んでいた。それぞれにいかつい身体つきの男ばかりであった。床の間を背にして、ひときわ精悍《せいかん》な面持をした男が坐っていて、瓢庵の方を見てにやりにやり笑っていたが、瓢庵の言葉を聞くと、

「先生、冷水ならぬ冷酒ならお手のものでしょう。召上って下さい」

と丁寧な言葉つきで云った。顎をしゃくると、若いものが茶碗に酒をついで瓢庵にさしだした。瓢庵、遠慮なしに一息に空けた。

「お美事。美濃屋の旦那は、いかがで?」

すると万兵衛は膝をにじり出して、

「お和歌はどこに居る。無疵でわしの手に帰してくれ。お前らは何が所望なのだ?」

と、先刻《さっき》から云いたくてむずむずしていた言葉を、吐きだすように投げつけた。

「紺屋小町は今ここへおでましになられる。無論無疵だ。これから競《せ》りに出す玉だ」

「なに、競りだと? お和歌をどうしようというのだ」

「美濃屋さん、実は今夜、ここに人買いの旦那衆が二人見えておる。一人は南の琉球人、一人は北の蝦夷《えぞ》での大網元、江戸へ生娘《きむすめ》を仕入れに来たというわけだが、どうです、もちろんあンたもそ

の二人と一緒にお和歌さんを競る仲間にはいるだろうと思って、ここまで出張《でば》って頂いたんですぜ」

「うむ、それがお前がたの手の内だったのか。畜生、よし。大事な娘を獣《けだもの》どもの手に渡してなるものか。早くはじめるがよい」

「ははは、これは美濃屋さんも、分りがいい」

一座の頭領と覚しい床の間の男は、奥を振り向いて柏手を打った。その時にちらと見えたが、彼の眼尻には斜めに傷痕があった。

柏手にこたえて、奥から二人の男が、のっそりした様子で広間へ入って来た。一人は大男で顔中髯だらけだった。一人は背のちんちくりんな小男で、ぶくぶくと気味悪く太っていた。

「羆《ひぐま》にはぶ、それに万兵衛さんが揃ったところで、では競りをはじめよう」

傷痕の男が合図をすると、再び奥から担ぎだされたのは、猿ぐつわをかまされ、両腕を胸もろとも晒し布で縛されたたおやめであった。そのしどけない有様が、何かこの荒れ果てた広間の情景に凄艶な趣きを添えるように思われた。

「お和歌ッ！」

万兵衛の声はかすれていた。だから、傷痕の男が吐きだすように叫んだ声に消された。

「さあ、いくら？　正真正銘の生娘だ」

「百両」

髯だらけの蝦夷男が、にこりともせずに値をつけた。競り屋は鼻で笑った。

「田舎者め。そんな駄洒落は江戸では通ぜぬわ」

「千両箱一つ」

琉球の太っちょ小びとが、舌なめずりをしながら叫んだ。金属をこするような厭な声だ。たちまち美濃屋万兵衛の額から、玉のような汗が吹き出た。彼は一時茫然と我を失っていた様子だったが、やがてカッと眼を見開き、

「千二百両」

と呻《うめ》いた。競り屋はニヤリとして、

「いい値だ。さすがは美濃屋の旦那。あとはないか。こんな娘が千二百両で落ちるのか?」

「千三百と行こう」

相変らず無表情な羆男が、ぼそッと云った。その声が終らぬうちに、顔を左右に振りながら、万兵衛が追う。

「千五百両」

「こんなバカな買い物はないが、千両箱二つ」

琉球のはぶ男が、眼の前に投げだされているお和歌の美しい足指に、そッと触りながらキイキイ声で云った。その様子を逸早く眼にした万兵衛は、小男につかみかかるようにして、

「わしの娘に触ることはならん」

「だってお前さんが二千両以上出さなきゃ、この娘はわしのものだぜ」

「二千両以上だと。それはわしにも持合せがないのだ。だが、すぐにも金になる品ならある」

競り屋の男は舌打ちをして、

「なんだ、美濃屋さん、旦那も弱音を吹くじゃないか。現なまがなくて、品物を持ちだそうというのか。骨董品なんぞは急場の間に合いませんぜ」

「いや、骨董じゃない。仇討の連判状、こいつを狙われている相手の大名に売りこめば、三千両は確かだ。すぐにも金になる。そいつを賭けよう」

「やれやれ、やっと泥を吐きおったか。その連判状を、おぬしが持っておるかどうかが分らず、われわれも苦労をし抜いたのだ」

「えッ?」

「連判状を盗みだされた間抜けな浪人どもというのが、ここに雁首並べておる連中だて」

「なに、するとその人買いとやらは？」

「芝居を隠し芸の同じ穴の狢《むじな》どもさ」

「こ、これが芝居だったのか」

急天直下の激動に堪えかねたか、万兵衛の顔は一瞬にしてひきつり、

「うむ。つゥ……」と胸をおさえて、ばったり前のめりに倒れ伏した。心臓の発作が起ったものらしい。

傷痕の男が飛鳥のように駈け寄り、万兵衛の耳もとで呶鳴った。

「美濃屋、連判状の隠し場所を云え。娘は戻してやるぞ」

万兵衛は苦悶にもがきながら、何やら低い声で呟いた。

「なに、うむ、眠り……猫。『眠り猫』の額の中に隠してあるというのだな」

傷痕の男は部下を振向いた。

「おい、美濃屋に行って、骨董品の中に左甚五郎が作った試し彫りだと云われている『眠り猫』の額から、連判状を探しだして来い。もしもそれが嘘だったら、こいつは生かしておけない。……瓢庵先生」

と急に今まで放ったらかしに見物させていた瓢庵に向って、

「こんなこともあろうかと思って、先生が美濃屋の助太刀《すけだち》をするのをわれわれはむしろ好便に考えていたのです。三十間堀で駕籠を用意したのも、こちらの計らいなのです。先生、われわれのことは名を明すわけには参らぬが、赤穂浪士と全くそっくりな事情で、われわれがある大名に仇討をする機会を求めていることだけは信じていただきたい。……ところで、われわれのその連判状を無事に見つけだしてくるまで、この万兵衛を介抱してやって下さい。お願い申す」

と頭を下げた。瓢庵は初めて自分の立場を了解した。悪人はむしろ美濃屋万兵衛であったのである。その生き証人として、この浪人どもは瓢庵の立会いを望んでいたことになる。

瓢庵は乞われるままに万兵衛の介抱にかかったが、その発作は相当の重症だった。衝撃が強すぎて、人事不省の状態だった。が、ともかく能う限りの手段をつくした。その時は縛めを解かれたお和歌も、父のために懸命の介抱にかかることが許された。

深夜、連判状をとり戻しに行った者たちがやっと立戻って来た。

だが、目的は達せられなかった。骨董品の中に、「眠り猫」の試し彫りはあったが、そのどこにも連判状は隠されていなかったのだ。

傷痕の男は烈火のように憤った。

「うぬ、万兵衛、われわれを偽りおったな」

彼は瓢庵やお和歌が押しとどめるのも聞かず、万兵衛の首に手をかけて絞めあげた。その手をやっと放させた時、弱りきっていた万兵衛は殆んど虫の息だった。

「控えなさい」

瓢庵は珍しく叱咤した。

「死人《しびと》同様のものを絞めあげたところで、何の効《か》いがあろう。万兵衛があの期《ご》に及んで嘘偽りを云ったとは思われぬ。たしかに『眠り猫』と申しましたか？」

「確かに、そう申した」

「いや、聞き違いではなかったか？　もしや、『合歓《ねむ》の根子《ねこ》』とは云わなんだか」

「えッ、『合歓の根子』と？」

「わしには、そう云ったと信ぜられる節がある。今日、万兵衛さんを訪ねた折に、しきりと庭の合歓の木を眺めておったでナ。もう一度行って、木の根元を掘ってみることじゃ」

瓢庵の提言は、まさに図星をさしていた。

浪人どもは生命《いのち》の二の次に大事な連判状を、美濃屋の庭の合歓の木の根元を掘り、甕の中から発見した。

だが、それを持帰った時、万兵衛は遂に息を引取ってしまっていた。

「美濃屋さんは悪人ではあったろうが、ともかくその息の根をとめたのは、ほかならぬあんたじゃ。その責めを取るがよろしかろう」

瓢庵はひとまず娘のお和歌を連れ戻る準備をしながら、傷痕の男に云った。男はうなだれて一言も洩らさなかった。

赤穂浪士そのままの仇討というのは、その後一向に持ちあがらなかった。頭領である傷痕の男がどうかしてしまったからかも知れない。

# 藤棚の女

一

「王手と行けば、さがり藤の一手」

香六《きょうろく》はいい気持そうに歩をつまんで、ぴしゃんと打つ。王の頭に匕首《あいくち》をつきつけられた瓢庵《ひょうあん》、ウムと唸ったまま身動きもしない。

「先生、さがり藤で、今思いだしましたが、春木町の常泉寺、あそこの境内で滅法きれいな女が自害していたそうで、つい今朝うちのことですがね」

相手の王様が動けなくなったので、香六は急に余裕綽々《しゃくしゃく》。瓢庵不機嫌そうに、

「それがどうしてさがり藤だ？」

「いいえね、首を吊ったんでさあ、藤棚から。少々時節が早いが、これが中年増《ちゅうどしま》の水もしたたる女だてえから、てっきりさがり藤」

「常泉寺というのは間違いないか？」

「へえ。というと？」

「あそこの住持の玄海というのが、せんだって足に大怪我をしてな、療治をしてやったのだ。どれ、見舞いがてら行ってみようか」

瓢庵はのっそり立ちあがった。

「先生、将棋の方はどうしてくれるんです？　もっとも即詰ですがね。ひい、ふう、みい、五手でお陀仏」

「なんの、まだ十五手はかかるて。香六、さア立て、立て」

瓢庵はにやにやしながら、すたこら玄関へ逃げだす。そのあとを追って、

「どうも近頃先生は往生際がよくありませんね」

「だからこれからお寺詣りに行こうというのさ。ついでにそのさがり藤も拝んで来ようじゃないか」

「へえ、そいつは悪くねえが、息が通ってねえんじゃどうにもなりませんや」

肩を並べて二人は、つい目と鼻の本郷の高台をさして歩きだした。春の薄陽の午さがり。遠くから飴売りののんびりした呼び声が流れて来る。

「先生が、常泉寺に呼ばれたことがあるとは知りませんでした。坊主の怪我というのは珍しいじゃありませんか」

「うむ、珍しいナ。住持の玄海はまだ四十そこその元気ものじゃ。何でも山谷あたりの檀家によばれて、帰りが夜となり、穴に片足突込んだと申しておった」

「般若湯《はんにゃとう》が入っていたんでしょう」

「いや、玄海はその方は不調法のようだ。こいつはわしが一目見れば分るよ、はははは」

不忍の池を廻って、だらだら坂を行くと、その中途の右に常泉寺がある。こぢんまりした寺だ。門をくぐったが、人死にの騒ぎがあったとも思われぬくらいしーんとしずもり返っている。もっともお寺に死人はつき物なんだから、騒がしい方がおかしい。

案内知った瓢庵は横手に廻って庫裡《くり》へ顔をのぞかせる。薄暗い土間に一人の老爺《ろうや》がうずくまっていた。寺男の紋兵衛だった。紋兵衛は瓢庵の姿を見ると、くわえていた煙管《キセル》を口から離して、けげんそうに眼をぱしぱしさせた。

「やあ、こんにちは。ちょいとこの辺を通りかかったので、和尚《おしょう》さんの足の傷がどうなったかと思い、寄ってみました。玄海さんはもうお歩きになれるかな？」

瓢庵は空とぼけた様子でたずねた。紋兵衛はペコリと会釈をして、

「へえ、これは先生、わざわざのお越しで。へえ、和尚さまは本堂でお経をあげておいでなせえ

ます」

「おお、そりゃ御勉強のことだ。それじゃ足はすっかりよくなったと見える」

「いンえ、それがまだ、本当は無理なんで、杖をついてやっとよちよちできるくらいのもの。まだ寝てござらッしゃるがええだが、ちょいと取込みがあったものだから……」

「ほほう、取込みとな?」

とぼける瓢庵に気短かの香六はじれじれして、とうとう傍から口を挟む。

「おとッつぁん、ついそこで聞いたんだが、何でも今日の午まえ、裏の庭で女の首吊りがあったてえじゃねえか。取込みというのは、そのことか?」

云われて寺男は香六の方を見あげながら、

「へえ、そのことで」

「滅法きれいな新造だそうだが、どこのどなたさまだえ?」

「神明の常磐津《ときわず》のお師匠さんで、文字萩《もじはぎ》とおっしゃいますお方でな。お墓詣りにおいでになられたが、急に気が変になったと見えますわい」

「へーえ、墓詣りに来て気が狂った。こいつア少々聞き捨てならねえ話だ。ねえ、先生」

香六は眼を光らせて、瓢庵を見返る。瓢庵は顎をつまんでいたが、うなずいて、

「陽気がぽかぽかして来るといかんな」

と呟いた。香六は首を振り、寺男に向って、

「おとッつぁんはまさかその師匠の首をくるところを見ていたわけじゃねえだろう。それとも、気が変になったところは気がついていなすったかえ?」

「へえ、実は、こうなので。お師匠はここの檀家でお墓がおありになるが、その墓所に飼猫の墓もできていますんで。それへ今日はお詣りだったわけなので」

「ほほう、猫の墓か、なるほどね、常磐津の師匠らしいや。それで?」

「お師匠は小猫を一匹お連れになりましてな。つまりこの小猫の母猫《おやねこ》がつい近頃息を引きとって、お墓の下にいるんでございますよ」

「なるほど、するてえと小猫の墓詣りというのが本筋のわけだ、なア、おとッつぁん」

「はい、その通りで。可愛いい小猫で、あっちこっち飛び廻っておりましたが、どこから忍びこんで来たか、小馬ほどもある大きな黒犬が矢庭に小猫へとびかかり、首根ッ子をくわえると、二三度ぶるんぶるんと振り廻しました。それを見たお師匠さんは、とんと化け猫のようにおなりでしてな。素手で黒犬に立ち向っておいでになりました」

「うむうむ、見えるようだ。おとッつぁん、話がうめえぜ。お前さん、そばで見ていたのか?」

「とんでもない。それがそばだったら、わしア薪雑棒か何かで黒犬をとっちめてやりまさア。墓所の方が騒々しいので駈けつけて見るとこの有様なので。……それでも黒犬の奴はお師匠さんの剣幕に恐れをなしたか、相手の股倉をくぐって逃げて行きました。はずみでお師匠さんは引繰り返りなさったが、起きあがると、へたばっている小猫にとりすがり、あたり構わずおんおんお泣きで」

「愁嘆場だな」

「へ? あ、さようで。それからその小猫を懐にお入れになると、ふらふらと墓所の奥の方へ行きなさる。わしア声をおかけしたんでごぜえますが、それもお耳には入らない御様子。……もうその時は気が狂《ふ》れておいでだったんで。それから暫らくすると、和尚さまがお呼びで、藤棚の下に誰やらいるようだから見てみよとのことで、行って見ると、へえ、南無阿弥陀仏」

「さがり藤か。お届けはすんだのだろうな」

「はい、先程お上の方がお見えで。お師匠が気が変になられたというのは、このいきさつを申上げたら、大方そんな筋合いだろうとおっしゃったからなんで。わしアこの年になりますが、まだ気違いは初めてでごぜえますのでね」

「猫の墓詣り。どうも、そいつからして少々まともじゃねえな。師匠はもともと頭へ来てるんじゃあるめえか」

「さあ、そこまでは分りませんが、猫のお墓は人間なみの立派なものでごぜえます。椿の木の植っているすぐ向うがそうなんですが、ごらんになっては。……御案内いたしましょうか？」

「いや、それには及ばねえ。およその見当はつかあ。……先生、そのお猫さまの墓を拝んで見ようじゃありませんか」

香六は瓢庵をうながした。瓢庵うなずいて、

「よかろう。ところで、紋兵衛さん、仏さまはまだ藤棚の下か？」

「いいえ、本堂の方へお移ししてごぜえます。留守宅の方へお知らせに参っていますが、まだ引取手のおいでがありませんで……」

寺男の返事をうしろに聞きながら、瓢庵はすたこら墓地の方へ足を向けた。

二

「なるほど、こいつは大したもンだ」

墓石の前に立って、香六は感服の声を洩した。年代の古びた一基は勿論文字萩師匠代々の墓で変哲もないが、それに並んで不細工ながらも招き猫の恰好の彫刻を施した石があり、台座には「美声《びせい》朗々三毛信女《ろうろうみけしんにょ》」と、戒名までが刻みこんである。

瓢庵は相好《そうごう》を崩し、嬉しそうな顔つきをし、

「さすがは常磐津の師匠に飼われておった三毛と見え、よほど声のよい猫であったらしいな」

「いやーんよウ。……夜な夜な啼いたこってしょうて」

「おいおい、妙な声をだすな」

「へえ、何だかぞくぞくして来ました。どうも先生、こいつは少々猫騒動の怪談じみて来たじゃありませんか。これほど猫に打ちこんでいりゃ、一粒種を犬に食い殺されたとたんに気が狂れるのも無理はありませんや。その御本尊をちょいと拝んで見ましょうよ。引取り手が来てからじゃ、そうも行きませんからね」

香六は瓢庵をせっついて本堂の方へ回った。

本堂はお経の声も絶えていて、あがって見ると人間の姿は見えなかった。瓢庵は陽ざしの入って来る南側を屈むようにして見やると、今しも庭を突切って住持の玄海が、杖にすがりつき大仰なびっこを引きながら引取って行く後姿が見えた。庭の奥には庵室ともいうべき離家《はなれ》があって、玄海はそこを愛用しているのだった。彼の先代はなかなかやり手の坊主で、よい檀家を殖やしたし、茶の湯のような風流なこともつき合えるように庭を造ったり庵室を建てたりした。後継ぎの玄海は先代のような小まめさを持合せず、庵室を独り占めにしていた。

「先生、あれですぜ」

と、日向をぼんやり見詰めている瓢庵の袖を引いて、香六は祭壇の正面に横たわっているものを注視しながら囁いた。それはさながら美しい犠牲《いけにえ》のように見えた。一人の女が自分が着ていた橙色の羽織を顔から胸にかけて逆に被って横たわっているのだが、肉づきのいい腰から下が、荒い棒縞の着衣をぴったりとさせ、いかにもゆったり投げ出されていた。

瓢庵は気を取り直したような面持で、その傍へ寄って行くと、羽織をはねのけた。

美しいが魂のない顔がそこにあった。崩れた髷からの後れ毛が顔に数本乱れて、それが変死であったことを物語っているようであったが、下半身のゆったりした感じと違って、癇性な表情は死後も残っていた。

「なるほど、いかにも気が狂れて死んだような死顔じゃありませんか」

香六もそれに気づいて独りごちた。瓢庵は黙って女の懐へ手を入れた。

「あ、猫」

香六は声を呑むようにして叫んだ。瓢庵は財布でも引きだすように、小猫の首をつかまえて手にしたが、それはもとより息絶えて眼をつぶっていた。生れてから半年になろうかどうかと思われる見るからに可愛いい三毛猫で、なるほど美声朗々三毛信女の仔に違いなかろう。

「首は折れておるよ」

さわってみてうなずき、瓢庵は小猫の顔をじっと見詰めていたが、何を思ったかその口へ指を突込み、桃色の口の中をのぞきこんだ。

と、うしろの方で板敷の鳴る音が、ぎいと聞えた。振返って見ると、寺男の紋兵衛だった。

「紋兵衛さん、この小猫は文字萩師匠がぶらさがる時に、懐へ入れたまんまだね？」

瓢庵の問いに寺男は合点をして、

「へえ、舐めるように可愛がっていらしたで、そのままにしておきましたが……」

「こいつを振り殺したという黒犬は、お前さんの見知りの犬ではないのじゃな？」

「へえ、はじめて見る奴でごぜえました。こう毛の荒々しくおッ立った狼みてえな奴で、野良犬に間違《まちげ》いごぜえませんよ」

「災難だな」

呟いて瓢庵は小猫を元のように死美人の懐の中へ押しこんだ。そして、はねのけてあった羽織を顔まで引きあげて、片手でちょっと拝むような仕草をした。それから振返り、誰にともなく、

「静かだな。他に誰もおらんような気配だが……」

「へえ、唯今は和尚さまとわしだけで。友円さんと光雲さんは、法事があって朝っぱらから他出、妙念どんはお師匠の留守宅へ急を知らせに参ったんでごぜえますが、いまだに戻って来ませんで」

「どれ、それでは和尚を見舞って帰るとしようか」

瓢庵は寺男をあとに残して本堂を出たが、すぐには庭の奥の庵室へ行く様子もなく、何だか足取

りが鈍かった。本堂の横手から裏一帯にかけて、約六七十坪美しい庭になっていて植込みには花が咲いており、木々の若葉も美しく、それらに取囲まれて、型通りの瓢簞《ひょうたん》池が作られてあった。そっちの方へ、のろのろ歩いて行った瓢庵は、手頃な石の上に腰をおろすと、

「やれやれ、少々眠気を催してきたよ」

と云いながら、腰から煙草入れをとりだした。香六も隣りの石に腰をおろし、

「小さな寺だが、懐具合はよさそうですね、先生」

と、今更のように庭を眺め渡した。

「うむ、坊主も商売上手と下手があるからな。玄海の親父はなかなかのやり手で、抜け目がないという評判をとった。法事の帰りに穴へ片足突込むようなへまはやらなかったて」

「というと、今の和尚はでくの坊というわけですかい?」

「というわけじゃないが、小まめな先代のような働き者ではない。あんな離家に引込んでいるようではな」

「それが本当の坊主らしいのかも知れませんぜ。……先生、何です?」

香六は瓢庵が身体を屈めて池の中をのぞきはじめたのを見て問いかけた。それには答えないで、瓢庵はしきりになおも池を眺めている。別に変ったものが見えるわけではない。ありきたりの真鯉緋鯉が魚紋を作りながら、のんびりと水の中を泳ぎ廻っているだけのことだった。

「先生、亀の子でもいますかえ?」

「いや、鯉ばかりだがね」

「何だ、つまらねえ」

「つまらなくない。ほれ見ろ、香六、仲間の行列に加わらずに、勝手に泳いでいるのがいるだろう」

「そりゃいますさ。どこの池だって、そんな独り歩きの好きな鯉は必らずいますぜ」

「ところがあの鯉、大分弱ってあっぷあっぷしとるではないか」

「なるほどねえ、身体が浮きかかって、時々横腹を見せますね。おや、そんなのがもう一尾いる。はてな何故だろう？」

「わしもそれを考えているところだよ。こんな楽天地で急に弱りだす鯉が二尾もいるわけがあるまい」

「あっ分った。先生、女師匠の小猫がここへ来てから、大分駈け廻ったというから、爪でもひっかけたにちげえねえ」

「うまいぞ香六。わしもすぐそのことに思い到ったが……」

「がの字のつくのは気にいりませんねえ。何故ですい？」

「というて、それ以上のことは、分らんさ。そうムキになるな」

「えッヘッへ、そうでしたね。……おや、大分かげって来ましたぜ。昨日も小雨がぱらついたが、この分だと今日も夕方から雨かな」

香六は今度は空を見上げた。なるほど、真珠色の空がいつかどんよりと曇りはじめて来た。それを機《しお》に瓢庵もやおら重い腰をあげた。

三

瓢庵は池をぐるりと廻った。それからぶらぶらと庭の奥手に進んだが、勿論そっちは住職玄海のいる庵室の方角だった。しかし瓢庵が時折足をゆるめて、地面を見るようなしぐさをするので、香六が不思議に思い、その視線を追うと、そこには微かながらも高下駄の歯らしい跡があった。庭にも一種の通り道が出来ているのだから、下駄の歯跡があることは別に異なことではない。昨日小雨があって、地面は適当に湿りを帯びている。これまた下駄で歩けば跡もつこう。なんだと思い、香六は瓢庵がそんなものを見ているのではなく、何か他のものに気を取られて足をゆるめるのだと推測した。

庵室は小高くなった築山《つきやま》の上に立っているが、瓢庵はそこへのぼる斜面の山道を行かずに、ずっと横手にまっすぐ行った。何かしきりに考えている様子だ。それに釣られて、香六もついて行ったのだが、そこは庵室の裏手に当り、すぐ向うが隣りの屋敷との境の竹垣となっている。

「おや、裏へ出たな」

気がついたように、瓢庵は立ちどまって呟き、上を見上げた。石垣を組んであって、その上に庵室の窓が見えた。

「先生、道は向うにありましたよ」

「そうだったな」

とことこと瓢庵は戻り、斜面の道をのぼりかけたが、ふと足をとめ、手をあげた。

「あれだよ、藤棚は」

指さす向うに、その藤棚が崖下に枝をひろげていた。瓢庵は気まぐれな様子で、ふらふらとその藤棚の方へ歩いて行った。しかし行って見ただけのことで、そこには常磐津の師匠が生命を落したゆかりのあるものは何一つなかった。腰掛代りになる石が一つころげていたが、首を吊ったとすれば多分その石の上に一度は立っただろう。なるほど、よく見るとその石のそばには下駄の歯跡らしいものが印されてあった。

「さがり藤か」

瓢庵はぽつんと呟いた。香六はにやりと笑って何か気の利いたことを云おうと思ったが、瓢庵が妙にとりつく島のないような顔つきをしているのでやめた。瓢庵は振返って、

「紅葉《もみじ》の木が邪魔だな」

とまた呟いた。藤棚と並んで確かに枝葉を拡げた紅葉の木があったが、それがどうして邪魔なのか香六は解《げ》せなかった。

「へ、取合せが悪い？」

と鸚鵡《おうむ》返しに云ったが、

「まあそうだ」

と瓢庵は、禅問答のような返事をして、さっさと歩きだした。

今度は迷わずに庵室をたずねて行った。声をかけるまでもなく、そこには住職の玄海が顔をのぞかせていた。

「これは瓢庵先生、お声がしたのでお待ちしておりましたが……」

と笑顔で向うから声をかけて来た。頭を丸め、白衣を着込んでいるから坊主に違いないが、顔色も黒く、身体つきもいかつい男だった。

「やあ、無沙汰じゃった。足の怪我はどうじゃな？　お見舞にちょいと寄ったところが、美人の首吊りがあったというので、年甲斐もなくまずその方に気をとられてしもうてナ、あっはは」

遠慮なく瓢庵はあがりこんだ。玄海は晒《さらし》でくるんだ足を投げだして、片手をついた。

「どうもこんな恰好で失礼をいたします。お蔭さまで、足の方は大分よろしゅうございます。杖をつけばどうにか歩けるようになりましたが、まだどうも……」

「無理をせぬがよいナ。さっきも本堂から戻る後ろ姿を見かけたが、大分苦しそうじゃった」

「はい、思いがけぬ椿事がこの山内で起ったものですから、捨ててもおけず、お経だけはあげねばなりませんで……」

「とんだ天女が舞いこんだものだ。話を聞いて、さすがのわしもたまげたところさ。文字萩という女子《おなご》は、以前から少々これではあるまいかの？」

と、瓢庵は片手の指で鬢《びん》のあたりに蛇《じゃ》の目をかいた。

「当寺の大事な檀家をそう申しては何ですが、風変りなお方で、まあ、猫気違い……と云ったところで」

「はッは、そういうのは気違いのうちには入るまい。生き物を可愛がるのは人間の本性だて。もっとも生き物を取って楽しむのも人間の本性かも知れん。狩り気違い、釣り気違い、いろいろとある」

「はは、先生はなかなか御説教の名人」

「おや、これは本職を前に置いて、失礼をした。実はな、玄海さん、わしはどうも疑い深いたちで、自分に納得の行かぬことはどうにもそのままにほっとけないのじゃ。それで、さっきからつまらぬ暇をつぶしておりました」

「納得が行かぬと仰有ると？」

「女師匠が首を吊ったことですわい。女の気が狂れたことはまあよろしい。自分が生んだ子よりも大事にしている小猫が生命を落したために、日頃からおかしかったのが、ぱっと鉢割れるということもあろう。だが、それですぐに首をくくる気になったというのがどうも辻褄が合わん」

「そりゃ先生、気が狂ってしまえば、何をやらかすか見当もつきますまい」

「御坊の仰せの通り。それはそれでよいとして、ついわしは、どうして女が首をくくる気になったか、分るものなら探ってみたいと思うた」

「お分りですか？」

「いや、分らん。だが、わしはわしなりに、こうでもあるまいかという奇妙な推量を云わばわしの一存ででッちあげた」

「ほほう、面白そうですな。粗茶でも一服入れて、ゆっくりお伺いしたいもので」

「いや、わしは野暮で茶の湯の作法は知らん。どうぞお構い下さるな。なに、わしの当て推量というのは、至ってたわいないもので、煙草一服で話し終る。玄海さん、聞いて下さるか？」

「えええ、喜んで」

「ところが、御坊はそれを聞いたら怒るかも知れんのだ。わしのでたらめを怒らぬと云ってくれぬと、少々話しづらい」

「ははは、先生、私は忍辱《にんにく》の坊主で、めったに怒りませぬ」

「そうか、それでは申そう。今、猫気違いのほかに、いろいろな気違いがいると申した中に釣り気違いがいるといったのをお忘れではあるまい」

「は、はい。しかと覚えて、おりまする」

「この寺の中に、その釣り気違いが一人いるとわしは見たのじゃ」

「ええッ！」

怪我の足を投げだしていた玄海は、それなりの恰好で飛びあがるほどにも打驚いた。

「それは、誰あろう、寺男の紋兵衛じゃ」

「紋兵衛！　先生、そんな滅相な」

「なに、格別滅相なものか。寺男は別に僧籍にあるというわけではない。殺生禁断を仏様に誓う身の上ではなし、釣り道楽も隠れてやっておる分にはやむを得まい」

「しかし先生、紋兵衛は親父の代から仕えていた忠義一図な寺男で、そんな道楽など……」

「するはずがないと仰せかナ？　ところが紋兵衛のいる庫裡には、ちゃんと釣りの継ぎ竿が置いてあった。お疑いならここへ持って来てもよろしい」

「不敏《ふびん》にしてそのことには気づきませんでした。したが、紋兵衛の釣り道楽と今日の一件と？」

「どうかかりあいがあるかと申すと、お聞きなさい。実は、死んだ女の懐にいた小猫の死骸を見た折に、口の中に途方もない品があった。何だと思いなさる？　釣鉤《つりばり》なのじゃ。切れた釣糸が一二寸はみだしておった。紋兵衛は小猫を釣った」

「猫を？」

「いや、猫を釣るつもりではなかった。紋兵衛は庭の池の鯉を釣っておったのじゃ。勿論それは釣り竿の具合を試すだけのことだったろうが、そのために池の鯉は二尾ほどふらふらになりおった。そんなところへ、文字萩の連れてきた小猫が飛んで来て、釣り糸にじゃれつき、あッという間に鈎に引っかかった。紋兵衛は悪戯された腹いせもあって、小猫の首を捉え、あるいはへし折ったかも知れん。そこへまた小猫を追って猫気違いの女がやって来た。二人の間に諍いが起る。紋兵衛はどうかしたはずみに、女の首を締める。女は死んだ。あわてた紋兵衛は、その始末に困《こう》じて、女を藤棚へぶらさげる。……と、まあこういう順序ですがの」

「先生、それじゃ紋兵衛は人殺しを……」

「ではあるまいかと、わしはこのうららかな庭をあちこち歩きながら、でっちあげましたのじゃ。紋兵衛さんのはいておる高下駄の歯跡が、池のほとりにも、藤棚の下にも、ちゃんとついておるのが、まあ証拠と云えば証拠」

「それはしかし、藤棚から死人を取りおろす時についた足跡で」

「ともかく、紋兵衛の話では黒犬が小猫の首をくわえて振廻したというが、その小猫の首には犬の牙跡らしいものも見当らぬ。その黒犬も見かけたことのない野良犬とのこと。どうも得体の知れぬ幽霊犬。つまりは、おりもせぬ犬を作りあげて、罪をなすりつけたというわけ。わしはそう睨みましたのじゃ」

「どうも先生の仰有る通りとすれば、紋兵衛とんでもない奴で」

「さようさ。しかし、わしには紋兵衛をとッちめるだけの決め手がない。云わば当てずッぽうじゃ。玄海さん、御坊からそれとなく紋兵衛に探りを入れて、もしやわしの推量に誤りがないとなったら、紋兵衛の始末をつけるのが上分別」

「仰有るまでもなく、そう致しましょう」

「またもし、紋兵衛がいささかも身に覚えのないことというのであれば、実はわしにも二番手の推量がないわけではない」

「はて、それは？」

「それは、ここで申上げるのはまだ時期ではない。いずれまたお邪魔した際のこととしよう。玄海さん、それまでにぴんしゃん歩けるようになられるがよい。……いやア、とんだ長居をしてしもうた。おい香六、おいとましよう」

一気に喋りまくった瓢庵は、まるで逃げるように座を立った。

# 四

それから五日ほど経って、あわただしく香六が筍屋敷へ駈けこんで来た。

「先生、いま常泉寺の件がその後どうなったかと思い、実は何気ない様子で立寄ってみたんです」

「うむ、うむ、寺男の紋兵衛は、別に変りなく働いておったか？」

瓢庵の言葉に香六はぎょッとしたような顔つきで、

「あれ、先生は御存知なんで？」

「いや知らんよ。今始めて聞くが、そのへんのことだと察してはいた」

「すると、玄海和尚が旅に出てしまったということは？」

「ははア、まあそのへんだろう」

「いやだなア、先生。紋兵衛が女師匠を絞殺したというのはでたらめですかい？」

「でたらめというほどではない。省みて他《た》を云うとやらの戦法でな。将棋では端を攻めると見せて、実は王手をかける穴を掘るあの手じゃ」

「何のことだか一向に分らねえ」

「分らぬことがあるか。釣り気狂いが紋兵衛ではなく、玄海坊主その人であると考えてみろ。一切合切ぱらりじゃ」

「あッ、玄海が……女を締めたんですかい?」

「そうじゃ。ただし藤棚に女を吊したのは紋兵衛の仕事。あの足では玄海にはできん」

「でも、坊主が釣気狂いとは、先生どこで見抜きなさいました?」

「それは何となくナ。すぐる日、傷の手当てで呼ばれた際に傷口の泥砂を見て、それが海砂らしいと思うた。ところが玄海は山谷で傷をしたという。あのへんに海砂があろうはずはない。何でそのような偽りを云わねばならぬのか、わしには分らなかったし、またそれはどうでもよいことじゃった。ところが、それは玄海が釣りに出掛けて負うた怪我を、何となく後ろめたく思うたための、うっかりした嘘であった。それだけで済んでおれば何のことはなかったが……」

「寺の庭の池で、あの坊主は、釣りをおっぱじめたんですかい?」

「いや、池の鯉を釣ったのではない。釣りには行きたし、足は動かぬ。新しく手に入れた竿の具合も試したい。そこで矢も楯もたまらなくなった玄海は、小坊主どもが他出したのを見すまし、忠僕紋兵衛に命じて、盥《たらい》に池の鯉をくみ入れさせ庵室の窓から竿の調子を試したものさ」

「ははーん」

「池のそばに空の盥があったのをお前は気がつかなかったようだな。わしはその盥を紋兵衛がかかえながら、えっちらおっちら歩いた跡を、庵室の窓下までつけて行った。そこには水をこぼした跡まであったよ」

「すると、そこへ小猫が、じゃれかかったというわけですね」

「と思う。何か重いものが引っかかったのであげて見ると、意外な小猫。首根ッ子をおさえたはずみに、つかみ殺す。そこへ女が来て、さア生臭坊主、殺生坊主、ただではおかぬ、とわめき立てる。女に噂を立てられては、玄海も立つ瀬がない。その口を塞ごうとしたのが、首を締めることにでもなったか。ともかくこれはわしの推量一本槍じゃ。……が、玄海が釣りをやりおるのではあるまいかということは、庫裡に継ぎ竿があるのを見た時にすぐ傷の海砂とにらみ合せて思いついた。あの継ぎ竿は寺男風情の持ち物ではないいて」

「そうでしたか。先生は藤棚の下で、紅葉の木が邪魔と云いましたが、あれは何のことで?」

「庵室からは紅葉が邪魔をして、藤棚にぶらさがっている人間が見えよう道理はない。して見ると、玄海は始めから、藤棚にぶらさがっている女のことは、知り抜いておったわけじゃ」

「太え坊主もあったもんだ」

「まあいいよ。あの男は所詮僧侶の分際ではない。親の跡目をついだだけで、芯からの生臭さじゃ。わしの当てこすりが利いて、これから空念仏など唱えずに済む一生を送ればそれでよいというもの。常磐津の師匠は無駄死にじゃったが、猫と心中したと思えば、それも一つの死に方じゃ。……どれ、一番行こうか」

瓢庵はまだ驚いている香六の前に、そばにあった少々がたつく脚の将棋盤を押しやった。

# 初雪富士

# 一

ぽかぽかした春の陽ざしに浮かれだした形で、その日瓢庵《ひょうあん》と香六《きょうろく》は浅草の観音さまへお詣りをした。賽銭は型通りに奉納したが、これという望みも持合せぬ両人はおみくじも引かず、鳩に豆もやらず、一通り山内《さんない》の物売りや見世物などを冷かした揚句、ほんのりと疲れた身体を手頃の掛茶屋の床几《しょうぎ》に休めて、渋茶をすすっていた。

「おや？」

と、その時香六が表通りに眼をやって、小さく呟いた。両人のすぐ前には葭簾《よしず》が斜めに立てかけられてあって、こっちから見ると明るい道路の方は丸見えである。

「どうした、香六」

「いえなに、ほれ、向うからやって来るのは、うちの近所に住んでいる千吉という男、日本橋の近江屋の番頭をやっているんです」

「近江屋というのは大きな骨董屋《こっとうや》だったナ。その番頭が浅草の観音さまへお詣りするのがおかしいかの？」

「というわけでもないが、先生、奴はいやにきょろきょろしてるじゃありませんか」

「ふむ、そう云えばそうだ。はてな、懐を探っておる、財布でも掏《す》られたのではあるまいかの」

「こっちへ来ますぜ。そばへ来てから声をかけてやりましょう」

瓢庵と香六とは、その実直そうな様子をした男が近づいて来るのを、じッと見ていた。

千吉はまっすぐ掛茶屋の方へやって来た。向うからは葭簾の蔭に客がいるのが眼にはいらぬ様子。

と、千吉は瓢庵と香六の真前《まんまえ》で、妙なことをおっぱじめた。懐をもぞもぞやっていた手を引ッこぬくと、そこには何かきらりと光るものが握られていて、何だろうと思う間もなく、そいつをぽとりと足もとに投げ捨てて、足早やに横ッちょへ身をかわし、ちょうど茶店の前に植《うわ》ってあった銀杏《いちょう》の木の蔭へ隠れたのであった。

とッさのことで、それが一体何のことを意味するものやら、瓢庵にも香六にも分らず、声をかけようとしていた香六もただぽかんとしてしまった。

だが、次に繰りひろげられた光景で、千吉が何をしようとしたかは、察しのいい読者にはハハーンと納得が行くだろう。

千吉がやって来た道の反対側から日和《ひより》下駄の音がして、渋いが小粋な粧いをした年増の女がやって来た。髪の結い方、襟元の具合、歩き方から見てまず小料理屋のお内儀《かみ》さんと踏める。彼女はいそいそと通りかかったが、茶店の葭簾の前でぱったりと足をとめた。眼は地上の一点に注がれている。というのは、千吉が懐からとりだして投げ捨てていった光るものを見つけたからである。

女は身を屈めてその品物を拾いあげた。物蔭の香六と瓢庵には、初めてその品物の正体が分った。赤い珠の飾りがついた銀色の笄《かんざし》であった。

拾いあげた女は笄をしげしげと見ていたが、ふと顔をあげた。というのは、いつの間にか自分の身近かに一人の男が突立っているのに気がついたからだ。

その男千吉は、女に向ってにやにやと笑いかけた。

「お内儀さん、いいものを見つけましたね」

「あら」

と、女は急に顔を赤らめ、手にした笄を持ち扱いかねるように胸元で振った。

「これここに落ちていたんだけれど、あんたの持ち物?」

「とんでもない。男に笄は食い合せ。もっとも私も妙な光り物があると思って、向うから寄って来たところなので。ほほう、そいつは大した代物ですぜ、お内儀さん。私は以前小間物の渡世をしていたことがあるけれど、この珠は本物の瑪瑙《めのう》、銀もまがいなしの本銀。こりゃ大したもんだ」

千吉はしたり顔でのぞきこむ。女はいささかあたあたになって、

「まあ、そんなに立派なものかしらね。あたしには何だか贋《まが》いもののような気もするけれど……」

「と、とんでもない。こいつはお内儀さん、買おうとなると三両以下では金輪際《こんりんざい》手に入る代物じゃありませんぜ。……観音さまの御利益《ごりやく》で、大した授かり物を引き当てなさったもンだ」

「いやですよ。あたしがこれを猫ばばするようなことを仰有《おっしゃ》ッちゃ」

「と云うと、お内儀さん、それを番屋へでも持って行き、恐れながら拾い物と届け出ると云うので？」

「だって、あたし」

「伊達も津軽もありませんや。お内儀さんが拾ったのを知ってるのは、この私だけですぜ。何の遠慮があるものですか」

「そのお前さんに遠慮があるじゃありませんか。お前さんもこれに眼をつけてここへ寄って来なすったンでしょう」

「まあそう云えばそうだが、笄じゃ男に用はない。だから、あっさりと取っておきなさいと云ってるわけだが、それじゃお内儀さんの気もすまない御様子。……どうですね、どう踏んでも三両は欠けないその笄、一両二分ずつに分けることにしちゃ……」

「というと？」

「つまりお内儀さんがこの笄の持ち主になり、その代り私はあなたから一両二分頂くんでさア。どうです、名案じゃござんせんかえ？」

「なるほどねえ」

女の顔には急に慾の深い表情が現われる。

「この笄が僅か一両二分で手に入るとは、全くただみたいなもので」

「でも、あたしゃ持合せが一両こっきりしかありませんのさ。どうしましょう」

「一両？　ふうむ。……ま、それもいいでしょう。お内儀さん、手を打ちますぜ。その笄を早く懐中《ふところ》へお蔵《しま》いなさい。そして……」

「はいはい、分りました。お前さんにはこれを……」

と、女は帯の間から財布をとりだし、急いで一両の金を千吉に手渡すと、もう一刻もその場には居たたまらないような風情で、逃げるように観音堂の方へ姿を消して行った。そのあとを見送り、千吉はくすりと肩を揺《ゆす》りあげるようにし、そのまま反対の方角へ歩きかけたが、その時掛茶屋の葭簾の蔭から、一伍一什《いちぶしじゅう》を見聞きしていたおせっかいの香六が、ぱッととびだして千吉に声をかけた。

「こんちわ、千吉さん」

二人は顔と顔とをばったり見合せたわけだが、千吉の方はきょとんとして、

「どこのお人か知らないが、私は千吉じゃありませんぜ」

と意外な返答である。香六は眼を丸くして、

「な、なに。お前さんが日本橋近江屋の番頭の千吉じゃないんだと？」

「とんでもない。お人違いでしょう。私は生れてこのかた番頭などを勤めたことはない。ごめんなすって」

と、ぷいと行きすぎようとする。

「ま、待ちねえ。お前さんは今、女をつかまえて、妙なことをなすったねえ。すっかり見ていたぜ」

「おや」

とその千吉にあらざる男は急に険しい表情になって、

「妙なこととは何ですえ？」

「贋い物の笄を一両という大金で女に買わせたじゃねえか」

「こりゃ面白い。あれが贋い物だとは、とんだ云いがかり。お前さんは私をどうする気ですね?」

食ってかかられて、香六はいささか狼狽し、

「だってお前《めえ》、近江屋の歴《れっき》とした番頭が大道騙《だいどうかた》りを働くなんざア、黙って見逃がすわけには行かねえ」

「やいッ、おれはその番頭でも何でもねえんだ。どこに騙りの証拠がある?」

男の態度はがらりと変り、今にも香六につかみかからんばかりとなった。気短かな香六も顔色を変えて、それに応ずる身構えとなったが、この時葭簾の蔭から瓢庵がのこのこ出て行って、声をかけた。

「香六や、やめなさい。人違いなら謝るのが順序じゃよ」

「ヘッ、でも先生……」

「でも何もない。謝んなさい」

「だって、こりゃ明らかに大道騙り……」

香六と瓢庵とは押問答をはじめたが、その隙を見た千吉でない男は、矢庭に忍術使いそこのけの素早さで、もうその場から立ち消えていた。

二

あくる日は、昨日と打って変って、しとしとと雨が降りだした。瓢庵は将棋の相手の桂七か香六かが来そうなものと待ち受けていると、まず桂七がやって来た。早速一番指しはじめ、それから三、四番続けているうちに、早や夕近い七つ刻《どき》となった。絹糸のような雨足はいっかな切れず、この分では夜に入ってもやみそうに思われなかった。

「香六の奴、来そうもありませんね。こんな日に面《つら》を出さないなんて、どうかしやがったんじゃありませんかね、先生」

と桂七は云った。

「うむ、昨日はぴんぴんしておったから、まさか急に風邪を引きこんだということもあるまいよ。……どれ、一休みして茶でも入れようか」

と、瓢庵がやおら腰をあげようとしたところへ、勝手口の戸ががらりと開いた。

「やあ、どうも急いだもんで、足がすっかり泥だらけになった」

大声でそう云ったのは、いま噂したばかりの香六である。井戸端で足を洗って、勝手口からとびこんで来たわけである。

「来ましたぜ、先生。噂をすりゃ現金な野郎じゃありませんか」

桂七は笑った。瓢庵もその笑いに調子を合せているところへ、足を拭いた香六がとびこんで来て、瓢庵の姿を見るなり云った。

「先生、狐につままれて参りましたよ。どうも気色が悪いッたらありませんぜ」

「なんだ、とびこむなりに妙なことを口走るじゃないか。今、お茶を立てようと思っていたところだ。一服やって気を鎮めるがよい」

「なアに、台所で冷水を一杯やって来ました。ほれ、昨日観音さまで出会《でっくわ》した千吉の一件、あれが気になったもんだから、実はその千吉を追い廻していたんです」

「千吉？　うむ、贋い物の笄で美事に一両せしめた男のことだったな」

「その千吉が白ッぱくれて逃げてしまったのがどうにも腹に据えかねたので、今朝あの男の家へ行ってみました。ところが奴はもう近江屋へ出掛けた留守、家にはお神さん一人きりでしたよ。これがまたぽちゃぽちゃした別嬪でしてね、へへへ、そのために長居をしたという訳じゃありませんが、昨日千吉が浅草の方へ用達《ようた》しに出掛けた様子はないかと、それとなく訊ねてみたら、浅草には行くはずがない、方角違いの芝の松平様のお屋敷に御用があって行ってきた、というようなことを云っていたから、というんです。……もっとも、こんなことはあッしらでもよくありまさあ。よそで酔払って帰って瓢庵先生のお相手で遅くなったなんてね」

「これこれ、香六。それで……?」

「それでねえ先生、あッしは日本橋の近江屋まで、雨の中を出掛けてみましたよ。ところが千吉はまたもや店の用事で出歩いているんです。昼飯時には戻るだろうからという話なんで、そのへんで油を売ってからまた行ってみました。千吉はまだ戻っていない。とうとう八ツ過ぎまで待ち抜いて、やっとつかまえました」

「気短かな香六にしては大変な粘りようだの」

「へえ、なに近江屋のすぐ近くに将棋の会所がありましてね」

「なんだ、そんなからくりがあったのか。ところで千吉は」

「千吉は浅草の一件をあッしから聞くと、顔色を変えましたよ」

「ほほう、白《しら》を切れなくなったか」

「いいえ先生、そうじゃねえので。千吉曰く、やっぱり私がいましたか! と目を丸くしているんです」

「何じゃナ、その云い草は?」

「千吉はあッしからその事を聞くと、実はこないだから妙な話を聞いて薄気味悪く思っていたところだ、というんですよ。最初は同じ骨董商売の仲間の誰やらから、千吉どん、お前さんも隅に置けないな、吉原で姿を見掛けたぜ、と冷かされ、吉原をのぞいたこともない千吉はひどく怒ったそうで。すると、つい四五日前のこと、お顧客《とくい》先の奥方から、千吉、お前昨日市村座で澄ました顔で芝居を見ておいでだったね、あたしの方を見ても上《うわ》の空のお澄しようだったよ、と云われたというんです。勿論千吉には市村座に行った覚えはないんです。先生、ですから昨日の観音様の千吉も、ありゃやっぱり千吉じゃねえので」

「近江屋の千吉は丸一日芝へ出向いておったのじゃな?」

「そうなんです。ところが、あッしのこの眼じゃ人違いの何のという段じゃない。何しろ顔形はおろか、声までもそっくりなんですからね。こいつは千吉が真二つになって、一つは堅気な番頭、一つは遊び好きで手軽な騙りまで働こうという男。ねえ、先生、人間てものはひょッとしたはずみに、二つに割れるもんじゃねえでしょうか」

「知らんな。千吉には双生児《ふたご》の兄弟でもありはせぬか?」

「ええ、そのことも訊ねてみましたよ。奴には男の兄弟はねえそうで。あッしは取りつく島もなくなり、ぬかるみの道を帰って参りやした。全く狐に化かされたというのは、こんな気持を云うんでしょう」

「春先になると色々と変ったことが起るて。香六、どうやらこれは、お前の神経から生じた異変のようじゃな。どれ、舌をだしてごらん」

瓢庵は二人千吉の一件を香六の気の迷いと断じ、香六のべろを検査した。それは幾分舌苔のできて胃病の徴《しるし》が見える舌であった。

三

ところが、それから十日ほど経ったある日のこと、香六が一人の客を伴って筍屋敷へやって来た。客の顔を見て瓢庵はそれが他ならぬ千吉であることをすぐに思いだすことができた。

香六はその千吉を瓢庵に引合せてから、

「先生、二人千吉の件も笑い話だけでは済まなくなりました。今日は千吉さんの方からあッしに相談を持ちかけて来ましてね。あッしじゃ判断がつかねえから、先生に話を聞いてもらおうとここへお連れしたんです」

と物々しい顔つきをしている。

「はてね、どうなさった?」

瓢庵が千吉を見やると、いかにも物腰の柔かそうな骨董屋の番頭は、恐縮しきったような顔つきで、

「はい、どうも飛んだことになりまして」

と碌に口もきけないほどの様子。瓢庵は香六の方に質《ただ》すような視線を送った。香六はうなずいて、

「千吉さんには云いにくいことかも知れねえ。あッしが代りにかいつまんで申しましょう。先生、実は千吉さんが甲州に用事ができましてね、七日ほど家を明けたんです。ところがその留守宅へもう一人の千吉の野郎が主人《あるじ》づらをして入りこんだもんです。それをお神さんさえ気がつかなかったというんで」

「な、なに、留守宅へ贋者が現われたと?」

さすがの瓢庵もびッくりして坐り直し、あきれた面持で今度は千吉を見つめた。千吉はやっと口を切る勇気が出たのか、大きくうなずいて、

「はい、それに違いございません。甲州の旅から帰って来ると、女房のおはまが申しますんで。忘おや、ずいぶん早いお戻りだったのね、また何か忘れ物でも? と、その言い草が妙なんです。忘れ物なんかしやしないぜ、というと、あらいやだ、一昨々日《さきおとつい》忘れ物をしたからッて戻って来たじゃありませんの、とこうなんです。私は自分とそっくりな男がいるらしいことを、香六さんの口からも聞いていますから、こりゃ大変なことになった、とうとうそやつが家にまで乗りこんで来た。このことはおはまにも知らしてないことで、これ以上びっくりさしてはいけないと、それとなくおはまから探りだしてみると、私の身代りに乗りこんで来たその男は、一晩泊ったあげく、おはまから

五両の金を出させて消えているんです。私はその晩、男がおはまに手をつけたにちがいないと思うと、もう居ても立っても居られない気持になり、とうとう香六さんのところへ駈けつけました。別にどうしてくれというわけではございません。ただ不安でなりませんので」

「ふうむ、それはさぞ気のもめることだろうな。それで、その男は一晩きりであとは現われないのだね?」

「はい、一晩きりで。それが私には毎日の責苦のようになりました。どうしてそやつが私に化けて、留守宅に忍びこむようなことが出来たものやら、それさえ不思議でなりません」

「いや、それは何でもない。香六に罪があるよ。浅草で出会った時、おぬしは日本橋近江屋の番頭千吉じゃないか、と香六が念を押した。そやつは、ハハアおれとそっくりの男が近江屋にいるのだナと思い、近江屋に探りを入れればお前さんの旅のことも留守宅のこともすっかり分る。留守宅には綺麗なお神さんもいる。臍くりもありそうだ。となると、悪い奴だけに一芝居打つ気になったと見える」

「じゃア先生」と香六は真赤な顔になり、「あッしがまるでそいつに知慧《ちえ》をつけたようなもんですね。こいつはどうでも、その贋者をあッしの手でつかまえてやらにゃ千吉さんに申し訳が立たねえ。実は千吉さんをここへお連れしたのは、当人の家にまで贋者が現われたのがあんまり不思議で、ひょっとしたらそれは千吉さんの生霊みてえなものじゃねえかと、それを先生に判じてもらいたかったんです」

「いや、香六、実を云うとわしにも分らんよ。お神さんにも千吉さんとの見分けがつかなんだとすりゃ、こりゃひょっとするとその生霊とやらかも知れんな。そいつを判じるのはわしの力ではどうにもならん。わしには下世話の判じごとしか分らんのでナ。どうだ、香六、いずれにしろそのもう一人の千吉さんを見つけだすのが一番の早道というものだ。お玉が池の親分にも話をして、下っ引にその贋者を見つける手伝いでも頼んでみては……」

「そうやってみましょう。千吉さん、これから神田へ廻ってみようじゃありませんかい」

世話好きな香六は気の重そうな千吉を促して、またあたふたと筍屋敷をとびだして行った。

# 四

それから十日ほど経ったが、騙りの千吉は一向につかまらない。これと思われる場所にも姿を現わさないのである。香六やお玉が池の下っ引き連が血眼《ちまなこ》になりはじめたのを、うすうすきづいたのかも知れないと思われた。

ところが、その騙りの千吉は足もとから鳥が飛立つように、突如どえらいことをやってのけた。その始終は香六が筍屋敷へあたふたと飛びこんで来て報告に及んだ。

「先生、騙りの千吉が何千両という茶碗を横取りしてしまいましたぜ」

という冒頭で、香六はこんな風に説明した。

近江屋を贔屓《ひいき》にしてくれている分限者《ぶげんしゃ》に、赤坂の村井家があって、そこには「初雪富士」と称する茶器が家宝になっていたが、その茶碗の底に毛で突いたほどの傷みが生じたため近江屋に命じて修理を頼んだ。

昨日の朝、近江屋からは千吉がまかり出たので、「初雪富士」が手渡された。ところが午後になってから、その同じ千吉がまた茶器を受取りにやって来た。朝方に渡したじゃないか、いいえお預りしておりません、と妙な押問答となって、とうとう千吉は泣き面をしながら自分の贋者がいて、一足お先に「初雪富士」を騙り取ったに違いないことを説明せねばならなかった。

しかし村井家では千吉が二人いることなど信じようはずもなく、すぐにでも「初雪富士」を持って来なければ千吉を縄つきにして突きだすという強硬な態度をとった。

「近江屋は上を下への大騒ぎですぜ。千吉は首をくくってお詫びしようなんて云いだしたのを、あッしはやっとなだめてきたところなんで……」

「ははん」

と話を聞いた瓢庵は大きく口を開けたままだった。いかにも呆れたという表情である。

「何か奥の手を出すじゃろうと思っておったが、とうとう茶碗と出たか」

「先生、それが何千両、いや金じゃ量ることのできない代物なんで。こいつはどうしたもんでしょう」

「はて知れたこと。茶碗を見つけだすまでのことじゃ。この世に二つとない名器というものは、騙りの千吉ずれには右から左へと叩き売れる代物ではあるまいて。こりゃちと面白くなってきた」

「いやだナ先生、あんまり面白くもなさそうですぜ。先生に何か見込みでもおありなさるんで」

「大有りだ。これまでの千吉の一件は、どうもたわいがなくて、わしも頭をひねる気にならなかったが、天下不二の茶碗となったら捨てておくわけにも行かんよ。香六、御苦労だが駕籠《かご》でもとばして、もう一度近江屋へ行って来てくれ。近江屋の主人に手紙を書く。その返事を貰って来て欲しいのだ」

何を思いついたか、瓢庵はさらさらと巻紙に筆を走らせ、それを香六に渡した。

香六はすッ飛んで行った。それから半刻もして戻って来た。

近江屋の主人からの返事には、僅か二行ほどの文字が書かれてあった。香六が覗きこんで見ると、
一にも二にも芝口の丸屋五兵衛殿に御座候
とあった。

「何です、これあ？　丸屋五兵衛というと、今紀之国屋というあの大金持じゃありませんか」

「そうじゃ。金に飽かせて骨董集めをしておるという噂を聞いたから、大方このへんではあるまいかと思っていたが、その通りだったよ」

「一にも二にも、とは何のことです」

「村井家と張合っている骨董気狂いのことを手紙で訊ねてやったからさ」

「ははん、すると、『初雪富士』は丸屋の手に渡っているという先生の鑑定《めきき》なんで？」

「うふふ、いささか当て推量じゃがナ」

瓢庵は照れ臭そうに頭をかきながら、

「ところで香六、また御苦労だが、今日からでも芝口の丸屋の近所へ張りこんで、千吉らしい男が出入りするかどうかを調べ、もし姿を見たら、その男がどこへ帰るか、行先を突きとめてもらいたいのじゃ」

「へえ、合点です。でも、騙りの千吉と分ったら、少しも早く取押えた方が無事じゃありませんかえ？」

「いや、わしにちと考えがあるのだ。騙りの千吉はこの江戸から雲隠れするようなことはまずあるまいというのがわしの診断《みた》てさ。捕えるのはあとでよい」

瓢庵はつい今照れくさそうに頭をかいたくせに、今度は馬鹿に自信たっぷりな顔つきだった。

## 五

その日は香六から音沙汰がなかったが、次の日の午後、当人が駈けつけて来た。

「先生、えらい。騙りの千吉め、今朝のめのめと丸屋へやって来ましたぜ」

「おおそうか。やはり千吉と同じ風体《ふうてい》をしていただろうな」

「同じも何も、例の通りそっくりなんで。そればかりか、小半刻もして丸屋から帰って行ったんで、そのあとをつけて行くと、何と奴は日本橋の近江屋へ入って行きましたぜ。これにはあッしも驚きました」

「うーむ、そりゃそうだろう。近江屋に本物の千吉が居りでもしようものなら、とんだ鉢合せだからの」

「あッしもそれが気になって、様子を伺っていましたが、近江屋の店ではとんと騒ぎも起らねえので。やっぱり本物の千吉は店にいなかったんです。それにしても、騙りの野郎が千吉づらをして店にあがりこみ、何をおっぱじめるのか気になってならず、よっぽど近江屋の主人にそのことを告げようと思ったんですが、前以て先生の注意もあり、ともかく駕籠をとばして飛んで来ました」

「いや、上出来《じょうでき》々々々。それでいいのだ。だって、香六、その千吉というのは、つまり本物の千吉なのだて」

「ええッ、何ですッて、先生。もう一度云っておくんなさい」

「はいはい、何度でも云うよ。丸屋へ顔をだして、近江屋に戻ったのは、まぎれもない正銘の千吉なのさ」

「はてな、それじゃ千吉は何の用事で丸屋へなんぞ行ったんでしょう?」

「金でもせびりに行ったのじゃろうよ。いくら丸屋がお大尽《だいじん》だって、『初雪富士』の代金を一度に渡しはしまいからの」

「先生、じゃア茶碗は、ほ、ほんものの千吉がくすねたというんですかい?」

「まあ、そんなところだろうナ」

「からかわないでおくんなさいよ。そんなら一体騙りの千吉はどうなったんです」

「はッはッは、香六、そんな贋いものの千吉は日本国中どこを探してもおりはせんのだ」

「げえーッ」

香六は本当に眼を廻さんばかりに驚いた。

にやにや笑っていた瓢庵、やおら坐り直して、活でもいれるような大声で、

「これ、香六、近江屋の番頭千吉は実直の衣をかぶった悪党だぞ。今回の茶碗の茶番をやってのけるために、あらかじめお前とこの瓢庵に目をつけ、二人千吉の枕落語《まくらばなし》を組立ておったのだて。観音さまの一幕も、わしらが聞き耳立てているのを承知の上でやったことじゃ」

「なアる——。それで少し呑みこめて来やした。瓢庵先生と香六とがお先棒かついで、もう一人別な千吉がいるのだと騒ぎ立てりゃ、こいつはちょいと世間も信用する。うまい」

「いや、わしは千吉が女房を寝取られたことを訴えに来た時、既に少々臭いとは感じたのじゃ。顔や身体つきがどれほど似ていようと、一夜添い臥してなお疑いを起さぬ女房などは、まずこの世にはあるまいからの」

「先生、その憎い千吉をどうしてやりましょう」

「わしはこれから芝口の丸屋まで行って来ようと思う。五兵衛のような剛腹な人間には、正面からずばりと斬りこんで行くに限る。ナニ『初雪富士』は必らず取り戻して来てお目にかけるよ。それから千吉に面白い芝居を見せてくれたお礼を申してやろう。……やれやれ、どっこいしょ」

瓢庵はいかにも臆劫《おっくう》げに腰をたたきながら立上った。

# にゃんこん騒動

# 一

人呼んで「にゃんこん騒動」というこの事件は、その夜、次のような順序で持ちあがった。

三味線堀の近くに山半という酒屋がある。旧家で金もある上に、主人の半兵衛というのがなかなかの商売上手で、その辺きっての大店《おおだな》を構えていた。半兵衛はいささか騒々しい元気盛りの五十男、奉公人を口やかましくこき使っては、みずからも朝から晩まで忙《せわ》しく立廻っている。口はうるさいが、はらわたは透けて見えるたちで、自然に町内の世話役を買わされて、花見の支度を引受けたり、御伊勢詣りの頼母子講《たのもしこう》の頭取に祭りあげられたり、そうかと思うと得意先の犬が喧嘩で負けた後始末に、隣りの町までねじこみに行ってみたり、勿論そうしていることが稼業繁昌のよすがにもなろうというわけだった。

山半の店の方には奉公人が寝泊りしているが、母屋には妻君のおちかと一人娘のお由《よし》がいた。おちかは近頃身体が利かなくなって、腰が痛いの肩がこるのといって、よく寝込む。いわゆる神経痛なのだが、瓢庵《ひょうあん》先生に診《み》てもらってもはかばかしくない。貼り薬をして、せいぜい丹念に風呂へでも浸《つか》るより他はなかった。

娘のお由はもうとっくに婿を迎えねばならない年頃になっているのだが、なかなかその気になってくれず、こればかりは半兵衛の頭痛の種となっていた。

その夜は近所に祝いごとがあって、よばれて行った半兵衛は晩《おそ》くなって大分赤ッ面で戻って来た。

「おいおい、戸締りはいいか？　近頃は物騒な噂があるから、念には念を入れなくちゃいけねえぜ。火の元は大丈夫か？　こないだは千束町《せんぞくちょう》の酒屋の尾張屋に火をつけやがった大べら棒がいやがる。放火《つけび》ばかりは防ぎようがなさそうだが、やっぱり油断だ。伝爺《でんじ》いに、寝る前に店の廻りを一廻りやってもらってるのは酔興じゃねえんだぞ。……屋根の上でがたがた鳴ってるあの音は何だ？ なに、物干し場の柱が折れて風に揺れてるんだと？ うむ、あそこも繕わなくちゃならねえな」

そんなことを一息にまくし立てながら、半兵衛は母屋の奥の間ですぐに寝こんでしまったのである。

深酒をしたあとは、ぐっすり一眠りすると、奇妙にぱっと眼をさますものだ。その夜の半兵衛もそうだった。枕もとの薬罐から、うまそうにぐびぐびと水を飲んだが、何故眼が醒めたかについて、彼なりに心当りがあった。わが家の屋根か庭先のあたりで、恋猫がしきりにニャオンニャオンやっているのを夢の中で聞いていた。猫嫌いの半兵衛は夢の中で忌々《いまいま》しく思っていたことを思いだした。

「はてな？」

その時、半兵衛は思わず聴き耳を立てた。今度は猫の啼き声ではなかった。確かに人間の話し声である。それが寝しずまった森閑とした夜気を縫うようにして耳にはいって来た。勿論何を云っているのかも、誰なのかも分らない。だがそれは、遠くからではない。この家の内か外かけじめがつかないが、ともかく割に近いところから流れて来るのだ。あたりを憚るような小声だから、家人の寝言やなんぞでないことはその調子だけでも分る。

「はてな？」

半兵衛は眼をこすった。横の方を見ると、そこには女房のおちかが静かな寝息を立てている。時刻はもう八つ半にもなるだろう。いまどき誰が起きあがってぼそぼそお喋りをしているのか。

半兵衛はついでのことに厠へ立とうと思って、寝床の上に起きあがった。人の話し声は依然として、絶えるが如く絶えざるが如く、聞えている。

半兵衛が起きあがったとたんであった。母屋と店をつなぐ廊下のあたりで、突然絹を裂くような叫声が起った。

「あれえッ、どろぼう！」

それは女の声で、まぎれもなく娘のお由の叫んだものだった。

半兵衛はすッ飛ぶように障子を開け、

「お由、待て、おれが行く」

とどなり、何か得物がないかと暗がりを見廻したが、あわてているので何も眼には触れない。仕方がないので、素手のまま廊下を突ッ走り、娘の声の方へ駈け寄った。

廊下の端にはお由が幽霊のような姿で立っていた。

「お由ッ、どろぼうはどこだ?」

と云うと、お由は開いている雨戸から庭の方を指さした。

山半の庭はかなり広い。庭木もあり、花畑も作ってある。おぼろの月がその庭をぼんやりと照しだしていた。

「おとッつぁん、あれ」

と、おろおろした調子でなおも指さす娘の手の方をすかし見た半兵衛は、庭の中ほどに何やら黒いものがうずくまっているのを見た。

「あれか、どろぼうは?」

「あい」

「な、なぜ動かぬ?」

だが、お由は激しく首を振るだけだった。半兵衛はそれを追求してはいられなかった。

裸足のまま勢い込んで庭へ跳びおり、庭のまん中で動かないその曲者のところへ行こうとしたが、跳びおりた場所が昨日の雨でまだ湿っていて、足がもろに滑り、あおのけざまに引繰り返ってしまった。引繰返ったとたんに敷石の一つへいやというほど腰を打ちつけ、うーんと唸ったまま動けなくなった。

## 二

騒ぎの起ったことを知った山半の一家では、神経痛で身軽に動けないおちかを除いて、殆んど全部が寝床からとび起きて、わいわいと裏庭へ集ってきた。店の方で寝ていた奉公人が大僧小僧集めて四人、庭の隅に一軒の小屋みたいな家をあてがわれて、先代から続いて雑用をやっている伝作老夫婦。

「あれまあ、旦那さま、どうなさいました」

すッころんで動けなくなった半兵衛を、娘のお由がやっと助け起しかけているところへ、伝作と婆やのお滝が駈け寄ったが、

「おれは大丈夫だ。あのどろぼうをつかまえろ」

と、半兵衛は躍起になって、庭の真中にいる曲者を指さした。一同はその曲者のそばへ駈けつけて行ったが、そやつは地べたにつんのめったまま動こうともしなかった。

尻込みしている若い奉公人を押し分けて、気丈な伝作じじいが、その曲者の襟首をつかんで、ぐいと持ちあげた。

「やい、どこのどいつだ?」

手向いをしたら一気に首をねじ切るほどの身構えで訊ねたが、その曲者はだらんと首を垂れたままだった。よく見ると脳天からひどい血が流れている。そばに石がころがっているところからして、そいつで頭をどやされたものらしかった。

「死んでるのか?」

伝作爺いはそやつの首をぶらぶらと振ったが、やっとのことで息を吹き返したものと見え、つぶっていた両眼をくわッと見開き、世にも口惜しげな表情をして、

「畜生、やられた、猫に……やられた」

と、食いしばった歯の間から云った。

「なんだと、猫にやられたと?」

反問されたが、それは多分聞えなかったのだろう。

「猫だ、畜生」

と口の中で呟いて、それきりまたがっくりとなった。

「これ、しっかりしろ」

伝作爺いがしきりに曲者の首をゆすったが、却ってそれがよくなかったのだろう。曲者は見る見るうちに白目玉をむき一つ痙攣を起すと、口から血糸を吐いた。

「いけねえ、ほんとうに死んだらしいぞ」

そんな風にしてみんなが曲者をおっとり囲んでいると、娘に助け起されて、一旦家の中へ引込んだ半兵衛が、くの字の妙な恰好でまた騒々しく立ち現われた。

「やあ、やっぱり泥棒にちがいねえ。頼母子講で預かった百二十両の金を、盗みやがった。おい、みんな、そのへんに金包が落ちてないかどうか灯をつけて探してみろ」

百二十両の大金が盗まれたと聞いて、もう息の絶えた曲者などはどうでもよかった。奉公人たちは庭中を這うようにして金包を探し廻ったが、それはどこにも落ちていなかった。

廊下でいらいらしている半兵衛のところへ、伝作爺いがやって来て云った。

「旦那さま、あの泥棒めは頭の鉢を割られて死んじめえましたが、死ぬ間際に『猫にやられた』と云い残して行きました。して見ると、盗みだした金包というのも、その猫が持っていったんじゃございますめえか」

「なに、猫が金包を持って行ったと? 伝じい、お前は猫に小判ということを知ってるか?」

「へえ」

「猫が金包を持ってくわけがあってたまるもんか」

「へえ、でも頭の鉢が確かに割れておりますで、ありゃ自分で出来る芸当じゃありましねえ」

「人間の頭を叩き割る猫なら、そいつは化け猫だア」

主従が云い争っている時、山半の店の表通りで、呼びかけるような猫の鳴き声が、ニャオン、ニャオンとしきりに聞えて来た。半兵衛は夢の中で聞いた猫の声が、確かにそれと同じだったことを思いだし、思わずぞッとして、

「ふむ、化け猫の仕業でないとも云えんぞ。伝じい、念のためにちょいと表をのぞいて見ろ。化け猫らしいものがいたらみんなを呼べ」

「へえ」

元気者の伝作爺いは主人の仰せをかしこんで、庭を廻ると勝手口に出て、塀のくぐり戸を開けに行った。

半兵衛は急に打ちつけた腰の痛みに堪えかね、呻き声をあげてその場にへたばってしまったが、そこへ慌てた様子の伝作爺いが再び取って返して来た。

「旦那さま、表の通りに人間がいました」

「な、なんだと。猫じゃなかったか?」

「へえ、猫の啼き声のあたりに、人間が一人忍んで立っていたんで、確かめようと出て行くと、こっちの様子を気取《けど》ってそれこそ猫のような早さでどこかへ見えなくなりましたで」

「ふうむ、それじゃやっぱりそいつが化け猫だ。畜生、その死んだ泥坊というのを、この軒下へ連れこんで来い」

盗まれた大金のことを思いだすと、半兵衛も腰の痛みどころではなかった。

死人は縁先へ運ばれて来た。差しだされた手燭の光で、はっきりとその面相を照らしだして見ると、小柄な素ばしこそうな男だった。

「や、や、こいつァ江戸中でお尋ね者になっている稲荷小僧だ」

「えッ、稲荷小僧？」

「そうだとも。お上の手を鰻のようにぬらりくらり逃げのびている泥棒だ。そのめくれあがった、二の腕の刺青《いれずみ》を見てみろ。狐が彫ってあるじゃないか」

「へえ、なるほど」

半兵衛に注意されて、皆のものは今更のようにその狐の刺青に気がついた。

「そいつが稲荷小僧とあっちゃ、夜中でもほっとくわけには行かん。すぐに番屋を叩き起して訴え出なくちゃならねえ」

半兵衛の一言に、すぐに誰か飛んで出て行った。

三

朝寝坊の瓢庵は朝飯前の五つ刻《どき》というのに山半の奥座敷に迎えられていた。稲荷小僧が死んで捕まったのを吟味に来たわけじゃない。本職の医者の方で、主人半兵衛の腰の打ち身を手当てに来たわけである。

何しろ眠いのを叩き起されたものだから、瓢庵は遠慮なしに大欠伸《おおあくび》を何遍もやってのけながら、半兵衛の打ち身は、いとも無造作に手当てを終った。本人が大袈裟に痛い痛いと悲鳴をあげるほどの大怪我でもない。

「半兵衛さんは、もともとあんまり動きすぎるから、それだけでも腰が廻らなくなるのだて。二三日じっくり寝ておればすぐによくなる。それよりお神さんの神経痛の方はどうじゃな」

と、如才なくおちかの方の診察もついでにやってのける。幸いおちかの肩の痛みも大分よくなっているところだった。

「先生、おついでに娘のお由の右手を見てやって下さいまし。指の大事な年頃のくせに、田虫などをでかしてしまいましてね」

おちかはそばに来てお茶などの接待をしている娘のお由を見返りながら、瓢庵に云った。

「田虫か、どれどれ」

気軽く瓢庵は手を差しのばした。

「あれ、おッかさん、こんなつまらないもので先生にお世話をかけるなんて」

お由は恥しそうに、その右手を袂でくるむようにして、口にあてがって笑った。

「いやそうでない。田虫も馬鹿にしていると、ひどい目に会う。放ったらかしてはいけませんぞ」

「いいえ先生、塗り薬をつけて療治はしているんでございます」

お由はこわごわめかして右手をさしだした。それを受取るようにして、瓢庵はしげしげ打眺め、

「硫黄入りの油薬を塗っておいでじゃな。そのへんでよろしかろう。気永に退治をやりなされ」

親子三人の療治の相談で、瓢庵もひとかど医者らしく落着いた様子でお茶などよばれていたが、そこへ顔をだしたのが地獄耳という仇名のある象潟《きさかた》の辰五郎という御用聞き。これは山半から番屋に訴え出たので、稲荷小僧の死体を吟味に来たのだが、瓢庵とは時々顔を合せるので顔馴染の間柄。もっとも瓢庵は一二度辰五郎の見込みを引繰返して真犯人を挙げ、おかげで辰五郎は飛んだ赤恥をかいたことがあるから、あまりぞッとしない間柄と云ってよい。瓢庵の姿を見ると、ありありとせんぶりでも甜《な》めたような顔つきになったが、そこは千軍万馬のつわ者で、さあらぬ調子で、

「やあ、これは先生、おはやばやと、もう御光来でござんすか」

と厭味な挨拶。瓢庵はけろりとして、

「何の、わしは半兵衛さんの怪我でよばれて、ここへ来てはじめて稲荷小僧が押入った一件を耳にしましたのじゃ。話に聞くと、稲荷小僧は逃げそこのうて猫に頭の鉢を叩き割られそれきり息絶

えたそうなが、それが本当なら、こりゃまさに『にゃんこん騒動』と申さずばなるまいと感じ入っておりましたところじゃ」

「にゃんこん騒動、なるほどね、さすがは先生、うまいことを仰有る」

辰五郎は割によい機嫌だった。それというのも、永々のお尋ね者を、労せずして手に入れたという安堵の気持もあっただろう。

「したが親分、稲荷小僧が化け猫に殺され、その化け猫が百二十両の大金を持ち去ったというのは、いかにも解《げ》せぬ話じゃが、そのへんの目串はどうかな」

「いや、先生、あッしも、伊達で十手を預かってはいませんや。猫を相手に、稲荷小僧を殺したの、百二十両を盗んだのと、十手を振り廻す気はござんせん。こいつはやっぱり、歴とした人間の仕業と見込んでおります」

「偉い。さすがは親分だ。わしも怪談ばなしというやつはとんと虫が好かんでな。稲荷小僧が息を引取る間際に猫に殺されたと申したは、熊公八公のたぐいで、稲公とか年公とか云ったのを聞誤ったものではないかと思うがどうだろう」

「全くその通りで。実は、稲荷小僧が当家へ忍び込む際に、しきりに猫の啼き声が聞えて、そのあげく小僧が死んだ時も猫の声がし、半兵衛さんが爺やに表を見改めさせると、怪しい人影を見かけたそうで。そこであっしは今、庭に残っている足跡を調べ、塀のあたりも見て参りましたがね。塀の折れ釘に着物の切れッ端がひっかかっているのを見つけました」

そう云いながら、辰五郎は懐紙をとりだして、その中に大事そうに挟んであったものを見せた。よくある藍みじんの衣服の、ほんの切れッ端である。

「こいつァ稲荷小僧のものじゃなし、当家の奉公人のものでもねえのです。稲荷小僧の云ったその稲公とやらが、小僧を殺して金を奪い、塀を乗越えて逃げようとした時に引掛けたものに違えねえので」

「とすると、そやつは稲荷小僧の相棒ということになる」

「へえ、稲荷小僧が見張り番を使って盗みを働いているということだけは、うすうす手口としてあっし共にも分っていたことなんで」

「なるほどね。その相棒は恋猫の真似をして、にゃおん、にゃおんと啼き声を使い分けながら、合図をしておったか。妙案じゃな」

「先生、あッしにはその猫の当りがついているんでさア。いま手先のものを一ッ走り、ちょいと、浅草までやってあります。そいつが何かいい手土産を持って来るのを待っていますんで」

「おお、それは耳よりだの。浅草の土産というと、はて、猫あられ」

「ヘッヘッへ、そのへんで」

辰五郎は悦に入って、思わず笑い声を立てた。

「ところで、半兵衛さん」

瓢庵は山半の主人を振返って、

「稲荷小僧はあンたが頼母子講の掛け金を預かっていることを探り当て、まんまとそれを盗みだしたわけじゃが、人一倍戸締りのやかましい当家に、よくぞ忍び込むことができたもの。小僧はどこから入りこみおったかな？」

「はい、それが……」と半兵衛は忌々しげに、「廊下の一番はじの雨戸をこじあけたらしいので、それが不審でなりません。そこのところは日頃から用心に用心を重ねて、いかな大泥棒でもそう易々と外せる仕組にはなってないつもりでしたが、稲荷小僧は全く狐のような野郎だったに、違えありません」

「金包はどこに蔵《しま》っておきなされた？」

「二階が仏間になっていましてね。仏壇の下へ押込んであったので」

「どろぼうが入ったことに気がついて、一番先に大声あげたのがお由どのであったそうじゃが……」

瓢庵が視線を移すと、父親のそばに控えていたお由は顔をあげて、

「はい私です。私はおとッつぁんの寝間から二つほど離れた部屋に臥《やす》んでおりましたが、梯子段をみしりみしり降りる足音で眼をさまし、おや誰かしら、おとッつぁんかしら。おとッつぁんはあんなに遅く大分お酔いになって戻っていらしたのに、と思いながら聴き耳を立てていると、雨戸から庭へ出て行く様子。これはおかしいと思い、そッと起きあがって様子を見ました。庭はお月様の薄明りがさしていましたが、そこを怪しいものが駈け去ろうとしたので、思わず『どろぼう！』と叫んでしまいました。そのとたん、怪しい影が二つにもつれ合い、一つが倒れるのが見え、その時おとッつぁんが駈けつけておいででした」

「なるほど、あンたの云うことは、まるで眼に見えるようだ。……半兵衛さんから聞いたことだが、半兵衛さんは猫の啼き声のほかに、どこやらで人間のひそひそ話がするので眼が醒めたというが、あンたにもそれが耳にはいりましたかな？」

「はい、いいえ、猫の啼き声は確かに聞きましたけれど、人の話し声などは存じません。二階から降りて行ったのは確かに一人、それが稲荷小僧とやらに相違ありません。ですからおとッつぁんが聞いた話し声というのは、外で待受けていた相棒が、独り言でも云っていたのではないでしょうか。それは私には聞えて参りませんでしたけれど」

「ははア、独り言か。その男、猫の啼き声を立てたり、人間の言葉でぶつぶつ独り言を言ったり、妙な奴じゃな」

「おや、その妙な奴が、どうやら御入来らしいですぜ」

何か表の方の気配に耳をすましていた辰五郎親分が、顔色を輝かして立ちあがった。なるほど、云い争うような声のやりとりが、勝手口から庭先の方へとだんだん近づいて来るのであった。

# 四

「親分、首尾よく連れてめえりやした。……やい猫十、ぎゃあぎゃあ云わずに神妙にしろ」

辰五郎の手先が庭先へしょっぴいて来たのはみすぼらしい藍みじんの着物を着た小男で、まさに首根っ子をつるしあげられた野良猫そっくりだった。辰五郎は満悦の面持で瓢庵を振返り、

「先生、これが稲荷小僧の相棒をつとめた猫十てえんです。猫八よりは二枚ばかりうわ手だというわけで、猫十。獣でも鳥でも器用に鳴き声を真似るんですが、普段は浅草の縁日でいろんな鳴き声を立てちゃ客を集め、擦り傷咬み傷の膏薬を売ってるんです。やい、猫十」

と今度はその小男に向き直って、

「てめえはどうせ知らぬ存ぜぬで押し通す気だろうが、ネタも足取りもすっかりあがってるんだ。稲荷小僧が盗みだした金包を急に一人占めにしたくなり、庭にころがっていた石で頭を叩き割ったにちげえなかろう。恐れ入りましたと一言云やアお上のお情にもあずかれようというもんだ。金はどうした？」

きめつけると、猫十はぽかんと大口あいて、すぐには返事ができないほど息を呑んでいたが、やっとのように、

「へッ、金。そんなものは、どこにも……。第一、あッしは稲荷の親方を殺した覚えは露ほどもねえので。親分さま、お聞きなすッて。稲荷の親分からは、いつものように見張りの役を頼まれ、一旦は庭先まで忍びこんで猫啼きをやらかしていやしたが、どうにも落着いて待っていられず、表通りへ逃げだしてうろうろしてましたんで。……へえ、稲荷の親方が殺されたのさえ、とんと気がつきません」

「まだ白を切ってやがる。てめえは庭先へ来たどころか、稲荷小僧と一しょに雨戸をはずして家

の中へ忍びこみ、二階へあがる梯子段に一番近い空部屋に入り、そこにあった手燭をともして、家探しをしただろう。その時てめえと小僧が話し合ってる声を、ちゃんとこの家の半兵衛さんが聞いていなさるんだ」

「め、めッそうな。あッしは家の中なんぞへは、一足だって踏み入れちゃいません」

「何を云やがる。裸足の足跡がちゃんと廊下に残っているんだ。稲荷小僧は足袋をはいてる。てめえは裸かの足に冷飯草履だろう」

「へえ、そりゃそうだが、あッしはただ外で……」

「くどいぞ、猫十。稲荷小僧の先棒担いだだけでもただじゃすまねえ。その小僧を殺してくれたのは、いっそお手柄と誉められらあ。横取りした金が手つかずで戻せりゃ、てめえは笠の台が飛ばずにすむかも知れねえのだ」

「いえ、あッしは、人殺しばかりは……こんりんざい……」

「てめえのほかにこの庭先で、小僧と渡り合える人間は一人もいなかったんだ。……さあ、番所へ行って、とっくり打明け話を聞こうぜ」

辰五郎は強情な猫十の否認をもてあまして、山半一家の人々を省みて笑い、こういう手合は何でも否定しさえすればいいつもりでいるが、それが却って身の破滅になるのだと説明をしながら、猫十を引っ立てて意気揚々と引上げて行った。

## 五

猫と狐の合作による「にゃんこん騒動」は象潟の辰五郎の明察で電光石火の解決、あとは猫十が猫ばばをした百二十両の金が出て来さえすれば、めでたく幕という段取りらしく見えた。

瓢庵は偶然なことに見物席に坐らされて、その一幕を見させられたわけだが、このへんで退散するのかと思ったら、何をとまどったものか、すぐには帰らず、辰五郎と猫十とが引揚げたあと、後学のために昨夜の騒動の舞台となったところを一見させてくれと申出て、金包の置いてあった二階の仏間やら、その仏間へ忍び入る前に稲荷小僧と猫十とが忍びこんだという梯子段下の小部屋やら、それから庭へ出て小僧が倒れた場所などを一通り見て廻った。

半兵衛は瓢庵がこうした捕物に手慣れていることも知っているし、うまく行ったら猫十がどこかへ隠したに違いない金包を、すぐにも探しだしてくれるかも知れぬという淡い希望を抱いて、瓢庵の動きに興味をいだいたようであったが、さて一通りの調べを終った瓢庵の様子を見ると、一向に冴えない面つきで戻って来た。その瓢庵は何を云うかと思ったらこんなことを云いだした。

「半兵衛さん、あンた、大弓《だいきゅう》をやんなさるのか?」

「何です、先生、突然に。ああ、裏庭の大弓場を見ておいでなさったね。ありゃ私じゃない。伜の平助の道楽だったので、どうも武張ったことが好きな上に乱暴を働くんで、田舎の親類に預けて百姓の修業をさせてあるんですがね」

「ああそうか。そう云えば、立派な息子さんが居なすったッけな。だが半兵衛さん、お神さんのおちかさんの愚痴を聞いたところでは、その平助さんはあンたから勘当を受けて行方知れずというような話じゃったがな」

「おちかがそんな愚痴をこぼしましたか。ええい、女はしょうがねえ。まあ先生の前だから申しますが、勘当といえば勘当、しかしそのうちに心根《こころね》を入れ代えて戻って来るだろうとたかをくくっているのが、私の本当の心持なんで」

「なるほど、あンたがあんまり口喧《くちやかま》しいものだから、帰って来るにも帰れないなんてこともあるだろう。まあ半兵衛さん若い者の乱暴沙汰ぐらいは、大目に見てやんなされよ。一通りの年頃になればすぐにおさまる」

「へえ、仰有る通りで、私も近頃はそんな気になっていたところです。ただ生れつきの気性で、とかく弱味を見せたくないのでね、あッはは、損な性分ですよ。先生に妙な図星をさされましたなあ」

「にゃんこん騒動のお景物というところかな。……さてそれではお暇《いとま》としようか。おやおや、眼鏡をどこへおいたろう。はてな？」

瓢庵はあたりを見廻した。そのへんにはあろうはずもない。半兵衛は控えている娘のお由を振返って、

「これお由、先生のお眼鏡を探してあげなさい。仏間へおあがりだったから、あそこじゃないか」

「はい」

お由が立って廊下へ出たあとを、瓢庵はついて行ったが、

「お由どの、思いだした。眼鏡は確かにこの部屋じゃった」

と声をかけて、梯子段の下にあたる小部屋を指さした。そこは昨夜、稲荷小僧と猫十が最初に忍びこんだと辰五郎親分が云った部屋である。

入って見ると、なるほど小机の上に瓢庵の老眼鏡が置いてあった。

「やれやれ、ありました。この年になると、薄いものや細かいものが、眼鏡なしでは見えぬので全く苦労のことじゃ」

と瓢庵はお由に向って笑顔を向け、

「お由どの、わしがこの部屋で眼鏡をかけて何を見ようとしたか察しがおつきかな」

と、さりげない様子でたずねた。

「は、いいえ先生」

お由は戸惑って首を振った。

「わしはな、この小机の上に乗っている手燭を眼鏡でよく調べたのじゃ。婆やの話では、この手

燭は昨日までよく掃除して棚の上に置いといたということ。それを稲荷小僧が取りおろして部屋を物色するのに使った。むろんそれまでは、あンたなども手を触れはせなんだと思うが……」

「は、はい」

「それなのに、ごらんなされ。この手燭の柄の銀張りのところに、真黒な、指跡がついておる。これは、ただの指跡ではない。銀が黒く汚れるのは、その指に、硫黄が塗ってあるせいだて」

「まあ！」

それを聞くと、お由は思わず自分の右手を見た。

「ははは、お由どの。そうびっくりなさらぬがよいぞ。辰五郎親分はこの手燭をともしたのは稲荷小僧だと申したが、実は小僧は開け放してある雨戸を抜けて、すぐに二階へあがり金包を盗みとるが早いか一目散に逃げだそうとしたのだ。それで、手燭をともしたのは、ほかならぬそこ許《もと》。お由どの、あンたは兄の平助さんを誘い入れ、この部屋でひそひそ話をしなすったただろう」

「先生、そんな……」

「いや、わしはな、庭に出て足跡を見たりなぞしているうちに、ある人間が柿の木づたいに、裏の物置小屋へ逃げこんでいることをつきとめましたのじゃ。その人間が、泥棒の頭の鉢を叩き割り、持ちだそうとした金包をも、奪ったらしいと推量した。……はて、この家の物置小屋に隠れて、そんなことのできそうな人物と申せば、行方知れずになっておる、平助さん以外におるはずはない。あンたが、おとッつぁんに隠れて、こっそり夜中に会っているというのも、兄さんなればこそ」

「はい、先生、実は……」

「いやいや、わしは何もくわしい事情を聞くことはいらないのじゃ。平助さんはこっそりと帰って来て、物置小屋に隠れている。稲荷小僧の盗んだ百二十両の金が手に入ったら、それを持ってまたどこかへ行ってしまうような気を起さぬとも限らない。さっき、あンたのいるところで、半兵衛さんも云ったとおり、おとッつぁんの平助さんに対する勘気はもう解けておるようじゃ。素直に百二十両の金は元の場所へ戻るようにして、平助さんは表口から堂々と帰って来なさるが上分別《じょうふんべつ》、どうじゃな？」

「でも先生、そうすると、稲荷小僧と猫十とやらの一件が……」

「あれはあれでよい。猫十は辰五郎の思った通りには白状もすまいが、下手人ということで始末されてしまうは必至。残るところは、どこからか百二十両の金包がころがり出て来てそれで目出度くチョンじゃ。悪いことは云わない。わしの云うとおりにしなさい。そして、早く右手の田虫などは退治してしまうことじゃ。はい、お邪魔さま」

瓢庵は老眼鏡をとりあげると、袂の中へ放りこんで、あっけにとられて別れの挨拶も忘れているお由をあとに、逃げるように姿を消して行った。

# 月下の婚礼

一

「どうも暑いナ」

「そりゃそうでしょうて」

時候の挨拶にしては、妙なやりとりである。じりじりする陽ざしを避け、風通しのいい縁側で、瓢庵《ひょうあん》と謎解きの相棒である香六《きょうろく》とが相対しているが、二人の間には将棋盤がある。香六は団扇でぱたぱた風を入れてるが、瓢庵の団扇は動かない。これで妙な挨拶のいわれも分った。瓢庵方の王将はもう動きがとれなくなっているのだった。

「何ぞこうヒヤリとするような手はないか」

瓢庵は、暑気のことだか将棋のことだか分らないことを云いだす。

「おっと先生、ありますぜ」

「何だ、起死回生《きしかいせい》か?」と眼が光る。

「広小路の絵双紙《えぞうし》屋いろは堂のことなんで。ここへ来がけに、ちょいとのぞいて見たんです。すると、いろは堂のおかみさんが、あっしの行先を知ってると見えて、今日は瓢庵先生は御在宅《おうち》なんでしょうね、と訊くんです」

「あれはお稲さんというのが名前だ」

「お稲さん、なかなかいい年増振りじゃありませんか。あとでお邪魔に伺いますから、どうぞよろしく、と云ってましたぜ。どうです先生、ちったあヒヤリとしたでしょう」

「どうしてだ?」

「だって先生は黄表紙本《きびょうしぼん》をいろは堂から持って来ちゃ読み散らかしている。大方溜ったその代金を取りに来ようてんでしょう。あんなぽっちゃりしたお神さんに世話を焼かすなんぞ、先生、罪ですぜ」

「なるほど、詰みだわい」

瓢庵はパラリと手駒を投げだした。駒もびっしょり汗をかいている。

そこへ玄関に駒下駄の音がして、誰やら女客が来た様子。

「来た、来た。噂をすれば影とやら。いろは堂のお稲さんですぜ、先生」

「やれやれ、唯今、手許不如意と素気なく追返すわけにも行かんな。麦湯の一杯も呑んでもらお

う。お通ししなさい」

将棋盤を片づけて、坐り直したところへ、そのいろは堂のお稲さんというのが案内されて来た。

なるほど香六が云う通り、二十五六の年増盛り、美人というではないが、ぽっちゃりと愛嬌のある

面だちで、絵双紙屋の店先には打ってつけの人品と云っていいだろう。

「これはいろは堂さん。暑いところを、すまん、すまん。本の代金はいずれ近く算段して届ける

つもりでおったが……」

瓢庵は借金取りの応対には慣れているから、のっけに平謝りの作戦に出た。お稲はびっくりした

ような眼つきをして、

「まあ、先生、御本の代金なぞでお伺いしたのではございませんのですよ」

「おや、さようか。はてな、すると……」

瓢庵は照れくさい顔で、香六を見返した。香六は首をすくめて、ちろりと舌をだす。

「実は先生、つかぬことで御相談にあがりました。暑いところへ一層暑苦しいお話なんですけれ

ど、お聞き願いますかしら」

お稲は神妙にきりだした。

「なんの、暑い折はいっそ暑い話がよろしい」

瓢庵、悟ったようなことを云ってお稲の顔を見返した。そう云えば、靨《えくぼ》の出る頬に思いなしか憂いの影もないではない。

「先生、宿の左助が一昨日《おととい》家を出たきり戻ってまいりません。何だか胸さわぎがしてなりませんので、思い余って先生に御相談してみたらと、お伺いしたのでございます」

「ほほう、御主人がね、そいつは心痛なことだ」

瓢庵はいろは堂の亭主とも知らぬ仲ではない。実直そうな三十男で、店の表にはあまり顔をださない。小器用なところがあると見えて、奥でこつこつ刻本《こっぽん》などをして、小冊子の双紙を版元いろは堂として出したりしている。

「佐助はあの通り引込み思案のたちなもんですから、日頃は定まった用事でもない限り他出もしませんし、出掛けても泊ってくるなどということは、一緒になってからこのかた三年になりますけれど、一度だってございませんでした。それが……」

とお稲は声をのむ。外泊のまま帰って来ないとすれば、女房たるものすぐにも隠し女を連想して、まずそれを云いだすのだろうと瓢庵は先廻りして考え、やれやれと思っていたのだが、お稲がそれに触れようとしないところを見ると、日頃家庭は大いに円満の態と察せられた。

「おととい家を出なさる折、何か云い残して行かれたと思うが……」

「はい、年に一度、同業のものの集りがあるとかで、去年も一昨年もそうでしたが、それが恰度おとといだったのでございます。帰りの時刻が遅くなるだろうから、寝《やす》んでいるがよいと申しておりましたが、あたしは何となく気が落ちつかず、ずっと起きており、とうとう夜明けまで待ちぼけたようなわけで。実は昨夜もまんじりともしておりません」

「ふふむ、それはお疲れじゃ。が、何か気の落ちつかぬような謂《いわ》れでもありましたか?」

「はい、ちっとばかり……」

「では、それを伺うことにしよう。断っておくが、わしは佐助殿の人となりについては不案内でな。僅かなことでも省かずに、おととい家を出る時までのことを一通り話して下さらんか」

「はい、申しあげましょう。お聞き下さいまし」

お稲が額に浮んでくる汗を手拭で抑えながら、幾分くどくどと述べたことを、かいつまんで記してみると、次のようないきさつであった。

二

お稲は五年ほど前に、小岩の実家から湯島の天神下で茶店をやっている親類のところへ、給仕女の手伝いに来ていて、まめまめしく働いていた。

この茶店へちょくちょく顔を見せたのが佐助だった。饅頭《まんじゅう》の一つもつまんで、番茶をすすり、無駄口も叩かずにひっそりと帰る客だったから、たがいにどうということもなかったが、何となく気心が合って、梅の蕾がふくらんだの、にわか雨が来そうだから傘を持っていらッしゃいだの、余計な口をきき合うようになった。佐助はその時すでに広小路の路地に小さな家を一軒持っていて、独身《ひとり》暮しながら古本屋の店をだしていた。

「独りじゃ、さぞかし不自由でしょうねえ」

「お前さんみたいな人が来て、おまんまを炊いてくれるといいんだがな」

と云った程度の掛合いもあり、佐助はお稲の叔父さんに当る茶店の親爺に、とうとう結婚話を持込んだという段取りだった。

佐助は少々はきはきしないところがあり、それが腹の知れない感じを与えるが、小商いながらも独力で店を張っているくらいだから、その頃の若いものにしては上出来の方だった。結婚話はとんとん拍子にまとまって、お稲は佐助の女房におさまることとなった。

二人の生活はまずまず幸福《しあわせ》だった。佐助は地味なたちだから、それまで店の方も華々しくやってはいなかったが、お稲はなかなか積極的で、店の構えも綺麗にし、新しい絵双紙なども扱うようにし、いろは堂は、どうやら近所界隈のミーちゃんハーちゃんや退屈な隠居を喜ばすような店になった。だから、今のいろは堂はお稲の働きと才覚で表を張っているようなものだった。佐助の方は、もっぱら仕入れ先から品物を選んで来たり、奥の間で簡単な版木を刻んで、暦などを作って売りだすような仕事をやっていた。

たかが絵双紙屋の店だから、繁昌したところで大したことはないが、いまだに子供ができないと僅かな不満を除いて、結婚三年、佐助もお稲も病気一つせず、いくらかの蓄えさえもできた。

珍香《ちんこう》も焚かず屁もひらず、という変哲もない佐助だったが、たった一つ、ちょっと変っているのは、土用過ぎて八月にもなると、人が変ったみたいにげっそり痩せ細ることだった。いわゆる夏痩せというのか、すっかり食が細って、それまで小太りだったのが蚊とんぼになってしまう。それが毎年のことなので、一緒になった年から女房のお稲はひどく心配して騒いだものだが、当の佐助は一向気にならないらしく、おれは子供の時からそうなんだ。秋口になったら元通りになるから心配するな、とお稲をたしなめた。その通り、朝晩に涼風が立つようになると、佐助はめきめき元気をとりもどして太って行く。痩せたと云っても、その間、大病人のように寝こむわけではないので、お稲も三年目には慣れッこになってしまった。

つまり、今年の佐助も去年と同じように、おととい家を出て行く時は、げっそり痩せ細っていたわけである。

「お前さん、気をつけて下さいよ。そんなに精のない身体でおてんとう様に照らされちゃ目がくらみはしないかねえ」

「心配することはねえ。去年もおととしもそうだったじゃないか」

「何だってこんな暑い盛りに絵双紙屋の寄合いなんぞやるんだろう。もっと時候のいい時を選べばいいのに。会席はどこですえ?」

「深川だ。……じゃ、行ってくるぜ。帰りは少しおそくなるから、寝んでいなよ」

何が入ってるのか知らないが、風呂敷包を一つ持って、佐助は機嫌よく出掛けていった。

お稲が気がかりだったというのは、佐助の夏痩せのことではない。おととしも去年も、夜更けてから元気で戻って来たから、今年もそうなのだと信じて、夫を見送った。

佐助がでかけて行ってから、一刻《とき》ほど経った。いろは堂の裏口に誰か訪ねて来たらしい気配に、お稲は行って見た。

「何だねえ、嫌らしい、今日は何もありゃしないよ」

思わずそういう言葉が咽喉元《のどもと》から洩れ出そうになったのを、お稲はやっと抑えた。裏口にたたずんでいるのは、一人の乞食だった。顔が醜く焼けただれていて、おまけに跛《ちんば》で松葉杖をついていた。

お稲を見上げると、ペコリとお辞儀をし、

「どうぞや、これを」

と一枚の紙切れを差しだしたものだ。それがお貰いや押売りの様子とは違っているように思われたので、

「何だえ、それは」

と云いながらお稲は紙切れを受取ってのぞいた。それには紛れもなく夫佐助の筆の跡が記されてあった。

押入れに赤い包あり、この使いに渡されたく候この者信用致さるべく候　佐助
おいねどの

という簡単な走り書きだった。お稲は疑わしそうにおんぼろ姿の使者を探り眼で眺めた。よく見ると顔の半面がただれているばかりでなく、片方の眼もやられていて用をなさぬらしく眇《すがめ》だった。残った一つの目が、心なしか笑いかけているように見えた。お稲はぞっとしながらも、

「待っておくれ」

と乞食を残し、奥の間へとって返し、押入れを開けた。使い文にある通り、赤い包が置いてあった。形は小さいが、持ってみるとどっしりと重く、一貫目近くあるのではないかと思われたが、何であるか分らない。ともかく渡すよりほかはあるまいと、それを乞食に手渡しながら、念のために、

「お前さん、うちの人と、どこでお会いだねえ?」と訊いた。

「へえ」と云って、乞食は一息入れ、

「へえ、両国橋でごぜえますよ」

と、口ごもって答え、ペコリとお辞儀をすると、ごっとん、ごっとんと立去って行った。

あと見送っていたお稲は、店の方もほっておけないので、そっちへ行ったが、浮かない顔つきだった。忘れ物をとりに使いをよこすのもいいが、人もあろうに乞食を頼むとは、どうしたというのだろう。それも、松葉杖をついたあんな跛に。

「お神さん、誰か来たのかい?」

店先で絵双紙をひろげていて訊ねたのは、一軒置いて隣りの荒物屋の息子陣太《じんた》だった。声変りがすぎて若い衆になりかけたばかりの元気者だった。

「出先のうちの人から使いが来たんだけど、それが跛の乞食なのさ。乞食はともかく、あんな足で使いに立つなんて、何だか化かされているみたいだよ」

とお稲は親しい間柄だけに、ちょっと説明した。

「ふん、面白えや。どこへどうして行くのか、突きとめてやろうか」

別に親切気からではなかったろうが、陣太はそういうと絵双紙屋をとびだして行った。それが、ひょっこり戻って来て、お稲に伝えた。

「使いの乞食は、横丁の角に駕籠《かご》を待たしてあって、それに乗って行ったよ。おいら、駕籠に乞食が乗るのは面白かったから、あとをつけていったんだ。随分つけでがあったぜ。柳橋まで行って

来ちゃった」

「えっ、陣太ちゃん。それじゃお前、うちの人が使いと会ってるところまで見届けておくれだったのだね」

「いんやそこまでは見なかったよ。駕籠を乗り棄てた乞食は、角は笹竹が植わってある舟宿の勝手口へ消えてッちゃったよ」

陣太の報告はそれきりだった。

深川と柳橋ではちょっと方角違いだが、いずれ佐助が帰って来てから、その事もたずねてみようと思い、お稲は半端な気持で夫の帰りを待ち、とうとう空しく二日を過したわけである。

三

「先生、あたしはいっそ、柳橋まで行ってみようかしらんと思ったんですけれど、それも雲をつかむような話。思いあまって、御相談にあがりました。使いのお菰《こも》さん、赤い重たい包、それにお菰が駕籠に乗ったこと、何だか尋常のことではないように思われ、佐助がたった二日家を空けただけのことで、こんなに取乱したわけでございます」

とお稲は語り終って、恥しそうに肩をすくめた。聴き手の瓢庵はうなずいて、

「いや、なるほど。佐助殿の人柄では、たとえ僅かに二日でも音信なしで家に帰らぬというのはよほどの事情がある故だということが、よく分りました」

「先生、よほどの事情と申しますと、たとえばどのような……?」

「さあ、そいつはわしにも分らんな。ともかく年に一度、佐助殿が絵双紙屋の寄合いで夜晩くまで留守にすることに間違いない。おとといというと、八月十五日。去年もおとといしも同じ日じゃっ

たろうか」

「はい、そうだったと思います」

「それで、いつも赤い重そうな包を持って行かれるか?」

「それは、しかとは覚えませぬ。でも、おととしの時は、あたしが風呂敷包を玄関まで持とうとした時、それがひどく持重《もちおも》りのする物だったので、びっくりした覚えがございます。佐助は少しあわてた風で、風呂敷の中に皈石《はんいし》が入っているのだと申しましたけれど……」

「皈石がね。しかし、おととい乞食に渡した赤い包はどんな形をしておったかな?」

「ずんぐりとお芋でも包んだようなものでしたが……」

「それを駕籠の使いで取りに来たところを見ると、その日の寄合いにはどうでも必要な品だったらしいな。はて、何だろう?」

「皈石とやら申すものではないのですか?」

「皈石は四角いものと存じておるが、もっとも芋のような形のもあるか知れんて。……まあそれはよい。乞食の使いというのが、どうも解せぬなあ。それもめっかち跛ときては、少々念が入りすぎておる。あんたが心配するのも理《ことわ》りだ」

さすがの瓢庵にも見当がつかぬらしい。お稲はここへ来れば快刀乱麻《かいとうらんま》のつもりだったからして、がっかりしたように、

「先生、佐助が戻らないのは、何か災難に逢っているからでしょうか」

「はて、わしは易者ではないから、何とも申しあげられぬ。が、お稲さん、本代の借りがあるからではないが、ひとつ佐助さんの行方というのを、暑さしのぎに探し求めてみよう。ここに、馬鹿に鼻のきくワン公がいますでな」

と瓢庵はかたわらの香六をかえり見た。犬にされた香六、苦笑いしてしきりに顎をかいている。

「わしらの手に負えない時は、じっこんにしているお玉が池の佐七親分に頼んで進ぜる。が、そ

うこうしているうちには、恐らく佐助殿がひょっこり戻って来る段取りじゃろうて。あんたのような人を、そう長く放っておかれますかい、あッはッは」

「まあ、先生」

お稲は顔を赤らめながら、それでも幾分気が楽になったかして、懇々《こんこん》と頼み入れて、引き揚げて行った。あとに残った二人は顔を見合せ、

「さあて、それでは香六、御苦労だが暑いところをでかけるとしようか」

「へえ、合点。行先は柳橋」

「おおよく知ってるな」

「だって先生、この一件、まるで夢のような話でつかみようがねえじゃありませんか。お稲さんも妙なことを持ちこんだものだ。世間の亭主は二日ぐらい家を空けるのは、ざらですが、堅そうに見えるが、こいつはやはり裏に色恋沙汰がからんでいるにちげえねえ。それには、使いのお孤さんが駕籠をおりたという柳橋のあたりを当ってみるのが、何よりの早道」

「その通り」

瓢庵は大声で相槌を打ったが、その顔つきは、さして香六の意見に賛成したようにも見えない。しかし二人が半刻ほど経ってやって来たのは、やはり柳橋の界隈である。午さがりの陽はかんかん照り、水に映えて一層暑さをきびしく感じ、瓢庵も香六も汗みずくになってしまっていた。

「こいつはたまらねえ。何の因果でこんなところをうろうろしなきゃならねえのかと、思わず愚痴が出ますねえ、先生」

「元はと云えば、本の代金を溜めただけのことでな。香六、まあそう云いなさんな。夕方になりゃ涼しい川風で、一杯のめる趣向もあろうというものだ。……ええと門口に笹竹が植わっている舟宿はないか」

二人はそのへんをうろうろと歩き廻った。間の悪い時は仕方がないもので、なかなか容易には見

つからない。

「しまった。こんなことなら駕籠のあとをつけた陣太とやらを連れてくるんだった」

香六はくやしがる。

だが、やがてのことに、瓢庵が頓狂な声をあげた。

「見つかった。あれじゃ」

と指さした方角に、なるほど川徳という小さな看板をだしている舟宿がある。

「なんだ、あの家ならもう二三度前を通っていますぜ。先生、第一その笹竹なんぞ植わってねえじゃありませんか」

「それはそうだが、香六、あれを見い」

瓢庵は舟宿の二階の窓にさしこんである枯れた笹竹を指さした。それは恐らく七夕祭に使った竹の残骸なのであろう。

「あれがおとといは門口に置いてあったのだて。陣太はまだ子供だから、それを植わっているものとばかり思いこんでいたのだ。わしの鑑定が当っているかどうか、どれ、ためしてみよう」

瓢庵は、ずかずかとその川徳という舟宿へ入って行った。

「いらっしゃいまし」

出て来たのは舟宿のお神さんらしかった。水仕事でもしていたと見え、手を拭き拭き瓢庵を見上げた。

「佐助さんに会いたいんだが、今おらんかな?」

ずばりと、しかし、さりげない調子で訊いた。お神さんが反応を示すかと注意深く見ていると、さすがは女、ぴりりと神経が動いて、だがこれもさりげなく、

「佐助さんと申しますと?」

「それ、おとといここへ来なすったろう。わしに用事があるというからやって参ったのだが……」

「おや、そうでございましたか。お医者様に用事があるようには伺っておりませんでしたがね」

お神さんは瓢庵の頭を見て、首をかしげた。瓢庵の方では、腹の中で、しめた、と凱歌をあげ、どうだとばかり香六を振返り、

「おかしいな。確かにわしを呼んだはずだ」

「へえ、全くその通りで」

香六は瓢庵の、そのものずばりに舌を捲きながら、神妙そうに相槌を打つ。

「佐助さんは部屋をとってあるのかね、お神さん」

「別に部屋などお取りしちゃございませんがね。でも、お約束なら、ちょっとおあがりになってお待ちになったら……。実は、佐助さんはおとといおいでになって、その晩ここへ戻って来ると云い置いて出掛けたまま、いまだに帰らないので、どうしたことかと不審に思っていたところでございますよ」

「はてな同じようなことを聞くものだ」

「え、何でございますか?」

「いや、こっちのことさ。おととい佐助さんは、ここで誰やらと待ち合せたはずだが、覚えていなさらんか?」

「いいえ」

お神さんの返事は、にべもない。

「さようか。ともかく暑いことだな。ちょいとあがらせてもらって、井戸水の一杯も頂いて参ろうか」

人の家にあがりこむのは、医者のお手のもの。瓢庵は勝手に押しあがって、客座敷を探りあてる。客座敷といっても、小さな舟宿のことで、ほんの六畳間。壁には脱ぎさしの着物なぞがぶらさがっている。お神さんは茶でも入れてるのか顔をださないのをよいことに、瓢庵は座敷を歩き廻って遠

慮なくいろんなものをいじり廻した。

「先生、この川徳のお神さんは隠してますぜ。佐助が乞食と会ったのを知らないはずはないじゃありませんか」

「そうさな。しかし、その時お神さんは居合せなんだかも知れぬよ。あれは嘘をつけぬ性の女だて。白ばくれても顔つきで分る。それに、やりっぱなしときている。これを見なさい」

瓢庵は床の間の隅に置いてある品物を指さした。それは煙草入れと財布だった。

「どうやらこの二品は佐助の持物と思われる。財布には、いろは、と縫い取りがしてあるよ」

「えっ、すると先生、佐助は……」

「身ぐるみ剝がれたように見えるが、あッはッは、香六、早まってはいかん。剝ぎとった品をこんなところに、れいれいしく置いとくわけはない。これでどうやら佐助の行方について、少々ばかり当てがついたて」

「本当ですかい」

「うむ、それには例の乞食というのを突きとめにゃならんのだ。おっと、余計なお喋りは禁物」

瓢庵が口に手を当てがったのは、川徳のお神がやって来たからだった。茶をよばれながら、瓢庵は佐助のことには触れず、夏祭の噂話などをやってのけ、いい加減のところで神輿《みこし》をあげた。

表へ出た瓢庵は香六に云った。

「お前は聞流していたかも知れんが、夏祭の噂話で、ほぼ見当がついた。八幡様の祭礼を機に江戸の乞食の主だった奴が、どこぞに集っているに違いないのだ。それがどこなのか、お前の鼻で嗅ぎだして来てくれぬか」

「へえ。あのめっかち跛の乞食を探しだそうてんですね」

「そうだ。その乞食をつかまえれば、佐助の行方も、おのずから知れよう。香六、わしは家で待っておるからな」

「へえ、合点。……あれッ、柳橋で涼風《すずかぜ》に一杯やる話の方は、一体どうなったんで？」

「おっと、それはもう一息。無事に佐助の行方を探し当ててからでも遅くはない。辛抱、辛抱」

瓢庵は香六の背中をぽんと叩く。それで香六は、ぜんまいを巻かれた人形のように、どこへともなく走りだして行った。

# 四

その夜九つ（十二時）近く、瓢庵と香六は永代橋を渡って、大川が満々たる海に注ぎ入る中島町の出洲《です》の砂浜にやって来ていた。

中天《ちゅうてん》に月がかかっていた。この夜更け、こんな場所に人っ子一人いるはずがないと思いきや、月の光を浴びて砂浜には三四十人もの人影がとぐろを巻いていた。

その群集はしきりに身体を動かして、がやがやとわめき立て、歌を唄ったり、酒を呷《あお》ったりしているのだが、よく見ると一人として満足な身体のものはいない。めっかち、跛、なりん坊、いざり、色とりどりと云っていい。身なりは勿論ぼろをぶらさげた乞食の風態である。

瓢庵と香六は岸にあげられた小舟の蔭に身をひそめて、この不思議な一団の狂態を注視しはじめた。

「先生、いよいよ始まりますぜ、婚礼が」

と香六は囁いたとたんに、銅鑼《どら》のようなものが、じゃらじゃらと打ち鳴らされた。すると群集の真中に、すっくと立上った人影があった。白髪頭で、中風病みのように両手に杖をついている老人だが、杖などは不用と見えるほどに腰もしゃんとしていて、矢庭に大音声で、

「やい、みんな。おいらの娘おきんが、鳴門《なると》のちんばの嫁になることになった。今夜はその心ば

かりの祝いの酒盛だ。存分に飲んでもらいてえ。それで、ちょいとみんなの手を借りて、しゃんしゃんとしめてもらおう」

と、どなった。

「あれが江戸のお菰の統領なんですぜ。よぼよぼに見えるが、化けてやがるんで、まだ五十を越したばかりなんでさあ」

と香六はまた瓢庵の耳にささやいた。

この時、その老人の両側に一対の男女が立ちあがった。女はやはり乞食娘の身なりをしているが、五体の方は満足だった。ただ、いかにも野獣のように剽悍《ひょうかん》な身構えで、その黒い長い髪は、たてがみのように見えた。それに引きかえ、男の方は見るも哀れな片輪《かたわ》だった。顔半分ひきつれて、片眼がつぶれ、おまけに跛で松葉杖をついている。妙な取合せであったが、老人はからりと杖を捨てると、二人を両腕で抱きよせ、げらげらと中天《ちゅうてん》向いて笑いだした。

どっとばかり歓声が湧き、つづいて、しゃんしゃんと手拍子が鳴り渡った。香六は瓢庵の袖を引き、

「あの鳴門の跛というのが、先生の探せと云った乞食に間違いないでしょう」

「うむ、あいつだ」

「奴は籤《くじ》で花嫁が当ったんだそうですよ。統領の娘を嫁に引き当てることは、次の統領になれることなんで、これくらい運のいいことはねえんだと、あっしに今夜のことを教えてくれた深川八幡境内の乞食が云ってましたぜ」

「その籤引きは十五日の八幡様の祭の晩にやったんだろうの」

「へえ、その通りで。何しろ八幡様の祭の晩には、江戸中の乞食が集って来なくちゃならねえ掟《おきて》だてえことです。その集りには、統領へ年貢として、四文銭を三百六十五枚納めなくちゃならねえそうで」

「ふむ、それで香六、やっと今夜の謎の正体が読めただろう」

「え、何ですえ、先生」

「おや、お前はまだ分らぬのか。いろは堂の佐助というのは……」

と、瓢庵が云いかけた時、砂浜の酒盛が一段と騒がしくなって、その中でも、ひときわ大きな騒ぎが持ちあがりかけていた。

それは、統領の娘を花嫁に貰った鳴門の跛という例の乞食が、仲間の一人にそそのかされて、砂浜の上で骰子博奕《さいころばくち》をはじめたからである。どういう約束がその二人の間にあったのか知らないが、しきりに骰子をころがし合っているうちに、鳴門の跛の敵に廻った乞食が、矢庭に立ち上って、きらり匕首《あいくち》を抜いたのだった。

「やい、花婿の糞ったれめ。いかさまをやりやがったな。これでもくらえ」

酔っているので、祝いの席という見境いもなくなっていたのだろう。しかも相手が、今夜の主賓であるということも忘れている。

白刃が月影に躍ったとたん、それをくぐって、跛の乞食は一散に波打際の方へ逃げだした。みんなが気づいて、二人を押しとどめようとする隙もなかった。追いすがった匕首の乞食は、跛の背中めがけて思いきり白刃をたたきこんだ。

「うわッ！」

一声の悲鳴を残して、跛は松葉杖を波打際に置きざりにしたまま、ざぶんと水の中へ転落して行った。

「ざまア見ろ」

浮んでくるのを見守っていたらしい匕首の乞食は、跛がそれきり浮びあがらないのを見ると、小気味よげに笑い声を立て、手にした匕首を水の中へ叩きこんだ。

「こいつはいけねえ、先生、肝腎の跛乞食が殺されちゃったじゃありませんか」

香六はすっかり慌ててしまい、小舟の蔭に身を隠しているのも忘れ、そこから飛びだそうとした。その袖を瓢庵はおさえて、

「これ、香六、あわてまいぞ。さっき、わしが云おうとした続きを聞くがよい」

「へ？」

「いろは堂の佐助、すなわち、あの鳴門の跛という乞食なのじゃ」

「ええッ」

「今夜のこの集りを探りだしたお前としたことが、どうしてそれに気がつかなんだろう。佐助は元お菰稼業をしていたのじゃ。勿論あのめっかち、跛、ひきつれなどは手の入った化粧にすぎん。その哀れな扮装《こしらえ》で、まとまった貯えができるほど貰いためた。そこで、佐助は乞食から足を洗って、正業についたというわけだて」

「先生、ほ、ほんとうですかえ」

「間違いなし……。だが、乞食仲間には足を洗ってならぬ掟がある。そのために、年に一度、深川八幡の祭の日に集って、統領に年貢を納めねばならんのだ。佐助はその日だけ、女房のお稲にこっそりと、もとの乞食に立返り、年貢の四文銭三百六十五枚を持ちだして家を空けるのだ。この日の用意に、わざわざ食を細らせ、おそらく下痢薬まで飲んで痩せる算段をしたものと見える」

「でも先生、お稲さんにそれほど隠す気なら、忘れ物の年貢金を自分で取りに行くのは変ですぜ」

「それはナ、乞食の扮装ができてしまって、どうにもならなかったためと、もう一つ、女房に乞食振りを見せて、それが夫の佐助と気づかれないほど見事な化け方であるのを試してみたかったからだろう。誰にもそんな気持が湧くものと見えるて」

「それじゃ舟宿の川徳だけは、佐助の正体を知っていたんですね」

「どうも、そうらしい。調べてみたら、あの神さん、佐助の兄妹ぐらいに当るかも知れんよ。顔つきが似ておる」

「その佐助が殺されちまったんじゃ、実も蓋もありませんや。お稲さんにお悔みを云うにも、こいつア云いにくい」

「バカもの、香六。佐助は死んじゃおらんわい」

「ええッ」

「今、二人で演じた斬った張ったは、ありゃ狂言だて。一日だけの乞食のつもりでやって来た佐助が、まさかに当るまいと思った籤引きで、有難迷惑の花嫁を引き当てた。帰ろうと思っても家に帰れぬ。そこで今夜の婚礼祝いを機に、みんなの見ている前で殺される狂言を仕組んだものさ」

「そうか、そうだったのか」

「さあ、香六、柳橋の川徳へでも廻って見ようかの。こっそり海の底から這いあがった佐助が、舟で川徳にたどりつき、気附けの一杯でもやってることだろうて。何しろ殺し役に廻った乞食には、床の間においてあった財布から礼金をだしてやらにゃなるまいからの。どれ、わしらも御相伴にあずかろうじゃないか」

瓢庵は香六をうながして、小舟の蔭を離れた。砂浜では花婿が殺された騒ぎなぞそっちのけで、まだ酒盛が続いていた。誰が夫婦になろうと殺されようと、このボヘミアン達には一向構わぬことなのであろう。天心の月だけがそれを見おろしていた。

# 死神かんざし

一

「なるほど、へんな奴だなあ」

「ね、でしょう？　先生」

本所の小梅まで用事があって、その帰るさだった。瓢庵《ひょうあん》は例によって香六《きょうろく》を相棒にして、東本願寺から上野の山下へ通じる道を、小春の弱い日射しを浴びながらたどっていたのだが、馬鹿噺の掛合にも倦《あ》きた香六がきょろきょろ眼を働かせていると、妙な男に気がついたのだった。

その男は年の頃三十前後、身なりもしゃんとしていないが、それにもまして髷の形も崩れているし、顔色も冴えず、きょときょとした目つきで、まるで腹の減った野良犬みたいな男だった。それが、ちょろちょろと、田原町のあたりから瓢庵たちのあとから同じ道を来るのが分っていた。真昼中、天下の大道を一緒に来る男があったところで、別に気にするような香六でもなかったのだけれど、暫らくすると、その野良犬は、瓢庵一行を追い越して、うしろを振返って見たり、距離が離れすぎたりすると路地に隠れていて瓢庵たちの近づくのを待っていたりし始めた。ほんものの野良犬がよくこんな真似をするが、全くそれと同じだった。さすがに香六も訝しく思い、そっとそのことを瓢庵に耳打ちすると、瓢庵は暫らく様子を見ていて、同じく首をかしげた次第だった。

「香六、わしらのほかに、あの男の目をつけそうなのが歩いておるかい？」

香六はぐるりと前後左右を見渡して、

「そうですね、下駄の歯入れ屋、甘酒売り、乞食坊主が一人。それからと、湯屋帰りの小粋な姐《ねえ》さん二人連れ、二人ともなかなかのべっぴんで。おっと、まだ女がいる。背中にお孫さんをしょい込んだお婆さん。それから……」

「もういいよ、香六。大した玉は歩いておらんな。あの男、どこぞ頭のねじがゆるんでおるのかも知れんて」

「キ印ですかい？　そんなそぶりも見えますねえ。日が短けえから、かかずらうのは止《よ》しにしますか」

「それがいい」

瓢庵一行はなおも大通りを西にとるつもりであったのだが、その野良犬みたいな男は南の方角の小路に立って、やはりきょときょとした視線をこっちへ送っている。

「あれ、おかしなことをやりだしましたぜ、先生」

香六がぎょッとしたような声をだしたので、瓢庵もそっちを見ると、なるほど、その男、間口の狭い小店の前に立っていたのだが、店の入口にぶらさがっていた看板を矢庭にはずし、それを肩にかけたものだ。その看板というのは、将棋の駒を形取ったもので、筆太に「玉将」と書いてある。つまりその小店は碁将棋の道具を商う店だったのだ。それはいいが、看板を肩にした男はすたこら道を歩きだしたので、度胆を抜かれた瓢庵と香六は顔を見合せた。

「先生、看板泥坊ですぜ。店のものは気がついた様子もありませんや」

「ふうむ、ますます以て怪しい振舞をする奴だの。看板をかっ払うとは、何のまじないだろう」

「それが将棋の駒と来てるんですぜ。気になるじゃありませんか」

将棋にかけては名人戦を気取るくらいの香六と瓢庵の間柄である。黙ってほっとくわけには行かない気持となったのは是非もない。

「先生、あいつはただのキ印ではなさそうですぜ」

「うむ、その証拠に、正気にニゴリがある。即ちショウギじゃ」

「ぷッ、何を云ってるんです。……ともかく泥坊には違《ちげ》えねえンですから、あとを追ってみましょうよ」

物好きな香六はもう方向転換をして、看板泥坊のあとを追いはじめた。その泥坊は格別大した逃足も見せずに十四五間先を急いでいる。おっちょこちょいにおいては香六の指南格である瓢庵である。これまた年甲斐もなく香六のあとから足を早めだした。

看板とはいっても、一尺あまりの将棋の駒で、それほどの荷物でもないが、背中の上で玉将と書いた字が、よろめくような足どりのせいで踊って、なにか滑稽な感じだった。しかしその泥坊自身はもう一生懸命で、苦しそうにあえぎ、肩を落しながら、曲りくねった道を急いで行く。ときどき立ちどまり、うしろを振返って見るが、遠くから相変らず瓢庵と香六のつけて来る姿を認めると、ぴょんと跳びあがるような身振りを見せて、また先を急ぎはじめる、といった具合だ。

「うッふッふ、どうもこりゃ妙だわい」

瓢庵が立ちどまる。息が切れたのを調整するつもりらしい。

「何がですい、先生」

「まるで狐にでも化かされておるようじゃ」

「お江戸の真中ですぜ、冗談ばっかり」

「だって、あれを見い。狐はあんな風に立ちどまって、うしろを振向くものだ。そう云えば、向うに見えるのはお稲荷さんじゃないか、香六」

瓢庵は、立ちどまってこっちを見ている看板泥坊越しに、まるで源氏の軍勢が屯《たむ》ろしているように見てとれる真赤な幟旗の林立を指さした。まさにそれは稲荷神社の存在を物語っていた。

狐と云われて歯牙にもかけようとしなかった香六は、つづけてお稲荷さんと畳みこまれると、思わずどきりとしたらしい。さッと顔色を変えて、

「ちくしょう、それじゃ化けの皮を剥いでやるまでだ」

と、矢庭に猛然たる勢いで駈けだした。その見幕を見た看板泥坊はあわてふためいて、これも一目散。本当に狐であったかして、先方に見える稲荷神社の境内さして逃げこもうとする。だがその

覚束《おぼつか》ない足取りでは機敏な香六に敵しようはずもなかった。赤い鳥居をくぐったところで、まんまと取押えられてしまった。

二

「この野郎、正体を現わしやがれ」

まさが相手を狐とも思っていやしないが、どうせまともな人間とは考えられなかった。そこで、その首根ッ子を香六はぎゅうぎゅうおさえつけた。膝の下から哀れな人間の声。

「か、かんべんしておくんなさい。命だけはお助けを」

「かんべんだかかんばんだか、はっきりしろい。何だって、将棋の王様なぞかっぱらいやがった？」

「は、はい、それは……王手をかけられていますんで」

「何だと、王手をかけられている？　それで玉将の看板をはずした……？　すると、おめえはおれたちが……」

「はい、瓢庵先生に香六の旦那でござんしょう」

「むむ」

どうも旦那と云われては膝頭の圧力も少しゆるまざるを得なかった。そこへ瓢庵も追いついて来た。

「先生、こいつ、先生とあッしのことを知っていて、玉将の駒をはずしたのは、王手をかけられたからだと、なぞなぞみてえことを抜かすんで」

「キ印でも狐でもなかったらしいな。ふむ、面白い。王手のいわれを聞いてみようじゃないか」

「そうですね。……やい、先生がああ仰有るが、どうだ？」

「はい、ありがとう存じます。申しあげます」

「よし、立つがいい」

香六はその男を助け起した。

「そこに幸い茶屋がある。一休みしながら話を聞こうじゃないか」

瓢庵は境内の片隅にある掛茶屋を見つけて、さっさと縁台に腰をおろした。香六が玉将の看板を戦利品みたいに片手にし、相変らず野良犬然たる男を連れこんだ。

「婆さん、ここは何というお稲荷さんだね、ばかにお詣りが多いようだな」

お茶を運んで来た婆さんに瓢庵が云ったのは、空世辞《からせじ》ではなかった。たかが稲荷神社にこんなお茶屋があるのも珍しいし、境内には飴屋や八卦見《はっけみ》の小母さんまでが屋台をだしている。

「はい、お客様、この稲荷さまはむかし備前稲荷と申しておりましたが、いつの間にか美人稲荷と名が変りまして、年頃の娘さんが織るようにお詣りに来るようになりました」

「へへえ、美人稲荷か。こりゃ初耳だった。娘たちの参詣をねらったのは、うまいな」

瓢庵は茶をすすりながら、今までの追掛けっこを忘れたようだ。香六がじれじれして、男に向い、

「これ、約束だ。のどを湿したら、王手のいわれを打明けたらどうだ」

と催促をはじめる。男は例によってきょときょとしながら、大きく肩で息をして、

「ああ、おとろっしゃ（怖《おそ》ろしい）。何から先にお話ししたらよろしいか……」と、関西訛りの言葉を震わせる。

「おめえの前にいなさるのは、捕物で名高い瓢庵先生だ。王手には合駒の妙手を考えてくださるぜ」

「はい、それを存じておればこそ、ここまでおいでを願ったのでございます。将棋の看板でも盗んだら、将棋好きの先生はよもやそのまま見過すことはないと考え……」

「うむ、やっぱりそんな魂胆《こんたん》か。一体何の話をしようというのだ？　それに、何がそんなに怖いというのだ？　早く先生に申上げろ」

「へい、それが、怖ろしい人殺しのことなので。……先生は、駒形のお鶴殺し、それから久松町の紙問屋山木屋の娘殺し、この二つをお聞き及びでございますか？」

瓢庵に向って話しかける男の眼つきは真剣だ。キ印でも狐つきでもなく正真正気。

「うむ、うすうす聞いておる。二十日ほどの間をおいて、よく似た出来事だった。二人とも花の蕾にたとえられるよい娘だったらしいが、何者かにかどわかされたまま行方《ゆきかた》知れず、七八日を経て、同じように大川に水死体となって発見された。まだ下手人はあがらぬ。そうだったな？」

「へえ、その通りでございます。まだ下手人があがらぬどころか、そやつはまだまだ人殺しをやってのけようとしておりまする」

「何だと？　おまえさんは、その下手人を知っておるのか？」

「…………」

鋭い瓢庵の反問を受けて、男は深く首をうなだれた。全身が瘧《おこり》にでもとりつかれたようにぶるぶるとふるえる。それから、思い切った風で、顔をあげ、

「わたくしの見ますところ、この次にかわいそうな目を見るのは、神田紺屋町の尾張屋の娘お夏さんに間違いございません」

「なに、尾張屋？　わしはあの油屋とは多少懇意にいたしておる。でたらめを申すのではあるまいな」

「先生が尾張屋さんをご存知と思いました故に、このことをお耳に入れておきたかったので……」

「ほほう、して、お前さんは一体何者じゃ？」

「わたくし、重七《じゅうしち》と申します」

「重七さん、ついでに下手人を知っておるなら、その名前も打明けてしまいなさい。そのあとで、

怖ろしい王手の因縁噺を聞こうじゃないか」

「…………」

しかし下手人の名を問われて、またも重七は絶句してしまった。

と、この時、奥から茶汲み婆さんが顔をだして、重七のそばへやって来ると、何か囁いた。男は腰を浮かして瓢庵に向い、

「先生、ほんのちょっとご免を……すぐもどってまいりますから」

と、例によって落着かない取乱した様子のまま茶屋の裏手へとびだしていった。それを押しとどめるほどのひまもなかった。

やむを得ず渋茶をすすり、駄菓子をぼりぼりやりながら、重七の帰りを待ち受けていたのだが、一向にその様子がない。いささか痺れを切らした恰好で、腰を持上げようとしたとたん、奥から今度はあわただしい足音がした。見ると、茶屋の婆さんだ。歯の抜けた大口をひらいて、

「た、たいへん！　今のお客さんが殺されております」

聞くより早く雉子《きじ》みたいに飛び上ったのは香六だった。

「婆さん、どこだ？」

「裏の竹籔で……」

指さすその方角へ、忽ち香六の姿が消えた。瓢庵も渋茶の茶碗を引っくりかえして、あとに続く。茶屋の裏手に小さな竹籔がある。日のささぬ小暗い場所だが、枯れた笹葉の散り敷いた上に、確かにさっきの男重七がぶっ倒れていた。胸の下から笹葉の上に赤い蛇が這いだしていた。いや、それは血の流れであった。心臓を一突き、それが致命傷だったらしい。殺されたのである。

三

人もあろうに瓢庵と香六とが、つい目の前にいるのを尻目にかけて殺人がおこなわれたのだ。瓢庵はともかく、血の気の多い香六は面目玉を踏みつぶされたようにいきり立って、そのへんを猟犬みたいに走りまわり、重七という男を殺した下手人を見つけだそうとした。

ところが、美人稲荷の境内はとんとんとろりと眠ったように静かなもの。穏かな日和は大分傾いたが、参詣の娘たちの下駄の音ものどかに、飴屋が眠そうな太鼓の音をときどき聞かせている。つい今人殺しがあったなどは嘘のようだ。

香六はあっちこっち駈けまわった揚句、首を振り振り手ぶらでもどって来た。

「どうも先生、これも狐につままれた口ですぜ。飴屋や八卦見のおばさんにたずねてみても、奥の社《やしろ》で働いているものに聞いてみても、怪しいものを見かけたというのがいねえンです。重七はまさか自害じゃねえでしょうね」

「うむ、得物がどこにも見当らぬから、何としても殺されたと見るのが正しい。それでもわしは、竹のそぎ口で胸でも刺したかと、一々見てまわった。それもない」

「下手人は重七が駒形や日本橋の娘殺しのことで、あッしどもに何か打明け話をするのを恐れて、重七を亡きものにしたんでしょうね」

「それにちがいあるまい。だが、重七のほかには怪しいものが隠れていたような気配もなかったと思うが……」

「全くです。戸障子の蔭で立ち聞きしていた奴もいそうになかったですぜ。……おッと、先生、重七が中座するとき、茶屋の婆さんが何か云いに来ましたが、婆さんは誰かに頼まれて呼びだしに来たにちがいありませんね」

「それはわしも気がついて、お前さんの留守中に婆さんに訊いてみた。すると、それは七八つぐらいの子供だったというのだ」

「へええ、子供？」

「だから、それはただの使いさ。下手人から飴ちょこでも貰って、呼びだしの使い走りに来ただけだろうよ」

「その餓鬼でもつかまえられたらいいんだが、境内にはもう子供の影もありませんや」

「ともかく重七を殺したのは相当に手ごわい奴にちがいないな」

「重七が王手をかけられたという意味はどんなことでしょうね」

「まあ進退きわまったとでもいうのだろう。重七は怖ろしい下手人を知っている。だが、それを公儀に訴えることのできない事情がある。黙っていると、次の事件が起るかも知れん。とうとう我慢ができなくなり、わしとお前さんに打明け話をし、何とか次の事件の起らぬよう手を打たせようとした。……ところが、下手人の方では重七が余計なことをやろうとしているのを感づいておる。人殺しを二つもやってのけた奴だから、重七が仕事の邪魔なら殺《ば》らすなんぞは朝飯前。そこで重七は板挟みになってしまったのさ」

「可哀そうなことになったじゃありませんか、先生。あッしどもをここへ連れこんだばかりに殺されたんです。仇を討ってやりましょうぜ」

「そればかりじゃない。重七が云ったように、この次神田の油屋の娘が狙われているというのが本当なら、一日も早く下手人をあげなくちゃならんよ」

「ところがこの重七というのがどこの人間やらそれさえ分らずにいるんですから、どうも弱りましたね」

「やむを得ない。香六、こないだの二つの娘殺し、駒形と日本橋とを出来るだけ調べてみておくれ。そこから重七のことや今度の下手人のことがほぐれだしてくるかも分らん」

「へえ、合点です」

その日のうちから香六の八方飛びがはじまった。足が達者で地獄耳、目が鋭い上に鼻まで利くという便利な男。ただ、そそっかしいのでせっかくの取柄《とりえ》も大分割引きしなくてはならないが――。

駒形のお鶴殺しというのは、先月のはじめのこと、煎餅屋の娘で今年十七になるお鶴というのがお針の稽古に家を出たまま帰って来ず、家出をしたのか拐《かど》わかされたのかと、その筋へお届けもし、心当りの親戚などへも手配りしたが、七日目の夕方大川に死体となって浮んでいたのが渡し舟の船頭の手で引揚げられた。

お鶴は死んでから大分日を経ていたので、その死因ははっきり分らないが、首に紐で縛ったような跡が残っていたので縊《くび》り殺されたのではないかと云われ、しかしそれも決定的なものではなかった。

裁縫の稽古に行って、それが終り、近所の娘二三人と一緒に家路についた。途中で立ちどまり、忘れ物を思いだしたから取って来ます、あンたたち一足先に帰って下さいな、と小走りに元来た道を戻って行ったのが彼女を知ってるものの見た最後の姿だった。それッきりお鶴は消えてしまった。裁縫所へも忘れ物を取りに戻っていないし、第一忘れ物らしい品などはなかった。だから自主的な家出のことも考えられた。それほどの器量よしというでもなかったが、眼許の涼しい子で、少し勝気な気性からか針仕事が好きでなく、踊りが習いたいといって両親に駄々をこね、それが叶えられないのをとても不満に思っていたという。まだ近所の若い者から騒がれる話なども一向になかった。

つまりお鶴には不幸な目を見なければならないような材料はほとんどなかったといってよい。

しかし香六はお鶴の母親に会ってこんな一言をほじくりだした。

「ただ、行方不明《ゆきかたしれず》になる前に、ちょっと妙なことがありました。お鶴がそれまで見たこともない綺麗な簪《かんざし》をしているので、どうしたのかとたずねると、これは幸福《しあわせ》の来る簪なのよ、というんです。買ったのかときくと、道で知らない人から貰ったんだと夢のようなことをいいます。まるで赤ん坊みたいなので二の句もつげませんでしたけど、あの簪、幸福どころか飛んだ災難を招いたような気がしてなりません」

手掛りらしいものと云えば、この一言ぐらいのものである。簪がどんな色形をしていたか分らなかったが、あとに殺された久松町の紙問屋の娘お千代にもちょっと不審な簪の話が出てくるので、これはむしろ重要な手掛りであるかも知れない。

お千代殺しの方は、お鶴の時から半月ほどあとである。紙問屋の山木屋は久松町切っての物持ちで、ぜいたくな暮しをしている。当主はじめお神さんも一家揃って芝居が好きで、月に二回はどこかの小屋をのぞかないと気がすまず、音羽屋がどうの成田屋がどうのと、小屋をのぞかない日も口うるさいことであった。

その日、お千代は母親のお品と深川の伯母さんと、お供の婆やと四人で新富座の芝居見物に来ていた。

中幕が終ったあと、お千代が席を立っていなくなったが、化粧直しにでも行ったものと思っていると幕合の間中戻って来ず、次の幕の柝《き》が鳴りかけているところへやっと戻って来た。

「どうしたんですねえ、ずいぶん長かったじゃないか」

と母親のお品がなじるようにいうと、お千代は何となくそわそわした様子で、

「ちょっと人と話しこんでしまったのよ」

「お知りあいかえ?」

「ええ、まあ」

「何だかひどくうきうきしてるじゃないかえ」

「まあ、ほほ。そう云えば、いいことがあるかも知れないわ」

と、あいまいな返事。それから、お千代が席について、左斜め後方に視線を送り、目礼のような仕草を見せたので、お品はそっちをそっとうかがったが、誰やら突止めることもできず、母親の知ってる顔も見当らなかった。

次の幕合で、またお千代は座を立って行った。今度は幕がはじまっても戻って来なかった。いや、

芝居がはねても姿を見せなかった。その前から心配して、婆やに劇場《こや》の中を探し廻らせたりしていたのだが、とうとう見つからなかった。

お千代が坐っていた場所に見慣れない簪が一本落ちていた。落ちていたというよりは、化粧道具を入れた袋と一緒に残されていたというべきだろう。まだ新しい品で、白い雛菊の造花を飾った美しい簪だった。前の幕合の時にそわそわして戻って来たのは、それを手に入れて来たためだったかも知れない。そして、次の幕合に席を立ったのも、その簪のせいだったかも知れない。

山木屋一行は青くなって、劇場小屋の人たちに心当りをたずねてみたが、お千代の行動を覚えているものは一人もなかった。お千代は十人並みの容貌で特に目立つ人柄でもなく、年は……十七だった。

小屋のどこを探してもお千代の姿はなかった。して見ると、芝居の途中で小屋を出てしまったものと見える。それが自発的のものか、誘拐されたのか、どちらも見当がつかないのは駒形の煎餅屋の娘の場合と同様である。そしてまた、今度の時もおかしなことだが簪が事件に引掛っているのも似通っていた。

お千代はそれから七日ほど経って、やはり大川に死体となって浮び、漁師に拾いあげられた。鱸《すずき》にでもやられたのか、可哀そうに両眼を食い取られ、孔が二つあいたきりという死顔だった。自殺か他殺か、今度は首に紐を巻いた跡もなし、身体のどこにも刃物の跡がなかったが、肌の色が変なので毒を呑まされたのではないか、というのが検死の医者の意見だった。

「なるほど、並べて見ると、重七が名指すまでもなく同じ下手人の仕業ということがよく分るが、どうやら簪が死神の手札みたいになってるようだの」

と云ったのは、香六の報告を聞いた瓢庵だった。それまで香六は簪には重きをおいていなかったが、瓢庵に云われてみるとそうに違いない。

「へえ、それじゃ山木屋にはまだその簪が残っていましょうから、ありましたら借りて参りやしようか」

「それがよかろう。そこで、重七のことが何ぞ知れなんだか?」

「それが駒形でも日本橋でも、重七らしい男についてはとんと心当りがねえようで」

「うむ、だがそれも手掛りの一つだな。重七がそうなら、下手人も顔見知りの人間ではないとも云える。ともかく、問題はこれからじゃよ。神田の尾張屋の娘に死神の簪が舞いこむかどうかじゃ」

「だけど先生、死神は何だってそんな生娘《きむすめ》ばかり狙うんですい?」

「それは年が同じ十七だからさ。尾張屋のお夏も確か同い年のはずだ」

「えッ、年が十七。はてね、女の厄年がはねあがったのはいつのこッて?」

「わしも知らんよ。ともかく尾張屋を訪ねてみよう」

## 四

その尾張屋へ乗りこんで行った瓢庵は、挨拶もそこそこに、まず訊ねた。

「つかぬことをおききするが、お夏さんはお変りないか」

時ならぬ瓢庵の来訪に幾分怪訝な面持で応対に出た尾張屋の主人《あるじ》新兵衛は、娘のことをきかれるとハハーンと何か思い当ったらしく頬をくずして、

「はい、おかげさまでお夏はいたって息災、今日も奥で活花の稽古をやっております。遅蒔《おそまき》ながら女らしいことを覚えこませようと思いましてな」

新兵衛がそう附加えたのは、瓢庵が縁談の下相談でも持込んだものと早合点したからだった。瓢庵はその気持を知ってか知らずか、

「お夏さんは確か十七じゃったな?」

「はい、よく御存知で。六月生れで、そのような名前をつけました」

「なるほど、前の二人も生れ月を調べておくのだったな」

「え、何でございます?」

瓢庵の独り言を新兵衛は聞きとがめた。

「いや、尾張屋さん、実はお夏さんが無事御在宅と聞いてホッとしましたよ。というのが、お夏さんを拐かそうと狙っているものがあると聞いて、やって来ましたのさ」

「ええッ!」

事の意外に新兵衛はのけぞるほどにも驚いた。縁談どころか飛んでもない話だ。

「ど、どこのどやつです。そんな不埒《ふらち》なことをお耳に入れたのは?」

それでも新兵衛はお夏を見染めた不良青年が勝手な噂をばらまいているという程度に考えたらしい。

「尾張屋さん、あンたもしや重七という男を御存知ないか?」

「重七……お待ち下さい。三十年輩で風采のあがらぬ男ではございますまいか」

「うむ、それにちがいない」

「そんならこの尾張屋で働いていたことのある男で。店の番頭とどうも折合いが悪く、気の小さい男なので自分で暇をとりました。それがお夏を?」

「いや、狙っておるのはその重七ではない。それどころか、お夏さんの身の上を心配して、わしに大事にならぬよう手をつくしてくれと頼んできた。それを悪者に感づかれ、とうとう生命《いのち》を落す羽目になりましたよ」

瓢庵は手短かに美人稲荷での一件を新兵衛に語って聞かせた。次々に意外なことを耳にして、さすがの新兵衛もすっかり胆をつぶした様子。

「はて、それにしても先生、お夏は何の因果で悪者に狙われなければなりませんので? あれは人から怨みを買うような気立てではありません。ごく素直で、あの年にしてはねんねすぎるというので実は親の方が少し焦っているくらいで」

「その年のことですわい。尾張屋さん、あんたもお聞及びだろうが、駒形の煎餅屋の娘殺し、日本橋山木屋の娘殺し、この二つの下手人が三番目にお夏さんを狙っていると、はっきり重七が申すのじゃ。重七は中座をしたので、下手人の名と娘殺しの目的《めあて》は明してくれなんだが、殺された娘は二人とも十七、そしてお夏さんも十七。そこに何か因縁があるにちがいありませんのじゃ」

尾張屋新兵衛は見る見る青ざめてしまった。

「それからもう一つ。山木屋のお千代の死体が大川から引揚げられた時、眼玉を魚に食われておったという話があった。どうも大川ほどの川で魚の餌食になるのはおかしいと思い、煎餅屋のお鶴を引揚げた際はどうだったかと、ここにいる香六に再度調べてもらいました。すると、奇妙なことには、お鶴も魚に目玉を食われておったそうな。新兵衛さん、わしはそれが魚ではなくして、下手人みずから二人の娘の目玉をくり抜いたのではないかという気がしてなりません」

「うッ！」

尾張屋新兵衛は居たたまらないように呻き、自分の眼に手を当てて顔を伏せた。それから大きく肩で息をして、

「ああ、お夏にそんなむごい目は金輪際《こんりんざい》見させるものじゃありません。この新兵衛が誓って……」

と必死の覚悟のほどを示そうとした。瓢庵もホッとして、

「いや、ともかくお夏さんがまだ無事でおられるのは何より。くれぐれも大事をおとりなされよ」

「は、はい。ありがとうございます」

恰度そこへ問題のお夏が茶と菓子を運んでやって来た。嫁入り前の行儀を覚えこませようという母親の心根なのだろう。話が話だったので、主客顔を見合せて黙ってしまったが、そうとは知らぬ娘の方は、わが身に降りかかる災難の噂も感づくどころか、茶碗を配るのにせい一杯の身ごなしだ

った。全く十七の年にしてはまだ少女じみている。これが何のために第三の犠牲者となり、あのつぶらな眼がくり抜かれたりしなくてはならぬのだろう。

## 五

その夜のこと。

尾張屋の筋向うに一軒の空家がある。以前は経師屋《きょうじや》が店を張っていたが、主人が死んで一家が国元へ引揚げてしまい、そのあと借り手がつかない。その空家の雨戸を閉《た》てた内部《なか》で、夕刻から何やらごとごと物音がしているのは、野良猫でもはいりこんで仔を生んでるのかと思ったら、さにあらず、歴《れっき》とした人間様が二人、覗き穴からへっぴり腰で外の様子を眺めているのだった。

「先生、お月さんが出て来ましたぜ」

「うむ、それは計算に入れてある」

暗がりの中でそういうやりとりが交されているところをみると、顔をあらためて見るまでもなく、それは瓢庵と香六にちがいない。

「先生の考えでは、どうあっても今晩あたり尾張屋に怪しいものが出入りすること間違いなしというんですね?」

「考えというよりは、まあ勘だな」

「先生は今度の事件の目串がついたと見えますね」

「いや、面目ないが、まだじゃよ。ただ、今回の下手人はなかなか手ごわく、わしらの行動を見張っていて、一歩先んじて立廻っておる。そこで尾張屋の場合もおくれを取ってはならんと思うまでさ。……どうだ、まだ変ったことは起らんか」

「へえ、一向に。まるで真夜中みたいに寝静まっていますぜ」

猫の眼の香六は、淡い月影の中に浮いている尾張屋のたたずまいを眺めた。店はとっくに表を閉め、それに続いた住居《すまい》の方も真暗だった。だが、時間はそう晩《おそ》いわけではない。まだ五つを半刻《とき》廻ったくらいだろう。

どこかでぎーッと戸の軋るような物音がした。あたりが静かなので妙に冴えて聞える。どうも尾張屋の方角からと思われる。香六の眼がいよいよ光った。

すると、尾張屋の横手に立っていた物干の柱がちょっと揺れたかと思うと、そこへ猿《ましら》のように登った人影があり、更に足が伸び塀の忍び返しをまたぐと、ふわりと外へ飛びおりた。法被《はっぴ》に草履という軽装の男で、面体を黒い頭巾みたいなものでくるんでいる。

「先生、やられた！」

香六が唸った。

「なぜじゃ？」

「だって、奴あ仕事を終えて退散するんじゃありませんか」

「待ったり。どうも一人というのはおかしい。お夏が目的なら肩に担いでいるだろうじゃないか。下見に来たのではないかな」

「それにしても不思議だ。いつ忍びこみやがったろう」

「香六、その詮議立てはあとにしよう。あいつがどこへ落ちのびるか突き止めてくれ。手出しは無用だぞ。元も子もなくなる。……わしは家へ帰って、お前さんを待っとる」

「合点、徳利《とっくり》を暖めといておくんなさいよ」

香六は云い残すと、今しも尾張屋をとびだして行った黒頭巾の男の跡を見え隠れに追いはじめた。月が雲間に入ったり出たりしている。その度に夜の町は明るくなったり暗くなったりするが、人を尾《つ》けるにはあまり具合のいい晩ではなかった。

黒い頭巾の男は神田川の土手ぷちに出て、川下の方へ道を取った。すたすたと小気味のいい足並だが、足にかけては相手がどんな歩き方や駈け方をしようと驚く香六ではない。ぴったりと一定の間隔を保って離れない。

もうじき両国橋の見えるあたりへ来た。その頃になって、月は全く雲間にかくれ、町は急に暗くなったように思われた。黒い頭巾の男が、どうしたのか突然に足をとめた。暗さが気になって、少し間隔をつめようとしていた香六は、危くそのそばまで追いつきそうになり、あわててこれも足を停めた。

ふと、どこかで琴の音《ね》がする。冴えたその音が、怪人物の足を停めさせたのかも知れぬ。男はふッと歩きだし、急に方向を転ずると、細い路地へ身をかわすような素振りを見せた。どうやら香六の尾行を気がついたらしい。そう思った香六は、ちょッと気が焦って、男の消えた路地へ猛然と足を早めた。

ひたひたと忍び足ながら小走る音が曲りくねった路地に反響した。香六はとうとう男の姿を見失ってしまった。耳をすまして、足音の響いて来る方角だけをつかもうとすると、どこかでザブンと水音がした。ひょっとしたら、袋小路に追いつめられたと思った黒頭巾の男が掘割へでも飛びこんだのかも知れなかった。

## 六

そのあくる日。

瓢庵は香六の案内で、この路地のあたりをしきりに物色していた。まさに貸家探しのていたらくで、あまり粋な図ではなかった。こういうことになったについては、ちょっといきさつがある。

実は昨夜香六が黒頭巾の男の追跡をしくじり、悄気《しょげ》返ってその由《よし》を瓢庵に報告したが、瓢庵は香六の不手際に叱言《こごと》も云わなかった。その代り、明日もう一度尾張屋へ行き、何か変事がなかったかを探り、万が一娘のお夏にわずかでも変ったことがあったら、できるだけ調べて来るようにと命じた。

香六が尾張屋へ顔をだしたのは、今日の昼頃だったが、主人の新兵衛は急に熱を出して寝込んでいて会うこともできず、逆に瓢庵先生の来診を依頼されてしまった。娘のお夏はどうしているだろうと訊いてみると、近くの小伝馬町にいる仲よしのお澄という娘のところへ京都の染物屋が来ているから、品物を見に来ないかと使いが来たので、先ほどいそいそ出て行きましたという返事。香六はそのお澄という娘の家の所在を聞いて、そこへ足を伸ばしてみた。よもやとは思ったが、その家にお夏は来ておらず、使いを出した覚えもなく、ましてや京都から染物屋が来ているなぞ聞いたこともないという。

香六は仰天して、あたふたと瓢庵の筍屋敷へ飛び帰り、

「先生、お夏が、やられました」

と、逐一報告に及んだ。聞いた瓢庵は立ちあがっていた。

「尾張屋へ行くんですか?」

「いや、あと廻しだ。まず、お前が昨夜黒頭巾の男を見失った場所へ案内してくれ」

何か瓢庵には心当りがあるにちがいない。その色が眉のあたりにも感じられた。

「ここです、先生。あッしが水音を耳にしたのは。それで追うのを諦めたんで」

と、香六は路地の一角に立って瓢庵を振向いた。

「よし、あの井戸端にお神さんが洗い物をしているが、近所で琴を弾く家を教えてもらっておいで」

瓢庵は妙なことを云いだした。のんびりした時なら、訳を聞かぬと動かない香六だが、こんな場

合は横ッ飛びだ。井戸端のお神さんは腰を伸ばすと、すぐにある方角を指さした。

その家はこぢんまりしているが、しゃんとした一戸建ちの二階家である。

「娘さんと乳母とたった二人きりで住んでいて、琴を弾くのはその娘さんだそうですぜ」

と、香六は戻って来て伝えた。瓢庵はうなずいて、ほッとしたように、

「それだ、探している家と人間は」

「人間というのは、お夏もですかい？」

「大方な。……香六、大事な時だぞ。気取《けど》られぬように、お夏らしい女がいるかどうか確かめ、いるようならどッと踏み込んでみよう。たかが相手は女だ」

「男はいねえンですか？」

「まずおるまい」

それから瓢庵と香六は、めざすその家のまわりを二三度偵察した。まるで人間が住んでいないかのように、ひっそり閑と静まり返っていて、却って不気味である。

香六は遂に裏手へ廻り、竹を荒く組んだ垣を乗り越え、庭から縁側まで忍び寄った。雨戸の一枚が半分だけ開けてあり、従って家の中は薄暗いわけだ。そこへ顔を寄せた香六は、とたんにぎょッとした。障子を閉て切った向うから、娘のすすり泣きが聞え、それをなだめるような嗄れた女の声がした。

「今に楽にしてあげるよ、お夏さん」

香六は無言で後ろを振向き、瓢庵をさし招いた。瓢庵も垣根を乗り越えるくらいの芸当はできる。抜足差足でやって来たが、その座敷で泣いているのが尾張屋のお夏であることを確かめると、香六の肩を小突いて突撃の合図をする。

一陣の風が起った。廊下へとびあがり、障子をがらりと開けた時、香六とそれにつづく瓢庵の眼の前に展開されていた光景は、床の間の前に手足を紐で結えられ、口に手拭いの猿ぐつわをかまさ

れ、しきりにもだえている尾張屋のお夏と、それを眺めながら鋭い刃物を砥石《といし》にかけて研いでいる鬼婆ならぬ中年のがっしりした女とだった。

「こらッ、得物を捨てて神妙にせい。娘二人に男を一人、三人殺した上の四人目、断じて許さんぞ」

瓢庵が破鐘《われがね》のような声で呶鳴った。これは確かに相手の気勢を殺《そ》いだ。それを聞いて、ぱっと立上った女は、大の男が二人乗込んで来たのを知ると、手にしていた刃物をわれとわが咽喉元へ向けようとした。だが、一瞬早く香六が身を挺して、その刃物を叩きおとし、女を羽搔《はが》いじめにしていた。

と、この時、ぱたり、ぱたり、と梯子段をおりて来るゆっくりした足音がして、その主《ぬし》が降り口で足をとめた。見るとそれは、お夏と同い年くらいの、そてしてまたよく似た娘だった。しかし、彼女は哀れにも盲目《めくら》だった。顔をかしげて、

「お辰や、お客さまに大きな声を出さないで頂戴といっとくれ。今、三毛が赤ん坊を生みかけているんだから。ほら、しきりに啼いているでしょう?」

打伏せられている乳母と見える女は、この場の様子を悟られまいとしてか、声を殺して、

「おたえさま、かしこまりました。さ、さ、三毛のところへ行ってやって下さいまし」

「あい、あとで来てね」

と、おたえというその盲目の娘は、再びゆっくりと二階へあがって行った。その足音が聞えなくなった時、瓢庵が乳母に向って静かな調子で話しかけた。

「お辰さんとやら、わしらは大体の事情を知ってここへやって来た。わしは医者じゃ。あのおたえという娘さんの失明については医者へ見せたかな?」

お辰は瓢庵を睨みあげながら、激しく頭《かぶり》を振って見せた。

「それはいかん。蘭医を治めたものには急の盲目を直せるものがあるのだぞ」

それを聞いたお辰の様子ががらりと変った。

「ほ、ほんとうでございますか、先生。それが真実なら、どうぞお嬢さまの眼を見えるようにして下さいませ。お辰はこの眼をくり抜いてお礼を申します」

「馬鹿を云え。お前はすでに、お鶴、お千代の眼をくり抜いたではないか。あれは一体何のまじないだ?」

「はい、天心堂の占いで、お嬢さまと同じ年の同じ月に生まれた女子《おなご》の目玉をたべさせると直ると出ましたので、苦労の末に二人だけ探しだし、簪を囮《おとり》に犠牲《いけにえ》にしました。でも、まだ足りません。それで、年頃の娘のよく集る美人稲荷に八卦の屋台を張り、同じ年と月の娘を物色しておりました」

「うむ、そうだったのか。それでこそああも手早く重七を殺すことができたのだな。重七はお前の何に当るのだ」

「従弟《いとこ》でございます。初めは犠牲の娘を探す手助けをしてくれておりましたが、小心者で裏切りをはじめたので、殺してやりました」したたかな返事だった。一図な女心に瓢庵もぞッとさせられた。声を呑んでいると、お辰の方から反問してきた。

「先生さまは、どうしてこの鬼婆の住家がお分りでございました?」

「うむ、それはな、重七から次の犠牲は尾張屋のお夏と聞いて、新兵衛さんに警告に参ったのだ。ところが、あの人の態度がどうもおかしい。お夏さんが眼をくり抜かれるために狙われると聞いて、何か思い当ったらしい。それをわしに隠そうとしている。そこで、昨夜見張りをしてみた。すると、夜中になって新兵衛が黒い頭巾で顔を隠し、町へまぎれ出た。わしは、この男にあとをつけさせたのだ」

瓢庵が香六を指さすと、香六は啞然としている。それはそうだろう。香六は今の今まで黒頭巾の男を過去三事件の下手人とばかり思いこんでいたからだ。

「新兵衛は昨夜ここへ来て、お前にお夏を犠牲にしたりすることを思い止まらせようとしたのだ。

ところが、この香六に追われて堀に落ち、それを果せなかったのだ。あの可哀そうなおたえと新兵衛との関係は、ほぼわしにも当りはついておるが……」

「はい、おたえさまは尾張屋の旦那さまが寵愛の女中に生ませたお子で、その女中はわたしの妹でしたが、早く亡くなり、わたしが母がわりに、こうして一軒の家を授かってお育て申しておりました。ところが、昨年ごろからだんだん眼が見えなくおなりで、それを同じ年月に生れた娘の目玉で取返そうとしましたが、娘の数が足りませぬ。幸か不幸か、御本家のお夏さんがおたえさまと同じ年の同じ月の生れと分っておりましたので、最後にはどうでも入れ代りになってもらうつもりで狙いをつけておりました」

「うむ、もうよい！」

そこで大きく瓢庵が云い捨てたので、お辰は怖ろしいお喋りの口をつぐんだ。いかに謎解きには辛抱強い瓢庵も、おのが愛する身内のためなら、主家の、しかも血を分けたものをさえ殺そうとする女心の浅墓な一念を、これ以上ぬけぬけと云い続けさせるわけには行かなかったと見える。

# 解題

横井司

江戸川乱歩登場以前に探偵文壇へのデビューを果たし、後には雑誌『新青年』の名編集長としても知られるようになった水谷準は、本名を納谷三千男《なやみちお》といい、一九〇四（明治三七）年三月五日、北海道の函館に生まれた。小学生時代からの友人に、谷譲次・牧逸馬・林不忘という三つのペンネームで知られる長谷川海《かい》太郎の弟で、地味井《じみい》平造の筆名で探偵小説の創作も手がけた、画家の長谷川潾《りん》二郎がおり、「これと大変に気が合い、よくその家へ遊びに行つた」のだそうで、「芸術めいたものに興味を持つたのもこの友人のせい」だと後に回想している（「久生十蘭の横顔」『宝石』一九五七・一二）。その潾二郎の影響もあり、「北原白秋だとか、佐藤春夫だとか、ポールフォールの詩だとかを鼓吹し、ちよいと気取つた青くさい文学趣味に」「溺れていた」（前掲「久生十蘭の横顔」）二人は、「詩や小説めいたものを書きツこし、それを合本にして綴ぢ、『心曲』と題して、何冊か作つた」経験があるという（「路次の灯」『別冊宝石』五〇・六）。こうした下地ができあがっていたからであろう、函館中学時代には、当時創刊された『赤い鳥』に刺激を受け、同誌に童謡や童話を投稿して、二、三度本名で入選した経験もあった（前掲「路次の灯」。「投書、将棋、ゴルフ」『別冊宝石』五八・四）。

　函館中学の先輩には先の長谷川海太郎の他に、後に久生十蘭のペンネームで知られることになる阿部正雄がおり、親しく交流していた。潾二郎や十蘭と「雪の降る晩など、ストーヴを囲んで」「黒岩涙香やコーナン・ドイルの翻訳の梗概を話し合い、いわゆる犯人当てのゲームをやりあつた」ことがあるそうで、「ぼくが探偵小説家になつてしまつたのは、このへんに源があるのかも知れない」とも書いている（前掲「久生十蘭の横顔」）。

　こうした環境の中で文学への思いを醸成した水谷は、函館中学を中退し早稲田高等学院から早稲田大学の仏文科に進むことになるのだが、大学の講義に魅力を感じず、昼は草野球に興じ、夜は古本の娯楽雑誌に読み耽るという学生生活だったという。潾二郎とは、早稲田高等学院時代に共同生活を営んでおり、そのころアメリカから帰郷した長谷川海太郎がひょっこり訪ねてきて、水谷が『新青年』に寄稿し、掲載されたという話を聞いて、編集部に紹介してくれないかと言ったという話は、先に刊行した『林不忘探偵小説選』の解題でもふれたとおりである。水谷が『新青年』の探偵小説募集に投稿したのは、まだ早稲田高等学院在学中のことで、何度かの選外佳作などを経て、初めて活字になったのが一九二二（大正一一）年一二月号に掲載された「好敵手」だった。その頃の常連投稿家の内に、後の角田喜久雄がおり、当時の水谷にとって「ライバルとして貴い存在であつた」という（前掲「投書、将棋、ゴルフ」）。

第二作目の「孤児」は「ぼくを現在のこんなぼくにしてしまつた第二の決定打」（前掲「路次の灯」）で、同作品は当初持ち込み原稿だったそうだが、原稿を読んだ森下雨村の指示に従い改稿して、『新青年』に掲載されたのが、二四年六月号であった。同年七月には用事があって大阪へ行った際に、約束もなしに江戸川乱歩を訪ね、それが乱歩との初顔合わせとなった。その日がたまたま「探偵趣味の会」の例会があったので、そのまま会合に顔を出すことになり、その時初めて横溝正史と出会ったそうだ（「1/3世紀前の思い出」『別冊宝石』五七・三）。そんな経緯もあってか、九月に創刊なった『探偵趣味』には創刊号から同人として加わり、一〇号からは実質的に編集を担当することとなった。

一九二八（昭和三）年に早稲田大学を卒業した水谷は、二年前に上京して博文館に勤めていた横溝正史の推奨もあって、同社に入社（前掲「1/3世紀前の思い出」）。最初は延原謙の許で『新青年』の編集に携わっていたが、翌二九年八月号からは、延原に代わって編集長に就任。終戦まで務めあげた。水谷が入った当時の『新青年』は、横溝正史が編集長だった時代に築いた誌面刷新の流れを受け、ユーモアやナンセンスを売り物としたモダンな雑誌に変貌を遂げつつあった頃で、水谷もこの路線に従い、久生十蘭・獅子文六といった新しい才能を登用し、野球などのスポーツ記事を充実させるなどして、斬新な誌面作りに邁進した。探偵作家では、大阪圭吉・小栗虫太郎・木々高太郎らを見出したことは、あまりにも有名である。

博文館入社前の、『探偵趣味』の編集に従事している頃から、同誌はもちろんのこと、『新青年』『文藝倶楽部』『サンデー毎日』などに創作を、あるいは山野三五郎名義で翻訳を発表しており、「恋人を喰べる話」(二六)、「空で唄ふ男の話」(二七)、「お・それ・みお」(同)などの、ロマンティシズムとペーソスあふれる怪奇幻想系の秀作が陸続と書かれた。『新青年』の編集長に就任してからは、後々まで戦前の代表作と目される「胡桃園の青白き番人」(三〇)、「司馬家崩壊」(三五)といった力作を発表。日本最初の書き下ろし長編探偵小説叢書である『新作探偵小説全集』(新潮社、三二～三三)には『獣人の獄』(三二)をもって参加している。同年の三三年には「さらば青春」、「われは英雄」などのユーモア探偵小説を発表。同年の『ぷろふいる』一二月号に発表したエッセイ「ユーモアやぁい!」では「ユーモアを取入れた探偵小説の出現を望む」と書いたほどで、右の作品はその方向性を示そうとしたものであった。

戦後になって、新青年主筆雑誌部長という職責によって公職追放処分を受けた水谷は、それを契機に作家専業に踏み切ることにする。その門出を祝うはなむけの醵金から、ラジオ・セットと松野一夫の手になる肖像画が送られることとなったが、残金で『友情録』(四七)と題する小冊子が作られている。題字は江戸川乱歩の筆になり、作家・編集者・画家など総勢三十六名が言葉を寄せているその冊子は、水谷の交友の広さを象徴するものであった。

作家専業となってからは「R夫人の横顔」(四七)、「カナカナ姫」(同)、「窓は敲《たた》かれず」(四八)など、人間心理の追究に重点を置いた作品を発表。さらに、五一年に発表した「ある決闘」で第五回探偵作家クラブ賞(現・日本推理作家協会賞)を受賞。五六年には『書下し長篇探偵小説全集』(講談社、五五～五六)の一冊として『夜獣』を上梓したが、六二年頃で創作の筆は途絶え、ゴルフ関係の随筆や翻訳などが主となった。二〇〇一(平成一三)年三月二〇日、肺癌により死去。享年九十七歳。

水谷準の作風については、早くから江戸川乱歩によって位置づけられている。『日本探偵小説傑作集』（春秋社、三五・九）の序文として書き下ろされた「日本の探偵小説」（『鬼の言葉』春秋社、三六に収録。以下引用は『江戸川乱歩全集』第25巻、光文社文庫、二〇〇五から）において乱歩は、「文学派」の内に「幻想派」という項目を立て、怪奇派に比べ「あくどさや身に迫る現実味がなく、空に漂うが如き非現実の感じ、メールヘンの幻の世界、仮令悲痛があったとしてもそれは夢の中の涙でしかないような、何かしらほのぼのと大気の層を隔てて物を見るが如き作風」だと述べた上で、その派の最初に水谷を紹介し、「彼はその学んだフランス文学の色彩が主調として漂っている所のロマンチストである」と述べている。その代表作として「空で唄ふ男の話」「お・それ・みお」をあげた後に、「われは英雄」「さらば青春」などの近年の作風を「何かしらほがらかな、その代りやや世俗的な、オプティミストらしい一派の探偵小説」と規定した。さらに「リアルであるべき探偵小説が幻想派と結びついて成功を見せている」作品として「司馬家崩壊」を、「純粋幻想派の文学、人をうつ力に於て最上のもの、ロマン派の詩人水谷準が懐しの青白き顔をあからさまに見せている」作品として「胡桃園の青白き番人」をあげている。

この乱歩の評価は、四十年後に書かれた権田萬治の水谷準論「黒き死の讃歌」（『幻影城』七五・一二）でも、そのまま踏襲されている。同論文では、一九三五年の時点で乱歩が読み得なかった「R夫人の横顔」と「ユラの囚人」（四七）を戦後の代表作としてあげ、特に前者について「殺人動機の追求という戦後の社会派推理小説にもつながる主題を扱っており、注目に価する」と評価している。

こうした評価軸は九〇年代に入っても変わらず、「結局のところ、この作家の最良のものは戦前に書かれた、感傷的な短編だと思う。水谷準の哀愁は、孤独の唄を歌い、人の心をとらえる。一言でいえば、グッドセンス。ユーモア物は、彼に似合わない」（北村薫「解説」『日本探偵小説全集11／名作集1』創元推理文庫、九六・六）という評言まで現われるに至る。この評価軸に沿って編まれた作品集として、日下三蔵編『怪奇探偵小説名作選3／水谷準集　お・それ・みお』（ちくま文庫、二〇〇二）がある。ユーモアものを除く戦前戦後の代表作が鳥瞰できるという意味では、これに優るものは考えられまい。

こうした評価の変遷のなかで、水谷準のユーモア・ミステリの系譜や、水谷準が創造したキャラクターとしては最長の活躍期間と最大の作品数を誇る『瓢庵《ひょうあん》先生捕物帖』シリーズは、その作品世界からは傍流のものと見なされて、忘れ去られてきた。ユーモアを主体としたミステリは、北村のいうように水谷の体質に合っていないかもしれない。また、一般的にいっても、ユーモア感覚が当世風であればあるほど、時代思潮の転変に堪えられないことが多いだろう。だが、『瓢庵先生捕物帖』シリーズに限っていえば、単に時代に棹さしたユーモア捕物帖としてすまして、忘れ去られるべきではない性質を有しているように思われる。

『瓢庵先生捕物帖』の第一話である「稲荷騒動」が『新青年』一九四九年一〇月号に初めて掲載された際、編集後記にあたる「揚場町だより」において次のように紹介されていた（執筆者は高森栄次）。

◇水谷さんが、珍らしくマゲものを携げて登場して下さつた。月々三十余枚の短篇ながらその軽快な筆致と嶄新なテーマは、今後本誌の一特徴であると同時に、捕物小説界に一新風をもたらすことを信じてうたがわぬ。

ところがそもそも水谷は、このシリーズを書きたくて書き始めたわけではなかったようである。『宝石』一九五〇年一〇月号に掲載された「お好み捕物帖座談会」（出席者は水谷の他、野村胡堂、横溝正史、城昌幸、武田武彦、白石潔の五名。司会は白石が務めている）において水谷は「僕は書きたくなくて書かせられたんだけれど」と楽屋裏を明かしていることからも、それは分かる。『新青年』では連載九回をもってひとまず完結ということになったが、これも水谷によれば「やめさせられた」のだそうだ。これは人気がなかったからというより、『瓢庵先生捕物帖』が終了した翌月号（五〇年七月号）を最後に、『新青年』が休刊してしまったという事情も絡んでいるのであろう。『新青年』休刊後、間をおかずに『宝石』でシリーズが再開したことからも、それなりに支持を得ていたことが想像されるのである。

『新青年』での連載が終了し、『宝石』でシリーズを再開した頃に、『アサヒグラフ』一九五〇年八月三〇日号誌上で組まれた特集「御存知捕物作家告知板」において、野村胡堂、久生十蘭、土師《はじ》清二、横溝正史、城昌幸、村上元三ら、並みいる面々に混ざって、水谷もエッセイを寄せているのが目を引く。そこで水谷は次のように書いている。

> 殺人―迷宮入り―そこへサッソウと水も滴るような美男の目明しが現われてすらすらッ、と事件を解決する、これが捕物帖なんですが、私は捕物帖にユーモアをとり入れようとしてみたんです、自然、手柄話よりも失敗談になつてしまい、その上主人公が薄ぎたないジジイでは他の捕物帖より大分損していますね、瓢庵も回を重ねること十回、やつと彼の性格らしきものが浮び上がつてきたし、清水崑氏の挿絵の力もあつて愛情を感じだしてきたところ、ただあまり書き飛ばすと単なる読物になる怖れは十分、あくまでも探偵小説であることを頭にいれて、町医者瓢庵に機智と諷刺をふりまいてもらいたい、と念じてる次第

右に出てくる清水崑《こん》は『新青年』連載時に瓢庵シリーズの挿絵を担当した画家である。

この文章を読めば、当初の創作意図は明らかである。「捕物帖にユーモアをとり入れようとして

みた」という文章からは、戦前のユーモア探偵小説待望論が連想されてくるのは自然だろう。戦前期のユーモア探偵小説の「軽快な筆致」が「活かされている」という中島河太郎の評言もあるが（『日本推理小説辞典』東京堂出版、八五）、水谷の志向したユーモアというのは、単に笑えるもの・滑稽なものをというレベルにとどまらないものであったことは、押さえておくべきだろう。以下、いささか迂遠ながら、水谷のいう「ユーモア」について簡単にみておくことにする。

「ユーモアやぁい！」（三三）のなかで、水谷は次のように述べている。

> ユーモア小説はもと〳〵探偵小説的手法を大に必要とする。「意外」から笑ひを引出すために、いろいろ工夫をするのだが、「意外」は探偵小説でも重大な一要素である。それにユーモア小説はすべて「現実」が相手だ。つまり「客観性」を重んずる。探偵小説また然り。（略）僕がユーモアを取入れた探偵小説の出現を望むのは、たゞ「笑へないので淋しい」からではない。少々大袈裟な云ひ方を許して貰へるならば、探偵小説を大衆文学として発展させるためには、是非とも「現実への批判」を手広く拡げる必要がある。と信ずるが故である。これをやるのに、大衆物では、ユーモアを以てするのが一番手取早いと思はれるからだ。
>
> 「現実への批判」といふやうな、僕自身でもはつきり説明のできない抽象的言辞は願ひ下げとして、簡単にこれを「社会観」と云つてもいゝ。社会観は、僕のつもりでは現実への批判の重大な一要素だと考へられるからである。

後に、『ぷろふいる』三五年七月号に発表したエッセイ「ぷろむなあど・ぷをろんてえる」で、この時ユーモア探偵小説を提唱したのは「現代の探偵作家は教養の点で非常に物足りないものがあるから、その方面の開拓にユーモアを持つて来るべきである、といふ気持があつた」からだといい、「ユーモアを駄洒落や滑稽趣味の狭い範囲に限つて指定したわけでは決してない。むしろ、『愛と智と情』とを以て作品を書け、といふ風に云ひたかつたのである」と書いている。このことから鑑みるに、水谷の主張するユーモアとは、むしろヒューモアとでもいうべきものだ、といってしまっては、言葉遊びに過ぎるであろうか。「現実への批判の重大な一要素だと考へられる」「社会観」にしても、リゴリスティックなニュアンスではなく、一種の低徊趣味のようなものではなかったかと考えられるのである。ひとつのイデオロギーに凝り固まり、真面目に理想へと邁進していく指向性を、ちょっと視点をずらして脱臼させるようなものだとでもいおうか。それは「ユーモアやぁい！」において、海外のユーモア探偵小説の例としてモーリス・ルブラン Maurice Leblanc（一八六四〜一九四一、仏）のアルセーヌ・ルパン・シリーズやG・K・チェスタトン G. K. Chesterton（一八七四〜一九三六、英）のブラウン神父シリーズをあげていること、特にチェスタトンをあげていることからも、明らかであるように思われる。

こうした姿勢は、戦後、作家専業になったばかりの時期における水谷の姿勢にも通底するものであった。日本推理作家協会の前身である探偵作家クラブが結成される前に行なわれていた作家仲間の集まりの会、いわゆる土曜会の第二回に参加した水谷は、江戸川乱歩、木々高太郎、大下宇陀児《うだる》、野村胡堂らの、これからの創作に対する抱負を聞いた際の感想を記したエッセイ「探偵小説やーい」（『LOCK《ロック》』四六・一〇）において、次のように述べている。

> 探偵小説のグループに限つたことではないが、日本人といふ奴は全く理窟つぽく出来てゐる。僕自身正銘の日本人だから、自分も亦人一倍理窟つぽいことはよく知つてゐる。しかも、我々日本人の理窟つぽさは少し奇妙なのだ。よく云へば理想主義的なのだらうが、理窟に捉はれすぎて、何時の間にか実体を忘れてしまふやうなところがある。戦争といふ集団的な殴り込みにも神がかりの理窟をつけなければ恰好がつかなかつた位である。（略）探偵小説が論ぜられる場合でも、これが観念上の論議になるなら何等の効果もない。この席上（横井註・前記した土曜会の席上）で

の諸家の感想は、これから新しい探偵小説を開拓して行く人々を予想して行はれたものであつた筈だから、作家個々のポイントの決め方を明確にするといふ意味で大いに意義はあつたのだが、僕はそれが発展して議論のための議論になり、議論してゐることが探偵小説を隆盛にするやうな錯覚、（近い過去に於て日本が犯したやうな錯覚）に陥る危険を避けるために、一種の帰納論的なシニイズムを敢て持出したといふ次第なのだ。

ここで水谷のいっている、当日持ち出した「一種の帰納論的なシニイズム」というのは、「探偵小説が文学であるべきか、謎々であるべきか。その両方であるべきか、僕はさういふ論理のもとに小説を書きたいとは思はない。むしろ逆に、探偵小説として書かれたものが、どれほどの文学になり得たかの方に問題があるのではないか。従つて、議論には常に作品が先行する」という発言に由来している。この発言は、議論する前に（議論する暇があるなら）作品を書けというような単純な話ではない。議論し、理想を述べることで、自らが述べたその理想に自縄自縛になってしまい、そこから逃れられなくなってしまうという危険性を指摘したものだと理解できる。そうした硬直した思考の関節を外すのが水谷の「シニイズム」cynicismであり、これは「ユーモアやぁい！」でいわれていた「現実への批判」以外の何ものでもあるまい。そして水谷の「シニイズム」は単に冷笑的なだけではなく、その背後に「愛と智と情」を備えていると考えた時、ユーモア探偵小説を提唱する際においてチェスタトンに言及した意味が見えてくるように思えるのだ。

ずいぶんと回り道をしてきたようだが、水谷準における「ユーモア」の内実を考える時には、右に述べてきたような文脈をふまえる必要がある。そうしたとき初めて、「瓢庵先生ははじめチエスタートンの師父ブラウンの性格と味を、捕物帳に持込んだものとみられる」という渡辺剣次の評言（「捕物帳お噂書」『別冊宝石』五四・二）のニュアンスが、おそらく評者自身も意識していなかったニュアンスが、汲み取れるように思われるのだ。

評者自身も意識していなかったろうと書いたのは、『瓢庵先生捕物帖』の第一話「稲荷騒動」において、人形佐七と瓢庵先生と稲荷小僧という三人のキャラクターの立ち位置が、それぞれブラウン神父譚の第一話「青い十字架」The Blue Crossにおけるヴァランタンとブラウン神父とフランボウに似ているという直観が、渡辺剣次にチェスタトンの名前を出させたためではないかと想像されるからだ。おそらくその直観は的を射ているだろう。先にもふれたとおり、水谷自身はそもそもこのシリーズを書きたくて書いたものではなかったということであり、それまで試みたこともなかった捕物帖を書くにあたり、窮余の一策として和製ブラウン譚という趣向にたどり着いたものと想像されるからだ。その際、和製ヴァランタンの位置に横溝正史のキャラクターである人形佐七を登用したのが異色というべきで、もちろん横溝正史には了解をとったのだろうが、なぜ人形佐七なのか。これについて水谷がどこかで事情を述べているのかどうか、残念ながら確認できていない。

白石潔のように「人形佐七と別れること」（「捕物帖往来」『別冊宝石』五二・一）と、この趣向に否定的な論者もいるのだが、佐七の原作者である横溝正史の方はこだわりがなかったようで、自身の佐七ものに瓢庵を登場させているほどである。春陽文庫版『人形佐七捕物帳全集』収録版ではすべて〈良庵先生〉と改められているようだが、同文庫版未収録の「影右衛門」（五一）、「人魚の彫物」（五二）、「山吹薬師」（同）などを収めた『横溝正史時代小説コレクション　捕物篇②／江戸名所図絵』（出版芸術社、二〇〇四）では、瓢庵先生という名前のままになっているので、興味のある方は比較してみられたい。

当初は、人形佐七の失敗譚なので正統的な手柄話にはとうてい収められない逸品であるというスタンスだったのだが、初めて『宝石』に載った一編である「紫頭巾」（五〇）の冒頭では、佐七の位置づけにやや変化が見られる。

瓢庵先生の怪絶なる冒険譚の中には、しば〳〵お玉ケ池佐七親分が現はれて、最後のしめくゝりをしてくれることになつてゐるが、これはまことに理《ことは》りなことで、町医者風情に悪事を働くものを捕《つかま》へたり裁いたりする権限もなければ、その能力もないからである。しかもまた一方の人形佐七捕物帖《ママ》の中に、たゞの一度も瓢庵といふおせツかいな老人が出現したためしのないことは、いさゝか奇異を感ずる向きがあるかも知れぬが、これは祖述者同志合意の上で、なるべく主人公を混用せぬこと、したまでのことで、若し一方の主人公を借用する時は、一回につき三両二分の使用料を提供することになつてゐる。佐七としては、このりのんべえに三両二分も酒代をせしめられる必要は毫もないこと、その点瓢庵側は甚だ割の悪い約定をとりかはしたものである。

さて、今回は佐七の恋女房お粂さんにへそくりの三両二分を献納することなく瓢庵がやりくりした怪事件を御紹介に及ぶ。実を申すと、佐七親分には相談をしたくも一寸出来かねる事情が伏在してゐたからなのであるが……。

とあるが、先に紹介した諸編に登場するようになったのは、この語り手（祖述者）の言葉に刺激されたものだろうか。

「人形佐七捕物帖《ママ》の中に、たゞの一度も瓢庵といふおせツかいな老人が出現したためしのない」

当初は、さして思い入れもなく始めたシリーズだった瓢庵ものも、回を重ねる内にキャラクターに親しみが湧いてきたのは、先に引いた『アサヒグラフ』に掲載したエッセイでも書いていたとおりである。発表媒体を『宝石』に移してからも書き継がれ、さらには『講談倶楽部』『捕物倶楽部』『面白倶楽部』『別冊読切小説集』といった倶楽部雑誌（今日でいうところの中間小説誌）にも進出を果たし、全四十六編に及ぶシリーズにまで成長した。それらは以下の四つの単行本にまとめられている。

①『瓢庵先生捕物帖』同光社磯部書房、一九五二・九

〈収録作品〉稲荷騒動　棺桶狸囃子《たぬきばやし》　銀杏屋敷《ぎんなん》　女難剣難　暗魔天狗《くらま》　龍神使者　巻物談義　噴泉図　般若の面　紫頭巾　地獄の迎ひ　天狗騒動

②『新作捕物選／瓢庵先生捕物帖』同光社磯部書房、一九五三・七
〈収録作品〉変男化女《へんなんけにょ》　へんてこ長屋　ぼら・かんのん　幻の射手　菊合せ　瓢庵逐電す　桃の湯事件　麒麟火事　花笠騒動　岩魚《いわな》の生霊　木菟《みみずく》組異聞　青皿の河童

③『赤い匕首《あいくち》』同光社、一九五五・九
〈収録作品〉按摩屋敷　二体一人　墓石くずし　雪折れ忠臣蔵　月下の婚礼　鮫女《にんぎょ》　狸のお蛇様　首吊り証文　夕焼富士　赤い匕首　鼻欠き供養

④『瓢庵先生捕物帖』講談社ロマン・ブックス、一九五八・八
〈収録作品〉首無し双六　丹塗りの箱　初雪富士　死人徳利　寝首千両箱　藤棚の女　怨讐《えんしゅう》二筋道　棺桶相合傘　こんこん騒動

これで四十四編。これに単行本未収録の二編を加えて、全四十六編となる。最初の三冊はほぼ発表順に収められているが、四冊目は拾遺集という趣きで、初出順にはなっていない。このロマン・ブックス版から二編が落ちた理由は詳らかではない。

今回が五度目の単行本化となる論創ミステリ叢書版『瓢庵先生捕物帖』は、人形佐七が登場する作品のすべて（言及のみの作品は除く）と、単行本未収録のままだった二編は文句なく収めることとし、その他はミステリとしての出来栄えを勘案してのセレクトになった。

捕物帖は、いわゆる正統的な探偵小説とは異なるジャンルだという認識を持つミステリ・ファン

も、少なくないかと思われる。だが、水谷が瓢庵シリーズを書き継いでいた当時は、書き手の側には本格探偵小説を書いているという意識があった。それは先にも引いた「お好み捕物帖座談会」を読むとよく分かる。

**横溝**　私もいつか書きましたが、佐七を書き出したのは乾信一郎君の力だけれど、春陽堂文庫から半七、右門、平次と三つ出して、半七は今のものには向かん。平次の意気でやつてくれといつてきましたがね。

**白石**　その意味で、水谷さんの「瓢庵先生」はむずかしいという結論が出るんですがね。

**野村**　それは水谷さんの畠があるだろう。本格探偵小説を書いているから……。それだけに遊びが少い。

**水谷**　僕は捕物帖を書いていても、本格探偵小説みたいだからね。（笑声）

**城**　僕だつてそうだが、現代物の本格というのは僕にはないからね。同時に捕物帖の方は僕は全部本格探偵小説だからね。筋の立て方から……。遺留品から足がついたりね。

**野村**　捕物帖というのは、案外本格物ですよ。読まない人はなんとかいうが、読んでみると、ちよつと考え違いしていることに気づくと思う。

**横溝**　しかしそれは野村さんがお作りになつたものですよ。半七はそうじやないんです。そうじやなければ、僕はあくまで書けないと思うのですよ。つまり新聞の三面記事みたいなものが多過ぎて……。それで、野村さんがお書きになつたから、これは本格だ。これでおれも書けるかも知れないと思つたのですよ。

**武田**　一般の読者は、本格の面白さというものを、捕物帖でもつとも簡単に味わつているんですよ。

**横溝**　現代物で本格物を書こうとすると、どうも殺風景になつてしまう。

**野村**　捕物帖だつてそうだけれど、ぼかしてしまつているんだね。

（略）

**白石**　さつき城さんが、捕物帖は本格探偵小説のかたちをとつていると仰有つたがそこで一つ捕物本格論をどうぞ。

**野村**　捕物帖というのは、本格でなかつたら通用しないからね。変格の捕物帖だつたら無意味だよ。

**城**　変格の捕物帖なら一種の時代小説、髷物になつてしまう。

**水谷**　だから探偵に余り縁のない髷物作家が、近頃捕物帖を書いているだろう。結局面白くないじやないですか。

**野村**　やつぱり、探偵小説の訓練が必要だね。

**白石**　絶対必要ですね。

おそらく現代の本格ミステリ・ファンからすれば意外に思われるかもしれないが、当時の書き手の意識のありどころ、本格探偵小説観がかいま見えて興味深いのではないだろうか。こうした本格観の下で瓢庵シリーズが受容されていた、ということを頭において各編を読めば、楽しめるであろうし、何がしかの発見もあるだろう。

以下、本書収録の各編について、簡単に解題を付しておく。作品によっては内容に踏み込んでいる場合もあるので、未読の方は注意されたい。

**「稲荷騒動」**は、『新青年』一九四九年一〇月号（三〇巻九号）に「瓢庵先生捕物帖（第一話）」として掲載された後、『瓢庵先生捕物帖』（五二）に収録された。

人形佐七の手先の一人・辰五郎が、首尾よく捕まえた盗賊・狐小僧を取り逃がしてしまう。その捕縛の際に功績のあった商家・境屋が狐小僧から脅迫状を受け取り、佐七親分の出馬となる。首尾よく包囲を固めたはずだったが……。

先に解題でも記したとおり、キャラクターの配置はブラウン神父譚の一編「青い十字架」を思わせるところもあるが、と同時にアルセーヌ・ルパンを思わせるトリッキーさも合わせ持っており、シリーズの第一作として間然とするところのない出来映え。また、語り手による冒頭の口上が、本シリーズの特色を（少なくとも『新青年』連載開始時に意図されていたものを）よく表わしているといえよう。

**「銀杏《ぎんなん》屋敷」**は、『新青年』一九四九年一二月号（三〇巻一一号）に「瓢庵先生捕物帖　第三話」として掲載された後、『瓢庵先生捕物帖』（五二）に収録された。

身動きできない老人が何者かによって大銀杏《おおいちょう》の木に吊るされ、槍を一本突き刺された上に、長襦袢を着せられているという奇妙な状態で発見された。この奇妙な死体の謎を、被害者の主治医だった瓢庵が解き明かす一編。

本作品と、次の「女難剣難」及び「巻物談義」とで、観音小僧という盗賊にまつわる三部作になっている。作中に、瓢庵が「観音小僧といふのは、親分に一度つかまつたあの泥坊ぢやな」と言い、佐七が「へえ、奴とは妙な因縁で二度もつかまへてゐまさア」と答える場面があるが、横溝書くところの正伝にそういうエピソードがあるのかどうかは不詳。

瓢庵が住む筍《たけのこ》屋敷や、次作「女難剣難」で重要な役割を果たす同居人の豆太郎については、シリーズ第二話「棺桶狸囃子」（四九）の冒頭で次のように紹介されている。

下谷は長者町、親譲りで残つてゐるのはこれだけといふなか〱手広い屋敷、それがいつそ花見る人の長刀《ながかたな》、とんと手当ても行届かぬこと丶て、一見まるで空家のやうな家に瓢庵先生は住んでゐる。廂にはペン〱草、塀の下から雌竹の根がのびて、春ともなれば瓢庵の意を体してか、医者で御座いとばかり玄関先へ筍が面《つら》を出さうといふ具合。筍ばかりか、大入道に唐傘のお化けが現はれても一向に不思議ではないこのガラン洞の家に、男やもめの瓢庵は、豆太郎といふ腕白を相手に、二人きりのノンキ千万な暮し。豆太郎は十二三になるだらうか、捨児されてゐたのを拾つて育てたのが十年前、瓢庵の仕込み宜しきを得たと見え、なんとも屈託のない小坊主、酒屋への使ひにはその駿足を買はれていつもピンチ・ランナーである。

この豆太郎、瓢庵のことを「ぢいあん」と呼ぶ。第二話では他に、将棋仲間の香六・桂七の二人が紹介されており、本書では省いた第三話で基本的なレギュラー・メンバーが揃っていること、お含みおき願いたい。

**「女難剣難」**は、『新青年』一九五〇年一月号（三一巻一号）に「瓢庵先生捕物帖　第四話」として掲載された後、『瓢庵先生捕物帖』（五二）に収録された。

瓢庵のもとに、押しかけ女房の体で住みついた女の目的は何か。前作「銀杏屋敷」事件後に観音小僧を取り押さえた一幕（といっても語られざる事件だが）に絡んだ騒動の顚末である。シャーロック・ホームズ・シリーズの「ボヘミアの醜聞」A Scandal in Bohemiaや、エドガー・アラン・ポオEdgar Allan Poe（一八〇九～四九、米）の「盗まれた手紙」The Purloined Letterなどのアイデアを盛り込んで、軽妙にまとめあげた一編。

**「暗魔天狗《くらまてんぐ》」**は、『新青年』一九五〇年二月号（三一巻二号）に「瓢庵先生捕物帖（第五話）」として掲載された後、『瓢庵先生捕物帖』（五二）に収録された。

これまで五人の人間に手をかけた「暗魔天狗」と呼ばれる通り魔が、いつもとは違い屋内で犯行に及んだ事件の顚末を瓢庵が解き明かす一編。冒頭で描かれる豆太郎と瓢庵の微笑ましいやりとりが、そのまま犯行方法の伏線になっているあたりがミソといえようか。

**「巻物談義」**は、『新青年』一九五〇年四月号（三一巻四号）に「瓢庵先生捕物帖（第七話）」として掲載された後、『瓢庵先生捕物帖』（五二）に収録された。

入水をはかった娘を助けた瓢庵と香六。娘の祖父が残した巻物に隠された秘密をめぐって、また また盗賊・観音小僧がからむ一編。実に日本的な暗号や宝探しの興味、隠し場所のトリックなどが印象に残る。

「般若《はんにゃ》の面」は、『新青年』一九五〇年六月号（三一巻六号）に「瓢庵先生捕物帖　第九話」として掲載された後、『瓢庵先生捕物帖』（五二）に収録された。

般若の面をかぶった強盗が犯した新たな事件の謎を佐七と共に解き明かす一編。

『新青年』に掲載されるのは本作品で最後となったが、六月号でシリーズの終了が告げられることはなく、翌七月号の編集後記「揚場町だより」でようやく「御好評をいただきました水谷準氏の『瓢庵先生捕物帖』は第九話を以てひとまず完結といたしました。長らく御贔屓ありがとうございます」と告知された。

「地獄の迎ひ」は、『宝石』一九五一年四月号（六巻四号）に掲載された後、『瓢庵先生捕物帖』（五二）に収録された。さらに、佐々木杜《もり》太郎編『昭和28年度捕物小説年鑑——名作捕物小説集』（岩谷書店、五三）に採録された。

過去に抜け荷商いを犯した四人組の内、命を落とした一人の遺族が怨みを晴らすために起こしたと思しい連続弓矢殺人の顚末を、瓢庵がみごとに解決する一編。冒頭に「伝奇めいた事件」とあるように、まさにコナン・ドイル Arthur Conan Doyle（一八五九〜一九三〇、英）の小説にでも出てきそうな設定である。

なお、『宝石』掲載時の挿絵は、『新青年』時の清水崑に代わって、一九二一（大正一〇）年から四七（昭和二二）年まで『新青年』の表紙画を描いたことで知られる松野一夫が一貫して担当した。

「ぼら・かんのん」は、『宝石』一九五二年六月号（七巻六号）に掲載された後、『新作捕物選／瓢庵先生捕物帖』（五三）に収録された。

瓢庵の知人の一人、釣道楽の閑人・小左衛門が釣り上げた鯔《ぼら》の腹の中から金無垢の小観音像が出てきたことに端を発する盗難事件と、その背後に秘められていた事件の顚末を描いた一編。「割切れたやうで割切れず、後味もいいとは申せず、奇体な事件」だと冒頭で紹介されているが、観音像の祟りのようでもあり、そうでないようでもありという点も、その「割切れ」なさを助長しているのが読みどころといえようか。タイトルを「鯔観音」とせず、あえて平仮名表記にしたところ、目に与える奇妙な効果も狙っているかのようだ。

**「へんてこ長屋」**は、『別冊宝石』一九五二年六月一〇日号（五巻五号、通巻一九号）に掲載された後、『新作捕物選／瓢庵先生捕物帖』（五三）に収録された。

駒形にある通称へんてこ長屋で高利貸の老婆が殺害された。盗まれた金の隠し場所を知るのは内情に詳しい者だろうという見込みで、店子の面々が容疑者となる。限定された容疑者の中から真犯人を探し出すというフーダニット・テイストが珍しい一編。

**「幻の射手」**は、『宝石』一九五二年八月号（七巻八号）に掲載された後、『新作捕物選／瓢庵先生捕物帖』（五三）に収録された。

決行日まで日一日と少なくなっていく日数を示す殺人予告状という、江戸川乱歩のいわゆる通俗長編でもお馴染の趣向（もともとはアルセーヌ・ルパン・シリーズの一編に見られる趣向）を取り上げた一編で、人形佐七が事件の解決に協力する。

冒頭で言及されている、亡妻の悋気のために据風呂が嫌いになったといういきさつは、「変男化女」（五二）の冒頭で紹介されているエピソード。

**「瓢庵逐電す」**は、『別冊宝石』一九五三年一月一〇日号（六巻一号、通巻二五号）に掲載された後、『新作捕物選／瓢庵先生捕物帖』（五三）に収録された。

下谷永泉寺で身元不明の死体が発見される。瓢庵が行方不明の中、大岡越前守を気取る捕物狂の三太が、人形佐七を向こうに回して事件を解決しようとする顚末を描いた一編。

この事件については、瓢庵が司会を務め、銭形平次、人形佐七、若さま侍が出席する架空座談会「御存知捕物自慢の会――捕物帖こぼればなし」（『講談倶楽部』一九五二年六月増刊号）の中で、瓢庵が下手人と見なされるという失敗談として佐七によって紹介されていた。架空座談会の方が発表されたのは先であることを鑑みれば、架空座談会の記者は水谷自身ではないかと思われるが、初出誌のどこにも明記されておらず、確証がとれないため今回は収録を見送った。同座談会では若さま侍が船宿喜仙へ居候の身となるきっかけとなった事件が紹介されているなど、捕物名人の外伝集という珍しいパロディ作品である。

「**桃の湯事件**」は、『宝石』一九五三年二＝三月合併号（八巻二号）に掲載された後、『新作捕物選／瓢庵先生捕物帖』（五三）に収録された。

「幻の射手」の冒頭に出てきた桃の湯の隠居が殺された。下手人と目された嫁は夢遊病を患っており、瓢庵の治療を受けていたという因縁があって、事件の解決に乗り出す。足跡トリックには無理も感じられるが、それに絡んだ物証で幕を引く落とし方が鮮やかな一編。

「**麒麟《きりん》火事**」は、『宝石』一九五三年四月号（八巻四号）に掲載された後、『新作捕物選／瓢庵先生捕物帖』（五三）に収録された。

放火事件の現場で不審なふるまいを見せた娘は、仲良しがいる商家で見た麒麟の置き物に似た「火を吹く獣」が現われて火事になったのだと証言する。時を同じくして、麒麟の置き物を持つ商家の主人が失踪。娘の証言を信じた瓢庵は、香六と共に調査に乗り出す。あたかも麒麟の置き物が実体化したかのような奇妙な謎だけでなく、その謎を解き明かす過程で新たに殺人事件が暴き出されるという展開の妙が読みどころ。

「**岩魚《いわな》の生霊**」は、『宝石』一九五三年六月号（八巻六号）に掲載された後、『新作捕物選／瓢庵先生捕物帖』（五三）に収録された。

岩魚釣りに出かけた先で魔物と遭遇し怪我を負ったという小左衛門の話を聞いた瓢庵、形見分けの釣り竿に秘められた不審死の謎を解決する一幕。小左衛門の話を聞いた瓢庵が「一度狸屋敷から呼びだしがかゝつた」ことがあるというのは、第二話「棺桶狸囃子」のこと。

「**青皿の河童**」は、『宝石』一九五三年七月号（八巻七号）に掲載された後、『新作捕物選／瓢庵先生捕物帖』（五三）に収録された。

二度までも奇妙な事件に巻き込まれた小左衛門が、験直《げん》しにと瓢庵を誘って船遊びに出かけたところ、投網で女の水死人を引き上げてしまう。女の身元が割れると同時に、被害者は河童に言い寄られて抵抗したあげくに川の中へ引き込まれたのだという目撃証言が現われた。木々高太郎の某短編でも知られる有名なトリックに河童の怪異を絡めたのがミソ。「ぼら・かんのん」、「岩魚の生霊」と続いた〈釣りミステリ〉三部作の掉尾を飾る一編である。

「**按摩屋敷**」は、『宝石』一九五三年八月号（八巻九号）に掲載された後、『赤い匕首』（五五）に収録された。

不義密通の名のもとに殺された按摩の笛の音が夜な夜な聴こえるところから、ついた名前が按摩屋敷。今では廃屋となったその屋敷に、按摩の幽霊や按摩が懸想した細君の幽霊まで現われたという。その幽霊の正体を暴く一幕。後日譚として人形佐七がチラリと顔を出す。

「**墓石くずし**」は、『別冊宝石』一九五三年九月五日号（六巻五号、通巻二九号）に掲載された後、『赤い匕首』（五五）に収録された。

放火で焼け死んだ酒屋の主人が祟ったのか、墓石が倒れ込んできて主人の娘の許婚が片腕を失ったという怪談噺の背後に隠された綾を解きほぐす一幕。最後は人形佐七に真犯人の捕縛を託す。前作もそうだが、この頃になると佐七の失敗談を語るという趣向はまったく影をひそめ、先に引いた「紫頭巾」の冒頭にあるように、事件の幕引きを務める役割を果たすことが主となっている。

「**丹塗《にぬ》りの箱**」は、『別冊宝石』一九五四年一月一〇日発行号（七巻一号、通巻三一号）に掲載された後、ロマン・ブックス版『瓢庵先生捕物帖』（五八）に収録された。

烏天狗と名のる盗賊が楊貴妃の笄《こうがい》と呼ばれる値打ち物を盗み出す。ところが烏天狗を捕縛しても肝腎の品物は見つからず、人形佐七を始めとする江戸の目明しが必死に探索している折も折、瓢庵のもとに妙な事件の依頼が舞い込んだ。その解決のために奔走する内に、二つの事件が結びついていく一幕。なお、本編が瓢庵シリーズにおいて佐七が登場する最後の作品となった。

「**雪折れ忠臣蔵**」は、『講談倶楽部』一九五四年二月増刊号（六巻三号）に掲載された後、『赤い匕首』（五五）に収録された。初出は『宝石』ではないが、挿絵は松野一夫が担当。

商家の一人娘が誘拐された事件の顛末を描いた一編。誘拐の手段が江戸川乱歩の『黒蜥蜴』（三四）を思わせるものがあり、事件の展開もまた乱歩のいわゆる通俗長編を彷彿とさせるが、最後に意外な背景が明らかとなって事件が面目を一新するどんでん返しが印象に残る。一種のダイイング・メッセージ的な趣向にきちんと伏線が張られているのも見逃せない。

「**藤棚の女**」は、『別冊宝石』一九五四年四月一〇日発行号（七巻三号、通巻三六号）に掲載された後、ロマン・ブックス版『瓢庵先生捕物帖』（五八）に収録された。さらに、陣《じん》出《で》達朗《たつろう》編『名作捕物小説集　昭和三十年度年鑑』（岩谷書店、五五）に採録された。

愛猫家の常磐津の師匠が、飼い猫の墓を見舞った帰りに、寺の藤棚で首を吊っているのが発見される。墓参りに連れてきた小猫が犬に嚙み殺されたために錯乱した果ての出来事かと思われたが、瓢庵は違う見立てをする一幕。「麒麟火事」と同じく犯人を見逃すが、その理由にさほど説得力が感じられないのが難といえば難か。

「**初雪富士**」は、『捕物倶楽部』一九五四年五月号（一巻四号）に掲載された後、ロマン・ブックス版『瓢庵先生捕物帖』（五八）に収録された。挿絵は濱野政雄。

知り合いの番頭が大道騙りをしている場面に遭遇した香六。ところが香六に問い詰められた番頭は人違いだと言う。後日確認してみると、どうやら番頭の分身が現われて悪事を起こしているらしいのだが……。

乱歩の短編を思わせるドッペルゲンガー・テーマの一編ながら、瓢庵が名探偵であることを前提として仕掛けたというトリックが印象に残る。初出誌の惹句には「渇望していた瓢庵先生の最新最高の捕物!!」とあるが、それも伊達ではない出来ばえといえよう。

**「にゃんこん騒動」**は、『宝石』一九五四年六月号（九巻七号）に掲載された。単行本に収録されるのは今回が初めてである。

酒屋に盗みに入った盗賊・稲荷小僧を捕まえてみれば、頭の鉢を割られており、そのまま「猫にやられた」という言葉を残して死亡する。盗まれた大金は、稲荷小僧を殺した化け猫が奪い去ったのか。目明し象潟《きさかた》の辰五郎は、鳴き真似大道芸人の猫十を取り押さえ、事件は急転直下の解決となったかに見えたが……。

発表順からすれば『赤い匕首』に収められるべきところだが、なぜか収録が見送られ、ロマン・ブックス版『瓢庵先生捕物帖』がまとめられた時には、おそらく「こんこん騒動」（五八）という似た題名の作品があったためであろう、やはり収録されないまま埋もれていた作品。第一話「稲荷騒動」に登場した稲荷小僧が最期を迎えるストーリーには、感慨深いものがある。

**「月下の婚礼」**は、『面白倶楽部』一九五四年八月増刊号（七巻九号）に掲載された後、『赤い匕首』（五五）に収録された。なお、本作品に限り初出誌を入手することができず、単行本を底本とした。従って挿絵画家は不詳。

絵草紙屋の主人が行方不明となった。行商に出かけてしばらくして、一人の乞食が主人の手紙を携えて物もらいに訪れていた。心配になった細君に相談された瓢庵が調べ始めると、意外な背景が明らかとなる。

シャーロック・ホームズ・シリーズの「唇のねじれた男」The Man with the Twisted Lip から着想を得たと思しい異色のプロットが印象に残る一編。

**「死神かんざし」**は、『講談倶楽部』一九五七年二月増刊号（九巻三号）に掲載された。単行本に収録されるのは今回が初めてである。挿絵は石原豪人《ごうじん》。

瓢庵と香六の目の前で碁将棋屋の看板を盗んだ男を捕えてみれば、連続して起きる美人殺しの次の被害者を予告して、詳しい事情を語らぬまま、何者かに殺されてしまう。二件の美人殺しを調べてみると、二人とも殺される前に見知らぬ人物から簪をもらっていたことが判明する……。

「にゃんこん騒動」と共に、これまで単行本に収められてこなかった一編。発表時期や発表誌を考えれば、当然ロマン・ブックス版に収められるべきだった作品。確かに冒頭の看板泥棒の件などは、メイン・プロットとあまり関係なく、出来ばえとしては今ひとつなのだが、それが未収録となった理由かどうかは不詳である。


本稿をまとめるにあたり、黒田明氏から御教示を得ました。

記して感謝いたします。

## 瓢庵先生シリーズ作品リスト（横井 司・編）

【凡例】記載は、作品名、発表誌名、発表月号（／以下の数字は別冊ないし月2回以上発行雑誌の日付、「増」は増刊号、＝は合併号を示す）の順。☆はシリーズ関連の随筆・座談会などを示す。

**一九二九（昭和二四）年**

稲荷騒動　新青年10
棺桶狸囃子　新青年11
銀杏屋敷　新青年12

**一九五〇（昭和二五）年**

女難剣難　新青年1
暗魔天狗　新青年2
龍神使者　新青年3
巻物談義　新青年4
噴泉図　新青年5
般若の面　新青年6
瓢庵捕物帖☆　アサヒグラフ8／30
紫頭巾　宝石10
お好み捕物帖座談会☆　宝石10

**一九五一（昭和二六）年**

地獄の迎ひ　宝石4

**一九五二（昭和二七）年**

天狗騒動　別冊宝石1／10
変男化女　宝石5
ぽら・かんのん　宝石6
へんてこ長屋　別冊宝石6／10
御存知捕物自慢の会☆　講談倶楽部6増
幻の射手　宝石8
菊合せ　宝石12

**一九五三（昭和二八）年**

瓢庵逐電す　別冊宝石1／10

桃の湯事件　宝石2＝3
麒麟火事　宝石4
岩魚の生霊　宝石6
木兎組異聞　別冊宝石6／15
青皿の河童　宝石7
按摩屋敷　宝石8
二体一人　宝石9
墓石くずし　別冊宝石9／5

**一九五四（昭和二九）年**

丹塗りの箱　別冊宝石1／10
雪折れ忠臣蔵　講談倶楽部2増
藤棚の女　別冊宝石4／10
初雪富士　捕物倶楽部5
にゃんこん騒動　宝石6
月下の婚礼　面白倶楽部8増
狸のお蛇様　講談倶楽部9
鮫女　別冊宝石9／10
首吊り証文　読切小説集別冊11／15

**一九五五（昭和三〇）年**

夕焼富士　別冊宝石1／10
鼻欠き供養　キング1増
赤い匕首　講談倶楽部2
首無し双六　キング9
死人徳利　キング11
寝首千両箱　講談倶楽部11

**一九五七（昭和三二）年**

死神かんざし　講談倶楽部2増

**一九五八（昭和三三）年**

棺桶相合傘　講談倶楽部2増
こんこん騒動　講談倶楽部4

**〈初出誌不詳作品〉**

花笠騒動（※）
怨讐二筋道

（※）「黒門町伝七捕物帳」第二十話「馬の笠」（『京都新聞』一九五一・八／一二）の改題・改稿。

[解題] **横井 司**（よこい つかさ）
1962年、石川県金沢市に生まれる。大東文化大学文学部日本文学科卒業。専修大学大学院文学研究科博士後期課程修了。95年、戦前の探偵小説に関する論考で、博士（文学）学位取得。『小説宝石』で書評を担当。共著に『本格ミステリ・ベスト100』（東京創元社、1997年）、『日本ミステリー事典』（新潮社、2000年）など。現在、専修大学人文科学研究所特別研究員。日本推理作家協会・日本近代文学会会員。


**水谷準探偵小説選**《みずたにじゅんたんていしょうせつせん》　〔論創ミステリ叢書47〕

2010年9月10日　初版第1刷印刷
2010年9月20日　初版第1刷発行

著　者　水谷　準
叢書監修　横井　司
装　訂　栗原裕孝
発行人　森下紀夫
発行所　論 創 社
〒101-0051 東京都千代田区神田神保町2-23 北井ビル
電話 03-3264-5254　振替口座 00160-1-155266
http://www.ronso.co.jp/

印刷・製本　中央精版印刷

Printed in Japan　ISBN978-4-8460-1050-8

# 論創ミステリ叢書

刊行予定

★平林初之輔Ⅰ
★平林初之輔Ⅱ
★甲賀三郎
★松本泰Ⅰ
★松本泰Ⅱ
★浜尾四郎
★松本恵子
★小酒井不木
★久山秀子Ⅰ
★久山秀子Ⅱ
★橋本五郎Ⅰ
★橋本五郎Ⅱ
★徳冨蘆花
★山本禾太郎Ⅰ
★山本禾太郎Ⅱ
★久山秀子Ⅲ
★久山秀子Ⅳ
★黒岩涙香Ⅰ
★黒岩涙香Ⅱ
★中村美与子
★大庭武年Ⅰ
★大庭武年Ⅱ
★西尾正Ⅰ
★西尾正Ⅱ
★戸田巽Ⅰ
★戸田巽Ⅱ
★山下利三郎Ⅰ
★山下利三郎Ⅱ
★林不忘
★牧逸馬
★風間光枝探偵日記
★延原謙
★森下雨村
★酒井嘉七
★横溝正史Ⅰ
★横溝正史Ⅱ
★横溝正史Ⅲ
★宮野村子Ⅰ
★宮野村子Ⅱ
★三遊亭円朝
★角田喜久雄
★瀬下耽
★高木彬光
★狩久
★大阪圭吉
★木々高太郎
★水谷準
宮原龍雄

★印は既刊

論 創 社